HEYNE

Das Buch

Norddeutschland. Ein einsames Anwesen. Eine stürmische Gewitternacht. Ein Mann und eine Frau beim Liebesspiel. Plötzlich Geräusche: Es ist jemand im Haus.

Und dann geschieht Schreckliches. Tom, der Bewohner des Hauses, der wohlhabend, erfolgreich und glücklich verheiratet ist, wird durch das, was in der Nacht passiert, vollkommen aus der Bahn geworfen. Von einer Sekunde zur anderen ändert sich sein ganzes Leben. Er flieht in ein kleines Bergdorf in der Toskana, taucht unter, aber wird zum Gejagten. Fassungslos muss er mit ansehen, dass er dabei ist, alles zu verlieren, was er besessen und was ihm jemals etwas bedeutet hat. Die Idylle wird zu seiner privaten Hölle. Er begreift, dass er niemandem mehr trauen kann. Selbst sein bester Freund wird zu seinem schlimmsten Feind, und Tom wird klar, dass er ihn mehr fürchten muss als die Polizei.

Umgeben von Verrat und Intrige wird er in seiner Verzweiflung selbst zum Mörder. Aber es ist bereits zu spät: Der Sturz in den Abgrund ist nicht mehr aufzuhalten.

Die Autorin

Sabine Thiesler, geboren und aufgewachsen in Berlin, studierte Germanistik und Theaterwissenschaften. Sie arbeitete einige Jahre als Schauspielerin im Fernsehen und auf der Bühne und schrieb außerdem erfolgreich Theaterstücke und zahlreiche Drehbücher fürs Fernsehen (u. a. *Das Haus am Watt*, *Der Mörder und sein Kind*, *Stich ins Herz* und mehrere Folgen für die Reihen Tatort und Polizeiruf 110). Ihr Debütroman *Der Kindersammler* war ein sensationeller Erfolg, und auch all ihre weiteren Thriller standen wochenlang auf der Bestsellerliste. Zuletzt bei Heyne erschienen: *Im Versteck*.

SABINE THIESLER

NACHTS IN MEINEM HAUS

ROMAN

WILHELM HEYNE VERLAG
MÜNCHEN

MIX
Papier | Fördert gute Waldnutzung
FSC® C014496
FSC www.fsc.org

Penguin Random House Verlagsgruppe FSC® N001967

3. Auflage

Vollständige Taschenbuchausgabe 07/2018

in der Penguin Random House Verlagsgruppe GmbH,
Neumarkter Staße 28, 81673 München
Umschlaggestaltung: Eisele Grafik-Design, München,
unter Verwendung eines Fotos von Lauren Bates / Gettyimages
Satz: Schaber Datentechnik, Austria
Druck und Bindung: GGP Media GmbH, Pößneck
Printed in Germany

ISBN: 978-3-453-43912-2

www.heyne-verlag.de
www.sabine-thiesler.de

Für Dich, Julia.
Alles Liebe.

ERSTER TEIL

DIE NACHT

1

Bönningstedt, Juni 2015

Seit zwei Tagen lag ein Tief über Norddeutschland, der Himmel war grau und wolkenverhangen, und kräftige Schauer peitschten über das Land. Jetzt gegen Abend wurde der Wind noch stärker, Tom erkannte dies immer daran, dass die uralte, nutzlose Katzenklappe neben der Eingangstür bei jeder Böe gegen den Rahmen schlug.

Charlotte schien sich nicht im Geringsten für das Wetter zu interessieren. Tom beobachtete sie durch die weit offen stehende Schlafzimmertür, wie sie mit bewundernswerter Sicherheit ihre Kleidung für eine Woche zusammensuchte und Schuhe, Unterwäsche, Blusen, Hosen, Röcke und Pullover in ihren Koffer legte. Sie zögerte nicht eine Sekunde, als wüsste sie ganz genau, was sie zu welcher Gelegenheit tragen würde. Und dabei summte sie noch leise vor sich hin.

In anderthalb Stunden ging ihr Flug, spätestens in zehn Minuten müssten sie das Haus verlassen.

Tom wurde schon nervös, wenn er Charlotte nur zusah. Sie strahlte eine Ruhe aus, als hätte sie noch lässig zwei Stunden Zeit. Wenn Tom zu einer Vernissage nach London, Wien oder New York fliegen musste, was er verabscheute, brauchte er mindestens einen ganzen Tag, um zu packen. Albträume von fürchterlichen Flugzeugkatastrophen wanderten schon tagelang vorher durch seine Gedanken, und er war ständig drauf und dran, alle Termine abzusagen und den Flug zu canceln.

Charlotte brauchte zum Packen höchstens zehn Minuten und schien sich darüber nicht die geringsten Gedanken zu machen.

»Es wird stürmisch!«, rief er in Richtung Schlafzimmer.

»Ja, ja …«, rief sie zurück. »Wir hatten schon schlimmeres Wetter. Weißt du noch, als ich von Sydney zurückgekommen bin?«

Das war vor zwei Jahren gewesen. Tom erinnerte sich noch gut daran. Über Hamburg tobte ein Sturm mit Orkanböen, der Flieger, in dem Charlotte saß, brauchte drei halsbrecherische Landeversuche, beim ersten kippte das Flugzeug beinah auf die Seite und schrammte mit den Tragflächen fast die Startbahn, bevor es wieder durchstartete. Sämtliche deutschen Nachrichtensendungen hatten die beängstigenden Bilder von den Landungsversuchen ausgestrahlt.

Tom hatte in der Ankunftshalle auf Charlotte gewartet und war fast verrückt geworden vor Angst.

Charlotte dagegen hatte während der hochgefährlichen Landeversuche ungerührt Manuskripte gelesen und sich überhaupt nicht dafür interessiert, wie die Maschine gegen den Sturm ankämpfte.

Als sie ihm dann endlich um den Hals fiel und ihn umarmte, war *er* grün im Gesicht, sie nicht.

»Ich bin fertig!«, verkündete Charlotte in diesem Moment. »Wir können los. Oder soll ich mir doch ein Taxi nehmen?«

»Nein!«, sagte Tom. »Warum denn? Ich fahr dich.«

Charlotte trug enge, verwaschene Jeans, eine lässige Bluse, darüber eine derbe Lederjacke und Wildlederstiefel, die sie sowohl im Sommer als auch im Winter anzog.

Tom fand seine Frau wundervoll. Charlotte, eine erfolgreiche Produzentin, die aussah wie eine Mischung aus Countrygirl und Rockerbraut.

Er nahm ihr den Koffer ab, und sie verließen das Haus.

Auf dem Weg zum Auto mussten sie sich mit aller Kraft gegen den Wind stemmen, der Himmel wurde immer schwärzer.

»Es gibt heute noch was«, sagte Tom, als er den Motor anließ.

Charlotte strich sich gelassen durch die kurzen blonden Haare. »Mach dir keine Sorgen. Niemand will sterben. Auch nicht die Piloten. Sie werden schon wissen, was sie tun. Ich hab übrigens vorhin im Internet nachgeguckt. Alle Flieger in Hamburg starten planmäßig.«

Trotz des schlechten Wetters kamen sie zügig voran.

»Was hast du heute Abend noch vor?«, fragte Charlotte.

Tom zuckte die Achseln. »Gar nichts. Wahrscheinlich seh ich mir in Ruhe den *Tatort* an. Bei dem Sauwetter jagt man ja keinen Hund vor die Tür. Aber irgendwann diese Woche geh ich vielleicht mit René in den Cotton-Club, da spielt 'ne Jazz-Band aus England, die ich ganz interessant finde.«

Charlotte lächelte. »Schade. Da wär ich auch gern mit dir hingegangen.«

»Ein andermal. Läuft uns ja nicht weg.« Er legte seine Hand auf Charlottes Knie und streichelte sie kurz.

»Stimmt«, sagte sie leise.

»Wann kommst du genau zurück?«

»Samstagabend, achtzehn Uhr fünfzehn. Holst du mich ab?«

»Na klar. Dann können wir gleich was essen gehen.«

»Wunderbar.« Charlotte atmete tief ein. Immer wieder wurde ihr bewusst, was sie für ein großartiges Leben führten.

Sie konnten tun und lassen, was sie wollten, jeder lebte seine Träume, beide hatten einen Beruf, den sie liebten, sie besaßen ein herrliches, relativ einsam gelegenes Haus im Norden von Hamburg, unweit des kleinen Ortes Bönningstedt, außerdem ein fantastisches Ferienhaus auf Sylt, direkt in den Dünen mit Blick aufs Meer, eine Segelyacht im Hafen Wedel und mehr Geld auf dem Konto, als sie wahrscheinlich in ihrem ganzen Leben ausgeben konnten. Sie waren gesund, hatten keine Sorgen und führten eine gute Ehe. Da blieben keine Wünsche offen.

Charlotte wusste, dass dies alles keineswegs selbstverständlich war. Es hatte ganz andere Zeiten gegeben, aber sie hatten beide einfach unverschämtes Glück gehabt.

Tom fuhr am Flughafen Fuhlsbüttel auf den Parkplatz drei, den er wie seine Westentasche kannte, parkte auf dem zweiten Parkdeck, hob Charlottes Koffer aus dem Kofferraum, drückte ihr einen Kuss aufs Haar, und gemeinsam gingen sie in die Abfertigungshalle.

»Du musst nicht warten«, sagte Charlotte, als sie vor dem Schalter standen. »Ich checke jetzt sofort ein und setze mich dann gleich vor den Abflugschalter, denn ich muss für die Besprechung morgen noch 'ne Menge lesen und durcharbeiten.«

»Okay.« Tom nahm Charlotte in den Arm. »Pass auf dich auf, ja? Und viel Erfolg!«

Sie lächelte. »Ich werd mir Mühe geben.«

»Ich freu mich schon auf Samstag, wenn du wieder da bist.«

»Ich mich auch.«

Er zog sie an sich und küsste sie.

»Ich liebe dich«, flüsterte sie.

»Ich liebe dich auch.«

Er wandte sich ab. »Mach's gut!«

Sie nickte und reihte sich in die Schlange zum Einchecken ein.

Im Davongehen drehte er sich noch einmal kurz um und winkte ihr zu.

Sie winkte zurück.

2

Es war keine Freude, mit dem breiten Audi-SUV auf dem engen Parkdeck zu manövrieren, aber Tom war jetzt die Ruhe selbst. Auf der Landstraße würde er irgendwo halten und telefonieren.

Es regnete ohne Unterbrechung, auf den Straßen schwamm das Wasser, der Scheibenwischer arbeitete auf höchster Stufe. Dicke schwarz-violette Wolken lagen über der Stadt, aber noch war kein Donnergrollen zu hören, auch Blitze durchzuckten noch nicht den düsteren Himmel.

Er fuhr langsam. Sechs Tage, bis Charlotte wiederkam, fast eine ganze Woche. Unter anderem würde er viel Zeit zum Malen finden.

Tom war ein renommierter Kunstmaler, der in den letzten zehn Jahren in der Kunstszene sehr bekannt geworden war, seine Bilder erzielten mittlerweile fünfstellige Preise. Aber das interessierte ihn weniger, Geld war nicht sein Problem, er arbeitete einfach leidenschaftlich gerne, weil er das Malen brauchte wie die Luft zum Atmen. Mit seinen Gefühlen konnte er schon immer schlecht umgehen, er hatte nicht sie, sondern sie hatten ihn im Griff. So war er seinen Stimmungsschwankungen und Ängsten, seinen Sehnsüchten und Verzweiflungen hilflos ausgeliefert, es sei denn, er malte und brachte das, was ihn erregte und bewegte, auf die Leinwand.

Charlotte hingegen war eine erfolgreiche Film- und Fernsehproduzentin, eine kühle Geschäftsfrau, die eiskalt verhandeln und den Sendern die Gelder aus den Rippen leiern konnte. Bei Filmstoffen und Drehbüchern verlor sie nie den dramaturgischen Durchblick, merkte sich Details wie ein Hochleistungscomputer, erklärte Redakteuren die Logik und schenkte Autoren so manch eine kreative Idee.

Während sich der sensible Tom seinen Träumen und Fantasien hingab, behielt sie immer die Realität im Blick und verlor nie die Kontrolle.

Die beiden ergänzten sich hervorragend, und das Duo Tom-Charlotte war einfach unschlagbar.

Tom hatte jetzt die Stadtgrenze erreicht und fuhr auf einer schnurgeraden Allee. Er schaltete das Radio ein und gleich wieder aus, Stimmen konnte er im Moment nicht ertragen, und er fand keinen Sender, der Musik spielte, die ihn entspannte.

In einer Ausweichbucht hielt Tom an, schaltete den Motor aus und wählte eine Nummer auf seinem Smartphone.

Sie meldete sich sofort.

»Hallo, Leslie«, sagte Tom, und seine Stimme klang weich und warm. »Wie sieht's aus? Bleibt es dabei? Heute Abend bei mir?«

»Ist sie weg?«

»Ja. Ich hab sie gerade zum Flugplatz gebracht. Jetzt müsste sie bereits eingecheckt haben.«

»Ist gut. Ich komme.«

»Wann bist du da?«

»Keine Ahnung. Aber ich beeil mich. René ist heute Abend bei seinem geliebten Juristenstammtisch, der nur alle zwei

Monate stattfindet. Das geht meist sehr lange, die lassen es immer richtig krachen, vor eins oder zwei ist er sicher nicht zu Hause.«

»Oh wie schön, Leslie, ich freu mich.«

»Bis dann.« Sie legte auf.

Tom startete den Motor und fuhr weiter. Diesmal trotz des Regens wesentlich schneller.

Leslie kam um kurz vor acht. Sie stand in ihren knallbunten Gummistiefeln und einem Regenschirm mit blauem Himmel und Schäfchenwolken, der so riesig war, dass fünf Personen darunter Platz gehabt hätten, vor der Tür, grinste breit, und Tom fand sie unwiderstehlich.

Sie kam herein, zog die Stiefel aus, hängte den tropfenden Monsterschirm an die Garderobe und ließ sich in Toms Arme fallen.

Er küsste sie wild und leidenschaftlich und fuhr ihr dabei sofort mit der Hand unter den Pullover, aber sie drehte sich aus seinem Arm.

»Nun mal langsam, junger Mann. Wir haben schließlich vier Stunden Zeit. Und ich kann mir ja 'ne Menge vorstellen, aber nicht hier im Flur zwischen den nassen Sachen!«

Tom lachte leise und zog sie ins Wohnzimmer.

Als Charlotte vor ungefähr einem halben Jahr in Berlin war und dort eine Krimiserie drehte, kam Leslie eines Abends bei Tom vorbei und hatte eine Quiche Lorraine dabei.

»Du armer Strohwitwer«, sagte sie lächelnd, »wahrscheinlich bist du ohne Charlotte schon fast verhungert. René ist auf einem Kongress. Was hältst du davon, wenn wir zusammen essen?«

»Das ist eine fantastische Idee. Komm rein.« Tom war in der Tat schon fast verhungert, ernährte sich nur von Keksen und Tee und malte den ganzen Tag.

Leslie schob die Quiche kurz in die Mikrowelle, und Tom öffnete eine Flasche Weißwein.

Als sie sich gegenübersaßen und sich zuprosteten, lag eine merkwürdige Fremdheit zwischen den alten Freunden in der Luft. So als träfen sie sich zum ersten Date. Dabei kannten sie sich jetzt seit über zehn Jahren. Leslie spürte, dass sie nervös und verunsichert war, denn sie wollte unbedingt, dass er sie in den Arm nehmen und küssen würde. Aber nicht als Freundin, sondern als Frau.

Und Tom dachte, verflucht noch mal, warum ist mir bisher nie aufgefallen, wie schön sie ist?

Sie aßen fast schweigend. Wussten nicht so recht, was sie sagen sollten.

In ihrer Not fragte Leslie: »Wie geht es Charlotte?«

»Gut. Sie ruft jeden zweiten Tag an.«

»Und? Wie laufen die Dreharbeiten?«

»Prima. Sie sind im Zeitplan, die Kosten bleiben anscheinend im Rahmen, der Regisseur hat die Sache im Griff, und die Schauspieler sind entspannt. Besser geht's nicht.«

»Ach, das freut mich aber.«

Und schon brach die Unterhaltung wieder zusammen.

Aber ihre Blicke wurden tiefer. Und länger.

Bis Tom sein Besteck aus der Hand legte und fragte: »Sag mal, Leslie, würdest du mir Modell sitzen?«

Leslie wurde flammend rot.

»Ja … ja, warum nicht, aber … – nun ja – komisch ist das schon – wie kommst du denn jetzt darauf?«

»Ich stelle mir gerade vor, wie du aussiehst, wenn du nichts anhast.« Er lächelte. »Und ich glaube, du bist so schön, dass ich dich malen möchte.«

»Oh!« Leslie war völlig verwirrt. Wenn sie jetzt beide aufgestanden wären, sich ausgezogen hätten und im Schlafzimmer verschwunden wären – hätte sie kein Problem damit gehabt. Im Gegenteil. Denn eigentlich war sie nur deswegen gekommen. Sie wollte Tom. Sie wollte ihre Attraktivität testen. Sie wollte wissen, ob sexuelle Lust auch zwischen so alten, vertrauten Freunden möglich war.

Aber jetzt wollte er, dass sie nackt vor ihm posierte, und plötzlich schämte sie sich wie eine Sechzehnjährige, der ein junger Mann zum ersten Mal in ihrem Leben die Bluse aufknöpft.

Schließlich sagte sie einfach die Wahrheit: »Ich glaube, ich geniere mich vor dir, Tom.«

Er stand auf und nahm ihre Hand. »Komm.«

Tom bat sie, sich auszuziehen und auf eine lindgrüne Couch zu legen, die in seinem Atelier stand.

Zögernd und langsam zog sie sich aus und legte sich hin. Mit dem Rücken zu ihm.

»Nein«, sagte er, »bitte dreh dich um.«

Sie tat es, vorsichtig, und wurde sich in diesem Moment ihres Körpers vollkommen bewusst. Ihre Brüste waren fest und voll, ihre Taille schmal, aber ein kleiner Bauch hing nun ein wenig schlapp herab, und sie versuchte ihn einzuziehen, war sich aber bewusst, dass sie das nicht lange durchhalten würde. Ihre Scham war rasiert, und sie fragte sich, was Tom darüber denken würde. Ihre Oberschenkel waren ein klein wenig zu dick, dafür waren ihre Knie schmal und ihre Waden wunderschön geformt. Sie konnte es nicht ändern, jetzt wusste er, wie sie aussah, und sie schämte sich entsetzlich.

»Bleib so«, sagte er, »aber stütze den Kopf auf den rechten Arm.«

Sie tat es und entspannte sich ein klein wenig. Es ist doch wirklich nichts dabei, versuchte sie sich immer wieder einzureden, wir sind doch dicke Freunde, und in einer Berghütte würden wir bestimmt auch in einem Zimmer übernachten.

Was für eine prachtvolle Frau, dachte Tom, eigentlich das komplette Gegenteil von Charlotte. Die üppige, große und brünette Leslie konnte man mit der schmalen, zierlichen, blonden Charlotte überhaupt nicht vergleichen.

Ganze drei Minuten zeichnete er, dann hielt er es nicht mehr aus. Das ist unprofessionell, aber richtig gut, dachte er, während auch er sich auszog und sich zu ihr auf die breite Couch legte.

Und sie reagierte, als hätte sie die ganze Zeit nur darauf gewartet, und küsste ihn.

In den kommenden Wochen und Monaten trafen sie sich immer, wenn es nur irgendwie möglich war. Es war ein Spiel. Ein Spiel mit der Lust und der Ahnungslosigkeit der Ehepartner. Denn eines war beiden klar: Leslie liebte René, und Tom liebte Charlotte. Ihre Ehen waren ihnen heilig, sie wollten sie nicht gefährden, aber wenn sie sich sahen und miteinander ins Bett gingen, hatten sie das Gefühl, ein großes, lustvolles Abenteuer zu erleben, das sie nicht mehr missen wollten.

Tom stand in der Küche, schwenkte Garnelen in der Pfanne, gab Knoblauch und Paprika dazu, löschte das Ganze mit einem Schluck Weißwein ab und füllte es auf zwei Teller. Dazu gab es Baguette, einen kleinen grünen Salat und Champagner.

Zum Essen setzten sie sich ins Wohnzimmer, auf dem Tisch brannten mehrere Kerzen.

Sie aßen lange Zeit schweigend und sahen sich an.

»Es schmeckt fantastisch«, meinte Leslie schließlich.

»Das freut mich. Und? Was gibt's Neues?«

»Nicht viel. Eigentlich gar nichts. Und bei dir?«

»Auch nichts. Nur Charlotte arbeitet ziemlich viel. Tag und Nacht eigentlich. Sie schwimmt auf einer regelrechten Erfolgswelle, alles, was sie anschiebt, klappt, und ich hab manchmal Angst, dass sie sich übernimmt.«

»Wann hab ich sie das letzte Mal gesehen?«, überlegte Leslie. »Vor drei Wochen ungefähr. Da erschien sie mir sehr entspannt und äußerst zufrieden.« Sie lächelte. »Überarbeitet kam sie mir jedenfalls nicht vor.«

»Hoffentlich hast du recht, denn jetzt plant sie auch noch, das Leben von Liz Taylor zu verfilmen, und da freut sie sich drauf.«

»Echt? Ich bin ein großer Fan von Liz Taylor. Hast du *Wer hat Angst vor Virginia Woolf* gesehen?«

»Sicher. War sensationell …« Er brach mitten im Satz ab, denn er wollte jetzt weder über das Theaterstück noch über den Film noch über Charlotte diskutieren. »Hast du Lust auf ein Bad, oder gehen wir gleich ins Bett?«

»Ich hab Lust auf beides«, meinte Leslie und grinste.

Sie stand auf und löschte die Kerzen. Tom griff nach Flasche und Gläsern, und sie gingen nach oben.

Während sie sich später liebten, grummelte in der Ferne der Donner. Regen prasselte gegen die Fenster.

Plötzlich gab es einen Knall, einen gleißend hellen Blitz und einen einzigen, ohrenbetäubenden Donnerschlag.

Und augenblicklich war es stockdunkel.

3

Leslie kicherte und seufzte leise.

»Psst!«, zischte Tom.

Sie kicherte immer noch. »Du kitzelst mich!«

»Sei mal still!« Tom drückte ihr die Hand auf den Mund.

»Warum machst du denn nicht weiter?«, fragte sie und biss ihm ins Ohrläppchen.

»Nein. Ruhig! Da war was. Ein merkwürdiges Geräusch. Ich glaub, ich hab ein Poltern gehört.«

»Du spinnst! Das ist das Gewitter!«, flüsterte Leslie gereizt, die sich Toms Berührungen gerade vollkommen lustvoll hingegeben hatte, in ihren sexuellen Fantasien davongeflogen war und nun hart in der Realität landete.

»Psst!«

Er wusste nicht, ob es wirklich im Haus gewesen war. Unten in der Küche? Oder im Wohnzimmer?

Momentan schwieg das Gewitter, auch der Regen hatte nachgelassen.

Tom spürte, dass er den Atem anhielt, wagte es nicht, sich zu bewegen.

Vorsichtig richtete er sich ein wenig auf. Sein Halswirbel knackte, und dieses Geräusch hallte schreiend laut in seinem Kopf. Als hackte jemand Holz.

Die Kerze auf dem Nachttisch flackerte, er sah Leslies ungläubigen Gesichtsausdruck und legte den Finger auf seine Lippen.

Vor den Fenstern waren keine Gardinen, das fahle Mondlicht warf einen leichten Schimmer aufs Bett.

Vollkommen unbeweglich lauschte er weiter in die Stille. Leslie beobachtete ihn und bewegte sich nicht.

Eine knappe Minute wartete er und horchte. Holte nicht ein einziges Mal Luft und registrierte zunehmend erleichtert, dass die Stille blieb. Wahrscheinlich hatte er sich getäuscht.

Seit vier Jahren lebte er nun mit Charlotte in diesem komplett abgelegenen friesischen Haus. Sie liebten es beide, aus jedem Fenster über die weiten Felder gucken zu können, aber waren in dieser Einsamkeit auch auf sich gestellt. Das nächste Nachbarhaus lag zwar in Sichtweite, aber dennoch drei Kilometer entfernt. Einen Einbruch oder Überfall bekam niemand mit, und das war für sie, seit sie hier wohnten, die absolut schlimmste Vorstellung.

Immer noch vollkommene Ruhe.

Er hörte nichts. Gar nichts.

Langsam ließ er sich zurück ins Kissen sinken. Wahrscheinlich hatte er sich alles nur eingebildet. Er atmete tief durch und entspannte sich.

Die Digitalanzeige des Radioweckers war wegen des Stromausfalls schwarz, er hatte keine Ahnung, wie spät es genau war, aber uns bleiben bestimmt noch zwei Stunden, sagte er sich, mach dich nicht verrückt.

Da.

Da war es wieder. Verdammt. Diesmal hatte er es ganz deutlich gehört, es hatte geklungen, als wäre jemand gegen einen

Stuhl gestoßen und hätte ihn über die Fliesen geschoben. Ein schabendes Geräusch. Ganz genau konnte er es nicht deuten. Aber er war sicher, dass es nicht der Wind war, der das Kabel der Außenlaterne gegen die Wand schlug. Und es war auch kein Tier, das draußen die Gießkanne oder einen Klappstuhl auf der Terrasse umgeworfen hatte. Es kam nicht von draußen. Es kam von drinnen.

Jemand war im Haus.

Nein, bitte nicht!, flehte er innerlich. Das darf nicht wahr sein, nein, das kann einfach nicht sein!

Der Sturm heulte und machte ihn ganz verrückt, weil er die Geräusche nicht eindeutig orten konnte. War es vielleicht doch die Loo-Tür, die am Haken eingehängt im Wind hin und her schlug?

Nein, es kam aus einer anderen Richtung.

Und wieder hörte er etwas. Leiser zwar, aber eindeutig. Von innen. Nicht von draußen.

Jetzt kam es darauf an, keinen, nicht den geringsten Laut von sich zu geben. Bloß nicht den Einbrecher auf sich aufmerksam machen, der vielleicht davon ausging, dass niemand im Haus war.

Tom war klar, dass das Überraschungsmoment bei ihm bleiben musste, sonst hatte er verloren.

Er legte Leslie die Hand auf den Arm. »Ganz still«, flüsterte er. »Rühr dich nicht. Keinen Laut jetzt!«

Das Herz schlug ihm vor Aufregung bis zum Hals, als er langsam mit seiner Hand unter dem Bett nach seiner Harpune tastete. Vor einem knappen halben Jahr hatte er sie im Internet bestellt, weil man diese Waffe ohne Waffenschein kaufen konnte. Auslöser war ein Überfall im Nachbarort gewesen. Drei junge Männer waren in das Haus eines Ehepaares eingedrungen und hatten die beiden alten Leute zusammengeschlagen, gefesselt und gefoltert. Sie wären an ihren Verletzungen fast gestorben. Erbeutet hatten die Räuber das gesamte Ersparte der beiden Alten und den Familienschmuck.

Bereits eine Woche nach der Bestellung lag das Paket auf dem Küchentisch. Tom setzte die Harpune zusammen und probierte sie im Garten aus, als Charlotte nicht zu Hause war, weil er wusste, dass sie eine Aversion gegen Waffen aller Art hatte.

Sie funktionierte hervorragend, und nach einigen Schüssen gingen ihm das Spannen der Feder und das Einlegen des Pfeils schon leichter und schneller von der Hand.

Dann hatte er sie – für alle Fälle – unters Bett gelegt und seitdem nicht mehr hervorgeholt.

Seine Finger tasteten weiter den Fußboden ab. Verflucht! Er kam nicht dran! Sie lag zu weit entfernt. Wahrscheinlich hatte die Putzfrau sie mit jedem Wischen immer mehr in die Mitte geschoben.

Instinktiv legte er beruhigend die Hand auf Leslies Oberschenkel, die wie erstarrt neben ihm lag.

Dann drehte er sich vorsichtig und so leise wie möglich auf die Seite, um noch tiefer unter das Bett fassen zu können.

Da! Endlich! Er bekam die Harpune, den Ladestab, einen Pfeil und eine Pfeilspitze zu fassen und zog alles vorsichtig unter dem Bett hervor, damit nichts davon über die Dielen schrammte.

In der Stille der Nacht erschien jedes leichte Kratzen so laut wie die Arbeitsgeräusche einer Horde Handwerker im Haus.

Langsam hob er die Harpune im Dunkeln hoch und ärgerte sich, dass er sie so lange nicht mehr in der Hand gehabt hatte.

»Was machst du denn da?«, hauchte Leslie.

»Sei ganz still, ja?« Noch einmal legte er den Finger auf die Lippen.

Lautlos glitt er aus dem Bett und stand auf. Er nahm den Ladestab, schob ihn von oben mit aller Kraft in den Lauf der Harpune und presste die Feder bis zum Anschlag. Als sie endlich einrastete, klang es in seinen Ohren wie ein Peitschenknall.

Er hielt inne. Wartete einen Moment – aber nichts geschah.

Dann setzte er den Pfeil ein, nahm die Pfeilspitze, schraubte sie mit zitternden Händen langsam und vorsichtig auf den Pfeil und zwang sich zur Ruhe, um sie nicht zu verkanten.

Die Zeit, sich eine Hose oder Hausschuhe anzuziehen, nahm er sich nicht.

»Was soll das? Was hast du vor?« Leslie saß im Bett und starrte ihn mit großen, ängstlichen Augen an.

In diesem Moment wurde ihm klar, dass es eine Katastrophe wäre, wenn sie ihm nach unten folgen würde. Das musste er unbedingt verhindern.

»Leslie«, flüsterte er so leise, aber auch so eindringlich wie möglich. »Bleib hier und verhalte dich ganz ruhig, bitte. Ich glaube wirklich, da unten ist jemand. Ich seh jetzt mal nach.«

»Soll ich die Polizei rufen?«, fragte sie.

»Nein. Warte hier auf mich. Sei leise. Ich sag dir Bescheid. Vielleicht hab ich mich ja auch getäuscht.«

Er versuchte, ihr beruhigend zuzulächeln, aber es gelang ihm nicht.

Seinem ärgsten Feind wünschte er nicht, jemals in solch eine Situation zu kommen.

Die Harpune in der linken Hand, drückte er vorsichtig mit der Schulter gegen die Schlafzimmertür, damit sie nicht knarrte, und öffnete sie lautlos mit der rechten.

Er war darauf gefasst, eventuell gleich einer dunklen Gestalt im Flur gegenüberzustehen.

Aber dies geschah nicht. Der kurze Flur war leer.

Ihm brach der Schweiß aus. Seine Finger fühlten sich glitschig an, er hatte das Gefühl, die Waffe nicht sicher halten zu können, versuchte aber, den Gedanken zu verdrängen.

Ich muss da durch, dachte er, ich muss das jetzt aushalten. Ganz egal, was geschieht. Oh mein Gott!

Noch nie in seinem Leben hatte er solch eine Scheißangst gehabt. Ihm wurde klar, dass er nur einen, nur einen einzigen verdammten Schuss hatte. Wenn der danebenging, war er geliefert, dann würde der Einbrecher ihn und Leslie fertigmachen, denn der Typ war sicher nicht unbewaffnet. Und was war, wenn es zwei waren? Oder eine ganze Bande? Dann konnte er mit einem Schuss herzlich wenig ausrichten, es sei denn, er traf und schlug dadurch die anderen in die Flucht.

Langsam näherte er sich im Dunkeln der Treppe. Durch ein winziges quadratisches Fenster in der Decke drang kaum Mondlicht. Aber in diesem Haus kannte er jeden Zentimeter und fand sich wie ein Schlafwandler zurecht. Zumindest darin war er den Einbrechern überlegen.

Jetzt musste er die Treppe ein Stück hinuntergehen, um zu sehen, was los war.

Er setzte seine Füße so vorsichtig, als liefe er über schlafende Welpen.

Die dritte und die fünfte Stufe von oben knarrten, das wusste er, daher mied er die beiden und machte jeweils behutsam einen großen Schritt.

Tom war noch sieben Stufen vom Ende der Treppe entfernt und blieb im Dunkeln stehen.

Von hier aus konnte er übers Geländer nach unten in die Küche sehen.

Sie war leer, aber die Tür zum Wohnzimmer stand offen.

Nur mit Mühe konnte er eine Gestalt wahrnehmen, die sich im Dunkeln durchs Wohnzimmer bewegte und nun zur Küche hereinkam.

Sein Herz stolperte, ihm wurde übel, und seine Hand krampfte sich um die Harpune. Hundertmal hatte er in Gedanken schon so eine Angstsituation durchgespielt, er konnte kaum glauben, dass sie jetzt Realität war.

Tom konnte die Person nur schattenhaft wahrnehmen, die jetzt die Hand auf die Klinke legte, um die geschlossene Tür zum Flur hin zu öffnen. Vom Flur aus kam man ebenfalls durch eine schmale Treppe in den ersten Stock – und ins Schlafzimmer, wo Leslie sich wahrscheinlich gerade zu Tode fürchtete.

Tom geriet in Panik. Er überlegte nicht mehr, in seiner Angst reagierte er nur noch. Beinah lautlos ging er die wenigen noch fehlenden Stufen hinunter und hob die Harpune. Jetzt kam es darauf an. Jetzt musste er treffen. Nur dieses eine Mal.

Oh Gott!

Einen Moment überlegte er zu fliehen, nach oben zu rennen, sich im Schlafzimmer zu verbarrikadieren und die Polizei zu rufen, aber dann fiel ihm ein, dass die Tür keinen Schlüssel hatte, und so blieb er innerlich zitternd und bebend stehen.

»Stopp!«, rief er laut, aber fühlte sich gleichzeitig unendlich schwach.

Wie elektrisiert fuhr die Gestalt herum, und Tom schoss im selben Moment. Ohne nachzudenken. Der Abzug an der Harpune hatte so gut wie überhaupt keinen Druckpunkt.

Die gewaltige Wucht des Pfeils traf den menschlichen Schatten direkt von vorn, durchbohrte seinen Hals knapp unterhalb des Kehlkopfes und nagelte ihn an die schwere Vollholztür.

Als Tom merkte, dass der Eindringling augenscheinlich getroffen und handlungsunfähig war, tastete er sich die Treppe zur Küche hinunter und weiter zur Gläservitrine, denn er wusste, dass im untersten Fach links eine Stabtaschenlampe stand, die immer zum Einsatz kam, wenn der Strom ausfiel.

Er fand sie sofort, schaltete das starke grelle Licht der Lampe an und leuchtete in das Gesicht des Einbrechers.

In Charlottes Gesicht.

Sie starrte Tom mit riesigen, angsterfüllten Augen an und konnte offensichtlich nicht fassen, dass sie gerade dabei war zu sterben, dass ihr eigener Mann zu ihrem Mörder geworden war.

Unablässig blubberte das Blut aus ihrem Hals. Sie versuchte die Arme zu heben, aber schaffte es nicht mehr, ihre Beine gaben nach, doch sie konnte nicht zu Boden sinken, da der Pfeil mit Widerhaken fest im Holz steckte. Sie bekam keinen Ton mehr heraus.

Toms Entsetzen war übermächtig. Er stieß einen schrillen, lang anhaltenden Schrei aus, als würde er am Rande einer Schlucht den Halt verlieren und in schier unendliche Tiefen stürzen.

Beinah ohnmächtig vor Schreck fiel er vor der Sterbenden auf die Knie. »Charlie, Liebes«, schluchzte er, »das habe ich nicht gewollt, oh mein Gott, was habe ich getan? Charlie, bleib bei mir, bitte, das konnte ich doch nicht ahnen, ich dachte …« Dann versagte ihm die Stimme, er umklammerte ihre Beine und weinte hemmungslos.

Als er den Kopf hob und wieder die Taschenlampe auf sie richtete, sah er, dass Charlotte noch einmal die Augen weit aufriss wie ein harpunierter Thunfisch, der sich im Todeskampf drehte und durchs Wasser trudelte.

Sie gab ein grauenhaftes Röcheln von sich und schloss für immer die Augen. Ihr Kopf fiel nach vorn wie der des Gekreuzigten.

Da verließ Tom die Kraft. Er konnte nicht mehr knien, konnte sich nicht mehr halten und sank zu Boden. Lehnte an der Wand. Vollkommen fertig. Leer und voller Entsetzen.

Langsam kam Leslie in Unterhose und Pullover die Treppe herunter.

»Tom«, hauchte sie kaum hörbar.

Er antwortete nicht.

In seinem Inneren tobte ein Chaos wie noch niemals zuvor.

»Tom«, wiederholte sie. »Was ist los?«

Er sagte nichts, richtete nur den Schein der Taschenlampe auf Charlotte.

»Oh mein Gott!«, stöhnte Leslie. »Was zum Teufel hast du getan?«

4

Tom weinte haltlos.

»Reiß dich zusammen!«, schrie Leslie. »Und versuch, das verdammte Licht wieder anzuschalten! Schnell! Dreh die Sicherungen rein, oder was weiß ich. Wir müssen sehen, ob noch irgendwas zu machen ist, aber in dieser Finsternis ist das unmöglich!«

Tom schluchzte und rührte sich nicht.

»Nun mach schon!«, brüllte sie. »Verdammt noch mal, hilf mir!«

Jetzt erst reagierte er. Langsam wie in Trance erhob er sich und lief mit der Taschenlampe hinaus zum Sicherungskasten.

Nur Sekunden später ging das Licht an, und Tom kam wieder herein.

Der Anblick der toten, von der Harpune durchbohrten Charlotte war im hellen Licht noch viel grausamer als das, was sie im Schein der Taschenlampe gesehen hatten.

Leslie behielt einen kühlen Kopf, tastete nach Charlottes Puls und untersuchte, ob noch irgendeine Spur von Leben in ihr war. Dabei bemühte sie sich, nicht in die riesige Blutlache auf den hölzernen Dielen zu treten.

Tom stand stumm daneben. Sein Herz raste.

»Es ist zu spät«, sagte Leslie schließlich. »Tom, bist du eigentlich vollkommen verrückt geworden? Wie konntest du denn bloß gleich losschießen? Und hast du nicht gesehen, dass es Charlotte war?«

Tom schüttelte den Kopf. »Es war stockdunkel.«

»Aber auch wenn ich jemanden nur schemenhaft wahrnehme, weiß ich doch, ob es ein Mann oder eine Frau ist!«

»Jeans und Lederjacke und kurze Haare. Ich hab's wirklich nicht gesehen.«

»Das glaubt dir kein Mensch!«

»Denkst du, ich hab Charlotte mit Absicht umgebracht?« Tom war, als würde sein Schädel platzen.

»Ich weiß nicht, was ich denken soll, Tom, aber ich weiß, dass du jetzt wirklich bis über beide Ohren in der Scheiße steckst.«

»Was machen wir denn jetzt? Was mach ich bloß? Was soll ich denn tun, Leslie?«, schrie er hilflos, als könnte Leslie alle Probleme dieser Welt lösen und vom Tisch wischen.

»Das weiß ich doch auch nicht! Du musst die Polizei rufen.«

Tom zitterte am ganzen Körper. Er überlegte, ob es nicht das Beste wäre, einfach ins Bett zu gehen und zu schlafen. Morgen früh würde er aufwachen, der Spuk wäre vorbei und alles in bester Ordnung. Es war grauenvoll, dass man manchmal aus den schlimmsten Albträumen einfach nicht erwachte.

Wie ein Tiger im Käfig lief er im Kreis immer wieder um den Küchentisch herum. Dass er die ganze Zeit völlig nackt war, schien er gar nicht zu bemerken.

»Warum hast du denn sofort geschossen, du Vollidiot?«, schrie sie ihn an. »Ohne zu fragen, wer da ist? Charlotte hätte bestimmt gesagt: ›Hallo, ich bin's‹, und dann wäre alles klar gewesen, aber nein, du denkst, das muss ein Einbrecher sein, und ballerst einfach drauflos!«

»Aber ich konnte doch nicht ahnen, dass es Charlotte ist! Ich hab sie doch vorhin erst zum Flugplatz gebracht!« Er kam vor Leslie zum Stehen und rang die Hände.

Noch nie hatte sie so einen verzweifelten Menschen gesehen. »Wahrscheinlich ist der Flug bei diesem Sauwetter gecancelt worden. Himmel, Tom! Wie kann man nur solch eine Scheiße bauen!«

Er weinte wieder und jammerte dabei wie ein junger Hund.

»Setz dich«, befahl Leslie knapp. »Wir müssen überlegen.«

Tom setzte sich zu ihr an den Küchentisch.

Eine Weile schwiegen beide. Dann sagte Tom: »Ich rufe René an. Er weiß bestimmt, was man in dieser Situation am besten tut.«

Er griff das Telefon.

»Nein, mein Lieber, damit wartest du schön, bis ich verschwunden bin«, meinte Leslie scharf und nahm ihm das Telefon aus der Hand. »Auf eine halbe Stunde kommt's jetzt auch nicht mehr an. Niemand weiß, dass hier ein Mord geschehen ist. Du hast Zeit, und ich werde wegen dieses Wahnsinns nicht meine Ehe aufs Spiel setzen.«

»Mord?«, schrie Tom entgeistert. »Hast du Mord gesagt?«

»Na, was denn sonst? Was glaubst du, was das für die Polizei ist, wenn du in deinem Haus deine Ehefrau mit einer Harpune durchbohrst? Ich zieh mich jetzt schnell an und haue ab. Und dann mach, was du willst. Ruf meinetwegen René an, aber kein Wort, dass ich heute Abend hier war, ist das klar? Lass mich aus dem Spiel!«

Tom nickte schwach. Leslie stand auf und lief die Treppe hinauf.

Mühsam wie ein alter Mann zog er sich vom Stuhl hoch, schleppte sich in die Gästetoilette und erbrach sich.

Nur zwei Minuten später kam Leslie fertig angezogen wieder herunter, ging in den Flur, nahm ihre Handtasche, zog ihre Gummistiefel an und griff ihren Schirm.

»René wird dir bestimmt helfen«, sagte sie zu Tom, der ihr nachgekommen war. »Am besten, du lässt Charlotte da, wo sie ist. Fass nichts an. Ich drück dir die Daumen, dass ihr beide eine Lösung findet.« Sie sah sich um. »Hoffentlich hab ich nichts vergessen. Wir telefonieren, ja? Sag mir, was René dir geraten hat, aber vielleicht erzählt er es mir ja auch von allein. Tschüss, Tom.« Sie drückte ihm einen Kuss auf den Mund. »Irgendwie kriegen wir das alles hin, da bin ich ganz sicher, verlier jetzt nicht die Nerven.«

Sie drehte sich um und lief hinaus in die Nacht.

Tom stand da und wusste nicht, wie ihm geschah. Noch nie in seinem Leben hatte er sich so hilflos, so allein, so ohnmächtig und im selben Moment so voller Angst und verzweifelt gefühlt. Alle Emotionen stürmten gleichzeitig auf ihn ein und machten ihn völlig handlungsunfähig.

Wie in Trance schloss er die Haustür ab, obwohl es eigentlich idiotisch war. Wenn René kam, musste er sie ja wieder aufschließen.

Er hatte keine Ahnung, was er jetzt tun sollte.

Er wusste nur eins: Nach dieser Nacht würde er niemals wieder der sein, der er mal gewesen war.

Ungefähr eine Viertelstunde später hatte er sich vollständig angezogen und wählte Renés Handynummer.

Beim zehnten Klingeln nahm René ab.

»Ich bin's, Tom.«

»Ach, Tom! Du, ich kann grade nicht, ich bin mit ein paar Freunden unterwegs, ich ruf dich morgen an, ja?«

»Bitte, René, ich brauche deine Hilfe! Komm her, es ist wichtig!«

»Hat es nicht bis morgen Zeit?«

»Nein. Verflucht noch mal, René, es geht um Leben und Tod, also bitte, beweg deinen Arsch und komm her!«, brüllte Tom.

»Gib mir ein Stichwort, sonst lege ich auf und saufe weiter.«

»Ich hab Charlotte mit einer Harpune erschossen. Weil ich dachte, sie ist ein Einbrecher.«

Eine Weile hörte es sich an, als wäre die Leitung tot. Dann sagte René: »Oh mein Gott ...«

»Ja.« Tom schluchzte.

»Wo ist sie? Ich meine, wo ist es passiert?«

»Sie hängt an der Küchentür. Der Harpunenpfeil hat sie ans Holz genagelt.«

»Du spinnst doch. Du willst mich auf den Arm nehmen!«

»Nein, René. Bitte komm!«, kreischte Tom hysterisch. »Verstehst du nicht? Ich habe Charlotte umgebracht!«

»Und du bist sicher, dass du nicht komplett besoffen bist?«

»Bitte, René! Hilf mir! Und sag mir, was ich tun soll!«

»Gar nichts. Fass nichts an! Verändere nichts! Und ruf noch nicht die Polizei. Warte auf mich, ich bin schon unterwegs.«

5

Dreißig Minuten später hörte Tom ein Auto auf dem Kies, und nur Sekunden später kam René durch die Terrassentür.

Obwohl er darauf vorbereitet war, stand er völlig konsterniert vor Charlottes Leiche. Ein Schatten zog über sein Gesicht, und er sagte leise: »Oh Mann, und ich hatte bis zuletzt gehofft, du machst bloß Sprüche.« Eine Weile schwieg er. Dann drehte er sich zu Tom um. »Sag mal, spinnst du? Hast du sie nicht alle? Bist du völlig durchgedreht?«

Tom zuckte kraftlos die Achseln und sah aus, als würde er jeden Moment zusammenklappen. Er begann wieder zu schluchzen.

»Erzähl!«, sagte René. »Ganz genau. Ich muss jede Einzelheit wissen. Was ist passiert? Versuch dich zu erinnern. An jede Sekunde!«

»Willst du 'n Whisky?«, fragte Tom.

»Nein. Wir sollten jetzt nicht trinken. Keiner weiß, was heute Nacht noch alles geschieht.«

Sie setzten sich an den Küchentisch. Tom hatte seine tote Frau im Blick.

»Können wir sie nicht abhängen, auf die Erde legen und zudecken? Ich kann das nicht ertragen, dass sie da so hängt.«

»Nein. Das überlassen wir der Spurensicherung. Aber komm, wir gehen ins Wohnzimmer.«

Sie gingen rüber und setzten sich in zwei Sessel.

Tom fühlte sich besser.

»Wo war denn Charlotte heute Abend?«

»Ich hab sie am späten Nachmittag zum Flughafen gebracht. Sie wollte nach München fliegen und Samstagabend wieder zurück sein.«

»Ah ja. Und was ist dann passiert?«

»Ich war oben im Schlafzimmer und hab ein Geräusch gehört.«

»Wann war das?«

»So um zehn, halb elf.«

»Und da hast du schon im Bett gelegen und geschlafen?« René verdrehte ungläubig die Augen.

»Ja, sicher. Erst tobte dieses fürchterliche Gewitter, und dann hab ich ein Geräusch gehört.«

»Seit wann gehst du um zehn ins Bett, Tom? Das war doch zum letzten Mal, als du dreizehn warst und am nächsten Tag 'ne Mathearbeit schreiben musstest?«

»Ich fühlte mich nicht wohl.«

»Erzähl mir keine Opern. Das letzte Mal, als du dich nicht wohlgefühlt hast, war bei deiner Geburt.«

»Kann man nicht auch mal müde sein?«

»Man kann. Aber du nicht. Du stehst jede Nacht bis morgens um fünf im Atelier und malst. Und pennst dann bis mittags um eins. Für dich bricht doch abends um zehn erst der Nachmittag an. Und da liegst du oben im Bett? Bitte!«

Tom zögerte einen Augenblick, dann sagte er: »Ich war nicht allein.«

»Aha. Das versteh ich. Oh, wie unangenehm! Du liegst mit einer Geliebten im Bett, und deine Frau kommt nach Hause. Dumm gelaufen.«

»Ich dachte, sie ist ’ne Woche weg!«

»Tja, Pech.«

»René, bitte, glaub mir: Ich hab wirklich gedacht, da ist ein Einbrecher im Haus! Es war Notwehr, reine Notwehr!«

»Das einem Richter klarzumachen, mein Lieber, ist eine oscarverdächtige Meisterleistung.«

»Oh Mann!« Tom stützte seinen Kopf in die Hand und brach wieder in Tränen aus.

»Jetzt reiß dich zusammen und sag mir, wer bei dir war. Sie könnte eine wichtige Zeugin sein, die dich entlastet! Du glaubtest an einen Einbruch, du hattest Angst um sie, wolltest sie beschützen et cetera et cetera, da kann man eine schöne emotionale Geschichte bauen. Aber ich brauche ihren Namen.«

»René, hör auf. Bitte!«

»Tom! Ich glaube, du kapierst nicht, in welcher Situation du steckst! Es geht um deinen Kopf, beziehungsweise um eine erhebliche Anzahl von Jahren im Knast! Außerdem kann Charlotte ihren Namen nicht mehr erfahren. Also bitte, es tut niemandem weh, wenn du mir sagst, wer sie ist, es hilft dir nur.«

»Es war ein Quickie, verstehst du? Ein One-Night-Stand. Nichts von Bedeutung und absolut nicht wiederholungsbedürftig. Aber ich darf dir nicht sagen, wie sie heißt, weil sie tierisch prominent ist. Die Geschichte geht sofort die Yellow Press rauf und runter, und zwar nicht nur zwei Tage, sondern monatelang. Aber dann ist diese Frau fertig. Und ihre Ehe auch.«

»Woher kennst du sie?«

Tom stotterte. »Wir … wir haben uns auf Sylt ein paarmal getroffen, und jetzt kam sie her, um mich zu besuchen, die Gelegenheit war günstig, und da hat es geknallt. Lass sie aus dem Spiel, René, bitte!«

René seufzte. »Okay, wenn du meinst, aber es erschwert unsere Situation.«

»Was soll ich tun, René?«

René stand auf und ging im Zimmer umher. Vom Tisch zum Fenster und wieder zurück. Immer und immer wieder. Dann sagte er: »Wenn du wirklich nur einen Einbrecher erschossen hättest, sähe es gar nicht so schlecht aus. Notwehr. Vielleicht hatte der Typ auch noch 'ne Waffe dabei, und dann ist alles klar. Aber hier sieht es ganz übel aus, mein Freund, weil du deine eigene wehrlose Frau erschossen hast, und dass du eine Geliebte hattest, wird auch nicht ganz unentdeckt bleiben und dir sicher nicht zum Vorteil ausgelegt werden. Die Spurensicherung nimmt die DNA von jedem Zentimeter deiner Bettwäsche und von jedem Härchen im Bad. Wie auch immer. Du hast verdammt schlechte Karten. Ich würde dich verteidigen, klar, würde alles versuchen, aber ich kann im Bestfall nur ein oder zwei Jährchen weniger raushauen. In den Knast wanderst du in jedem Fall.«

»Nein!«, schrie Tom. »Alles – aber nicht in den Knast! Das schaffe ich nicht, René. Da gehe ich kaputt. Da sterbe ich! Ich brauche jeden Tag meine Medikamente, meine Malerei, meine Bücher, anständiges Essen … Ich kann nicht abends um neun das Licht ausmachen, da fange ich doch erst an zu leben! Das hast du doch selbst gerade gesagt! Und dann brauche ich Kontakte, Alkohol, Inspiration … Das ist mein Leben, René, und nicht ein halbes Toastbrot morgens um fünf, dann den ganzen Tag stumpfsinnige Arbeit, nur Stress mit den Halbaffen und Kriminellen, und wenn du duschen gehst, kriegst du einen Besenstiel in den Arsch. René, bitte!« Er fiel vor ihm auf die Knie. »Alles, aber nicht das. Da wäre ein Schuss in den Kopf gnädiger.«

René schwieg und rieb sich die Stirn. »Das verstehe ich. Aber wenn du das nicht willst, musst du abhauen. Raus aus Deutschland, irgendwohin.«

Tom reagierte nicht, nickte aber kaum merklich.

»Es sei denn«, fuhr René fort, »wir schaffen es, das Ding so zu drehen, dass es wirklich nach einem Einbruch aussieht. Dann hast du eine echte Chance.«

»Wie denn?« Tom war völlig kraftlos, und man sah ihm an, dass er im Moment nicht in der Lage war, kreativ zu denken.

»Lass mich mal einen Moment überlegen.« René ging zum Schrank, goss sich einen Whisky ein und nahm einen großen Schluck. »Jetzt brauch ich doch einen.«

»Ich auch.«

»Du musst heute Nacht noch fahren.«

»Nur einen kleinen. Mir ist schlecht.« Tom erhob sich schwankend.

René gab ihm den Whisky. »Verflucht«, überlegte er, »niemand sollte wissen, dass ich heute Nacht hier war, aber egal, ich wasch das Glas nachher ab.« Dann setzte er sich wieder. »Okay. Mach als Erstes diese verdammte Harpune sauber, klar? Penibelst. Dass da auch nicht mehr der Hauch eines Fingerabdrucks von dir drauf ist.«

»Okay.« Wie ein Schlafwandler holte Tom die Harpune und begann sie zu putzen.

Währenddessen redete René weiter: »Pass auf, Tom. Ich hau dich raus. Ganz klar. Ehrensache. Aber mit Notwehr könnte es knapp werden, weil es eben deine Frau war, die du erschossen hast. Du darfst einfach nicht da gewesen sein, verstehst du? Du haust ab, und zwar noch heute Nacht. Gleich. Wenn wir alles besprochen haben.«

»Wohin?«

»Das erklär ich dir später.«

Tom schwieg.

»Wenn du weg bist, breche ich die Terrassentür aus den Angeln, schlage ein Fenster ein, wie auch immer. Dann durchwühle ich deinen Kram und verwandle dein ganzes Haus in einen chaotischen Müllhaufen, so wie es eben nach einem Einbruch aussieht. Und ich finde natürlich die Harpune – wo war die überhaupt?«

»Unterm Bett.«

»Sag mal, seit wann hast du eine Harpune unterm Bett?«

Tom zuckte die Achseln. »Schon 'ne ganze Weile.«

»Seit unserem Gespräch vor ein paar Monaten, dem Abend mit Britta und Stefan, Wolfgang und Marlene hier bei euch?«

»Ja. Stefan hatte mich überzeugt, dass eine Harpune eine gute, funktionstüchtige und legale Waffe ist. Da hab ich mir eine besorgt.«

Tom fing schon wieder an zu weinen, wischte sich mit einem Taschentuch die Tränen aus den Augen und schnaubte sich die Nase.

»Okay.« René setzte sich und redete eindringlich auf Tom ein. »Also, es muss alles so aussehen, als hätten der oder die Einbrecher dein Haus nach Wertsachen durchwühlt, die Harpune unterm Bett gefunden und Charlotte, die zufällig und unerwartet nach Hause kam, damit erschossen, da sie den Einbrecher auf frischer Tat ertappte. Du bist zurzeit verreist. Wenn ich nach Hause komme, stelle ich einfach das Datum meines Festnetztelefons zwei Tage zurück. Wenn du mich morgen Nachmittag so zwischen drei und vier mit deinem ganz normalen Handy anrufst und mir irgendwelchen Schwachsinn von Wien oder Prag oder Amsterdam, oder wo auch immer du dich gerade aufhältst, draufsprichst, dann hast du ein hervorragendes Alibi für die Zeit, als in dein Haus eingebrochen wurde. Dann bist du aus dem Schneider, und ich stelle nach deinem Anruf mein Telefon wieder auf die Normalzeit.«

Tom nickte, obwohl er nicht aussah, als ob er alles verstanden hätte. »Das hört sich gut an.«

»Das hört sich nicht nur gut an, das ist perfekt!« René sprang auf und redete im Gehen weiter, so begeistert war er von seinem Plan.

»Wichtig ist, dass du abhaust. Und zwar nicht nächste Woche oder irgendwann, wenn du deine Sachen geordnet hast, sondern innerhalb der nächsten Stunde. Pack deinen Kram, nimm alles Geld, was du im Haus hast, und ab durch die Mitte.«

»Das kann ich nicht.« Tom war fassungslos.

»Doch! Das kannst du. Ich hab dir doch eben lang und breit erklärt, warum du verschwinden musst. Soll ich den ganzen Blues etwa noch mal erzählen?«

»Nein, nein, schon gut. Du hast ja recht.«

»Kommt hier irgendwann 'ne Putzfrau?«, fragte René.

»Ja. Morgen.«

»Wann?«

»Um neun. Aber meistens verspätet sie sich.«

»Hat sie 'nen Schlüssel?«

Tom nickte.

»Okay. Dann wird die Leiche also morgen früh gefunden. Bis dahin musst du über alle Berge sein.«

Tom atmete schwer.

»Du hast einige Fehler gemacht, mein Freund. Schwerwiegende Fehler.«

Tom sah ihn fragend an.

»Du hättest den vermeintlichen Einbrecher ansprechen sollen. ›Was wollen Sie hier? Verschwinden Sie, oder ich schieße!‹ Da hätte Charlotte sicher gesagt: ›Hey, Tom, lass den Quatsch, ich bin's!‹ Und dann wär das alles nicht passiert.«

»Es war Stromausfall, es war stockdunkel im Haus! Kannst du dir das nicht vorstellen? Ich hab die Hand nicht vor Augen gesehen, nur einen vagen Schatten in meiner Küche. Ich dachte, Charlotte wäre schon in München, das konnte nur ein Einbrecher sein!«

»Okay. Und warum hast du nichts gesagt?«

Tom zuckte die Achseln.

»Also gut. Und wenn es wirklich ein Einbrecher gewesen wäre, hättest du dich mit deiner Prominentengattin im Schlafzimmer verbarrikadieren und die Polizei rufen sollen. Aber einfach mit der Harpune losballern – Tom, das geht gar nicht!«

»Die Polizei rufen!«, erregte sich Tom mit jeder Menge Spott in der Stimme. »Du weißt ganz genau, dass es eine halbe Stunde dauert, bis die Polizei kommt. Wenn sie überhaupt kommt. Die haben hier doch einfach keine Leute mehr! In manchen Orten haben sie schon Bürgerwehren gegründet, weil sich niemand mehr auf die Polizei verlassen kann.«

»Ich weiß, aber das bringt uns jetzt nicht weiter.«

»Was denn? Ich hab dich nicht gerufen, dass du mir Moralpredigten hältst, sondern dass du mir hilfst, verdammt! Also bitte, was soll ich tun?«

»Wie ich schon sagte, du packst jetzt in Windeseile ein paar Klamotten zusammen. Wie viel Geld hast du im Haus?«

»Keine Ahnung. Zweitausend? So in dem Dreh. Genau weiß ich das nicht.«

»Gut. Die nimmst du mit, das heißt, du beklaust dich selbst, räumst den Tresor total leer und lässt die Tür offen. Als hätte der Einbrecher abgeräumt. Klar?«

»Ja.«

»Gut. Handy nimmst du mit, um mich noch ein einziges Mal aus alibitechnischen Gründen anzurufen, aber deine Kreditkarte darfst du nicht mehr benutzen, wenn du untertauchen willst, sonst finden sie dich sofort. Bist du fit? Kannst du fahren?«

Tom nickte. »Ich denke schon.«

»Super. Dann donnerst du am besten in einem Rutsch durch bis nach Italien. Ich hab schon eine Idee, wohin. Möglichst keine langen Aufenthalte auf deutschen Raststätten, die werden als Erstes überprüft.«

»Aber wieso sollen die mich denn suchen? Charlotte wurde doch von einem Einbrecher erschossen!«

»Schon. Aber sie suchen dich trotzdem. Um mit dir zu reden. Um dein Alibi zu überprüfen. Ich muss das hier erst einmal alles mit der Polizei klären, verstehst du? Dazu brauche ich Zeit. Sicher bist du erst, wenn die Einbrechernummer funktioniert hat und von der Polizei geschluckt wurde. Wenn dabei irgendetwas nicht klappt, dann bist du dran. Dann suchen sie dich mit Hochdruck, und dann ist es auch gut, wenn du verschwunden bist. Verstehst du? Verschwinden musst du in jedem Fall.«

»Aber die Einbrecherversion ist doch glaubhaft, oder?«

»Natürlich. Ich krieg das schon hin. Aber man muss immer auf Nummer sicher gehen.«

»Wieso suchen sie mich mit Hochdruck, wenn sie nicht an den Einbrecher glauben?«

René tippte sich an die Stirn. »Tom, ich bitte dich! Was ist denn los mit dir? Du begreifst ja gar nichts mehr. Meinst du wirklich, dass du noch fahren kannst?«

Tom nickte.

»Also noch mal: Deine Frau wird in eurem gemeinsamen Haus erschossen, und du bist weg. Ausgeflogen. Abgehauen. Und nirgends zu erreichen. Natürlich suchen sie dann *dich*! Wen denn sonst? Den großen Unbekannten, der in deinem Haus auf der Treppe gesessen und gewartet hat, bis Charlotte nach Hause kommt, um sie zu erschießen? Nein – natürlich suchen sie dich. Europaweit wahrscheinlich. Das musst du wissen. Aber keine Sorge, ich präpariere alles, dass es wie ein Einbruch aussieht. Ich werde auch in der Küche abwaschen und dein Bett machen. Ich richte alles so her, wie man ein Haus hinterlässt, wenn man verreist. Und dann durchwühle ich die Schränke. Okay?«

»Okay.«

»Aber vorher brauche ich jetzt von dir eine Vollmacht, dass ich dich als Anwalt in allen Belangen vertreten kann. Sonst sind mir die Hände gebunden. Schmeiß mal ganz kurz deinen Computer an, dann druck ich mir das Formblatt aus, datiere es vor, und du unterschreibst. Alles kein Problem. Geht das?«

Tom nickte. »Komm mit ins Büro.«

Es war eine Angelegenheit von wenigen Minuten, und Tom unterschrieb die anwaltliche Vollmacht.

»Wunderbar«, sagte René. »Dann ist dies schon mal geklärt. Ein weiteres Problem ist allerdings, wie ich an dein Konto komme, damit ich dich mit Geld versorgen kann.«

Tom sah ihn fassungslos an. »René, bitte! Du hast selbst gesagt, dass ich wahrscheinlich in einer Woche wieder nach

Hause kommen kann, da wird das Geld aus dem Tresor ja wohl reichen.«

»Stimmt. Du hast völlig recht. Alles gut.«

Tom stützte den Kopf in beide Hände. »Das darf einfach nicht wahr sein, das ist ein Albtraum, René, weißt du das?«

»Ja, das weiß ich. Ich kann mir blendend vorstellen, wie du dich fühlst. Aber jetzt pass auf. Ich hab ein Haus in Italien, da kannst du hin und fürs Erste wohnen. Niemand wird sich wundern, denn es haben schon ein paarmal Freunde von mir Ferien dort gemacht. Verhalte dich unauffällig wie ein normaler Tourist, und alles ist gut.«

»Seit wann hast du ein Haus in Italien?«

»Seit meine Schwester letztes Jahr gestorben ist. Sie hatte eine kleine Hütte am Ortsrand von Cimessa in der Toskana, und die hat sie mir vermacht. Aber ich bin selten da, keine Ahnung, wie es da im Moment aussieht.« René grinste. »Hast du noch mal was zu schreiben?«

Tom holte einen kleinen Block, und René kritzelte etwas auf einen Zettel. »Hier. Das ist die Adresse. Via Dante numero 15 in Cimessa. Das ist ein kleiner Ort in den Bergen oberhalb von Ambra. Wenn du in den Ort hineinfährst, ist gleich links eine kleine Trattoria, die einige Tische direkt auf der Straße stehen hat.«

Toms Kopf sank auf seinen Arm.

»Hör mir zu, verdammt noch mal! Wenn viel los ist, kommt man manchmal kaum vorbei. Das ist jetzt kein Lokal, um wundervoll essen zu gehen, aber für ein paar Crostini und ein Glas Wein reicht es. Wenige Meter weiter bist du auf einer kleinen Piazza mit der Kirche, und die Straße teilt sich. Du musst dich rechts halten. Nach wenigen Häusern ist der Ort zu Ende, fahr einfach weiter den Berg hinauf, und nach ungefähr hundertfünfzig Metern steht links ein kleines Haus. Ziemlich unscheinbar. Die Terrasse hinter dem Haus ist von der Straße aus uneinsehbar, und du hast einen herrlichen Blick ins Tal. Richte dich dort ein, so gut es geht, damit du dich wenigstens ein klein wenig wohlfühlst. Es wird dem Haus auch guttun, wenn du mal anständig sauber machst.«

Er zog sein Schlüsselbund aus der Jackentasche, fummelte umständlich einen kleinen, unscheinbaren Schlüssel vom Schlüsselring und gab ihn Tom. »Das ist der Hausschlüssel. Sieht komisch und überhaupt nicht wie ein Hausschlüssel aus, ich weiß, aber so ist das. Verlier ihn nicht, ich hab zu Hause nur noch einen. Einmal im Monat kommt die Putzfrau, um den gröbsten Dreck zu beseitigen, die hat auch einen. Das heißt, ich hoffe, dass sie kommt. Überprüfen lässt sich das ja leider nicht.«

»Das finde ich großartig von dir, dass ich da wohnen darf. Danke.«

»Schon gut. Unter Freunden ist das eigentlich selbstverständlich. Ach ja, noch was: Dein Auto musst du natürlich so schnell wie möglich loswerden, denn wenn sie nach dir fahnden, suchen sie nach dem Wagen unter Garantie sofort. Ich würde das tun. Nur sicherheitshalber. Falls was schiefläuft. Und den Carabinieri kann man ja 'ne Menge Blödheit nachsagen, aber die gesuchten Autos haben sie garantiert im Computer. Wegen der Mafia gibt es in Italien Straßenkontrollen ohne Ende. Und dann bist du dran.«

»Mir ist übel.«

»Reiß dich zusammen, das alles ist jetzt sehr wichtig.«

»René, ich schaff das nicht. Ich gehe zur Polizei und stelle mich, vielleicht komme ich ja mit 'nem blauen Auge davon.«

»Vielleicht, vielleicht auch nicht. Vor Gericht und auf hoher See sind wir alle in Gottes Hand. Du weißt nicht, was passiert und wie der Fall hingebogen wird. Läuft alles gut, sage ich dir in den nächsten Tagen, alles klar, die Luft ist rein. Dann kommst du nach Hause und bist bass erstaunt, dass in dein Haus eingebrochen worden ist. Oder es geht alles schief, und die Anklage lautet auf Totschlag oder Mord. Bei Mord bist du eh lebenslänglich dran, bei Totschlag ist alles möglich. In einem minder schweren Fall wäre die allergeringste Strafe ein Jahr Knast, die schwerste lebenslänglich. Dazwischen ist alles vorstellbar, zwischen fünf und zehn Jahren ist das Geläufigste. Das hängt auch ein bisschen von der öffentlichen Meinung und der Stimmung in der Gesellschaft ab. Damit musst du rechnen, mein Lieber, denn Notwehr kriege ich bei der eigenen Ehefrau nicht durch. Auch nicht, wenn es dunkel war. Das kannst du vergessen. Also entweder du stellst dich und wanderst – sagen wir mal – sieben, acht Jahre in den Knast, oder du verschwindest, bis Gras über die Sache gewachsen ist und nicht mehr jeder Polizist in Deutschland dein Bild und dein Auto auf dem Schirm hat. Wenn du Pech hast, kommt der Fall auch noch in *XY … ungelöst*, und dann hast du ganz schlechte Karten. Dann ist die ganze Nation elektrisiert. Aber an solche fürchterlichen Dinge wollen wir gar nicht denken, ich glaube, die Nummer mit dem Einbruch ist wasserdicht. Das kriegen wir hin. Aber du solltest mir wirklich den Namen von deiner Geliebten nennen. Das würde dir in deiner Situation ungeheuer helfen.«

Tom reagierte gar nicht darauf, sondern sagte nur: »Zweitausend aus dem Tresor reichen nicht ewig.«

»Ich weiß. Ich bring dir mehr, wenn es nötig sein sollte. Aber vielleicht ist der ganze Spuk ja auch wirklich schon in einer Woche vorbei, und du kannst fröhlich und unwissend nach Hause kommen. Ich versuche unterdessen alles zu regeln, was ich für dich regeln kann. Mach dir keine Gedanken, und wirklich: Es gibt schlimmere Schicksale, als eine Weile in einem italienischen Haus ausharren zu müssen. Und jetzt sieh zu, dass du loskommst!«

Tom stand auf und ging zur Treppe. Zu dieser verfluchten Treppe, von der aus er sein Leben zerschossen und seine Frau getötet hatte. Seine Knochen waren schwer wie Blei, er fühlte sich unbeweglich wie ein uralter Mann.

»Ach, Tom«, rief ihm René hinterher, »eins hab ich noch vergessen, was ganz wichtig ist: keinen Kontakt zu niemandem, nur zu mir, okay? Wolfgang, Marlene, Stefan, Britta ... Ich werde auch Leslie nichts erzählen, niemand von denen und auch niemand anders darf wissen, wo du bist. Es wird so viel gequatscht auf der Welt, und es ist zu gefährlich. Sicher bist du nur, wenn außer uns beiden niemand deinen Aufenthaltsort weiß. Niemand! Hörst du! Das ist das Allerwichtigste überhaupt!«

Tom nickte stumm.

»Wenn du jetzt fährst, schaltest du dein Handy aus und nimmst den Akku raus. Damit du nicht geortet wirst. Damit man deine Fahrtroute nicht nachvollziehen kann. Dann kaufst du dir als Erstes in Italien ein Prepaid-Handy. Die Nummer dieses Handys kennt niemand. Keine Polizei, keine Behörde – niemand weiß, dass du es bist. Schick mir eine SMS. Dann hab ich deine Nummer, lösche die SMS und kaufe mir ebenfalls ein Prepaid-Handy. So können wir Kontakt halten, ohne dass es jemand mitbekommt. Und dein altes Handy vernichtest du dann. Kapiert?«

»Ja, klar, aber vorher muss ich dich doch noch aus alibitechnischen Gründen anrufen, oder?«

»Sicher. Aber danach vernichtest du es.«

Tom nickte erneut und lief die Treppe hinauf.

Zehn Minuten später kam er mit einem Koffer, seiner Staffelei und einer Kiste, in der er seine Malutensilien aufbewahrte, nach unten.

»Ich bin fertig und fahr jetzt los. Bitte behalte den Schlüssel vom Haus, wenn irgendwas ist. Spätestens in zwei Tagen telefonieren wir. Sag's mir noch mal: Was meinst du? Wie lange muss ich wegbleiben?«

»Tom, ehrlich, ich weiß es nicht. Hoffentlich nicht lange. Ich werde für dich tun, was ich kann.«

»Danke, René. Danke, danke, danke.« Er umarmte seinen Freund, und beide gingen nach draußen.

Tom verstaute seine Sachen im Kofferraum und sah René an, während er den Zündschlüssel in den Fingern drehte.

»Tja. Das war's dann. Ich habe keine Frau und keine Heimat mehr«, sagte er. »Eigentlich habe ich nichts mehr.«

»Vertrau mir.«

Tom senkte den Kopf und nickte. »Danke, René.« Er umarmte ihn noch einmal und klopfte ihm auf den Rücken.

»Schon gut. Pass auf dich auf und fahr vorsichtig, auch wenn du es verdammt eilig hast.«

Tom nickte erneut.

Er stieg ein und fuhr los, ohne sich noch einmal umzusehen.

Als die Rücklichter von Toms Wagen in der Dunkelheit verschwunden waren, ging René ins Haus zurück.

6

Ganz langsam ging René durchs Haus, versuchte sich jede Einzelheit einzuprägen und machte unzählige Detailfotos mit seinem Handy. Er wusste jetzt zwar noch nicht, warum, aber vielleicht würde es irgendwann einmal wichtig werden.

Er fotografierte die fettige Pfanne, das Besteck und die schmutzigen Teller in der Spüle, die Salatschälchen mit winzigen Resten von grünen Blättern, den Topflappen neben dem Herd, das zerknüllte Geschirrhandtuch auf der Arbeitsplatte. Die Sauerei würde er noch in Ordnung bringen müssen.

Die Gardinen vor den Fenstern waren nicht zugezogen.

Ansonsten war die Küche unauffällig, es lag nichts herum, was auf die Prominentengattin hinweisen konnte. Denn nur darum ging es René. Er wollte unbedingt herausfinden, wer in dieser Nacht bei Tom gewesen war.

Auch an der Flurgarderobe hingen keine Kleidungsstücke, die er nicht von Tom und Charlotte kannte.

Auf dem Esstisch im Wohnzimmer waren mehrere Kerzen fast vollständig heruntergebrannt, offensichtlich hatten sie hier gesessen und gegessen. Die Stereoanlage war noch eingeschaltet, im Player lag eine CD von Ed Sheeran. Schmusesongs. Auch Leslie mochte Ed Sheeran. Mädchenmusik, fand René.

Er fotografierte jedes Detail, berührte aber nichts.

Dann ging er nach oben.

Oh, dachte er, es hatte also eine kleine Badeorgie gegeben. Auf dem Badewannenrand, auf dem Fensterbrett und rund um das Waschbecken standen Teelichter, die nur zur Hälfte heruntergebrannt und offensichtlich ausgepustet worden waren, aber auch hier keine Utensilien einer fremden Frau.

Sie waren vorsichtig gewesen. Natürlich. Wer war das nicht in so einer Situation.

Das Bett im Schlafzimmer war erwartungsgemäß zerwühlt, und René entdeckte bei genauem Hinsehen winzige Spermaspuren auf dem Laken.

Still stand er in der Mitte des Raumes und ließ seinen Blick umherwandern, konzentrierte sich, um auch jede Einzelheit in seinem Gedächtnis aufzunehmen.

Nichts Besonderes. Nichts Auffälliges. Nichts außer einem zerwühlten Bett.

Er wollte sich gerade bücken, um das Bett zu machen, da sah er aus dem Augenwinkel auf dem Bettvorleger etwas aufblinken.

Um genauer erkennen zu können, was es gewesen war, musste er seine Lesebrille aufsetzen.

Es war ein Ohrring. Äußerst geschmackvoll. Dem Jugendstil nachempfunden und sehr schön gearbeitet. Ein Bergkristall und ein Aquamarin in einer geschwungenen silbernen Einfassung.

René kannte diesen Ohrring. Besser als den Inhalt seiner Brieftasche. Leslie hatte das Paar auf einem Kunstmarkt in München entdeckt, aber als sie zögerte, die Ohrringe zu kaufen, hatte er bestimmt eine Viertelstunde auf sie eingeredet, sie unbedingt mitzunehmen, so schön fand er sie.

Schließlich war Leslie überzeugt, hatte sie gekauft und von da an häufig getragen. Immer wenn er das Funkeln der Ohrringe gesehen hatte, war er fasziniert gewesen.

Und jetzt lag einer der Ohrringe hier. Auf Toms Bettvorleger.

René wurde flau im Magen. Er nahm den Ohrring und steckte ihn in seine Brieftasche.

Verdammt noch mal.

Diese Schweine.

Das durfte ja wohl nicht wahr sein! Nun wurde ihm auch schlagartig klar, warum Tom den Namen seiner Geliebten nicht rausrücken wollte.

Und siedend heiß fielen ihm die Momente ein, in denen Leslie hektisch das Gespräch auf dem Handy weggeknipst hatte, wenn er ins Zimmer kam. Er hatte sich nie etwas dabei gedacht. Jetzt erinnerte er sich auch wieder daran, wie rot sie geworden war und wie unbeholfen und steif sie sich plötzlich bewegt hatte, nachdem Tom sie festgehalten und aufgefangen hatte, als sie bei einem gemeinsamen Segeltörn fast von der Gangway gerutscht und ins Wasser gefallen war. Sie hatten sich in die Augen gesehen, er erinnerte sich gut an den Blickkontakt. René hielt es damals für Dankbarkeit, jetzt wusste er, dass die Berührung ihr durch Mark und Bein gefahren war.

Vielleicht hatte es in diesem Moment begonnen. Vielleicht ging es schon seit Monaten so.

Nein, mein Lieber, so haben wir nicht gewettet.

Planänderung.

Jetzt ging alles auf Toms Konto.

René schlug keine Scheibe ein und hebelte auch nicht die Terrassentür mit einem Stemmeisen aus.

Er wusch nicht ab und präparierte das Haus nicht so, als wäre der Hausherr verreist.

Er durchwühlte keine Kommoden, Schubladen oder Schränke und hinterließ kein Chaos.

Aber er ging in den Keller, wo Tom seine Werkbank hatte und jede Menge Regale, gefüllt mit Handwerkszeug aller Art.

Es war nicht schwer, das, was er benötigte, zu finden.

René kam zurück in die Küche, fand in der untersten Schublade des Küchenschrankes Gummihandschuhe, die Charlotte und Tom benutzten, wenn sie abwuschen, zog sich ein Paar über und fesselte die Hände der an der Tür hängenden Charlotte hinter ihrem Rücken mit Kabelbinder.

Er fand es ekelhaft, die kalten Hände der toten Charlotte zu berühren und sie zusammenzubinden.

Vor vielen Jahren war sie mal seine große Liebe gewesen.

Aber Tom, dieses Arschloch, hatte sie ihm damals ausgespannt und jetzt erschossen.

Als er mit der Fesselung fertig war, sah er sich noch einmal um, ob er irgendetwas vergessen hatte, und verließ dann das Haus.

Er war äußerst zufrieden.

Das Spiel konnte beginnen.

7

Tom raste durch die Nacht, war knallwach und hochkonzentriert, als hätte er gerade einen zwölfstündigen Schlaf hinter sich. Er trat aufs Gaspedal und registrierte nur die vorbeisausenden grellweißen unterbrochenen Markierungen in der Mitte der Straße. Die Gegend kannte er gut, jedes Straßenschild, jede Brücke, und er wusste im Allgemeinen, wo die Blitzer standen. Nur dort verringerte er so viel wie nötig seine Geschwindigkeit.

Es war jetzt kurz vor zwei. Noch sieben Stunden, bis Frau Bremer die Leiche finden würde. Bis dahin war er mit ziemlicher Sicherheit in Österreich. Sie würde vollkommen hysterisch sein, die Polizei alarmieren, und bis die Spurensicherung ihre Arbeit getan hatte und sie anfingen zu ermitteln, vergingen bestimmt noch einmal vier bis fünf Stunden. Also noch elf Stunden. Wenn nichts dazwischenkam, schaffte er es in dieser Zeit bis Bozen oder bis Trento. Dann war er in Sicherheit.

Er spürte, dass er sich ein klein wenig entspannte.

Gegen sechs begann ihn die aufgehende und tief stehende Sonne seitlich zu blenden. Er kramte seine Sonnenbrille aus dem Handschuhfach und klappte die Sonnenblende vor die Seitenscheibe. Sein Appetit auf einen heißen Kaffee und ein frisches Brötchen war enorm, aber er zwang sich weiterzufahren.

Um halb acht war er nur noch dreißig Kilometer von München entfernt und fuhr immer noch wie ein Roboter. Allmählich wurde das Benzin knapp. Außerdem hatte er mörderische Bauchschmerzen. Magen und Darm rebellierten, er krümmte sich hinter dem Steuer, es hatte keinen Zweck mehr, er musste anhalten.

Kurz entschlossen nahm er die nächste Ausfahrt, fuhr etliche Kilometer bis zu einer Tankstelle am Rande eines Dorfes, vor der mehrere Laster parkten, und tankte den Audi voll. Wenn sie aus irgendeinem Grund die Leiche schon gefunden hatten und Kontrollen durchführten, dann sicher nicht hier, sondern auf den großen Autobahnraststätten.

Bei der Gelegenheit kaufte er sich gleich noch drei belegte Brötchen, einen Becher heißen Kaffee und sechs Flaschen Wasser. Dann machte er sich auf die Suche nach einer Toilette.

»'tschuldigung, gibt's hier irgendwo ein Klo?«, fragte er den unrasierten, gelangweilten Typ hinter dem Tresen.

»Ja«, antwortete der, »hinter der Baracke gleich rechts und dann auf der linken Seite.«

Schon die verrostete Tür, die zu den Männertoiletten führte, sah wenig einladend aus. Sie klemmte, sodass sie nicht zu schließen war.

Tom betrat einen engen Raum mit gelblichen Fliesen an den Wänden, die vor Dreck starrten und aus diesem Grund teilweise schon braun waren. Eine armselige Neonröhre gab nur schwaches Licht, und durch die dunklen, verstaubten Fenster, vor denen die Tauben gurrten, drang kein Sonnenstrahl.

Auf dem Fußboden lag haufenweise benutztes und beschmiertes Klopapier, eines von den drei Urinalen war verstopft, eine gelbbraune Brühe stand bis zum Überlauf.

Es stank erbärmlich.

Vor den anderen beiden Pissbecken standen zwei Männer. Ein fetter im verwaschenen T-Shirt, der sich chinesische Schriftzeichen und einen Drachen in den Nacken hatte tätowieren lassen. Der Drachenschwanz endete auf der Wange des Glatzkopfes.

Dies bemerkte Tom voller Entsetzen, als sich der Dicke umdrehte und breit grinste.

Neben ihm stand ein magerer Junge, sicher nicht älter als zwanzig, mit langem fettigen Haar. Seine Jeans hingen so tief im Schritt, dass er pinkeln konnte, ohne die Hose aufzuknöpfen.

Tom grauste. Wenn er nicht so fürchterliche Bauchschmerzen gehabt hätte, hätte er auf der Stelle die Flucht ergriffen und eine andere Toilette gesucht, aber er musste hier durch. Er wusste, dass seine Jeans weder zerrissen waren noch vor Dreck starrten, dass seine gesamte Kleidung zwar locker und lässig, aber auch teuer erschien. Dass seine Schuhe ein Vermögen gekostet hatten, sah ein geschultes Auge auf den ersten Blick. Er war hier vollkommen fehl am Platz.

»Na, Süßer«, sagte der Fettklops und schüttelte die Tropfen von seinem Schwanz. »Hast du dich verfahren?«

Der Magere kicherte.

Tom antwortete nicht, sondern verschwand fluchtartig in der erstbesten Kabine und schloss hinter sich ab.

Erst jetzt sah er, dass die Toilette bis unter den Rand zugeschissen war.

Panisch verließ er das Klo und versuchte es in der zweiten Kabine. Sie war nicht sauber, aber erträglich.

Die beiden Trucker lachten sich kaputt. Wahrscheinlich kannten sie den Zustand der ersten Kabine.

Tom wusste vor lauter Ekel nicht ein noch aus, er erleichterte sich und versuchte, nichts zu berühren.

Als sich einer der beiden Trucker eine Zigarette anzündete, war der Qualm, der den Raum durchzog, beinah angenehm, weil er den unerträglichen Gestank überlagerte.

»Brauchst du Hilfe, Schatzi?«, grölte der eine. »Mach auf, dann kommen wir rein!«

Beide lachten wie irre.

Tom reagierte wieder nicht und hielt die Luft an.

»Komm«, sagte schließlich der Magere mit heiserer Stimme, »lass den Wichser.«

Kurz darauf hörte Tom die schwere Eisentür krachen.

Nachdem er sich über einem kalkverkrusteten Waschbecken mit grünlichen Schleimspuren, die sich auch nicht mehr wegspülen ließen, die Hände gewaschen hatte, gelang es ihm, mithilfe von ein paar Blatt Klopapier das Toilettenhaus zu verlassen, ohne noch irgendetwas anfassen oder berühren zu müssen.

Erleichtert trat er nach draußen und atmete tief durch.

Auf dem Weg zu seinem Wagen ging er quer über den Rasen und streifte bei jedem Schritt seine Schuhe ab, um möglichst keinen Dreck aus dieser Toilette in sein Auto zu tragen.

Dann fuhr er weiter. Wer solch einen Toilettengang überlebt hatte, der war eigentlich durch nichts mehr zu erschüttern, dachte er sich.

Noch eine gute Stunde bis Österreich. Dann hatte er es geschafft. Jedenfalls die erste und schwierigste Etappe.

Vor vierundzwanzig Stunden war er noch der glücklichste Mann unter der Sonne gewesen, und nun war er auf dem Weg ins Ungewisse. Früher war Geld nie ein Thema gewesen, er hatte immer mehr als genug gehabt. Jetzt hatte er zweitausend Euro in der Tasche und keine Ahnung, wie lange sie reichen mussten. Außerdem einen Zettel mit einer italienischen Adresse und einen winzigen Schlüssel zu einem Haus am Rande eines kleinen Dorfes. Das war alles.

Da klingelte sein Handy. Für den Bruchteil einer Sekunde schoss ihm eine heiße Welle durch den Körper, aber dann beruhigte sich auch sein Atem wieder, als er auf dem Display sah, dass René anrief.

Über die Freisprechanlage nahm er den Anruf an.

»Tom!«, rief René in den Apparat. »Hast du dein verfluchtes Handy immer noch an? Bist du total bescheuert? Schalte es aus und nimm den Akku raus!«

»Und wie bescheuert bist du? Warum rufst du mich an?«

»Ich wollte sehen, ob alles okay ist. Außerdem darf mein Diensthandy nicht abgehört werden. Also: Mach dein Scheißhandy aus und nimm den Akku raus!«

»Ja, gleich.«

»Ich krieg wirklich zu viel, Tom. Da gurkst du durch ganz Deutschland und bist prima zu orten. Warum hältst du dich nicht an die Absprache, verdammt?«

»Offiziell bin ich verreist und weiß von nichts. Schon vergessen? Warum soll ich da mein Handy nicht anhaben?«

René sagte nichts dazu. »Schalt es aus, okay?«

»Ja, ja, ja.«

»Kannst du mich gut verstehen?«

»Ja.«

»Fahr langsamer. Kein Risiko jetzt.«

»Ja, schon klar.«

»Wahrscheinlich ist deine Putzfrau gerade im Anmarsch, schließt vielleicht in diesem Moment die Haustür auf und bekommt in einer Minute einen Schreikrampf. Ich wollte dir nur sagen, schalte jetzt nicht nur dein Handy, sondern auch das Navi aus, besorg dir 'ne Karte und fahr wie vor hundert Jahren. Okay?«

»Aye, aye, Sir.«

»Das ist kein Quatsch, ich mein es ganz ernst.«

»Hab ich ja kapiert. Du brauchst es nicht tausendmal zu sagen. Ich schalte gleich aus.«

»Gut. Na dann, bis nachher, wenn du mich anrufst. Und leg dir so schnell wie möglich ein neues Handy zu, ja?«

»Mach ich. Sowie ich da bin. Und, René?«

»Ja?«

»Danke.«

René legte auf.

Tom drückte weiter aufs Gas, und ihm war zum Heulen zumute.

8

Hamburg, 1998

Emilia von Orosz war adliger Spross derer von Orosz, einer ungarisch-österreichischen Adelsdynastie, knapp sechzig Millionen schwer, Wälder, Ländereien und pompöse Anwesen in aller Welt, eine Villa in Miami, ein Penthouse in New York, ein Palazzo in Venedig und eine Burg in der Bretagne nicht mit eingerechnet. Sie war außerdem erfolgreiche Unternehmerin und kämpfte bei der Scheidung um jeden Cent, als ginge es ihr ums nackte Überleben.

Tom und Emilia lernten sich an einem windigen und nasskalten Oktoberabend im Foyer des Hamburger Thalia-Theaters während einer *Nora*-Vorstellung kennen. In der Pause kamen sie zufällig ins Gespräch, er lud sie hinterher zum Essen ein, und bereits nach ihrem dritten Treffen gingen sie miteinander ins Bett.

Sie hatte sich ihm als Emilia Ketelsen, Lehrerin aus Hamburg-Lokstedt, vorgestellt, und vier Wochen lang hatte er nicht die geringste Ahnung, dass sie Emilia von Orosz war.

Tom war ein Meister darin, Komplimente zu machen, war liebevoll und zärtlich und fühlte sich in der Gegenwart der acht Jahre älteren Frau ausgesprochen wohl. Sie war außerordentlich leidenschaftlich, aber auch klug und gebildet. Und wenn sie nicht im Bett waren, diskutierten sie über Politik, Wirtschaft und philosophische Fragen.

Bis sie ihn mit zu sich nach Hause nahm. Auf ihr großes Landgut in der Nähe Hamburgs. Dort lernte er ihre wahre Identität kennen.

Tom war fassungslos und überrumpelt. Fühlte sich getäuscht.

Sie hatte ihm eine Komödie vorgespielt.

Er war verletzt und verstört. Wusste nicht, was er denken sollte, und zog sich zurück. Malte Tag und Nacht. Bilder von stürmischer See und schwarzen Wellen, die Schiffe kentern ließen und in die Tiefe zogen.

Sie schrieb ihm Liebesbriefe, die er nicht beantwortete.

Er war völlig durcheinander, blieb Weihnachten allein zu Haus, zog die Vorhänge zu, schaltete weder Fernsehen noch Radio an, ging bereits nachmittags ins Bett und zog die Bettdecke über die Ohren. Tauchte erst am ersten Weihnachtsfeiertag mittags wieder auf, als in den meisten Familien die gebratene Gans auf dem Tisch stand, und machte einen langen Spaziergang.

Als er nach mehreren Stunden völlig durchgefroren wieder nach Hause kam, rief er sie an, und sie redeten bis in die Nacht.

Wenige Tage später, in der darauf folgenden eiskalten Silvesternacht, hielt er um ihre Hand an. Sie stand in ihrem dünnen, ärmellosen Partykleid und mit dem Sektglas in der Hand auf der Terrasse, sah dem Feuerwerk zu und fror sich halb tot. In diesem Moment fragte er sie. Mit blauen Lippen und am ganzen Körper zitternd, hauchte sie ihm ein »Ja« ins Ohr und flüchtete nach drinnen ins Warme.

Drei Tage später lag sie mit einer fiebrigen Erkältung im Bett.

Nur zwei Monate später feierten sie eine pompöse, bombastische Hochzeit mit fünfhundert Gästen und flogen bereits am nächsten Tag für drei Wochen nach Dubai.

Dort residierten sie in der Ambassador-Suite im Ritz-Carlton, saßen fast jeden Abend in den unterschiedlichsten Restaurants, blickten über die unendliche Weite des Persischen Golfes oder sahen exotischen Fischen zu, die in den riesigen Meeresaquarien der Restaurants schwammen.

Tom war glücklich. Er wusste nicht, wie ihm geschah. Er war Kunstmaler, und mit dem Verkauf seiner Bilder hatte er sich gerade mal mit Ach und Krach über Wasser halten können, und nun auf einmal war er der Mann einer der reichsten Frauen Deutschlands und konnte sich leisten, was ihm in den Sinn kam.

Tom sagte Emilia jeden Tag, wie sehr er sie liebte, und war noch dazu ein fantastischer Liebhaber.

Und er hoffte, dieser Traum möge niemals enden.

Aber der Fall kam bald und war tief.

Nach einem Jahr begann sich Emilia zu verändern. Sie zog sich immer mehr und immer öfter zurück, schloss sich manchmal tagelang in ihr Zimmer ein und vernachlässigte ihre Geschäfte.

Allerdings übte sie von morgens bis abends am Klavier, und das Geklimper, das fast ununterbrochen aus ihrem Zimmer erklang, machte Tom langsam aggressiv.

Wenn er an ihre Zimmertür klopfte, reagierte sie nicht.

Zu den Mahlzeiten erschien sie nur noch gelegentlich, und die Nächte, die sie zusammen im gemeinsamen Schlafzimmer verbrachten, wurden immer seltener.

Aber eine Frau ging seit einiger Zeit im Haus ein und aus: Theresa Kastner, eine überdurchschnittlich begabte junge

Musikstudentin und Pianistin, mit langem blondem Echthaar und einer Figur wie von Botticelli gemalt.

Sie war neugierig, frech, unerschrocken und wollte sich zu ihrem Studium etwas dazuverdienen. Dass Emilia auf einem Berg von Geld saß, war Theresa sofort klar.

Wenn Theresa, die wie ein Model aussah, einen Saal betrat, wurde es still, und niemand konnte der Versuchung widerstehen, sie anzustarren.

Und dieses engelsgleiche Wesen brachte nun Emilia das Klavierspielen bei und war damit beschäftigt, die holprigen Anfänge einer nur mittelmäßig Begabten zu überwachen.

»Bleib doch zum Essen!«, sagte Emilia zum Beispiel zu Theresa. »Heute gibt es Coq au vin, hast du Appetit?« Und Theresa blieb gern und immer öfter.

Tom ärgerte sich. Ohne Theresa hatte es Emilia immer vorgezogen, allein oder gar nicht zu essen.

Bei den gemeinsamen Mahlzeiten war es dann meist so, dass sich die beiden Frauen angeregt unterhielten, und Tom saß wie das fünfte Rad am Wagen daneben.

Er bemerkte es nur, sagte aber nichts.

»Es ist ja unglaublich, dass du so viel Zeit für Emilia hast«, sagte er irgendwann zu Theresa. »Ich meine, es ist ja nicht zu übersehen, wie glücklich Emilia darüber ist, aber ich dachte, neben deinem Studium ist es schwierig …«

»Sicher«, antwortete sie und lächelte ihr strahlendstes Lächeln, »es ist nicht einfach, aber keine Sorge. Die Arbeit mit Emilia macht mir Spaß, und das mit dem Studium kriege ich hin. Gar kein Problem. Ich gönne mir ab und zu eine kleine Pause, und es ist einfach herrlich, endlich mal Zeit zu haben und nicht nur funktionieren zu müssen: Verspiel dich nicht! Bloß keinen Fehler, keinen falschen Ton! Die Finger sind steif, aber sie dürfen nicht abrutschen, die Schulter ist verspannt, du hast höllische Schmerzen, aber du darfst dir nichts anmerken lassen. Sitz aufrecht und gerade, halte dich dennoch locker, lächle und konzentriere dich. Abschlusskonzert in der Uni, kleinere Konzerte hier und da. Das Orchester nimmt dir jeden noch so kleinen Fehler übel. Das ist ein Stress, den kann sich wahrscheinlich niemand vorstellen, der nicht in dem Gewerbe zu tun hat. Und davon brauchte ich mal eine Auszeit.« Sie lächelte wieder und sah so wunderschön und so entspannt aus, als hätte sie gerade vierundzwanzig Monate Erholung auf den Malediven hinter sich.

»Das verstehe ich gut«, sagte Tom, nahm ihre Hand in seine und strich ihr zart über die langen, schlanken Finger.

Theresa entzog sie ihm lächelnd und ging hinaus.

Emilia war sichtlich lockerer, seit ihr Theresa Klavierstunden gab, mittlerweile fast jeden Tag. Ab und zu fuhr sie Tom sogar zärtlich durchs Haar, was schon ewig nicht mehr vorgekommen war.

Wenige Tage später lag er gegen Mitternacht bereits im Bett und wartete auf Emilia, die im Sessel lag, fernsah und hin und wieder einnickte. Um kurz vor halb eins hörte er, wie sie nach oben kam und in ihr Bad ging, um sich für die Nacht zurechtzumachen. Als sie kurz darauf unter die Bettdecke schlüpfte, nahm er sie in den Arm, küsste ihren Hals und ihre Schultern und wollte seine Lippen weiterwandern lassen.

»Bitte, lass das«, flüsterte sie.

»Warum? Emilia, wir haben so lange nicht mehr …«

»Ich weiß. Aber ich kann nicht, ich bin einfach nicht in der Stimmung.«

»Aber das können wir ändern. Lass mich einfach nur …«

»Nein. Bitte nicht.«

»Was ist los, Liebste?«

»Gib mir noch ein bisschen Zeit, ja? Ich bin so durcheinander, weiß ja selbst nicht, was mit mir los ist, aber alles wird gut. Da bin ich ganz sicher.« Und dann küsste sie ihn, drehte sich um, zog sich die Decke über die Schultern und schlief augenblicklich ein.

Tom lag noch lange wach und dachte darüber nach, ob er irgendetwas falsch gemacht hatte.

Vielleicht wäre alles anders, wenn sie ein Kind hätten. Aber jedes Mal, wenn er anfing, bei Emilia vorsichtig dieses Thema anzusprechen, winkte sie schnell ab. »Vergiss es«, meinte sie. »Ich bin kein Typ für Kinder. Meine Freiheit ist mir wichtiger. Jetzt können wir machen, was wir wollen. Wenn wir heute beschließen, morgen nach New York zu fliegen, dann tun wir das. Und wenn wir mal vier Wochen in Neuseeland verbringen wollen, dann ist das auch kein Problem. Mit Kindern geht das alles nicht mehr so leicht. Außerdem habe ich nicht die geringste Lust, überall hier im Haus über Spielzeug zu stolpern, mir den ganzen Tag das Geschrei anzuhören und mich dann in meiner Planung auch noch nach den albernen Schulferien zu richten.«

»Wir könnten eine Nanny engagieren, dann behalten wir unsere Freiheit.«

»Nein, Tom. Das lassen wir mal lieber. Außerdem bin ich altersmäßig schon über dem Zenit.«

»Du bist achtunddreißig! Du kannst auch problemlos noch mit fünfundvierzig ein Kind kriegen.«

»Wenn ich das wollte, vielleicht. Aber es ist mir zu unsicher. Nachher kriegen wir ein behindertes Kind. Und dann? Nein danke. Und auf die neun Monate Angst in der

Schwangerschaft kann ich auch gut verzichten. Vergiss es, Tom. Ein für alle Mal.«

Das war deutlich gewesen.

An dieses Gespräch erinnerte er sich, als er ein paar Tage später einen anderen Weg versuchte, sich Emilia wieder anzunähern.

»Darf ich dich einen Moment stören?«, fragte er, als sie wieder mal im Arbeitszimmer an ihrem Schreibtisch saß, ihre Post sichtete, Rechnungen bezahlte und Briefe schrieb.

»Aber natürlich. Ich bin hier auch gleich fertig.« Sie sah auf und blickte ihn freundlich und erwartungsvoll an.

Er setzte sich. »Was hältst du davon, wenn wir ein paar Tage verreisen?«, fragte er. »Wir fahren irgendwo ans Meer. Auf eine Insel vielleicht und gehen tagelang am Strand spazieren. Lassen uns den Wind um die Nase wehen und schalten einfach mal ein bisschen ab. Wie wär's mit Sylt? Oder wir fliegen in die Sonne. Malediven, Seychellen, Mauritius … wohin du willst.«

»Ja, gut …«, sagte sie nachdenklich, und ein leises Lächeln umspielte ihre Lippen. »Ich könnte ein bisschen Erholung gut gebrauchen. Das ist keine schlechte Idee.«

Ein Strahlen ging über sein Gesicht. Vielleicht wurde ja doch alles wieder gut. »Also abgemacht?«

»Ja«, sagte sie, stand auf und ging zum Fenster, »aber nur, wenn Theresa mitkommt.«

Sylt zeigte sich von seiner schönsten und freundlichsten Seite. Die Frühlingstage waren lau, eine sanfte Brise wehte vom Meer her, die Sonne schien unermüdlich.

Das Fünfsternehotel lag in Westerland direkt am Strand, und Emilia hatte zwei Doppelzimmer mit Meerblick gebucht.

Diese sagenhafte Kulisse nahm Tom fast den Atem. Theresa warf den Kopf in den Nacken, der Wind wehte ihr die Haare aus dem Gesicht, und Emilia ließ den weichen Sand durch ihre Finger rieseln.

»Unglaublich!«, schwärmte Emilia. »Ein traumhaftes Plätzchen, und ich habe alle meine Lieben dabei.« Damit fasste sie beide an den Händen.

Emilia und Tom bezogen ihr Doppelzimmer, gleich nebenan wohnte Theresa.

Am Nachmittag machten sie zu dritt einen Strandspaziergang. Emilia und Theresa gingen Hand in Hand durch die Brandung und waren in ein Gespräch vertieft, er trottete hinterher und sammelte Muscheln, weil er nicht wusste, was er sonst tun sollte.

Theresa ging mal vor, mal neben ihm, der Wind zerzauste ihr Haar, drückte ihre leichte Bluse gegen die Brust und zeichnete mehr als deutlich ihre Formen und Konturen ab.

Tom konnte nicht aufhören, sie anzustarren.

»Was haltet ihr davon, wenn wir da drüben in dieser Strandbar einkehren und einen Schluck Champagner trinken?«, fragte er nach einer qualvollen Dreiviertelstunde, als er die Fahnen der Bar in der Ferne auftauchen sah.

»Eine fantastische Idee!«, sagte Emilia. »Das machen wir. Oder was meinst du, Theresa?«

»Ich finde es großartig, und eigentlich sind wir jetzt auch genug marschiert. Wenn ich an den Rückweg denke, wird mir schlecht.« Theresa trug ihre High Heels an hauchdünnen Riemchen über der Schulter und lief mit beneidenswerter Leichtigkeit barfuß durch den Sand.

Tom hätte sie am liebsten getragen.

»Zur Not nehmen wir uns ein Taxi und fahren durch den Ort zum Hotel zurück«, meinte Emilia und legte den Arm um Theresas Schultern.

Sie saßen draußen, mit den Füßen im Sand und dem Blick aufs Meer.

»Also?«, fragte Emilia. »Schampus für uns alle?«

Tom und Theresa nickten.

»Okay. Dann geh ich rein, mach mich ein bisschen frisch und ordere eine Flasche. Ihr könnt ja schon mal in der Speisekarte gucken, ob euch irgendeine Kleinigkeit anlacht. Wie wär's mit ein paar Austern?« Sie zwinkerte Theresa kurz zu und ging ins Haus.

»Magst du Austern?«, fragte Tom.

»Nee, gar nicht. Ich finde sie eklig. Außerdem gibt es bald Abendessen.«

»Ich kann Austern auch nicht ausstehen.« Tom lachte. »Aber Emilia ist verrückt danach. Sie wird sich bestimmt ein halbes Dutzend bestellen.«

Theresa schwieg und sah aufs Meer.

»Theresa«, begann Tom leise, und sie sah ihn an. »Ich würde gern öfter mit dir zusammen sein. Ich fände es toll, wenn auch wir beide mal was zusammen unternehmen …«

Theresa zuckte die Achseln.

»Ich finde, wir haben viel zu wenig miteinander zu tun, Theresa«, sagte er.

Sie starrte ihn mit riesigen Augen an und zuckte zurück, als er ihre Hand nehmen wollte. »Du tickst doch nicht richtig.«

Da Theresa lauter geworden war, legte er seine Finger auf die Lippen. »Pscht, hör zu. Die Situation ist schwierig: Ich liebe Emilia und hab mich außerdem ein wenig in dich verliebt. Verstehst du?«

Theresa schnappte nach Luft, dann warf sie den Kopf in den Nacken, stieß einen hohen spitzen Schrei aus und lachte schallend. »Was willst du? Einen flotten Dreier? Du hast sie doch nicht alle, Tom!«

Tom geriet in Panik, dass jemand von den anderen Gästen Theresas Ausbruch mitbekommen könnte.

Theresa lachte immer noch. »Allein die Vorstellung! Nein!« Sie schüttete sich aus vor Lachen und schlug mit der Hand auf den Tisch. »Ich fasse es nicht! Tom, du spinnst. Du bist komplett verrückt! Das ist so irre! So etwas hab ich ja noch nie erlebt! Macht mir ein Mann hier in der Bar bei helllichtem Sonnenschein ein so absurdes unmoralisches Angebot! Das ist einfach köstlich!« Sie lachte Tränen, konnte sich gar nicht mehr beruhigen, und in diesem Moment kam Emilia zurück an den Tisch.

»Was habt ihr denn?«

»Komm, setz dich«, gluckste Theresa unter Tränen, »das muss ich dir erzählen, das ist die Härte. Tom hat mir eben durch die Blume gesagt, dass er mit uns beiden gern einen flotten Dreier machen würde. Wie findest du das?« Theresa beruhigte sich allmählich und wischte sich mit einem Taschentuch die verschmierte Wimperntusche unter den Augen weg.

Emilia lächelte Tom zu, der völlig konsterniert dasaß und sich in Grund und Boden schämte. »Das war wohl eine ganz dumme Idee, Tom. Aber mach dir nichts draus, Theresa hat viel Humor, und ich finde es eigentlich auch ziemlich witzig.«

Der Champagner kam, ein Kellner öffnete die Flasche und schenkte den dreien ein.

»Kommt, lasst uns anstoßen«, sagte Emilia und hob ihr Glas. »Auf uns, auf das Leben und auf die Liebe!«

Tom hätte kotzen können.

Auf das Abendessen verzichtete er und blieb im Zimmer. Als er sich beim Zähneputzen im Spiegel sah, wurde ihm schlecht. So erbärmlich, so erniedrigt fühlte er sich, seine Haut brannte vor Scham. Er stellte sich vor, wie sich die beiden beim Abendessen über ihn lustig machten oder aber – die Möglichkeit gab es auch – gar keinen Gedanken mehr an ihn verschwendeten.

Er wusste nicht, welche Variante schlimmer war, und ging früh ins Bett.

In den nächsten beiden Tagen blieb Tom still und zurückhaltend, während die beiden Frauen von Stunde zu Stunde fröhlicher und ausgelassener wurden. Sie benahmen sich so vertraut, als wären sie Schwestern, die seit ihrer Kindheit jeden Tag miteinander verbracht hatten.

Tom konnte es nicht ertragen, dass Theresa ihn vor Emilia so bloßgestellt und blamiert hatte, und fühlte sich immer zerrissener.

Er begehrte sie beide.

Am vierten Tag hatte sich Emilia nach dem Essen hingelegt.

»Ich mache einen langen Strandspaziergang«, sagte Tom zu Emilia, die mit geschlossenen Augen entspannt auf dem Rücken lag und bewusst in ihren Bauch und ihren Rücken atmete. »Zwei Stunden bin ich bestimmt weg. Vielleicht auch länger. Ist das okay für dich?«

»Bleib so lange du willst«, sagte Emilia, ohne sich zu bewegen. »Wir sehen uns dann spätestens zum Abendessen um sieben im Restaurant, ja?«

»Alles klar.« Er beugte sich über sie, küsste ihren Mund und verließ leise das Zimmer.

Tom ging langsam den Strand entlang. Die leichte Brandung umspielte seine Füße, der Himmel war klar, und der schwache Wind korrespondierte wunderbar mit der warmen Sonne. Es war ein nahezu perfekter Tag.

Er nahm sich Zeit, in Ruhe nach Motiven zu suchen und zu fotografieren. Nicht nur die Weite, den Himmel und die Wellen, auch Details wie Muscheln, Sand, Steine und knorrige Äste.

Irgendwann würde anhand der Fotos ein Bild entstehen. Vielleicht würde er sie aber auch nur zum Anlass nehmen für ein Bild, das er an diesem Strand nie gesehen hatte, das aber später irgendwann in seiner Fantasie entstehen würde.

Ich kann nichts tun, dachte er, als er weiterging, ich muss abwarten, was geschieht, vielleicht findet Emilia zu mir zurück. Und es ist gut, dass Theresa da ist. Eine Freundin hatte Emilia wahrscheinlich immer gefehlt.

Aber das, was er Theresa gesagt hatte, war ein Fehler gewesen.

Er musste verrückt geworden sein.

Obwohl er erst eine halbe Stunde unterwegs war, hielt er es nicht mehr aus und kehrte um. Er wollte zurück ins Hotel, Emilia in die Arme nehmen und ihr sagen, wie sehr er sie liebte.

Es klopfte leise an die Tür.

»Ja?«, rief Emilia verschlafen und richtete sich auf.

Theresa kam ins Zimmer. »Oh! Ich wusste nicht, dass du dich hingelegt hast. Soll ich wieder gehen?«

»Nein! Bleib hier! Setz dich zu mir!«

»Wo ist Tom?«

»Keine Ahnung. Er wollte einen Spaziergang machen.«

»Ah.« Theresa nickte und sah Emilia an. »Geht's dir nicht gut?«

»Doch, aber ich habe mir den Nacken verspannt. Weiß kaum, wie ich liegen soll, und darum hab ich es jetzt mit Entspannung versucht, aber es hat nicht viel geholfen. Ich habe das Gefühl, meine Nacken- und Schultermuskeln bestehen aus Stein!«

Theresa lachte. »Soll ich dich ein bisschen massieren?«

»Oh ja.« Emilia zog sich den Pullover aus und drehte sich auf den Bauch.

Theresa begann sie ganz langsam, leicht und sehr sensibel zu massieren. Umkreiste mit ihren Daumen liebevoll verknotete Stellen, strich sanft über die Haut, klopfte und knetete Muskeln und das wenige Fettgewebe auf Emilias Rücken in gleichmäßigem Rhythmus.

Emilia stöhnte ab und zu auf, dann schnurrte sie wie eine Katze.

Theresa machte immer weiter, spürte, wie Emilia weicher wurde und anfing, sich langsam zu bewegen.

Emilia seufzte wohlig, streckte sich, drückte sich ein klein wenig auf die Seite, sah Theresa an, die sie anlächelte, und drehte sich dann auf den Rücken.

Beide Frauen sahen sich an.

Und dann beugte sich Theresa hinunter und küsste Emilia. Lange. Und leidenschaftlich.

Beide streiften sich die Sachen vom Körper, ohne dass ihnen so richtig bewusst wurde, was sie taten, sie spürten nur, wie sie sich zueinander hingezogen fühlten, wie sehr sie die Nähe und Wärme der anderen ersehnten.

Und schließlich lagen sie nackt nebeneinander, eng umschlungen, und begannen, sich zu erfühlen, zu erkunden und zu streicheln.

Beide hatten das Gefühl, vor Lust zu explodieren, und beide glaubten in diesem Moment, dass es in ihrem Leben bisher keinen schöneren, keinen perfekteren und keinen größeren Moment gegeben hatte.

Als Tom zurück ins Hotel kam, blieb er vor der Zimmertür stehen, holte seine Plastikkarte heraus und wollte sie gerade gegen das Magnetfeld drücken, um die Tür zu öffnen, als er Geräusche hörte.

Leise Seufzer und Stöhnen.

Er konnte es kaum glauben, aber es war eindeutig.

Tom hielt inne. Sein Herz raste.

Er überlegte.

Und dann nahm er die Kamera zur Hand, schaltete sie ein, öffnete die Tür, trat vors Bett und begann augenblicklich zu filmen.

Er sagte keinen Ton, und es dauerte ein paar Sekunden, bis die beiden begriffen, wie ihnen geschah.

Emilia schrie auf, und Theresa fuhr hoch.

Es reichte. Er hatte genug.

»Ich wünsche euch noch einen schönen Abend«, sagte er leise und verschwand aus dem Zimmer so schnell, wie er gekommen war.

Drei Stunden saß er an der Hotelbar, trank etliche Campari-Soda, bis er Emilia und Theresa aus dem Fahrstuhl kommen sah. Sie waren auf dem Weg ins Restaurant und hatten ihn nicht gesehen.

Mittlerweile war er völlig ruhig, ging zurück ins Zimmer und begann zu packen.

Es war kurz vor neun, als er sich zu Fuß auf den Weg zum Bahnhof machte.

Emilia zog den Urlaub mit Theresa ungerührt voll durch. Die beiden blieben eine ganze Woche.

Als sie zurückkam, ausnahmsweise mal ohne Theresa, stand Tom gerade in seinem Atelier und malte.

»Du bist noch da?«, fragte sie statt einer Begrüßung.

»Wie du siehst«, antwortete er. »Wundert dich das?«

»Ja.«

»Das tut mir leid«, konterte er süffisant.

»Das Haus ist groß genug. Ich dachte, du hättest wenigstens den Anstand gehabt, in den Gästetrakt zu ziehen. Damit wir uns nicht ständig begegnen.«

»Das Wort *Anstand* aus deinem Mund zu hören ist ja köstlich!« Tom lachte auf. »Tut mir leid, dass du vorerst meinen Anblick noch ertragen musst. Aber die Scheidung wird ja nicht ewig dauern.«

»Nein, das wird sie nicht«, erwiderte Emilia kalt. »Zumal wir uns ja so wundervoll einig sind.«

»Inwiefern sind wir uns einig?«, fragte Tom. »Noch haben wir über die Modalitäten nicht gesprochen.«

»Nein, aber es ist ganz einfach, mein Lieber«, sagte Emilia lächelnd. »Du bist als armer Schlucker mit einem Koffer gekommen, und du wirst als armer Schlucker mit einem Koffer wieder gehen. Und somit brauchen wir uns nicht zu streiten.«

Damit verließ sie das Zimmer und zog leise die Tür hinter sich ins Schloss.

9

Hamburg, 2000

In den kommenden Wochen zeigte Emilia von Orosz ihr wahres Gesicht.

Ihre Liebenswürdigkeit war wie weggeblasen. Sie mutierte Tom gegenüber zur eiskalten Geschäftsfrau, sperrte sämtliche Konten, trat mit einem ganzen Pulk namhafter Anwälte auf und versuchte mit allen Mitteln, Toms Anteil möglichst auf null zu drücken.

Tom hatte nur einen Anwalt, der alles andere als namhaft oder berühmt war: seinen alten Studienfreund René Bergmann.

»Tja«, sagte René und ließ das Diktafon mitlaufen, um ihr Gespräch aufzuzeichnen. »Ich hab mir die Unterlagen alle mal angeguckt, und ich muss sagen, ich bin gar nicht böse, dass du dich scheiden lässt, Tom. Da geht es um ein hübsches Sümmchen. Nicht nur für dich, auch für mich.« Er grinste breit und rieb sich die Hände.

»Nur, wenn du auch anständig was raushaust.« Tom war da gar nicht so optimistisch. Emilias Anwaltsflut hatte ihn eingeschüchtert.

»Das werde ich, mein Lieber. Verlass dich drauf. Alles, was ich an Energie zusammenkratzen kann, stecke ich in diesen

Fall. Da kannst du sicher sein. Das ganze andere übliche Kleinvieh muss warten.« Er grinste immer noch.

»Na, denn man tau.«

»Ich kann mich gar nicht beruhigen, was du für ein saugutes Filmchen gemacht hast, Tom! Das ist einfach spitzenmäßig, und das weiß auch Emilia, dass ihr das gewaltig in die Bude regnen kann. Schwuppdiwupp ist der gute Ruf ruiniert.« Er lachte. »Und darum umgibt sie sich auch mit einer ganzen Armada von Juristen. Vielleicht ist da ja einer in der Menge, der ’ne Idee hat. So eine In-flagranti-Geschichte ist immer von Vorteil. Sei froh, dass du nicht monatelang nur Ahnungen und Vermutungen hattest und den beiden Grazien Detektive hinterherjagen musstest. So ging es wenigstens Knall auf Fall, und alle haben Klarheit. Prima.«

»Komm zur Sache.«

»Ich bin mittendrin. Wir müssen jetzt ein paar grundsätzliche Dinge klären. Frage eins: Hast du Emilia jemals betrogen?«

Tom schüttelte den Kopf. »Nein.«

»Wirklich nicht? Du musst mir unbedingt die Wahrheit sagen! Denn wenn Emilia beim Prozess plötzlich ihrerseits Fotos aus der Tasche zieht, die ein cleverer Detektiv von dir und Madame X geknipst hat, dann gucken wir in die Röhre, und ich kündige dir die Freundschaft.«

»Ist das relevant?«

»Nein. Aber es macht keinen guten Eindruck. Wirft ein schlechtes Licht auf den gesamten Prozess. Du solltest als Saubermann dastehen und nicht genauso in Affären verstrickt sein wie deine liebe Frau. Also?«

»Wenn ich *nein* sage, dann meine ich auch *nein*.«

»Okay. Und eins ist ganz wichtig, Tom: Auch in der nächsten Zeit keinen Kontakt zu einer anderen Frau. Ist das klar? Auch nicht nur zum Kaffeetrinken ins Café! Du bist ein Engelchen. Du liebst Emilia über alles, du würdest dich nie für eine andere Frau interessieren. Sie hat dir übel mitgespielt, dir das Herz gebrochen. Klar?«

»Aye, aye, Sir.«

»Gut. Jetzt erzähl mir von Emilia. Was hat sie für Ecken und Kanten? Was für Schattenseiten? Und was ist dir bei ihr erheblich auf die Nerven gegangen?«

»Mir ist eigentlich nichts auf die Nerven gegangen. Bis zu dem Tag, an dem Theresa auftauchte, hatten wir nicht das geringste Problem.«

René zuckte leicht die Achseln. »Wahrscheinlich kann die Lady ein Kunststück.«

»Eins, das ich nicht auch kann? Was sollte das sein, bitte?«

»Tom, hör doch auf, dir darüber den Kopf zu zerbrechen. Es ist, wie es ist. Jetzt geht es nur darum, deine liebende Gattin so gut wie möglich in die Pfanne zu hauen. Nicht weil wir so garstig sind, sondern weil du sonst im sozialen Elend landest, mein Lieber. Deine Existenz steht auf dem Spiel! Vergiss das nicht! Also denk nach. Ohne Argumente gewinnt man keinen Scheidungsprozess.«

»Da müsste ich mir jetzt wirklich was aus den Fingern saugen oder erfinden …« Tom fiel beim besten Willen nichts ein, was er Emilia hätte vorwerfen können.

»Dann werd ich dir mal ein bisschen auf die Sprünge helfen«, sagte René und blätterte in einigen Papieren. »Was die Gute hier nämlich gegen dich aufführt, ist alles andere als freundlich.«

Tom hob überrascht die Augenbrauen.

»Das Schreiben der Gegenseite ist heute Morgen bei mir eingegangen«, fuhr René fort. »Ich kann nur sagen: holla! Wenn ich das Juristendeutsch mal in meinen Worten kurz zusammenfasse, warst du während deiner Ehe ein Mann, der sich um nichts, aber auch gar nichts gekümmert hat, der das Geld von Frau von Orosz mit vollen Händen für teure Autos, Kleidung und Reisen zum Fenster rausgeworfen hat ...«

»Das ist ja überhaupt nicht wahr!«, rief Tom, der bei gemeinsamen Unternehmungen oder Reisen immer mit seiner Kreditkarte bezahlt hatte. Doch dann fiel ihm wieder ein, dass das Geld von ihrem Konto abgegangen war. Emilia liebte es, wenn es so aussah, als würde sie eingeladen.

Tom verstummte erschrocken. Die Summe, die er mit seiner Kreditkarte ausgegeben hatte, war immens.

Er erklärte es René, dieser verdrehte die Augen und fuhr fort: »Außerdem steht da, dass du deinen ehelichen Pflichten in keinster Weise nachgekommen bist.«

Tom schnappte nach Luft, doch René redete weiter. »Angeblich hast du Frau von Orosz vor ihren Geschäftsfreunden häufiger blamiert, weil du stets angetrunken oder sogar volltrunken warst, du warst kaum einen Abend zu Hause, weil du dich ständig mit Freunden oder allein in Bars herumgetrieben hast, du hast haufenweise Geld verspielt, das Hauspersonal schikaniert und so weiter und so weiter. Eine Liste von Zeugen wird nachgereicht. Willst du noch mehr hören?«

»Nein! Was für Zeugen?«, brüllte Tom. »Es gibt keine Zeugen, weil das alles nicht stimmt!«

René lächelte. »Natürlich gibt es Zeugen, mein Lieber. Je mehr du bezahlst, desto mehr Zeugen gibt es. So einfach ist das.«

Tom war rot vor Wut und stand kurz vor der Explosion.

»Das alles ist eine einzige verdammte Lüge.« Er konnte es einfach nicht glauben. »Und das steht so darin?«

»Ja. Alles. Etwas vornehmer formuliert. Ich mach dir natürlich gern eine Kopie.«

»Ich bin fassungslos.«

»Das ist gut. Und dass du wütend bist, ist noch besser. Wir werden hart arbeiten, denn diese Frechheit gilt es zu toppen. Aussage gegen Aussage. Vor Gericht wird schmutzige Wäsche gewaschen, da muss man ganz cool bleiben, so ist das nun mal. Wenn sich beide Parteien in den Armen liegen und sich lieb haben, bräuchtest du mich nicht, aber dann würdest du finanziell auch ziemlich alt aussehen.«

In diesem Moment wusste Tom, dass René der Richtige war.

»Also gut. Machen wir weiter.«

René nickte zufrieden. »War Emilia oft auf Geschäftsreise?«

»Ab und zu.«

»Ist sie allein gereist? Ohne dich?«

»Meist. Ein paarmal bin ich mitgefahren, aber es langweilte mich. Außerdem habe ich auch einen Job, und wenn ich nicht zum Malen komme, werde ich kribblig.«

»Sehr schön. Wo ist sie denn überall gewesen?«

»Kann ich rauskriegen.«

»Und die Hotels?«

»Da muss ich nachgucken.«

»Wunderbar. Es wird ein Leichtes sein herauszufinden, ob sie auch wirklich jedes Mal ein Einzelzimmer gebucht hatte. Vielleicht gab es nicht nur eine Theresa. Sag mal, blöde Frage: Wie oft habt ihr miteinander geschlafen? So Pi mal Daumen …«

Tom stöhnte auf. »Oh Mann, wen interessiert das?«

»Mich.«

»Keine Ahnung. Dreimal die Woche? Mal mehr, mal weniger.«

Nach zwei Kannen Kaffee, zwei Flaschen Wasser, einer Tüte Nussgebäck und drei Stunden konzentrierter Arbeit schaltete René das Diktafon ab.

»Ich finde, wir haben uns jetzt ein schönes Essen und eine Flasche Wein verdient. Was hältst du davon?«

»Viel. Eine fantastische Idee.«

»Prima, dann gehen wir. Ich lad dich ein. Gleich um die Ecke gibt es einen richtig guten Italiener.«

10

»Britta, Süße! Wie geht es dir? Wir haben ja Lichtjahre nichts voneinander gehört!«

René ging strahlend und mit weit geöffneten Armen auf eine elegante Frau mit perfektem Make-up, überbetonten Smokey Eyes, mager gehungerter Figur und dezenter, aber sehr teurer Kleidung zu, umarmte sie, küsste sie auf beide Wangen und drückte sie fest an sich.

Aufgrund ihrer extremen High Heels war sie fast so groß wie er, und sie lachte.

»René, Schatz! Nun übertreib mal nicht. Die Lichtjahre waren höchstens drei Wochen!«

»Aber für mich war es eine halbe Ewigkeit. Engelchen, du siehst mal wieder umwerfend aus! Es ist nicht zu fassen. Wie machst du das?«

Britta war Anfang vierzig, sah aber aus wie Ende zwanzig, und dessen war sie sich sehr wohl bewusst. »Ich habe nur mit aufregenden, attraktiven Männern zu tun, da bleibt das nicht aus, Honey. Du umgibst dich doch auch nur mit tollen Frauen.«

»Stimmt. Wie geht es dir?«

»Blendend.«

»Das freut mich. Hast du ein bisschen Zeit mitgebracht?«

»Für dich doch immer.«

»Du bist großartig.« Er küsste sie erneut auf die Wange. »Wo gehen wir hin?«

»Zwei Querstraßen weiter hat eine völlig durchgeknallte Champagner-Tapas-Bar eröffnet. Hast du Lust?«

»Wunderbar!«

Nur eine Viertelstunde später saßen sie sich in der Bar bei einem Glas Champagner gegenüber.

Britta Quentin war eine der bekanntesten freien Klatschkolumnistinnen und Reporterinnen Hamburgs, sie kannte Gott und die Welt, und mittlerweile öffneten sich ihr alle Türen, egal, auf welchem Empfang sie erschien. Sie war fast genauso prominent wie die Stars und Sternchen, mit denen sie sich unterhielt.

Denn Britta »interviewte« längst nicht mehr, sie »unterhielt« sich. Auf Augenhöhe, versteht sich.

Britta war mit dem berühmten plastischen Chirurgen Dr. Stefan Quentin verheiratet, unter dessen Messer sich die Prominenten gerne legten, wenn sie Probleme mit ihrer Oberweite, ihrem Bauchfett oder Doppelkinn hatten. Aber er rekonstruierte auch zerschlagene Boxernasen, flickte Unfallopfer wieder zusammen, und man munkelte, dass er auch schon Mafiosi ein vollkommen neues Gesicht und somit eine neue Identität gegeben hatte.

Die beiden waren ein unschlagbares Paar und spielten sich die Bälle zu: Britta schrieb über Prominente, die dann irgendwann auch Stefans Dienste in Anspruch nahmen, und plauderte mit Hollywoodgrößen, die sich der über Landesgrenzen hinaus berühmten Quentin-Klinik anvertraut hatten.

Brittas Standardkommentar dazu war: »Die, die in der Öffentlichkeit stehen, sind alle eine große Familie. Und

Stefan und ich sorgen dafür, dass unsere Freunde ein bisschen schöner und ein bisschen berühmter werden. Das ist alles. Aber es ist ganz wundervoll. Wo man auch hinkommt, man hat das Gefühl, geliebt zu werden.«

»Wie geht's dir?«, fragte Britta.

»Sehr gut«, sagte René und nahm einen Schluck Champagner. »Ich kann nicht klagen. Gott sei Dank hört es nie auf, dass die Menschen übers Ohr gehauen werden oder irgendwelchen gottverdammten Mist bauen, sodass sie einen Anwalt brauchen. Und bei dir?«

»Gott sei Dank kommt es nie vor, dass nichts passiert, über das man nicht berichten müsste.«

René grinste. »Und Stefan?«

»Ist ein toller Mann, aber er entwickelt sich langsam zum alten Sack. Ist chronisch schlecht gelaunt und gereizt.«

Britta trank ihr Glas leer. In der Bar lief Dean Martin, und sie verzog das Gesicht. »Ich finde die Musik toll, weißt du, aber ich glaube, hier haben wir auf die Dauer nicht genug Ruhe, um uns zu unterhalten.«

»Das denke ich auch. Wo gehen wir hin?«

»Ich würde vorschlagen, zu mir. Stefan hat einen Horrortag im OP und arbeitet sicher bis in die Nacht.«

»Wunderbar. Hast du genau so etwas Kaltes, Prickelndes im Kühlschrank?«

»Aber sicher, Schatz. Du kennst mich doch.« Sie grinste.

Er grinste zurück, zahlte, legte den Arm um sie, und gemeinsam verließen sie die Bar und gingen zu Brittas Porsche, der nur wenige Schritte entfernt in einer Seitenstraße stand.

Im Auto kamen sie kaum zum Reden, denn Britta parkte ihren Wagen eigentlich nur um, indem sie ihn zwei Straßen weiter in eine Tiefgarage fuhr, von der aus ein Fahrstuhl sie direkt in ihre Wohnung brachte.

René hatte sie um dieses Loft immer beneidet und dafür bewundert, mit wie viel Geschmack und sicherer Hand sie diesen riesigen lichtdurchfluteten Raum mit bodentiefen Fenstern eingerichtet hatte.

Britta warf ihre Handtasche in einen der Sessel. »Kaffee?«

»Britta, bitte!«

»Also Wasser.« Sie grinste.

»Wenn der liebe Gott gewollt hätte, dass wir Wasser trinken, hätte er sicher nicht die Meere versalzen.«

Sie lachte. »Okay. Schampus? Die Witwe?«

»Sehr, sehr gern.«

Sie holte eine Flasche aus dem Kühlschrank, öffnete sie und schenkte ein. »Cheers.«

»Cheers.«

»Und jetzt erzähl!«, sagte sie und setzte sich. »Was ist los? Als du angerufen hast, hab ich gedacht, es brennt irgendwo.«

»Nein, es brennt nirgendwo. Alles bestens. Ich wollte dich sehen, das ist alles.«

Sie tranken einen Moment schweigend.

»Komm schon«, sagte Britta. »Worum geht's? Spuck's aus.«

René lehnte sich zurück und setzte sich bequemer hin. Das vermittelte deutlich, dass es sich um ein privates Gespräch handelte. »Hab ich dir eigentlich mal von meinem alten Freund Tom erzählt?«

»Ich weiß jetzt nicht …« Sie runzelte die Stirn. »Hilf mir mal …«

»Tom ist ein guter Freund von mir, ein ganz Sensibler, ein Bild von einem Mann. Würde dir gefallen. Er ist groß und schlank und sportlich, sieht verdammt gut aus …«

Britta grinste. »Erzähl weiter. Das klingt spannend.«

»Er ist ein Künstler, relativ erfolgreich, malt fantastische Bilder …«

»Ja, und? Was ist mit dem?«

»Der hat 'ne Malblockade.« René lachte. »Hast du so was schon mal gehört? Ein Maler mit Malblockade?«

Britta grinste breit. »Nee, ich kenn nur Schreibblockaden. Tom … wie heißt der noch mal?«

»Tom Simon.«

»Hey! Da klingelt jetzt was bei mir. Ist der nicht mit der Gräfin von Orosz verheiratet?«

»Genau!«

»Ja, richtig. Über die Gräfin hab ich schon mal was gemacht. Und der hat jetzt 'ne Malblockade, sagst du? Wieso das denn?«

»Alles wegen einer Frau.«

»Ach du lieber Himmel! Hat er 'ne andre?«

Britta schenkte sich Champagner nach, und auch René legte bewusst eine Pause ein, um dem, was er jetzt sagte, mehr Nachdruck zu verleihen.

»Nein. Er nicht. Aber sie hat eine andere.«

Jetzt knallte Britta ihr Glas auf den Tisch, beugte sich vor und riss die Augen auf.

»Wie bitte? Das musst du mir erklären!«

René beugte sich auch vor. »Das bleibt aber unter uns, ja?«

»Natürlich.«

»Es hält sich hartnäckig das Gerücht, dass die Gräfin im Moment größeres Interesse an Frauen hat.«

»Neeeeiiiin! Das glaub ich ja nicht!«

»Doch. Ich denke schon, dass da was dran ist. Jedenfalls tut mir Tom so leid, das kannst du dir gar nicht vorstellen. Es kann sogar sein, dass sie ihn wegen dieser Frau vor die

Tür setzt und sich scheiden lässt. Der gute Mann ist völlig am Ende, steht total im Wald.«

»Klar. Wer würde das nicht.«

René sah, dass Britta Feuer gefangen hatte und kleine Sternchenaugen bekam.

»Wer ist denn die neue Freundin der Gräfin?«, fragte sie.

Er druckste herum. »Ich weiß nicht, ob es gut ist, wenn der Name in der Zeitung steht.«

»Wenn die Geschichte stimmt – was soll daran schlecht sein?«

»Stimmt auch wieder.« Er nahm einen großen Schluck Champagner. »Theresa Kastner heißt sie. Hochbegabte Musikstudentin. Kennst du sie?«

Britta schüttelte den Kopf und ließ sich zurück in ihren Sessel fallen. »Ich werd nicht mehr!«

René lachte.

Britta überlegte. »Tom Simon … Warte mal … Ich glaub, ich erinnere mich dunkel …«

»Ja, da gab es doch mal diese Bootstour auf der Elbe …«, sagte René. »Ein bombastisches Fest, ich weiß gar nicht mehr, warum, irgendein Jubiläum oder irgendein Geburtstag von irgendeinem Schauspieler – ist das nicht unglaublich, dass mir nicht mal mehr der Name einfällt –, na jedenfalls warst du da und die Gräfin natürlich auch. Da bin ich mir ganz sicher. Danach war in der Yellow Press ein großes Bild von ihr und einem Schlagersänger, Himmel hilf mir, der mit so einem blonden Wildwuchs auf dem Kopf …«

»Hugo Boller?«

»Genau der. Das hat Tom damals ziemlich aufgeregt. Aber so ist sie, die Gräfin. Es kratzt sie nie, wenn sie andere verletzt. Und so was kann ich nicht haben.«

»Na, dann guck ich doch mal. Von dem Boller hab ich 'ne Menge im Archiv. Und von der Gräfin sicher auch.«

»Mein Freund Tom, dieser arme Hund, kommt immer irgendwie zu kurz, wird von den beiden Ladys jetzt richtig verarscht, und das hat er nicht verdient.«

»Gar kein Problem. Ich durchforste das Archiv und finde bestimmt ein paar super Bilder. Sag mal, könntest du Tom für mich anrufen? Es wäre doch klasse, wenn wir uns mal treffen. Für eine Homestory vielleicht mit einer schönen Fotosession ... Ich kann ja nicht nur über Frau von Orosz berichten und nur ihre Fotos in die Zeitung knallen.«

»Nee, das wollen wir ja gerade nicht. Klar, ich ruf ihn mal an. Und dann geb ich dir seine Nummer, da kannst du dich ja bei ihm melden.«

»Super. – Und sonst so?«

»Nichts weiter. Jedenfalls nichts Spannendes.«

»Schade.« Sie strahlte ihn an. »Aber du hast doch sicher noch ein Viertelstündchen für mich Zeit?«

»Aber sicher doch!«

»Na, dann komm!«

Damit stand Britta auf, fasste ihn an der Hand und zog ihn ins Schlafzimmer.

11

René hatte alles in die Wege geleitet, und Tom traf sich mit Britta in derselben Champagner-Tapas-Bar, in der sich Britta auch schon wenige Tage zuvor mit René getroffen hatte.

Britta trug einen schmal geschnittenen Hosenanzug und ihre langen blonden Haare entgegen ihrer Gewohnheit offen, denn sonst fasste sie sie meist im Nacken mit einer Spange zusammen.

»Hallo«, sagte sie und streckte ihm ihre zarte Hand entgegen, »ich bin Britta Quentin. Und Sie sind Tom Simon? René hat schon oft von Ihnen erzählt, wie schön, dass wir uns endlich einmal kennenlernen.«

Tom nickte.

»Sie malen sensationelle Bilder«, fuhr sie fort. »Ich wollte mir schon immer eins kaufen, hab aber noch nie die Zeit gefunden, mal in Ruhe in Ihre Galerie zu gehen … aber ich werd es jetzt tun, ganz bestimmt.«

Tom lächelte nur, aber schwieg.

»Gefällt es Ihnen hier?«, fragte sie.

»Ehrlich gesagt: überhaupt nicht.«

»Mir auch nicht«, log Britta. »Sie sprechen mir aus der Seele. Aber ich wusste jetzt auf die Schnelle nicht, welche Adresse ich Ihnen vorschlagen sollte. Außerdem haben hier die Wände Ohren. Kommen Sie, ich wohne nur ein paar Häuser weiter, mein Kaffee ist legendär, und da können wir uns in Ruhe unterhalten.«

Tom atmete innerlich auf. Das war tausendmal besser, als sich hier in dieser unterkühlten und überkandidelten Bar zu unterhalten.

Bereits fünf Minuten später waren sie in Brittas Wohnung.

»Espresso?«

»Nein. Lieber einen großen Milchkaffee, wenn es geht.«

»Natürlich. Kein Problem.«

Die teure Maschine brodelte, und nur Sekunden später stand ein dampfender Milchkaffee vor ihm.

»So. Jetzt haben wir Zeit und Ruhe.« Sie selbst trank einen Espresso und dazu ein Glas Wasser. »Wir sind ungestört. Mein Mann ist auf einem Kongress in L. A.«

»Oh. Was macht Ihr Mann denn?«

»Er ist plastisch-ästhetischer Chirurg. Stefan Quentin. Vielleicht haben Sie von ihm gehört.« Sie lächelte. »Aber das braucht Sie ja eigentlich nicht zu interessieren.«

»Sollte das ein Kompliment sein?«

»Warum nicht?« Sie strahlte ihn an und schlug die Beine übereinander. »Wie läuft es denn so mit Ihren Bildern? Gut?«

»Ja, doch … Ich kann nicht klagen. Sagen wir mal so: Es wird von Jahr zu Jahr ein bisschen besser.«

»Ihre Bilder gefallen mir so, da müssen wir unbedingt mal was drüber bringen.«

»Ah ja?«

»Warum nicht? Ich könnte vielleicht mal ein paar Fotos schießen … Sie beim Malen, in Ihrem Atelier, à la: Hier entsteht ein Meisterwerk! Der Künstler bei der Arbeit … Ganz romantisch, verstehen Sie? So was lieben die Leute.«

»Ja, möglich …« Tom zögerte noch etwas. »Das klingt ganz gut.«

»Na also.« Sie lächelte. »Ich glaube, wir beide könnten uns wunderbar ergänzen.« Sie schien eine Sekunde zu überlegen. »Ich habe gehört, dass Sie mit Emilia von Orosz verheiratet sind? René erwähnte so etwas, glaube ich … Eine tolle Frau!«

»Wir lassen uns scheiden«, sagte Tom leise.

»Oh!« Britta tat überrascht. »Das tut mir aber leid. Da gehen Sie im Moment sicher durch die Hölle.«

Tom nickte stumm.

»Ich kenne das. Glauben Sie mir, ich kann das nachvollziehen, ich bin schon zweimal geschieden.«

»Die Streitereien sind so furchtbar, ich weiß nicht mehr, wo mir der Kopf steht. So etwas hätte ich niemals für möglich gehalten.«

»Ja.« Britta sah zu Boden. »Wie gesagt, ich kenne das. Ich kann Ihnen nur einen guten Rat geben: Nehmen Sie René als Anwalt. Er ist der Beste.«

»Das läuft schon. Er vertritt mich.«

»Na, dann kann doch gar nichts passieren, oder?«

Und dann erzählte Tom alles. Die ganze Geschichte seiner Ehe. Und auch das, warum sie geendet hatte.

Es war ihr aufmerksamer, mitfühlender, interessierter Blick, der ihn dazu ermuntert hatte, immer mehr von sich preiszugeben, denn noch niemals hatte ihm jemand so lange und so intensiv zugehört.

Als er den letzten Satz gesprochen hatte, wurde ihm plötzlich übel, und er fragte sich, ob er verrückt geworden war. Vor ihm saß keine Freundin, sondern eine Reporterin. Alles, was er erzählt hatte, konnte schon morgen in der Zeitung stehen.

Ihm wurde abwechselnd heiß und kalt. Was war denn bloß los? Warum hatte er geredet wie ein Wasserfall, ohne einen Moment nachzudenken?

»Das ist ja eine ganz üble, richtig böse Geschichte«, kommentierte Britta. »Mamma mia. So etwas erlebt man wirklich nicht alle Tage.«

Tom sagte nichts mehr. Vor seinen Augen drehte sich alles, weiße Wolken, weißer Nebel, er konnte keine Konturen mehr erkennen, konnte nicht mehr klar denken.

Britta stand auf. »Passen Sie auf, ich werde Ihnen helfen. Die Presse kann ja eine Menge bewegen. Wie schon gesagt, werden wir Fotos von Ihnen machen. In Ihrem Studio bei der Arbeit, Ihre Ausstellungen in diversen Galerien, wir zeigen Fotos aus Ihrer Kindheit, Jugend, Hochzeit … Ihre Eltern, Ihre Frau … Wir können dann gemeinsam aussuchen, was zu einem schönen Artikel über Sie und Ihr Leben passt. Keine Angst, nichts geschieht ohne Ihr Einverständnis. Ich denke vor allem an Fotos, die Sie bei der Arbeit zeigen, in einem Atelier, das vielleicht nicht ganz so luxuriös ist. Ich erkläre Ihnen mal, was ich mir vorstelle …«

Tom spürte geradezu, wie eine Riesenlast von seinen Schultern fiel. Britta würde ihn nicht belügen, er vertraute ihr völlig.

»Aber jetzt, wo Sie mir so viel von sich erzählt haben, sollten wir den Beginn unserer wunderbaren Zusammenarbeit dadurch besiegeln, dass wir Brüderschaft trinken, finden Sie nicht auch?«

Tom nickte, beugte sich zu ihr, sie stießen an, tranken und besiegelten ihre Brüderschaft mit einem Kuss.

»Komm mit«, sagte sie, »ich zeige dir das Haus. Ich könnte mir vorstellen, dass wir uns jetzt öfter sehen und dass du in Kürze auch meinen Mann kennenlernst. Mach dir keine Sorgen. Du kannst René und mir vollkommen vertrauen. Und alles, was jetzt passiert …«, sagte sie, als sie die Schlafzimmertür öffnete, »… das wäre für mich okay, verstehst du, das ist eben so, das liegt einfach nur daran, dass du mir wirklich gut gefällst, und da brauchen wir auch nie wieder drüber zu reden …«

Zwei Wochen später erschien in der Illustrierten *Business and fun*, für die Britta unter anderem arbeitete, ein dreiseitiger Artikel mit der Überschrift: »Asche und Glut – der stille Künstler und die schöne Gräfin«.

Mit einfühlsamen Worten beschrieb Britta das harte Leben des Malers Tom Simon, der oft zwölf Stunden und länger in seinem kleinen Atelier an der Staffelei stand und bei der Arbeit Raum und Zeit vergaß, während seine Gattin auf Bällen, Wohltätigkeitsveranstaltungen und Cocktailpartys geschäftliche Beziehungen knüpfte.

Die Fotos zeigten Tom mit fleckigem Kittel in einem chaotischen Atelier mit dem Untertitel: »Die Malerei ist sein Leben«, oder eines seiner Werke, darunter: »Seine Bilder sind gefragter denn je und erzielen Höchstpreise«, oder Tom an einem einsamen See: »Inspiration findet er in der Natur«.

Dazu Fotos von Emilia. Eng umschlungen beim Tanz mit einem großen grauhaarigen Mann mit dem Untertitel: »Emilia von Orosz und der Milliardär Hubertus Hathazy«, dann Emilia ausgelassen lachend mit einem Sektglas in der Hand auf dem Schoß eines wesentlich jüngeren Mannes, darunter: »Emilia und Benjamin Fuller, Sohn des Hollywoodschauspielers Franklin Fuller, auf dem Presseball«, oder Emilia nur mit einem Bikinihöschen bekleidet auf dem Deck einer Yacht neben einer ebenfalls fast nackten Blondine, die ihr den Rücken eincremt: »Emilia von Orosz und die Frauen: eine Herzensangelegenheit«.

Außerdem noch viele kleinere Fotos ohne Untertitel.

René war hochzufrieden, bedankte sich telefonisch bei Britta und rief nur wenige Tage später die Anwälte der Gegenseite an, um einen Termin zu vereinbaren.

12

Es war ein verregneter Dienstagmorgen, als René um zehn Minuten vor neun in einem eleganten anthrazitfarbenen Anzug in der Kanzlei »Oppermann, Hölderling, Krey und Partner« auftauchte. Er hatte sogar einen Schirm dabei, obwohl er Schirme verabscheute, aber er wollte auf keinen Fall nass wie eine Katze mit aufgeweichtem Anzug und feuchten Unterlagen dort ankommen.

Punkt neun Uhr saß er Emilias Anwälten Hölderling und Krey in einem imposanten Konferenzraum an einem ovalen blank polierten Holztisch gegenüber, an dem eine Gesellschaft von vierzig Personen problemlos Platz gefunden hätte. An den Wänden abstrakte Kunst, die René nichts sagte, aber wohl Eindruck schinden sollte. Er musste zugeben, dass die Bilder geschickt ausgewählt worden waren. Sie unterstützten die sachliche Atmosphäre des Raumes, setzten aber dennoch gelungene Farbakzente. Die Kanzlei stank nach Geld, und René musste sich Mühe geben, sich nicht wie ein kleines Licht zu fühlen, denn er wusste ganz genau, dass es Zweck dieses Saales und sämtlicher Büroräume war, einschüchternd zu wirken.

»Herr Dr. Oppermann lässt sich entschuldigen«, sagte Dietmar Krey, ein gedrungener Mann mit Halbglatze und runder

Hornbrille. »Er wäre sehr gern bei unserem Gespräch dabei gewesen, aber er musste wegen dringender Angelegenheiten kurzfristig nach New York. Ich hoffe, es stört Sie nicht, mit uns vorliebnehmen zu müssen.«

René kam die Galle hoch. Ich hab es ja begriffen, wie wichtig und großartig ihr alle seid, ihr müsst es mir nicht ständig auf die Stulle schmieren. Es kostete ihn ziemliche Mühe, eine bissige Bemerkung hinunterzuschlucken und äußerst liebenswürdig zu bleiben. »Aber keineswegs, ich bin sicher, Sie sind in diese Angelegenheit genauso gut involviert wie Herr Dr. Oppermann.«

Für den Bruchteil einer Sekunde erstarb das eingefrorene Lächeln Christian Hölderlings, aber dann hatte er sich sofort wieder in der Gewalt und lächelte weiter.

Die beiden hatten bedrohliche Aktenberge vor sich aufgetürmt, während René nur eine schmale Mappe und einen Laptop in seiner Aktentasche dabeihatte.

»Herr Kollege«, begann Krey nun, »wir sind sehr gespannt darauf, was Sie uns zu sagen haben, und ganz Ohr.«

»Ich bin gekommen, um mit Ihnen über Frau von Orosz und unser gemeinsames weiteres Vorgehen, die Scheidung betreffend, zu sprechen.«

Krey und Hölderling sahen sich an, sagten aber nichts.

»Es könnte sein, dass mir mehr Informationen über Ihre Mandantin vorliegen als Ihnen. Keine sehr angenehmen Informationen.«

»Es ist Ihre Aufgabe, vor Prozessbeginn alle Informationen offenzulegen.«

»Aber sicher. Und darum bin ich hier.« René lächelte. »Wir sind noch nicht vor Gericht, meine Herren, es würde mich freuen, wenn wir eine vertrauliche, freundliche Unterhaltung führen könnten. Falls es wirklich zu einem Prozess kommen sollte, haben wir noch genügend Gelegenheit, uns zu streiten.

Ich habe ein wenig die Vergangenheit Ihrer Mandantin recherchiert, aber ich bin sicher, das haben Sie auch getan, darum werde ich mich kurz fassen. Frau von Orosz war bereits zweimal verheiratet, die Ehe mit Herrn Simon war ihre dritte. Ihre ersten beiden Ehen wurden wegen ständiger Liebschaften und Affären von Frau von Orosz geschieden. Länger als fünf Jahre dauerte keine. In den zwei vorangegangenen Fällen waren die neuen Liebhaber jedes Mal ein Überraschungspaket, ein Knalleffekt, und die betrogenen Ehemänner fielen aus allen Wolken und standen vor vollendeten Tatsachen. Als sie anfingen, sich zu wehren, waren sie auch schon geschieden.«

»Kommen Sie zur Sache.« Krey klopfte nervtötend mit seinem Kugelschreiber auf die Tischplatte, Hölderling wühlte, Desinteresse spielend, in seinen Akten.

»Ich bin dabei. Oder haben Sie keine Zeit?« Renés charmantes Lächeln war entwaffnend. »Ich habe in den Archiven einiger Zeitschriften so einiges recherchiert und die entsprechenden Redakteure der Artikel interviewt. Die Anzahl der Affären und Seitensprünge von Frau von Orosz ist beeindruckend. Was in den Illustrierten gestanden hat, ist nur die Spitze des Eisbergs, es ist ihr erstaunlicherweise gelungen, in der Öffentlichkeit eine relativ weiße Weste zu behalten und sich als sympathische, lebenslustige Frau darzustellen. Ich gehe mal davon aus, dass diese Darstellung nicht billig war.«

»Eine Vermutung.«

»Mitnichten. Ich habe so viel Material zusammengestellt, dass man sich fragt, wann diese Frau jemals die Zeit hatte, sich um ihre Geschäfte zu kümmern. Es hat Geschenke gegeben, einen Mercedes hier, einen BMW da. Schweigewagen sozusagen. Wenn dies für Sie neu sein sollte, überlasse ich Ihnen Kopien.«

Die beiden Anwälte schwiegen mit versteinerten Mienen.

»Pikant finde ich, dass ein Großteil dieser Amouren auch in die Zeit der Ehe meines Mandanten mit Frau von Orosz fällt, aber selbst dies ist noch nicht wirklich das, was mich interessiert und dazu veranlasst hat, Sie aufzusuchen.«

»Das wird ja immer spannender«, bemerkte Hölderling süffisant.

»Sie sagen es. Diesmal ist es ein bisschen anders. Diesmal geht es um eine Frau. Mein Mandant hat einen Gegner, gegen den er nicht kämpfen und mit dem er sich nicht messen kann, weil es eine *Gegnerin* ist.«

»Das sagen Sie. Emilia von Orosz behauptet, Tom Simon habe Theresa Kastner mit in die Ehe gebracht.«

»Eine hübsche Idee. Leicht vorstellbar, entspricht aber leider nicht der Wahrheit. Und darum bin ich hier. Mein Mandant hat die beiden Damen Emilia von Orosz und Theresa Kastner in flagranti erwischt und in einer eindeutigen Situation gefilmt. Falls Sie Interesse haben, würde ich Ihnen den Film gern einmal vorspielen.«

Krey stand auf, öffnete eine kleine Flasche Wasser und schenkte sich ein. »Möchte noch jemand Wasser?«

»Nein danke.« Reines Ablenkungsmanöver, dachte René. Er war mit seinem Laptop beschäftigt, und Hölderling reagierte gar nicht.

René ließ den kurzen Film laufen. Krey stand hinter Hölderling, und beide konnten offensichtlich nicht fassen, was sie da gerade sahen.

Noch nicht einmal eine Minute, dann war alles vorbei.

»Möchten Sie den Film noch einmal sehen?«, fragte René.

»Nein danke.«

René klappte den Laptop zu.

Eine Weile sagte niemand etwas.

Hölderling fing sich als Erster. »Nun gut. Und? Was wollen Sie uns damit sagen?«

»Aber meine Herren, das liegt doch auf der Hand, und das können Sie sich sicher denken: Wenn sich Ihre Mandantin bei einem Prozess weiterhin als Unschuld vom Lande darstellt und Herrn Simon am ausgestreckten Arm verhungern lassen will, dann werde ich das mit einer Beweisflut und mit diesem Filmdokument aushebeln und ad absurdum führen. Ich muss Ihnen nicht erklären, dass dies für Frau von Orosz den gesellschaftlichen Ruin darstellen würde …«

»Sie wollen uns drohen? Oder soll das eine Erpressung sein?«, knurrte Krey.

»Aber nein! Ganz und gar nicht! Wenn ich mich missverständlich ausgedrückt habe und Sie das derart aufgefasst haben sollten, dann tut es mir leid! Ich wollte dieses Problem nur ganz offen mit Ihnen besprechen. Denn wem ist damit gedient, wenn es einen gesellschaftlichen Skandal gibt? Niemandem. Aber ich bin als Anwalt natürlich dazu verpflichtet, diesen kleinen Film, den ich hier habe, vor Gericht als Beweismittel anerkennen zu lassen. Sie können mir glauben, dass ich das nicht vorhabe, aber ich weiß wirklich nicht, wie weit mein Mandant geht. Er ist verzweifelt. Er weiß nicht mehr, was er tut. Ich traue ihm zu, dass er alles publik macht. Dann haben wir – dann hat vor allem Frau von Orosz – ein Problem. Denn mein Mandant ist dermaßen am Boden zerstört, dass man nicht mehr einkalkulieren kann, wie er reagiert. Wie normal denkende Menschen können nur wir miteinander reden und versuchen, die Sache aus der Welt zu schaffen. Sie und ich.«

»Werden Sie deutlicher.« Hölderling sah ihn scharf an.

»Gut.« René lächelte. »Wenn es nicht im Sinne von Frau von Orosz sein sollte, öffentlich schmutzige Wäsche zu waschen, dann sollten wir vielleicht von einem Prozess, der sämtliche Medien auf den Plan ruft, absehen und über einen Vergleich nachdenken.«

René wusste, dass er diesen Gedanken bei der gegnerischen Partei einen Moment sacken lassen musste.

Die beiden Anwälte warfen sich einen kurzen Blick zu.

»Fünfzehn Millionen«, sagte René. »Und niemand erfährt jemals etwas von all diesen Eskapaden. Frau von Orosz behält ihren guten Ruf und ihre gesellschaftliche Stellung. Sie wird geschieden, alles geschieht einvernehmlich und in Freundschaft, und alle sind zufrieden.« Er stand auf. »Überlegen Sie es sich. Ich gehe jetzt erst einmal für ein paar Tage in Urlaub und melde mich wieder bei Ihnen, wenn ich aus Kitzbühel zurück bin. Und dann wäre es schön, wenn Sie mir sagen könnten, ob Sie damit einverstanden sind, dass ich das Filmdokument dem Gericht übergebe, oder ob wir zusammen eine andere Lösung finden.«

René verbeugte sich leicht. »Meine Herren, ich wünsche Ihnen noch einen angenehmen Tag, und bitte grüßen Sie den Kollegen Dr. Oppermann ganz herzlich von mir.«

Hölderling machte Anstalten aufzustehen.

»Bitte, bemühen Sie sich nicht, ich finde hinaus.«

Damit ging René, und sein Gang war federnd und leicht.

Sechs Monate später wurden Tom und Emilia geschieden. In einer außergerichtlichen Einigung wurde vereinbart, dass er keinen Unterhalt, aber dafür eine einmalige Abfindung von elf Millionen bekam.

Zehn Millionen für Tom – eine für René.

Tom zog in eine Atelierwohnung in Hamburg-Eppendorf. Und selbst in dieser für seine Verhältnisse winzigen Wohnung kam er sich völlig verloren vor.

Stundenlang stand er vor seiner Staffelei und malte kaum etwas. Wenn endlich der Abend kam, öffnete er eine Flasche Wein, schaltete den Fernseher ein und wartete darauf, dass die Zeit verging.

Es waren die ersten heißen Tage des Jahres, und Hamburg drehte durch. Die Straßencafés waren überfüllt, die Menschen sonnten sich auf jedem Stückchen Wiese in Parks und öffentlichen Freiflächen, und viele Unentwegte badeten stur in Elbe, Alster und Bille, auch wenn das Wasser noch empfindlich kalt war. NDR-Reporter zogen durch die Gegend und stellten den Leuten vor der Kamera hochintelligente Fragen wie: »Wie fühlen Sie sich bei diesem Wetter? Was haben Sie heute gemacht? Grillen Sie gerne?« und Ähnliches, das sie gebetsmühlenartig jedes Jahr bei den ersten warmen Sonnenstrahlen fragten.

Tom mischte sich nicht unter das sonnenhungrige Volk, er ertrug keine Menschen mehr. Stattdessen blieb er zu Hause, stand vor dem offenen Fenster und versuchte zu malen.

Es war reiner Zufall, dass er den Kopf hob und René durch den kleinen Park auf sein Haus zukommen sah.

Unmut über die Störung und Freude über den Überraschungsbesuch hielten sich die Waage.

Reg dich nicht auf, sagte er sich, gleich wird er klingeln, aber kein Mensch zwingt dich, darauf zu reagieren. Stell dich einfach tot.

Er schloss das Fenster und hörte wenige Augenblicke später die Klingel.

Wo ist eigentlich das Problem?, dachte er und ging zur Tür, um zu öffnen.

»Hey!« Als René so leibhaftig vor ihm stand, freute er sich, ihn wiederzusehen, und umarmte ihn zur Begrüßung. »Wie kommst du denn hierher?«

»Hab mir ein neues Auto gekauft«, grinste er. »Musst du sehen! Steht vor der Tür!«

»Komm rein. Magst du was trinken?«

»Gerne ein Bier.« Tom holte zwei Flaschen aus dem Kühlschrank.

»Wie geht's dir?«, fragte René. »Wie kommst du zurecht? Was machst du so als schwerreicher Single?«

»Nichts«, antwortete Tom, »absolut nichts.«

»Wenn du dich nicht absolut dämlich anstellst, hast du nie wieder in deinem Leben finanzielle Sorgen. Mann! Ist das nicht irre?«

»Sicher. Ja, das ist Wahnsinn. Ich kann es auch irgendwie noch gar nicht fassen. Und, René …«

»Ja?«

»Ich bin dir so unendlich dankbar, das kannst du dir gar nicht vorstellen. Ohne dich hätte ich das niemals geschafft und wäre jetzt arm wie eine Kirchenmaus.«

René lachte und schlug Tom freundschaftlich auf die Schulter. »Schon gut, schon gut. Ich hab nur meinen Job gemacht.

Aber vielleicht hab ich mich ein kleines bisschen mehr angestrengt, weil du mein Freund bist.«

Einen Moment standen beide unschlüssig im Raum herum, keiner wusste, was er sagen sollte. Bis René wieder die Initiative ergriff.

»Auf alle Fälle darfst du hier nicht so rumhängen, Alter! Geh raus, geh ins Kino, ins Theater, in die Kneipe, lerne Leute kennen, lade sie ein, mach 'ne Galerie auf, was weiß ich? Wenn man Geld hat, ist das Leben absolut geil.«

»Vielleicht hast du recht«, murmelte Tom.

»Los komm, lass uns 'ne Runde um die Häuser ziehen. Du lädst mich ein, und wir sind quitt.«

Tom widersprach nicht. Er holte seine Jacke, und sie verließen die Wohnung.

13

Hamburg-Harvestehude, 2002

Bis vor drei Monaten hatte René in einem bescheidenen Häuschen in Sülldorf gelebt, dem Haus seiner Kindheit, das er geerbt hatte. Nach dem Tod seiner Mutter hatte er ihre Möbel und die Gespenster seiner Kindheit schnellstens entsorgt, die Bude frisch gestrichen und war zufrieden. Als mittelloser, in Hamburg noch nicht etablierter Anwalt, der jedem Klienten hinterherjagen musste, war Sülldorf die beste und billigste Lösung gewesen.

Aber als er dank Toms Scheidung in den Geldtopf gefallen war, sich dank Britta als »Promianwalt« einen Namen gemacht hatte, sich auf jeder Schickeria-Party herumtrieb und das Gefühl hatte, im Geld zu schwimmen, war Schluss mit Sülldorf. Er wollte unbedingt zurück nach Hamburg, in die City, und mietete westlich der Außenalster in Harvestehude eine wesentlich größere Penthousewohnung als Tom, vierhundert Quadratmeter Luxus pur mit sechzig Quadratmeter großer Loggia, Dachterrasse und einem beeindruckenden Blick auf den Innocentiapark. Die Wohnung war durch bodentiefe Fenster lichtdurchflutet, hatte vier Zimmer, zwei Bäder und eine hypermoderne offene Küche mit einer Kochinsel in der Mitte.

René platzte vor Stolz, warf das Geld mit beiden Händen zum Fenster hinaus, und als seine Traumwohnung einigermaßen eingerichtet war, lud er seine Freunde, Kollegen und Bekannten zur Einweihungsfeier ein.

Als Tom erst nach zwanzig Uhr eintraf, obwohl René um achtzehn Uhr eingeladen hatte, war bereits die Hölle los. Tom kam sich vor wie in einem überfüllten Baumarkt, in dem alles zum halben Preis verschleudert wurde und man zusätzlich noch eine Stehleiter geschenkt bekam.

Jedes zweite Gesicht kannte er irgendwoher: Schauspieler, deren Namen ihm auf der Zunge lagen, aber nicht einfielen, Boxprofis, Rockstars, Rapper, aber auch einige aus Politik und Wirtschaft, die dafür bekannt waren, keine Party und keinen Event auszulassen. Jede Menge Models standen gelangweilt herum oder solche, die genauso schlecht gelaunt aussahen und gern Models gewesen wären, Boxenluder oder aufgetakelte Frauen, die selbst eine Blitzkarriere im Showbusiness hingelegt hatten, deren Namen aber auch niemand kannte, redeten überdreht und aufgeregt auf Männer ein.

Attraktive Kellnerinnen huschten durch die Gegend und verteilten mit eingefrorenem Dauerlächeln Sektgläser und Häppchen.

Britta schlenderte zwischen den Gästen umher, fotografierte ab und zu und verteilte Komplimente. Es gab kaum jemanden, den sie und kaum jemanden, der sie nicht kannte. Man fühlte sich geschmeichelt, wenn Britta an den Tisch trat, und sie hatte kein Problem, in Gespräche einzusteigen und die neuesten Neuigkeiten zu erfahren.

Woher kennt René bloß diese ganzen Leute, dachte Tom entsetzt, das ist ja grauenvoll. Er hatte sich auf eine gepflegte Penthouseparty gefreut, auf der einige interessante Gäste in lässig-eleganter Kleidung mit einem Drink herumstanden und sich bei dezenter Musik leise unterhielten.

Aber hier in dieser traumhaften Wohnung und auf der Dachterrasse drängelten sich viel zu viele Menschen, und die Schlacht am kalten Buffet war in vollem Gange.

Tom war ohnehin nicht der Partytyp, und ihm verging augenblicklich der Appetit, obwohl er den ganzen Tag noch nichts gegessen hatte.

Als er noch überlegte, ob er sich nicht einfach wieder verdrücken sollte, denn vielleicht hatte René ihn ja noch nicht gesehen, spürte er einen Schlag auf die Schultern. Er fuhr herum, und René stand grinsend vor ihm.

»Schön, dass du da bist!« Die beiden Freunde umarmten sich. »Na, was sagst du?«

»Tolle Wohnung. Echt.«

René lachte. »Wenn's dir gefällt? So etwas in der Art und dann noch doppelt so groß könntest du dir auch locker leisten. Ich kenne einen Makler, der bietet die geilsten Wohnungen Hamburgs an. Ein Wort von dir, und ich rufe ihn an. Für mich tut er alles, geht mit seiner Courtage sogar ein halbes Prozent runter. Unter Freunden sozusagen. Deine Wohnung ist schön, sicherlich, aber viel zu klein. Auf die Dauer kriegt man da ja Depressionen. Also überleg es dir, alles ist möglich, die liebe Theresa hat uns beiden nur Glück gebracht!«

»Woher kennst du bloß all die Leute?«, fragte Tom, um das Thema zu wechseln. »Hier ist es ja voller als auf dem Fischmarkt!«

»Ach, was weiß ich. Das sind Freunde, Bekannte, Kollegen – in meinem Job lernt man 'ne Menge Leute kennen. Und das ist heutzutage nicht das Schlechteste. Pass auf, die meisten fressen sich durchs Buffet, und dann sind sie ganz schnell wieder verschwunden. Du wirst sehen, um halb elf sind hier nur noch ein paar Leute. Der harte Kern meiner

Freunde. Und Britta bringt eine riesige Homestory über mich und meine bescheidene Bude.« Er lachte. »Das ist echt nett von ihr, ich weiß gar nicht, wie ich ihr das danken soll.«

»Das wüsste ich schon«, meinte Tom trocken, aber René ging nicht darauf ein. Er war im Moment nicht aufs Zuhören programmiert.

In diesem Moment kam Britta. »Tom!«, sagte sie lächelnd. »Wie schön, dich zu sehen!« Sie umarmte und küsste ihn. »Stellt euch mal da hin, ich mache ein Foto von euch beiden!«

»Und? Wie geht es dir?«, fragte sie Tom, als das Foto im Kasten war. »Wie bekommt dir dein neues Leben ohne Emilia?«

»Gut. Sehr gut. Ja, doch, wirklich, ich fühle mich wohl.«

»Ach, das freut mich.« Sie tätschelte seinen Arm, sagte eilig: »Wir sehen uns!«, und war im Gedränge verschwunden.

»Was möchtest du trinken?«, fragte René. »Bier, Wein, Champagner?«

»Einen Campari-Soda, wenn du hast.«

»Klar, hab ich. Ich sag Bescheid. Wird dir gebracht. Bin auch gleich wieder da. Kleinen Moment.«

René verschwand, Tom stand herum, wartete auf René und fühlte sich fürchterlich unwohl. Was hatte er hier bloß verloren? Er kannte ja nicht eine Menschenseele und hatte auch keine Lust, irgendjemanden kennenzulernen.

Nach zwei Minuten kehrte René mit einer Frau an seiner Seite zurück.

»Darf ich vorstellen? Charlotte, das ist mein alter Freund aus Studienzeiten, Tom, wir haben mal ein Jahr in einer WG gewohnt, Tom, das ist meine gute Freundin und Jugendliebe Charlotte. Komisch, dass ihr euch noch nie bei mir begegnet seid! Bitte entschuldigt mich einen Moment, ich sehe gerade, da kommt Klaus, den ich gerade aus einer ganz üblen Sache raushaue, ich muss euch jetzt leider kurz allein lassen und mich um ihn kümmern.«

Damit drehte er sich weg und ließ sie allein.

Charlotte und Tom sahen sich an und sprachen kein Wort. Um sie herum tobte der Partyrummel, Musik dröhnte, Stimmengewirr und helles Lachen, vereinzelte Rufe, Fremde liefen an ihnen vorbei, stießen sie an, murmelten »Entschuldigung«.

Sie sahen sich in die Augen, und es war ihnen nicht peinlich.

Tom lächelte, und Charlotte lächelte zurück.

Sie vergaß ihr Sektglas, das sie in der Hand hielt und aus dem sie noch keinen einzigen Schluck getrunken hatte.

»Ich kenne hier kaum jemanden«, sagte sie.

»Und ich kenne hier überhaupt niemanden«, meinte er.

Beide schwiegen einen Moment und beobachteten die Partygäste. Dann sagte Tom: »Ich glaube, wir sind hier falsch.«

»Das glaube ich auch«, antwortete sie.

»Wollen wir vielleicht, statt hier dumm rumzustehen, ein bisschen spazieren gehen?«

»Warum nicht?«, sagte sie und dachte mit Entsetzen an ihre hohen Schuhe.

»Oder wir gehen in ein Restaurant?«

»Noch lieber.«

»Na dann los. Ich kenne in der Nähe einen guten Griechen. Mit dem Auto brauchen wir höchstens zehn Minuten. René wird uns in dem Gewimmel hier erst in drei Stunden vermissen.«

Tom fasste ihre Hand, und sie gingen gemeinsam aus der Wohnung, fuhren mit dem Fahrstuhl hinunter, verließen das

Haus, gingen schweigend bis zu Toms Auto, das er in einer Nebenstraße geparkt hatte, und stiegen ein.

Charlotte entspannte sich.

Der Motor brummte leise. Hier war sie richtig, hier gehörte sie hin. An die Seite dieses Mannes, der ihr seltsam vertraut und seelenverwandt vorkam, obwohl sie von ihm nichts, aber auch gar nichts wusste.

14

Bönningstedt, Juni 2015

Elfie Bremer war ein bisschen spät dran, als sie mit ihrem Fahrrad bei den Simons vors Haus fuhr. Es war bereits zwanzig nach neun, und sie stellte entsetzt fest, dass nur der Wagen von Frau Simon vor der Tür stand. Tom hatte noch nie ein Wort darüber verloren, wenn Elfie unpünktlich war, und hatte ihr trotz der Verspätung einen Kaffee angeboten. Während Frau Simon sie in so einem Fall äußerst kühl begrüßte und dann immer noch eine Extraaufgabe fand, wenn sie um vierzehn Uhr gehen wollte. »Ach, Frau Bremer, könnten Sie eventuell noch die Terrasse und das Magazin fegen? Das ist nett, danke.«

Sie hasste das, Frau Simon konnte es offensichtlich nicht ertragen, wenn sie fünf Minuten zu wenig arbeitete.

Nein, zwischen Frau Simon und ihr stimmte die Chemie überhaupt nicht, aber Herr Simon, also Tom, denn manchmal sagte sie »Tom« und »Sie«, war schwer in Ordnung. Für ihn arbeitete sie gern, sogar manchmal auch ein bisschen mehr als nötig. Erst neulich hatte sie eine elegante schwarze Hose von ihm mit nach Hause genommen und einen neuen Reißverschluss eingenäht.

Elfie klickte die Haustür, die nur ins Schloss gefallen war, mit ihrem Schlüssel auf und hängte ihren leichten Sommermantel an die Flurgarderobe.

»Hallo! Guten Morgen! Ich bin's!«, rief sie, aber es kam keine Antwort.

Wahrscheinlich war Frau Simon oben und hatte sie nicht gehört. Elfie dachte sich nichts dabei, zog ihre Pumps aus, holte ihre Latschen aus ihrer Umhängetasche und schlurfte in die Küche.

Und stand nur Sekunden später vor der Leiche.

Elfie hörte auf zu atmen. Sie hielt die Luft an, weil sie nicht glaubte, was sie sah. Sie schrie nicht, sie weinte nicht, sie bewegte sich nicht. Starrte nur auf die steife Leiche und begriff nichts. Absolut nichts.

Nach einer gefühlten Ewigkeit bewegte sie sich ganz leise und vorsichtig und setzte sich an den Küchentisch, ohne die Augen von der Leiche abzuwenden.

»Frau Simon«, murmelte sie.

Nichts weiter. Nur ihren Namen.

Sie hatte in ihrem Leben noch nie eine Harpune gesehen. Und einen Harpunenpfeil, der einem Menschen im Hals steckte, schon gar nicht.

Minuten später erhob sie sich, gab sich Mühe, mit dem Stuhl kein Geräusch zu machen, schlich hinaus auf den Flur und verließ das Haus.

Die Haustür ließ sie offen, achtete gar nicht darauf, sondern schlurfte in ihren Schlappen bis vor zur Straße. Bestimmt vierhundert Meter weit.

Dort winkte sie dem nächstbesten Auto, das vorbeifuhr.

Der dritte Wagen hielt. Es war Lasse Sennen, der Elfie kannte.

»Elfie, was ist?«, fragte er.

»Helfen Sie mir«, presste sie mühsam heraus, »dort in dem Haus bei den Simons ist eine Leiche. Charlotte Simon. Bitte, helfen Sie mir!«

»Ja, klar helf ich dir! Ich bin's doch, Lasse!«

»Bitte, helfen Sie mir …«, sagte Elfie noch einmal, da sie Lasse immer noch nicht erkannt hatte, und dann brach sie in Tränen aus.

Kriminalhauptkommissar Ole Hansen war vierundfünfzig Jahre alt, seinem Alter entsprechend normal übergewichtig und seit drei Monaten zum zweiten Mal mit seiner Frau Anke verheiratet. Anke war ein norddeutscher Sturkopp, die jeden hartgesottenen Bullentreiber das Fürchten lehren konnte. Ole und sie waren so oft aneinandergeraten, dass Ole das Leben mit Anke unerträglich fand und sich vor sechs Jahren scheiden ließ. Aber dann waren Ole und Anke nach einem Feuerwehrball vor zwei Jahren wieder zusammengekommen und hatten beschlossen, es doch noch einmal miteinander zu probieren. Und zum ersten Mal in seinem Leben glaubte Ole, wirklich etwas begriffen zu haben, nämlich, dass seine Frau Anke immer schon und von Anfang an die Richtige gewesen war. Ich brauche eben für alles mehrere Anläufe, hatte er schon oft gedacht, aber das ist ja nicht weiter schlimm.

Ole ruhte in sich selbst, war der Fels in der Brandung des Kommissariats, und alle mochten ihn. Aber es gab einige Dinge, die er nicht ausstehen konnte: sich ineinander verhakende Kleiderbügel, orangefarbene Schlipse, schrille blecherne Stimmen, die in den Ohren wehtaten, und Tage, an denen er alles stehen und liegen lassen und zu einem Tatort rasen musste. So wie heute.

Im Auto neben ihm saß sein Assistent Jens Zimmermann, zweiunddreißig, clever, oft unkonventionell denkend, aber extrem anstrengend. Jens war ständig knallwach und überdreht, redete ungemein schnell und immer ein bisschen zu laut, wusste alles, machte alles, konnte alles und war einfach nicht ruhigzustellen. Den musst du dreimal totschlagen, bevor der endlich seine Klappe hält, hatte Ole schon oft gedacht.

»Kennst du die Gegend hier gut?«, fragte Jens gerade.

»Nö.«

»Schon mal was von den Simons gehört?«

»Nö.«

Jens hatte sein Tablet auf den Knien und tippte darauf herum. »Wenn die Charlotte Simon, die ich hier habe, die Richtige ist, dann ist sie eine ziemlich erfolgreiche Filmproduzentin.«

»Sach bloß.«

»Ja. Und ihr Mann Tom ist Kunstmaler. Hat 'ne Galerie in Hamburg.«

»Guck an.«

»Sammeln müssen wir für die beiden nicht.«

»Ach was.«

Ole drückte aufs Gas. Ihm war irgendwie übel, und es wäre schön, wenn Jens mal einen Moment seine Klappe halten könnte.

»Nicht so schnell! Den nächsten kleinen Wirtschaftsweg musst du links. Da hinten!«

Ole bremste den Wagen ab und sah, dass Jens nicht mehr bei Wikipedia herumstöberte, sondern jetzt ein Navi auf dem Bildschirm hatte.

Während Ole langsam in den Wirtschaftsweg einbog, sah er auf seine riesige Armbanduhr mit einem Durchmesser von vier Zentimetern. Diese Uhr konnte er wenigstens jederzeit und ganz ohne Brille erkennen. Es war jetzt zehn Uhr fünfzehn.

Ole fuhr die kurze Auffahrt hoch und bremste vor dem Haus, vor dem zwei Autos, ein Streifenwagen und der Notarzt parkten.

Die Haustür stand weit offen.

Ole klopfte dennoch mit aller Kraft dagegen.

»Kripo Hamburg!«

In diesem Moment kam Lasse Sennen aus dem Wohnzimmer in den Flur und gab Ole Hansen die Hand.

»Ich bin Lasse Sennen. Ich hab die Polizei gerufen.«

»Kriminalhauptkommissar Hansen, und das ist mein Kollege Oberkommissar Zimmermann.«

Noch vor einer Stunde war Lasse mit guter Laune und fröhlich unterwegs gewesen. Er hatte gut geschlafen und war auf dem Weg zu seiner Baustelle, denn er war dabei, sich zusammen mit seiner Frau eine Scheune auszubauen.

Jetzt sah er grau und erschöpft aus, und seine Wangen wirkten eingefallen.

»Bitte, kommen Sie rein«, sagte er. »Frau Bremer, die die Leiche gefunden hat, sitzt im Wohnzimmer. Sie hat einen Schock, der Notarzt kümmert sich um sie.«

Lasse ging voran, Ole und Jens folgten ihm.

Und dann sahen sie Charlotte. An die Tür genagelt und mittlerweile steif wie eine Puppe aus einem Horror-Wachsfigurenkabinett.

In diesem Moment verschlug es wahrhaftig beiden Kommissaren die Sprache.

»Oh verdammt«, murmelte Jens.

»Oh mein Gott!«, brummte Ole. Und dann dachte er als Erstes, wie schade es war, dass Blut in den wunderschönen, teuren Dielenfußboden eingezogen war, der seine volle Bewunderung hatte. So einen Fußboden hatte er sich immer gewünscht. Es würde schwer sein, die Flecken wieder wegzukriegen. Aber kurz darauf verfluchte er sich selbst wegen dieses despektierlichen Gedankens.

»Hast du so was schon mal gesehen?«, fragte Jens leise.

»Nee. Noch nie. In den ganzen verfluchten dreiunddreißig Dienstjahren, die ich auf dem Buckel habe, noch nie. Nee, Jens. Nee.«

»Is' schon heftig. Und dieser Pfeil muss ja eine Durchschlagskraft haben, dass es aus is'.«

»Das sag ich dir.« Ole ging ein bisschen näher heran. »Ist ein Harpunenpfeil. Und wenn so 'ne Harpune losschießt ohne Wasserwiderstand, mein lieber Scholli, dann sollte man nicht im Weg stehen.«

Jens nickte stumm.

»Die arme Frau«, murmelte Ole. »Gibt wahrlich bessere Arten zu sterben.«

»Guck mal hier«, sagte Jens plötzlich und ging in die Hocke, um hinter die Leiche gucken zu können. »Ihre Hände sind mit Kabelbinder gefesselt.«

Ole tat es ihm nach. »Das kann nicht sein«, murmelte er fassungslos. In dieser Küche war die Frau des Hauses regelrecht hingerichtet worden.

Die Polizisten von der Streife gaben Ole einen kurzen Bericht darüber, wie sie das Haus vor wenigen Minuten vorgefunden hatten, und Ole sagte: »Vielen Dank, wir übernehmen jetzt hier.« Die Streifenpolizisten entfernten sich.

»Ruf die Spusi an«, bat Ole Jens. »Alle. Das volle Programm. Sag ihnen, sie sollen sich verdammt noch mal beeilen, die Frau ist schon eine ganze Weile tot. Jetzt kommt es auf jede Stunde an. Und dann geh mal durchs Haus und sieh dich um.«

Jens nickte wortlos, schien völlig fertig und verließ den Raum.

Ole ging ins Wohnzimmer, in dem Elfie Bremer kraftlos und leichenblass in einem Sessel mehr lag als saß.

»Sie ist so weit stabil«, sagte der Notarzt und stand auf. »Ich denke, wir müssen sie nicht mitnehmen.«

Ole begrüßte Frau Bremer, stellte sich vor und setzte sich ihr gegenüber.

»Sind Sie in der Lage zu erzählen, was heute Morgen passiert ist?«, fragte er und zog seinen Notizblock hervor.

Elfie nickte und richtete sich ein wenig auf. »Ich war heute ein bisschen spät dran, es war schon kurz nach neun, als ich hier ankam.«

»Was wollten Sie hier?«

»Ich mache das Haus sauber. Jeden Montag von neun bis zwei.«

»Ah ja.« Ole nickte. »Sie haben einen Schlüssel?«

»Ja, die Herrschaften sind oft nicht zu Hause. Das passt schon, ich weiß, was zu tun ist. Und ich sehe den Dreck, im Gegensatz zu vielen anderen.«

So groß kann der Schock nicht sein, dachte Ole, sie ist schon wieder ganz gut beieinander.

»Sie kennen die Tote?«

»Aber natürlich! Das ist Frau Simon.«

»Und da sind Sie ganz sicher?«

»Ich bitte Sie, Herr Kommissar, ich arbeite hier seit sieben Jahren. Natürlich ist das Frau Simon, da gibt es gar keinen Zweifel.«

»Gut. Und was passierte dann? Sie kamen also ins Haus. Und was taten Sie?«

»Na, was soll ich schon tun? Ich hab gerufen ›da bin ich!‹, niemand hat geantwortet, dann hab ich mir Mantel und Schuhe ausgezogen und bin in die Küche gegangen. Und da hab ich sie gesehen. Aber kapiert hab ich es immer noch nicht. So was gibt's einfach nicht. Nicht hier bei uns!« Elfie schüttelte heftig den Kopf, und ihre Augen füllten sich erneut mit Tränen.

»Und dann?«

Ihr Blick fiel auf Lasse Sennen, der in der Tür stand und das Gespräch verfolgte.

»Dann bin ich raus. Auf die Straße. Und da kam Lasse und hat die Polizei gerufen.«

»Warum haben *Sie* denn nicht die Polizei gerufen?«

»Weiß ich nicht. Hätt ich wahrscheinlich gar nicht gekonnt in dem Moment.«

»Ah ja.« Ole machte sich sporadisch ein paar Notizen.

»Kannten Sie die Simons gut?«

»So einigermaßen. Ihn besser als sie. Sie hat ja kaum was geredet. Tun Sie dies und tun Sie das. Mehr nicht.«

»Sie mochten Frau Simon nicht?«

»Nicht so besonders. Aber ihn schon. Er war immer nett und freundlich.« Elfie schnaubte sich geräuschvoll die Nase.

»Hatten Sie keine Angst, als Sie die Leiche sahen? Ich meine, der Mörder hätte ja noch im Haus sein können?«

Jetzt erst erschrak Elfie. »Stimmt! Daran hab ich gar nicht gedacht.«

Jens kam herein. »Spusi ist unterwegs. Alle sind begeistert von dem Einsatz. Und im Haus ist niemand.«

»Aha«, sagte Ole, »und das hast du so schnell festgestellt?«

»Nun ja, ich hab nicht in alle Schränke geguckt …«

»Dann tu das. Guck in jede Nische, in den Stall, in etwaige Abseiten, überallhin. Und ansonsten? Irgendetwas durchwühlt? Gibt es Hinweise auf einen Raubmord?«

»Nein, Chef, gar nichts. Es sieht eher aus nach einem romantischen Dinner zu zweit mit anschließender Bade- und Bettorgie.«

Ole kommentierte das nicht, und Jens verließ den Raum wieder.

»Bitte, Herr Sennen«, sagte Ole und machte eine Handbewegung, »setzen Sie sich doch zu uns. Sie kannten die Familie Simon auch gut?«

Lasse nahm Platz und nickte. »Nun ja, wir waren quasi Nachbarn. Wie man sich halt unter Nachbarn so kennt.«

»Kann sich einer von Ihnen vorstellen, wo Tom Simon ist, oder wissen Sie, wie wir ihn erreichen können?«

Elfie zuckte die Achseln. »Bei ihm weiß man nie. Er ist oft auf Reisen, manchmal geht er schon früh aus dem Haus und ist den ganzen Tag weg, dann ist er wieder tagelang nur zu Hause und malt – er kann überall sein und kann auch jeden Moment nach Hause kommen.«

»Wann haben Sie das Ehepaar Simon zuletzt gesehen?«

»Heute vor einer Woche.«

»Herrn und Frau Simon?«

»Ja, beide.«

»Hatten sie sich gestritten?«

»Nein, überhaupt nicht. Sie waren immer ein Herz und eine Seele.«

»Kennen Sie Freunde oder Verwandte der Simons?«

Elfie schüttelte den Kopf. »Verwandte gar nicht. Sie haben auch keine Kinder oder so. Nur ein paar Freunde in Hamburg, die waren auch manchmal hier. Da hatte ich hinterher 'ne Menge zu tun.«

»Und Sie?« Ole sah Lasse fragend an.

Lasse schüttelte ebenfalls den Kopf. »Ich kenne niemanden. Als sie vor einigen Jahren hierherzogen, haben sie noch nicht mal 'ne Einweihungsfeier gemacht. Im Grunde waren sie immer unter sich.«

»Können Sie von Ihrem Hof aus das Haus der Simons sehen?«

»Nein. Es liegt zu versteckt, und mein Hof ist ja immerhin ein paar Kilometer entfernt.«

»Waren Sie heute Nacht unterwegs?«

»Nein. Ich hab bis einundzwanzig Uhr draußen auf der Fenne gearbeitet, dann bin ich ins Haus, hab Abendbrot gegessen, und so gegen dreiundzwanzig Uhr bin ich schlafen gegangen.«

»Und Sie?«, wandte sich Ole an Elfie.

»Ich bin immer zu Hause. Ich gehe nie aus.«

»Und wie weit entfernt wohnen Sie?«

»Am Ortsrand von Osterhörn. Das ist gut fünf Kilometer weg.«

»Also, keiner von Ihnen beiden hat heute Nacht irgendetwas Außergewöhnliches bemerkt oder gesehen?«

»Nein.«

»Nein.«

Ole wandte sich wieder an Elfie. »Als Sie heute Morgen kamen, brannte da Licht im Haus?«

»Wie, Licht?«

»Na, ob Licht im Haus brannte?«

Elfie war völlig durcheinander. »Oh mein Gott, das weiß ich gar nicht! Ich hab da gar nicht drauf geachtet! Kann sein, dass ich das Licht an- oder ausgeknipst hab, ich weiß es wirklich nicht, man macht das so automatisch. Oh Gott, ist das jetzt ein Problem?«

»Nein, nein, schon gut.« Ole seufzte leise. »Wem gehören die beiden Autos vor der Tür?«

»Der alte Golf ist meiner«, sagte Lasse, »der Audi ist von Frau Simon.«

»Von mir ist das Fahrrad, das an der Stalltür lehnt«, bemerkte Elfie.

Ole stand auf. »Gut. Fürs Erste danke ich Ihnen. Hier ist meine Karte, wenn Ihnen irgendetwas einfällt, was wichtig sein könnte, rufen Sie mich bitte an.«

Lasse nickte.

»Darf ich jetzt gehen?«, fragte Elfie.

»Ja, das dürfen Sie.«

»Wir müssen herausfinden, wo sich Tom Simon aufhält«, sagte Ole danach zu Jens. »Vielleicht ist es völlig harmlos, und er macht nur ein paar Erledigungen, oder aber er ist auf der Flucht. Lass uns systematisch das Haus durchsuchen nach Handys, Terminkalendern, Notizen, Telefonnummern, Adressen. Und dann fangen wir an zu telefonieren. Wenn wir ihn nicht innerhalb der nächsten drei Stunden gefunden haben, geben wir eine Fahndung raus.«

»Du meinst, er hat seine Frau erschossen?«

»Ich meine gar nichts. Aber es ist das Naheliegendste, denn nach einem Einbruch sieht dieses Haus nicht aus. Und du? Was meinst du?«

»Ich meine auch nichts«, konterte Jens.

Eine Viertelstunde später fuhren die Kollegen der Spurensicherung mit zwei Autos vor, zogen sich ihre weißen Schutzanzüge an und gingen mit ihren schweren Taschen ins Haus.

15

René sah Leslie erst am nächsten Morgen. In der Nacht zuvor schien sie schon tief und fest zu schlafen, als er sich kurz vor zwei zu ihr ins Bett legte und dann noch mindestens zwei Stunden wach lag.

In der Dunkelheit der Nacht, in der sich Gedanken überschlugen, die schlimmen verschlimmerten und die guten den Menschen schier euphorisch werden ließen, hatte er das Gefühl, nichts mehr zu begreifen und sich zusammen mit Tom in demselben Albtraum zu befinden. Sein klarer Verstand ließ ihn im Stich, er wusste nicht mehr, was richtig und was falsch war.

Um sechs stand er auf, um sich einen Kaffee zu kochen.

Die Loggia, in der sich die offene Küche befand, war bereits lichtdurchflutet, und die Helligkeit tat ihm gut. Im Licht erschien nichts mehr so konfus wie in der Schwärze der Nacht.

Er hatte alles richtig gemacht.

Die ganze Sache brauchte Zeit. Man durfte nichts überstürzen. Ein Schritt würde den anderen nach sich ziehen und musste gut durchdacht sein.

Der Kaffee war heiß und bitter.

René schob die große Glastür auf, trat hinaus auf die Dachterrasse und sah über den Park.

Es ist alles gut, dachte er, auch wenn es Charlotte nicht mehr gab. Er hatte sie geliebt, jahrelang, hatte die Hoffnung nie aufgegeben, bis Tom kam, all seine Hoffnungen im Handstreich vernichtete und sie vom Fleck weg heiratete. Es musste bei beiden Liebe auf den ersten Blick gewesen sein.

Verwunden hatte René es nie ganz, aber zumindest war seine Wut verraucht, Tom und er waren Freunde geblieben, und kurz darauf hatte René Leslie kennen- und lieben gelernt. Sie hatte auf seine Anzeige, in der er eine Sekretärin und Anwaltsgehilfin suchte, geantwortet, sich vorgestellt, er war wie elektrisiert von dieser schönen und intelligenten Frau gewesen und hatte sie sofort eingestellt. Zwei Monate später hatten sie ein Verhältnis, und ein halbes Jahr später waren sie verheiratet.

Für René war sie eine billige und äußerst praktische Arbeitskraft. Besser hätte er es gar nicht treffen können. Sie kostete nicht viel, machte nach Bedarf Überstunden und ließ sich noch dazu von der Steuer absetzen. Obendrein war sie die erotischste Frau unter der Sonne. Er hatte einen Glücksgriff getan.

In diesem Moment kam Leslie auf die Terrasse. Sie trug einen leichten, fließenden blasslila Morgenmantel aus Seide, den er an ihr wunderschön fand, und blinzelte in die erste Morgensonne.

»Hey!«, sagte sie. »Hast du auch ’nen Kaffee für mich?«

»Aber sicher«, sagte er und ging zurück in die Loggia.

Als er kurz darauf mit dem Kaffee wiederkam, legte er den Ohrring auf den Tisch.

»Oh!«, rief sie. »Mein Ohrring! Wo hast du ihn gefunden? Ich hab ihn gestern schon den ganzen Tag gesucht!«

Wie gut du lügen kannst, dachte er bitter, schließlich hast du ihn erst gestern Abend in Toms Bett verloren.

»Ich war mit dem Auto in der Waschstraße. Da hab ich ihn unter dem Sitz gefunden. Sei froh, dass ich ihn nicht mit aufgesaugt habe.«

»Das ist ja Wahnsinn!« Sie sprang auf und gab René einen Kuss. »Du bist ein Schatz! Da hätte ich noch lange suchen können, und er bedeutet mir verdammt viel. Weißt du noch, wo wir die Ohrringe gekauft haben?«

René nickte.

»Na, nun ist ja alles wieder gut.« Sie steckte sich den Ohrring sofort an. »Wann bist du denn gestern Abend gekommen? Ich hab dich gar nicht gehört.«

»Ziemlich spät. So gegen zwei.«

»Oh! War's schön?«

»Ja, ganz nett. So wie immer halt.«

»Gibt's irgendwas Neues? Hat jemand was erzählt?«

»Nee. Nicht, dass ich wüsste. Wir haben uns gut unterhalten, gut amüsiert und zu viel getrunken. Wie immer. Das war's.«

»Ah ja. Wie geht es Heiner?«

»Sehr gut. Er ist regelrecht euphorisch, weil er davon ausgeht, dass der Krebs endgültig weg und besiegt ist.«

»Oh, das freut mich. Und Hans?«

»Hans hat Probleme mit seinem Sohn. Er hat jetzt ein Jahr vor dem Abi die Schule geschmissen und ist jeden Tag bekifft. Hans weiß nicht, was er tun soll, denn sein Sohn ist achtzehn, und damit sind ihm als Vater die Hände gebunden.«

»Ja, das ist ganz verflucht«, sagte Leslie. »Machst du mir bitte noch einen Kaffee? Du kannst dein Kind in keine Klinik einweisen, du kannst es nicht zu Hause einsperren, du kannst gar nichts machen, nur weil diese durchgeknallten Gören schon volljährig sind. Manchmal bin ich richtig froh, dass wir diese Probleme nicht haben.« Sie stand auf und lächelte ihn an. »Was hast du heute vor?«

René lachte. »Was für eine blöde Frage! Was soll ich denn vorhaben? Ich fahre in die Kanzlei. Und du?«

»Ich fahre auch in die Kanzlei.«

Beide lachten. René brachte ihr einen neuen Kaffee.

»Danke. Ich nehme ihn mit ins Bad.« Sie küsste ihn auf die Wange und verließ die Terrasse.

16

Ungefähr fünf Monate zuvor …

»Lass doch schon mal die Luft aus den Gläsern!«, tönte Wolfgang Zabel. Er war immer ein bisschen zu laut und gewohnt, im Mittelpunkt zu stehen. In einer fröhlichen Runde bot er das perfekte Entertainment, war zwar etwas anstrengend, aber wenn man seine Hilfe brauchte, kam er sofort und ohne zu fragen auch bis ans Ende der Welt. »Wie viele Jahrhunderte sollen wir denn noch auf Britta und Stefan warten? Mit dem Auto brauchen sie keine halbe Stunde, aber kommen immer als Letzte …«

Charlotte lächelte und sah durch das Glasfenster in den beleuchteten Ofen. Der Auflauf brauchte noch ungefähr eine Viertelstunde. »Wolfgang hat recht«, sagte sie. »Mach doch schon mal die Flasche auf, Tom, wir sitzen hier ja wirklich vollkommen auf dem Trocknen!«

Tom holte den Champagner aus dem Kühlschrank.

»Gib her!« Wolfgang nahm ihm die Flasche ab. Er fummelte geschickt Papier und Draht vom Flaschenhals und zielte auf die Decke.

»Wehe!«, zischte Charlotte. »Wage es ja nicht!«

»Na los, nun mach schon, und bitte heute noch, aber mit Schmackes!«, stöhnte Marlene, die es offensichtlich nicht erwarten konnte, dass endlich eingeschenkt wurde.

Wolfgang ließ sich nicht lumpen, der Korken knallte und sauste an die Decke, haarscharf an der Lampe vorbei, die mehrere Tausend Euro gekostet hatte, wie jeder in der Runde wusste.

Wolfgang schrie begeistert auf, riss die Faust in die Höhe und schenkte ein.

»Das war knapp, mein Lieber«, meinte Charlotte. »Und wenn du die Lampe runtergeholt hättest?«

»Dann hätte ich dir eine neue gekauft, mein Schatz. Und meine Haftpflicht hätte es bezahlt.« Alle lachten. »Das war mir die Sache wert.«

Jetzt grinste auch Charlotte. So war Wolfgang eben, sie würden ihn in diesem Leben nicht mehr groß kriegen.

Die sechs stießen an und tranken genüsslich den ersten und immer auch schönsten Schluck des Tages.

Im Kamin loderte ein Feuer.

Tom mochte normalerweise die feucht-fröhlichen Abende mit seinen Freunden, die ungefähr zweimal im Monat stattfanden, aber heute passte es ihm nicht so recht in den Kram. Am liebsten wäre er allein in seinem Atelier geblieben, hätte die Händel'sche Wassermusik aufgelegt und darüber nachgedacht, aus welcher Perspektive er sein neues Bild malen würde. Das Motiv war ihm klar, aber die Perspektive überhaupt nicht. Sollte es eine Totale werden, eine Halbtotale oder nur ein sehr naher, detaillierter Ausschnitt? Aus der Zentralperspektive von vorn, der Vogelperspektive von oben, der Froschperspektive von unten oder von der Seite im Anschnitt? Es gab tausend Möglichkeiten.

Außerdem war er nervös, weil er einen Interessenten für sein Bild »Ende der Schlacht« gefunden hatte und auf dessen endgültige Zusage wartete. Das Stillleben eines Tisches nach einer üppigen Feier: erloschene Kerzen, die Teller leer gegessen oder mit Essensresten, diverse Flaschen, umgekippte Gläser, Flecken auf der Tischdecke, zerknüllte Servietten … So würde es heute Abend in wenigen Stunden auf ihrem Tisch auch aussehen. Er hatte das Bild sehr realistisch gemalt, erst auf den zweiten Blick sah man, dass es keine Fotografie war, in den Maßen eins dreißig mal achtzig, und es sollte zwölftausend Euro kosten. Der Interessent wollte es sich allerdings noch ein paar Tage überlegen.

Nicht, dass sie auf diese Einnahme angewiesen waren – aber es wäre ein schöner Erfolg. Eine Bestätigung, nur allein für ihn, denn seine Freunde interessierten sich schon lange nicht mehr für seine Bilder. Sie sahen kaum noch hin, und er war dazu übergegangen, sie ihnen gar nicht mehr zu zeigen. Nur, wenn sie danach verlangten.

Es hupte vor dem Haus. Na endlich. Britta und Stefan Quentin waren im Anmarsch.

Sie wurden mit großem Hallo empfangen, umarmt und geküsst und bekamen ein Glas in die Hand gedrückt.

»Kinder«, sagte Britta, »wir wären schon eine halbe Stunde eher hier gewesen, wenn die ganzen Idioten da draußen nicht alle verrücktspielen würden, nur weil es ein bisschen regnet. Als hätten sie plötzlich das Fahren verlernt.« Sie sah Charlotte an. »Was meinst du? Können wir nachher bei euch im Gästezimmer schlafen? Sonst muss ich den ganzen Abend Wasser trinken.«

»Na klar. Weißt du doch. Ich gehe immer davon aus, dass ihr hierbleibt.«

»Danke.« Britta entspannte sich sichtlich.

Sie sah wie immer toll aus. Man sah ihr nicht an, dass sie sich regelmäßig im Fitnessstudio quälte. In den Augen ihrer

Leser war sie eine Frau, die niemals in ihrem Leben auch nur einen einzigen Gedanken an eine Schönheitsoperation verschwenden musste oder aber schon etliche hinter sich hatte. Denn dann wäre ihr Mann ein wahrer Chirurgen-Gott. Wie auch immer: Wenn Britta auftauchte, tat sie Stefans professionellem Image gut.

Stefan war ein Kopf- und kein Gefühlsmensch, er war außerordentlich pragmatisch und versuchte stets, für jedes Problem eine logische Lösung zu finden. Das Für und Wider einer Sache definierte er vor allem nach Gewinn und Verlust, für ihn war das Leben nichts anderes als eine Rechenaufgabe.

»Wir waren gerade zwei Tage auf Sylt«, erzählte Britta, »es war einfach herrlich, am Strand entlangzuwandern. Auch bei diesem Schietwetter. Und vielleicht vor allem bei diesem Schietwetter. Du hast den ganzen Strand für dich. Sensationell.«

»Dabei hast du ja fast rund um die Uhr in der Sansibar rumgesessen«, warf Stefan ein.

»Nun, rund um die Uhr ist ja wohl wieder eine typische Stefan'sche Übertreibung. Natürlich war ich auch in der Sansibar, um ein paar Leute zu treffen. Das ist ja wohl klar. Ich bin ja nicht nur zum Vergnügen auf Sylt, sondern das ist mein Job, verdammt noch mal. Aber deswegen kann ich doch den Strand schön finden, oder etwa nicht?«

»Aber natürlich, meine Liebe, sicher doch.« Stefan verdrehte kurz die Augen.

»Was glaubt ihr, wen ich da getroffen habe? Na?«

»Nu sag schon!«

»Den Clooney. Im Ernst. Mit Frau. Kinder, ich sag euch, der sieht so unspektakulär aus, ich musste fünfmal hingucken, bis ich ihn erkannt habe. Aber dann hab ich ihn angesprochen, und wir haben uns richtig nett unterhalten. Das Interview erscheint in der Wochenendausgabe.«

Marlene zuckte die Achseln. Sie glaubte Britta kein Wort.

»Und wenn es die Sansibar nicht gäbe, hätten wir uns wohl alle nicht kennengelernt, oder?«, fügte Britta hinzu. »Ich erinnere mich noch, wie Wolfgang …«

»Essen ist fertig«, unterbrach Charlotte.

»Sollen wir was helfen?«, fragte Marlene.

»Ja, stellt alles auf den Tisch, bitte, und du, Tom, leg doch noch ein bisschen Holz nach, ich hol schon mal den Rotwein. Und setzt euch, Kinder, setzt euch, es macht mich ganz verrückt, wenn alle hier in der Gegend rumstehen …«

Marlene war die Einzige in der Runde, die keinen lukrativen Job hatte, sondern nur damit beschäftigt war, das Geld ihres Mannes mit vollen Händen auszugeben. Wolfgang war Direktor und Inhaber eines exklusiven Fünfsternehotels mit Golfplatz und Yachthafen an der Elbe, dort, wo auch Tom und Charlotte ihre Yacht zu liegen hatten. Niemand wusste genau, wie viel Wolfgang verdiente, aber sammeln musste man für die Zabels sicher nicht. Marlene lebte genüsslich in den Tag hinein, tat, was sie nicht lassen konnte, und shoppte nach Herzenslust. Als sie Wolfgang kennenlernte, gab sie ihren Job als Stewardess auf und fand es wundervoll, nicht mehr arbeiten zu müssen. Sie lag im Liegestuhl, genoss das Leben in vollen Zügen und wurde dick und fett. Wahrscheinlich hatte sie Wolfgang bereits gewichtsmäßig überholt.

Während des Essens wurde gelacht, geblödelt und reichlich Rotwein getrunken. So wie jedes Mal, ganz gleich, bei wem sie sich trafen. Charlottes Auflauf kam ausgesprochen gut an, und Wolfgang aß schließlich alle Reste auf, obwohl er längst satt war. Nachdem er sich den letzten Bissen in den Mund geschoben hatte, rieb er sich zufrieden die Hände. »Und, was gibt's sonst Neues?«, fragte er und sah in die Runde, begierig, neue spektakuläre Geschichten zu hören.

»Mal sehn«, sagte Charlotte und lächelte. »Ich bin dabei, dem ZDF eine Serie zu verkaufen. *Halligliebe.* Zwölf mal fünfzig Minuten Liebesgeschichten in von Wasser umspülter Einsamkeit. Wind, Wolken, Wellen, Weite, Himmel und Liebe, Intrigen, Betrug und Leidenschaft und sonst nichts. Eine echte Herausforderung. Aber ich hab einen guten Autor. Der schafft das. Die Exposés sind jedenfalls klasse.«

»Meinst du, es klappt?«, fragte Leslie.

Charlotte klopfte dreimal auf Holz. »Hoffen wir mal. Ich hab den dicken Fisch jedenfalls an der Angel, aber noch nicht im Kescher und auch noch nicht an Bord. Und Britta …«, sie beugte sich vor und sah ihrer Freundin tief in die Augen, »zu diesem Zeitpunkt noch kein Wort in der Presse, ja? Sonst ist der Deal kaputt. Wenn ich unterschrieben habe, versorge ich dich mit Infos, dass dir die Ohren klingeln.«

»Alles klar«, sagte Britta grinsend, »bin doch nicht blöd. *Halligliebe*, hab ich schon auf der Festplatte. Der Artikel wird nicht nur der Hammer, sondern auch dein Durchbruch als erfolgreichste Produzentin Deutschlands sein.«

Die beiden Frauen grinsten sich an. »Danke, Britta, du bist wie immer ein Schatz!«

Wolfgang griff quer über den Tisch, nahm sich die Flasche Rotwein und schenkte sein Glas randvoll, sodass er es kaum halten und zum Mund führen konnte. Und prompt bekleckerte er nicht nur die Tischdecke, sondern auch sein Hemd.

Unglaublich, dachte er, während er seinen Teller auf den Rotweinfleck stellte. Der Teufel scheißt immer auf den größten Haufen. Tom und Charlotte kommt die Knete ohnehin zu den Ohren raus, und dann landet sie auch noch pausenlos solche Dinger.

Tom schwieg. Er wollte nichts davon sagen, dass sich ein Interessent in sein Stillleben verliebt hatte und es eventuell kaufen würde. Das ging niemanden etwas an. René würde er es eventuell noch erzählen, aber den anderen vorerst nicht. Erst, wenn der Verkauf unter Dach und Fach war.

»Habt ihr gehört, dass es in Altona eine Einbruchsserie gibt?«, fragte René, stellte sich an die offene Terrassentür und zündete sich eine Zigarette an. »Ich glaube, die Typen haben schon siebenundzwanzig Wohnungen und Häuser geknackt. Am helllichten Tag, und keiner hat was gehört oder gesehen. Ein Wahnsinn.«

»Ja, ich hab's im *Hamburgjournal* gelesen. Die beobachten die Häuser oder Wohnungen, wissen ganz genau, wer wann zur Arbeit oder einkaufen geht oder was weiß ich – und wenn die Leute wiederkommen, ist alles vorbei. Die klauen Geld, Schmuck, Handys, Laptops ... Größere Sachen interessieren die nicht.«

»Und wenn die Typen erwischt werden, kriegen sie zwanzig Sozialstunden, müssen Blätter zusammenfegen oder so, und das war's«, warf Stefan ein.

»Gott sei Dank ist Tom fast immer zu Hause«, meinte Charlotte. »Wir beide haben überhaupt keine festen Zeiten.«

Tom stand auf und ging in die Küche, um eine neue Flasche Rotwein zu holen.

»So is' das, wenn man nicht arbeiten muss«, meinte Wolfgang scherzhaft provozierend und so laut, dass Tom es hören musste, denn seiner Meinung nach war das, was Tom tat, keine Arbeit. Er frönte seinem Hobby, pinselte zum Spaß ein bisschen in der Gegend herum und verkaufte seine Bilder auch noch für horrendes Geld. Und Charlotte produzierte gequirlten Schwachsinn, Fernsehserien, die die Welt nicht brauchte, und verdiente Unsummen. Wahrscheinlich wesentlich mehr als er, der in seinem Hotel für die Fliege an der Wand, das Haar im Bett und jede blöde flapsige Bemerkung eines Azubis verantwortlich war. Meist hielt er sich mindestens zwölf Stunden in dem Kasten auf, traf von morgens bis abends Entscheidungen, überwachte jeden und alles akribisch und hatte selbst schon seit Jahren, wahrscheinlich schon seit Jahrzehnten, kein Golf mehr gespielt.

»Und was machst du, mein Schatz?«, fragte Marlene mit einem süffisanten, leicht bösartigen Lächeln. »Du schlenderst durchs Hotel, kontrollierst deine Sklaven, feierst mit irgendwelchen Geschäftsleuten die Nächte durch, tust im Grunde gar nichts und verdienst dabei weiß Gott auch nicht schlecht.«

»Und du arbeitest dich unterdessen tot?« Wolfgangs Ton war scharf.

»Nein, ich sitze zu Hause, drehe Däumchen und warte auf den Traumprinzen, der vorbeireitet und mir die Kleider vom Leib reißt!«

Wolfgang lachte ein bisschen zu laut.

Marlene warf ihm einen gelangweilten Blick zu und reagierte nicht darauf.

»Lenchen«, sagte Wolfgang schließlich, und sein Lächeln war alles andere als nett, »ich glaube, du solltest jetzt aufhören zu trinken, weil du anfängst, dummes Zeug zu erzählen.«

Marlene ignorierte das, nahm jetzt extra die Rotweinflasche und schenkte sich nach.

Tom kam mit einer neuen Rotweinflasche wieder herein.

»Wolfgang«, sagte er, »lass doch den Stress. Verscherbel das Hotel, besorg dir eine Staffelei und fang an zu malen so wie ich. Das ist doch ganz einfach. Und dann verkaufst du deine Bilder und verdienst dich dumm und dämlich. Dann bist du endlich raus aus deiner fürchterlichen Hotelmühle, die dich so nervt und so kaputtmacht. Ist das nicht 'ne Idee?«

»Kinder, bitte«, meinte Charlotte, bevor Wolfgang antworten konnte, »keinen Streit heute Abend, ja? Die Diskussion, welche Arbeit überbezahlt ist oder ob alle Arbeiten gleich wichtig sind, hatten wir schon oft. Das brauchen wir nicht wieder aufzuwärmen.«

»Aber ist doch wahr!«, schaltete sich Marlene ein, die langsam Formulierungsschwierigkeiten bekam. »Ein Mechaniker, der Autos repariert, oder eine Altenpflegerin, die einer Oma den Hintern abwischt, macht doch genau so eine wichtige Arbeit wie Tom, der Bilder malt, die sich die Leute in die Bude hängen, Charlotte, die Filme produziert, Leslie, die Briefe in den Computer tippt, oder Stefan, der irgendwelches Silikon in dicke Titten stopft. Ist doch alles wichtig und okay, oder etwa nicht?«

»Und darum sollte die Altenpflegerin auch genauso viel verdienen wie Stefan, der ein Unfallopfer wieder zusammenflickt? Sag mal, spinnst du?«, meinte Britta.

Charlotte stöhnte auf. »Kinder, nicht schon wieder! Das haben wir alles schon hundertmal durchgekaut und uns schon hundertmal darüber gestritten.«

»Aber wenn du keine Putzfrau hättest, die hier alles schick macht, dann könntest du dem ZDF keine Serien aufschwatzen, Lottchen, nicht? Dann müsstest du hier nämlich selbst den Scheuerlappen schwingen, meine Liebe!«

»Sag mal, Marlene, bist du so blöd oder tust du nur so? Es geht nicht darum, wer was tut, sondern wie ersetzbar er ist. Einen Scheuerlappen schwingen kann jeder, darum wird die Arbeit auch nicht besonders bezahlt. Ein Herz zu transplantieren ist da schon schwieriger. Da gibt es nicht viele auf der Welt. Und die, die das können, haben eine ellenlange Ausbildung hinter sich und sind selten. Die haben eine horrende Verantwortung und werden daher auch verdammt gut bezahlt. Und ebenso gibt es nur wenige Maler auf der Welt, die so malen können wie Tom. Deswegen sind seine Bilder auch nicht billig. Ist das denn so schwer zu verstehen?«

»Ich finde, dass deine Produziererei nicht mehr wert ist als das Scheuerlappenschwingen, Süße.« Marlene hatte offensichtlich Spaß daran, immer wieder Öl ins Feuer zu gießen. Sie suchte den Streit geradezu.

Tom hatte nur fassungslos zugehört und fragte sich, warum Charlotte überhaupt noch mit Marlene diskutierte. »Ich finde, du solltest wirklich mal besser auf Mineralwasser umstellen, Marlene, deine Klappe halten und nicht immer über Dinge reden, von denen du absolut keine Ahnung hast«, sagte er leise.

»Doch, doch, Marlene hat schon irgendwie recht«, meinte Wolfgang und erntete dafür einen dankbaren Blick von seiner Frau. Allerdings wusste niemand, ob das, was er sagte, jetzt wirklich seine Meinung war oder ob er wieder nur provozieren wollte. Er sah Tom an. »Wenn ich mal vergleiche, wie viel Freizeit du hast, wie oft du verreist und dass du nur hier und da ein bisschen malst, wenn du gerade mal Lust hast oder dich die Muse küsst … und andere Leute schuften jeden Tag zwölf bis sechzehn Stunden und verdienen nicht den Bruchteil von dem, was du verdienst, dann stimmt da was nicht. Ich rede gar nicht von mir, ich kann mich ja nicht beklagen, aber da gibt es ganz andere, ganz arme Schweine.«

Tom grinste. »Du hast völlig recht, mein Lieber«, sagte er, »und jetzt verrate ich dir mal ein Geheimnis. Erstens: Ich werde nicht nach Quadratmetern und nicht nach Stunden bezahlt, sondern manchmal entwickle ich monatelang ein Bild in meinem Kopf. Und zweitens: Ich male gar nicht. Es funktioniert ganz anders. Ich lege mich draußen unter die große Kastanie in den Liegestuhl, schließe die Augen und warte darauf, dass mir die fertigen Bilder auf den Bauch fallen. Und das klappt immer und immer wieder. So ungerecht ist die Welt.«

Er stand auf und ging hinaus in die Küche. Diese Diskussionen kotzten ihn an. Und immer waren es Wolfgang und Marlene, die so einen Schwachsinn vom Zaun brachen.

»Bevor wir jetzt alle hier in Tränen ausbrechen, geh ich mal lieber und hole 'ne Runde Wasser«, sagte Leslie und ging auch in die Küche.

Als sie hereinkam, stand Tom direkt hinter der Tür, zog sie sofort an sich, legte ihr beide Hände auf den Hintern, hob sie ein wenig an und küsste sie.

Leslie fasste ihm intuitiv sofort in den Schritt, aber dann drückte sie ihn von sich weg. »Bist du verrückt geworden?«, zischte sie. »Hier kann jeden Moment jemand reinkommen. Und wenn es René ist, reicht er innerhalb von vierundzwanzig Stunden die Scheidung ein.«

Tom ließ sie los und strich ihr übers Haar. »Keine schlechte Idee … Wann sehen wir uns, Leslie? Bitte!«

»Ich ruf dich an.« Sie hauchte ihm einen Kuss auf die Wange, nahm zwei Flaschen Wasser und ging zurück ins Wohnzimmer.

»Was treibt Tom denn da in der Küche?«, fragte Charlotte, als Leslie sich wieder gesetzt hatte.

»Ich glaube, er hat schon angefangen, die Spülmaschine einzuräumen.«

Charlotte zog missbilligend die Augenbrauen hoch, sagte aber nichts.

»Fängst du schon an aufzuräumen?«, fragte Charlotte vorwurfsvoll, als Tom zurückkam.

»Ein bisschen.«

»Können wir das nicht später machen?«

»Natürlich können wir das. Aber es stört ja wohl niemanden, wenn ich schon mal anfange.«

»Ich finde schon, dass es stört.«

»Wollen wir uns jetzt auch noch darüber streiten?«

»Vielleicht stellt er gerade ein Spülmaschinen-Stillleben zusammen.« Diese Bemerkung konnte sich Wolfgang nicht verkneifen.

Charlotte schwieg. Aber man sah ihr an, dass sie gereizt war.

»Von wegen Einbrüche und so, ich meine, weil René das vorhin erzählt hat …«, versuchte Leslie das Thema zu wechseln und schenkte sich Wasser ein. »Bei uns kannst du so ziemlich die Uhr danach stellen, wann wir nach Hause kommen. René ist nie vor neunzehn Uhr zu Hause, ich bin fast immer so um achtzehn Uhr zu Hause …«

»Bei uns haben es Einbrecher am leichtesten«, warf Britta ein. »Wir sind so gut wie nie zu Hause. Wenn wir Glück haben, sehen wir uns um Mitternacht.« Sie vergewisserte sich, dass Stefan gerade nicht hinguckte, und zwinkerte René zu, der aber in keiner Weise reagierte.

»Na? Irgendjemand einen Grappa? Oder was Süßes?«, fragte Charlotte.

»Beides.« Wolfgang strich sich begeistert über seinen Bauch, auch die anderen nickten.

»Aber habt ihr auch gehört, was vor zwei Tagen in Neuenkirchen passiert ist?«, fragte René, der sich bei der vorherigen Diskussion auffällig zurückgehalten hatte. Ebenso wie Stefan, der einen Streit über so ein Thema wenig lohnend und wenig erhellend fand.

»René, unser Lieferant für Schauergeschichten!«, bemerkte Tom und holte die Grappagläser aus dem Schrank. »Erzähl mal.«

»Na ja, also, es passierte einem alten Ehepaar in seinem Haus, die haben geschlafen, und da kamen Einbrecher. Die haben sich überhaupt nicht dran gestört, dass jemand im Haus war, haben alles durchwühlt und auch tatsächlich einen Tresor gefunden.«

»Es hat doch manchmal auch was für sich, wenn man so arm ist wie wir, Marlene, nicht? Wir haben kein Geld und keinen Tresor, uns kann nichts passieren.«

»Mein Gott, Wolfgang, jetzt hör doch mal auf! Erzähl weiter, René.« Charlotte fand es furchtbar, wenn Wolfgang ständig mit irgendwelchem Blödsinn unterbrach.

»Nun ja, als die beiden Alten merkten, dass Einbrecher im Haus sind, hat der Mann den Fehler gemacht, ›Hey, wer ist da? Was wollen Sie? Hauen Sie ab!‹ und ähnlichen Schwachsinn zu rufen, daraufhin haben die Einbrecher die beiden zusammengeschlagen, gefesselt und dann gefoltert, um die Zahlenkombination des Tresors zu erfahren. Aber der Mann war so geschockt, dass sie ihm einfach nicht mehr einfiel. Er hat alles durcheinandergebracht.«

»Wir schaffen es auch, alles durcheinanderzubringen, ohne dass Einbrecher im Haus sind, nicht, Marlene?« Wolfgang lachte laut und fand seine Bemerkung ungeheuer witzig, aber die anderen lachten nicht mit, weil sie wissen wollten, was in Neuenkirchen weiter geschah.

René redete weiter: »Und für jeden Fehlversuch haben sie der Frau einen Finger abgeschnitten. Als der dritte Finger auf dem Nachttisch lag – die Frau schrie natürlich wie am Spieß, und im Schlafzimmer sah es aus wie im Schlachthof –, stimmte die Zahlenkombination endlich.«

»Gott, ist das furchtbar!«, stöhnte Marlene. »Das ist ja der blanke Horror!«

»Tja«, sagte Wolfgang, »Klavier spielen kann sie jetzt nicht mehr!«

Niemand reagierte auf die Bemerkung.

»Und dann?«, fragte Tom.

»Dann haben die Einbrecher alles geraubt, was die beiden in ihrem Leben zusammengespart und erarbeitet hatten, sie hatten nämlich ihr gesamtes Geld im Tresor und nicht auf der Bank.«

»Ich glaube, das tun mehr Leute, als man denkt. Heutzutage muss man ja Strafe zahlen, wenn man sein Geld zur Bank bringt.«

»Und?«, fragte Charlotte. »Was passierte dann mit den beiden Alten?«

»Die wurden erst zwei Tage später von einer Nachbarin gefunden. Die Fesseln waren so fest, dass sie sich nicht selbst befreien konnten. Da waren sie schon halb tot. Vor Angst und Schmerzen natürlich, aber auch dehydriert und extrem unterkühlt. Denn sie haben zwei Tage und Nächte nur in Nachthemd und Schlafanzug auf den eisigen Fliesen gelegen. Die Nächte sind ja jetzt noch ziemlich kalt. Und die Frau wäre fast verblutet.«

»Das ist der Albtraum schlechthin«, meinte Charlotte und schüttelte unentwegt den Kopf, als könnte sie es nicht fassen.

»Was würdest du denn machen, Tom«, fragte Leslie ganz direkt, »wenn du nachts in eurem Haus plötzlich vor einem Einbrecher stehst? So abgeschieden, wie ihr wohnt.«

»Ich würde ihn töten«, sagte Tom. »Sofort. Ich hab da keine Skrupel. Das ist mir egal, was aus dem Typen wird, der ist ja nicht gekommen, um mit mir Kaffee zu trinken.«

»Dann wanderst du aber ganz schön lange in den Knast, mein Lieber!«, fuhr Wolfgang dazwischen. »Aber mach dir nichts draus, ich komm dich besuchen.«

»Ach was! René haut mich da schon wieder raus!«, meinte Tom und grinste.

René grinste zurück.

»Hast du denn eine Waffe?«, fragte Marlene.

»Leider nicht, nein, aber ich sollte mich mal drum kümmern. Wolfgang, kannst du mir nicht eine besorgen? Du bist doch im Schützenverein!«

Wolfgang zog die Augenbrauen hoch. »Mit Geld geht alles. Wie viel willst du denn für so 'n Ding ausspucken?«

Tom zuckte die Achseln. »Da hab ich mir noch keine Gedanken gemacht.«

»Kauf dir doch 'ne Armbrust«, meinte René auf einmal. »Die ist waffenscheinfrei, sehr viel billiger, und so was kriegste an jeder Ecke.«

»Ach, das ist doch großer Blödsinn«, mischte sich jetzt Stefan ein. »Eine Armbrust ist viel zu groß, zu schwer, zu unhandlich. Und dann dieses Gefummel mit dem Spannen der Sehne, das dauert ewig, bis du so ein Ding schussbereit hast. Also, ich würd sagen, kauf dir lieber 'ne Harpune, die ist auch waffenscheinfrei, aber wesentlich einfacher und leichter zu handeln …«

»Da muss er ja jedes Mal erst tauchen, um den Einbrecher zu erschießen«, bemerkte Leslie, und alle lachten.

»Aber mal ohne Quatsch«, fragte Marlene, »kann man mit so einer Harpune auch an Land schießen?«

»Klar kann man das«, sagte Stefan. »Die modernen Dinger sind Pressluftharpunen, stehen unter Druck, müssen nicht gespannt, aufgepumpt oder sonst was werden und sind sofort schussbereit. Sind wirklich ganz leicht zu bedienen und funktionieren überall. Und sie haben eine wesentlich höhere Durchschlagskraft als eine Armbrust, weil sie ja unter Wasser auch noch gegen den Wasserwiderstand eine ungeheure Schnelligkeit und Kraft entwickeln müssen.«

»Is' ja der Wahnsinn«, sagte Marlene. »Ich kann gar nicht glauben, dass sich jeder Dödel so ein Ding kaufen kann.«

»Ja, doch, so ist es«, fuhr Stefan fort. »Aber du musst halt immer einen Pfeil nachschieben, und insofern kannst du davon ausgehen, dass du nur *einen* Versuch, nur *einen* Schuss hast. Wenn du nicht triffst, ist der Angreifer dran, und dann bist du tot.«

»Das ist nichts für mich«, murmelte Marlene und goss sich noch einen Grappa ein, obwohl sie schon rote, hektische Flecken im Gesicht hatte.

»Die Idee ist echt nicht schlecht, Stefan«, sagte Tom. »Ich werd mir das mal durch den Kopf gehen lassen.«

»Und du würdest wirklich auf einen Einbrecher schießen, Tom?«, fragte Charlotte.

»Natürlich. Oder soll ich warten, bis er dir die Finger abschneidet?«

Charlotte verstummte.

»Tom will immer gleich jeden umbringen, der ihm in die Quere kommt!« Marlene grinste in ihrem Suff.

»Was ist eigentlich los mit dir, mein Gutster?«, fragte Wolfgang. »Warum willst du immer gleich alles ausrotten? Hast du irgendwie 'n Problem?«

»Ich hab einfach mehr Fantasie als du, mein Lieber! Ich kann mir offensichtlich im Gegensatz zu dir sehr gut vorstellen, was passiert, wenn jemand in mein Haus einbricht. Ich kann mir überhaupt besser vorstellen, was in welchen Situationen überall passieren könnte. Fantasievolle Menschen haben eben mehr Angst als solche Dumpfbacken wie du!«

»Kinder, hört auf!« Charlotte funkelte Tom wütend an.

»Na, ich erinnere mich noch gut«, meinte Wolfgang gelassen, »aber es ist schon ein paar Jahre her. Da wurde in Quickborn ein kleines Mädchen ermordet, und der Mörder bekam nur zehn Jahre. Warum, weiß ich nicht mehr.«

»Er fiel noch unters Jugendstrafrecht«, sagte René, der den Fall kannte.

»Ach so, ja, kann sein. Na, jedenfalls tickte Tom aus und regte sich fürchterlich auf: So nach dem Motto, wenn das meine Tochter gewesen wäre, da würde ich am Tag der Entlassung vor den Gefängnistoren auf den Mörder warten und ihn umbringen. Schön langsam, dass er auch was davon hat und dass er begreift, warum ... So in der Art. Ich finde, das geht nicht, Tom, das geht gar nicht. So weit sind wir in diesem Land noch nicht, dass hier jeder Selbstjustiz ausüben kann.«

»Ach komm, Wolfgang, hör doch auf! Stell dir einfach mal vor, das wäre deiner Tochter passiert, als sie klein war. Da hätte ich dich mal sehen wollen, wenn der Mörder nach zehn Jahren wieder frei ist, aber Carola wäre tot und euer Leben zerstört. Ich kann mir nicht vorstellen, dass du da nicht auch mit einer Knarre losgezogen wärst. Ich glaube, solche Gedanken hat man, weil das eigene Leben dann ja sowieso sinnlos geworden ist.«

»Wahrscheinlich denken viele so«, meinte Leslie, »nur ist Tom der Einzige, der es sagt.«

»Für einen, der noch unters Jugendstrafrecht fällt, sind zehn Jahre sogar 'ne ganze Menge. Es hätte noch weniger sein können«, bemerkte René. »Und wenn der Täter glaubhaft beweisen kann, dass er das Mädchen gar nicht umbringen wollte, sondern dass es bei dem, was er tat, aus Versehen gestorben ist, vielleicht drückte er ihm den Mund zu, damit es nicht schreit, und dabei ist es erstickt ... so was in der Art, dann könnte er sogar mit einer Bewährungsstrafe davonkommen. Oder er kriegt vier oder fünf Jahre und wandert gleich in den offenen Vollzug. Alles möglich in Deutschland.«

»Das ist ja unfassbar!«, sagte Britta leise. »Wenn ich das nächste Mal mit einem Kriminalfall zu tun habe und drüber schreiben muss, werd ich dich vorher mal interviewen, René.«

»Tu das. Kein Problem.«

»Seit wann hast du denn mit Kriminalfällen zu tun, Britta?«, lallte Marlene.

»Stell dir vor, auch Prominente bringen sich gegenseitig oder andere um oder werden umgebracht.«

Marlene nickte.

»Das kannst du dir jetzt alles mal auf der Zunge zergehen lassen, Wolfgang«, hakte Tom nach, »und wenn dir oder deiner Familie mal was Schreckliches passiert, dann sprechen wir uns wieder.«

Wolfgang schwieg.

Stefan war mit seiner Harpunenidee immer noch nicht fertig. »Und ich sag dir, Tom, diese Harpunen sind noch nicht mal teuer. Mit 'nem Hunderter bist du schon dabei. Natürlich auf der nach oben offenen Richterskala. Kannst du im Anglergeschäft kaufen oder dir einfach im Internet bestellen. Heutzutage gibt es ja nichts, was man nicht übers Internet bekommen kann.«

»Ich werd mir das mal angucken«, brummte Tom.

»Ach übrigens«, meldete sich Marlene und hob die Hand. »Da fällt mir einer ein.«

»Erzähl!« Charlotte war für jeden Witz zu haben.

»Also …« Marlene musste sich sehr anstrengen, den Witz in ihrem alkoholumnebelten Kopf überhaupt noch zusammenzukriegen: »Da kommt ein Mann in die Apotheke und sagt: ›Ich hätte gern ein halbes Pfund Arsen.‹ – ›Wozu brauchen Sie denn das?‹, fragt der Apotheker. ›Und dann noch so viel?‹ – ›Ich will meine Frau vergiften‹, sagt der Mann. – ›Aber das können Sie doch nicht machen!‹, meint der Apotheker. – Da zieht der Mann ein Foto von seiner Frau aus der Brieftasche und zeigt es dem Apotheker. – ›Ach so‹, sagt der Apotheker. ›Sie haben ein Rezept!‹«

Alle lachten schallend. Bis auf Leslie.

Marlene war froh, dass sie den Witz noch zusammenbekommen hatte, und stolz, dass alle gelacht hatten.

»Das ist ja richtig frauenfeindlicher Müll, Marlenchen«, bemerkte Leslie.

Marlene zog eine Schnute. Man sah ihr an, dass sie überlegte, aber sie konnte nicht mehr vernünftig antworten und sich verteidigen.

Die Grappaflasche kreiste. Stimmen und Gelächter wurden lauter, die nachfolgenden Witze bewegten sich immer mehr unterhalb der Gürtellinie.

Aber Tom ging die Harpune nicht aus dem Kopf.

17

Toskana, Juni 2015

Die italienische Autobahn war schmal, kurvig und scheinbar endlos. Tunnel reihte sich an Tunnel, es war Viertel nach drei, seit vierzehn Stunden war er jetzt unterwegs.

Via Dante numero 15 in Cimessa. Nichts anderes war jetzt wichtig, dort musste er so schnell wie möglich hin. Den unscheinbaren Hausschlüssel, den René ihm gegeben hatte, hatte Tom in die Konsole gelegt.

Noch war er hellwach und ging davon aus, sowieso nie wieder in seinem Leben schlafen zu können. Nicht nach all dem, was passiert war.

Auf der Fahrt über den Apennin zwischen Bologna und Florenz wurde es dennoch schwer. Die Sonne brannte erbarmungslos, auf der engen Autobahn konnte und durfte er höchstens hundert fahren und quälte sich an kilometerlangen Lasterketten vorbei.

Tom wurde immer müder. Er konnte einfach nicht mehr.

Kurz vor Florenz wurde die Autobahn breiter, aber dann durfte man zig Kilometer weit nur noch neunzig fahren. Es ging einfach nicht voran, dreispurig schob sich der Verkehr durch die Ebene.

Auf einmal riss er den Kopf hoch und die Augen auf. Vor Entsetzen, denn ihm wurde bewusst, dass er gerade eingenickt war. Ein, zwei, drei Sekunden oder länger? Verflucht. Er war am Limit, musste es aber unbedingt noch bis zum nächsten Parkplatz schaffen.

Er öffnete die Fenster auf beiden Seiten, und der Fahrtwind blies ihm scharf ins Gesicht. Ab und zu ohrfeigte er sich, wenn er wieder wegzuknicken drohte, und dann begann er zu singen und sich an Gedichte zu erinnern. Konzentrierte sich, versuchte, die längst vergessenen Reime wiederzufinden, und sagte sie auf. Mal laut, mal pathetisch, schwülstig, mal leise und gefühlvoll.

»Einst zog nach diesem Schlosse ein edles Sängerpaar,
der ein' in goldnen Locken, der andre grau von Haar.
Der Alte mit der Harfe, er saß auf schmuckem Ross,
es schritt ihm frisch zur Seite der blühende Genoss.
Da schlug der Greis die Saiten, er schlug sie wundervoll ...«

Nein, nein, nein, nein. Das stimmte jetzt nicht, da kam noch was dazwischen, da fehlten mehrere Strophen. *Des Sängers Fluch* war immer seine Lieblingsballade gewesen, und er hatte sie problemlos herunterschnurren können, und jetzt fehlten ihm Strophen? Auch der Anfang fiel ihm nicht mehr ein.

Immer wieder versuchte er die Zeilen, die er noch wusste, aufzusagen, damit sich vielleicht der Automatismus einstellte, verloren gegangene wiederzufinden, aber er schaffte es nicht. Konnte sich auch nicht auf Uhland konzentrieren, musste immer an Charlotte mit dem Harpunenpfeil im Hals denken.

Als er wieder müde wurde, schmetterte er das »Halleluja« von Händel, so laut er konnte, und wunderte sich, wie viel Kraft er noch in der Stimme hatte. Anschließend sang er »Bella ciao, bella ciao, bella ciao, ciao, ciao«, schließlich war er auf dem Weg in die Toskana.

Mit Charlotte war er oft nach Italien gefahren, sehr oft sogar. Nach Venedig, nach Siena, nach Sardinien, nach Rom und nach Capri. Capri war einfach traumhaft gewesen. Ihr schönster gemeinsamer Urlaub überhaupt.

Er trank einen Schluck Wasser und lutschte einen Bonbon. Und dann wurde sein Kopf augenblicklich leicht und klar, als er das Hinweisschild zum nächsten Rasthof entdeckte.

Tom parkte, schloss das Auto ab, kurbelte das Fenster nur einen Spalt breit herunter und fiel augenblicklich in einen Tiefschlaf.

Nach zwanzig Minuten war er wieder hellwach, ging auf die Toilette und fuhr weiter.

Die nächsten zwei Stunden vergingen fast wie im Flug. Er hielt nicht mehr an, die Kilometer flogen nur so an ihm vorbei.

Es war Viertel vor sechs, die Hitze lag immer noch über dem Land, und Tom hatte die letzten drei Kilometer vor sich.

Cimessa war kein kleiner Ort, es war ein *winzig* kleiner Ort und bestand eigentlich fast nur aus einer Kirche, einem zerfallenen Pastorat, einer Piazza, einer Dorfstraße, die durch den Ort führte und sich nur ein einziges Mal gabelte, und einigen Häusern.

Zehn, dachte Tom im ersten Moment, aber vielleicht waren es auch fünfzehn. Mehr auf keinen Fall.

Die Dorfstraße war eng, aber dennoch hatte die eine Trattoria ein paar Tische und Stühle auf die Straße gestellt. Tom musste Schritttempo fahren, um überhaupt daran vorbeizukommen. Der Wirt stand in der Tür und musterte ihn misstrauisch, obwohl er ja eigentlich nichts weiter war als ein Tourist und somit ein potenzieller Gast. Noch waren alle

Tische und Stühle unbesetzt, aber vielleicht sah das gegen acht Uhr abends anders aus.

Sämtliche Häuser wirkten ärmlich und karg, in fast jedem Mauerwerk kroch der feuchte Schimmel vom Fundament hinauf in die oberen Stockwerke. Aber wie zum Trotz blühten vor den Häusern in rissigen Terrakottatöpfen Hortensien und Oleander.

Vor der Kirche stand im Asphalt der Piazza eine sehr alte und sehr große Kastanie, die es wegen des Wassermangels schwer hatte. Aber rings um ihren Stamm hatte jemand Rosen gepflanzt, so wurde sie wenigstens hin und wieder gegossen, denn man erbarmte sich eher der welken Rosen.

Vor der Kirche saßen zwei alte Männer. Breitbeinig, in zerschlissenen Hosen, Sandalen und grauschwarzen Hemden. Auf den Köpfen speckig gewordene, geflochtene Sonnenhüte.

Sie sagten kein Wort, aber verfolgten Tom, der langsam vorbeifuhr, mit den Augen.

Hier auf der Piazza teilte sich die Straße, und er hielt sich rechts. Genau so, wie René es gesagt hatte. Dann einfach weiter geradeaus, und da sah er auch schon, hinter dunklen Eichen, das kleine graue Haus. Ja, das musste es sein.

Er fuhr vor die Tür, stellte den Motor ab und stieg aus.

Das Haus war aus sandfarbenen Natursteinen gebaut und, soweit er es auf den ersten Blick abschätzen konnte, keine sieben oder acht Meter breit. Vier Stufen führten zu einem kleinen Austritt, einem Portico vor der Eingangstür.

Es war schlicht und unauffällig.

Er steckte den winzigen Schlüssel in das Schloss der Haustür und versuchte aufzuschließen, aber der Schlüssel bewegte sich keinen Millimeter. Tom fluchte leise. Dann probierte er es wieder und wieder und schaffte es endlich mit viel Kraft und Gewalt, die Haustür aufzuschließen. Aber als er dann den Schlüssel wieder herausziehen wollte, brach er ihn ab.

Aha, dachte er. Jetzt ist das Haus also nicht mehr abschließbar. Wie schön.

Seufzend ging er hinein und stand direkt in einer engen, dunklen Küche. Trotz der Hitze draußen wirkte es drinnen kühl und klamm. Als er den inneren Fensterladen öffnete, fiel Licht von draußen herein, und er sah sich um. Unter dem Fenster gab es eine alte steinerne Spüle, in der Mitte des Raumes einen Tisch und zwei Stühle, einen zweiflammigen Herd und einen Kühlschrank vor der Längswand, gegenüber einen beigefarbenen, ziemlich wuchtigen Küchenschrank. Neben der Tür war ein kleiner Kamin, offensichtlich die einzige Heizmöglichkeit.

Von der Küche ging links ein Schlafzimmer ab mit Doppelbett und einem schwarz lackierten Vollholzkleiderschrank aus Großmutters Zeiten.

Rechts von der Küche kam man in ein schmales Wohnzimmer mit einem Sessel und einem kleinen Schreibtisch, darüber ein kleiner Madonnenschrein mit einem Heiligenbildchen der Jungfrau Maria und einer Kerze, von dort gelangte man in ein Bad, das eher als Nasszelle zu bezeichnen war. Eine enge Dusche mit verblichenem Duschvorhang, ein handtellergroßes Waschbecken und eine Toilette mit einem Wasserkasten unter der Decke.

Auf den ersten Blick erschien ihm das Haus sogar sauber. Nun gut, es war lange nicht benutzt worden, aber das bisschen Staub auf den höchstens dreißig Quadratmetern war kein Problem. Offensichtlich war die Putzfrau wirklich gekommen.

René hatte ihm erzählt, dass seine Schwester Yvonne das Haus unendlich geliebt und, nachdem sie es gekauft, kaum etwas darin verändert hatte. Es war für sie wie ein Ab- und Eintauchen in eine andere Zeit und in eine andere Welt gewesen. Mehrmals im Jahr war sie hierhergefahren, um sich zu entspannen, um abzuschalten, zu lesen und einfach mal nicht erreichbar zu sein.

Aber dann kam der Krebs, und sie schaffte die Reise nach Italien nicht mehr. Bevor sie starb, überschrieb sie es René und bat ihn, es zu achten und zu pflegen und wenn möglich nicht zu verkaufen.

Tom schaltete die Deckenlampe in der Küche an. Nichts passierte. Er machte sich auf die Suche nach einem Sicherungskasten und fand ihn in der Küche direkt neben der Eingangstür, drückte die Sicherungen hinein, und die Deckenlampe brannte. Sie gab ein scheußlich kaltes weißes Licht, aber immerhin. Er hatte wenigstens Strom. Wenn jetzt auch noch das heiße Wasser funktionierte, wäre fürs Erste alles okay.

Im Haus roch es muffig, nach monate- oder jahrelang abgestandener Luft, und er ließ die Haustür offen, trat hinaus und streckte seine müden Knochen, die vom langen Sitzen im Auto immer noch ganz steif waren. Dabei fiel sein Blick auf eine Lampe über der Haustür. Es gab sogar eine Außenbeleuchtung. Hier würde er also abends auf dem Portico sitzen und seine einsamen italienischen Abende verbringen.

In diesem Moment fiel es ihm siedend heiß ein: sein Alibianruf. Den hatte er ganz vergessen. Er sah auf die Uhr. Es war jetzt halb sieben. Du lieber Himmel. Er musste augenblicklich René anrufen.

Schweißgebadet wählte er mit seinem Smartphone Renés Nummer. Der Anrufbeantworter sprang an. Tom musste sich unheimlich anstrengen, um nach dem »Piep« sofort fröhlich loszuplappern: »Hi, René, ich bin's, Tom. Ich wollte mich nur mal melden, ich bin jetzt seit zwei Tagen in Lissabon, es ist eine traumhafte Stadt, sage ich dir. Ich spiele sogar mit dem Gedanken, mir hier eine Wohnung zu kaufen. Aber das erzähle ich dir alles, wenn ich wieder zu Hause bin. Motive ohne Ende, eine Wahnsinnsinspiration. Mach es gut und grüß Leslie von mir.«

Er beendete den Anruf und atmete tief durch. Das wäre jetzt erst mal erledigt.

Hinter dem Haus stand ein kleiner, offener Schuppen, in dem Rasenmäher, Schubkarren, Leitern und Werkzeug untergestellt und Kaminholz gestapelt waren. Das würde er nicht brauchen, denn bis zum Winter würde er sicher längst wieder zu Hause sein. Aber in einem Werkzeugkasten fand er einen Hammer, den er mit ins Haus nahm.

Hinter dem Schuppen war genug Platz für seinen Wagen. Also parkte er den Wagen um, bis er von der Straße aus nicht mehr zu sehen war.

Dann brachte er seinen heute Nacht hastig gepackten Koffer ins Haus, wühlte nach seinem Schlafanzug, warf ihn aufs Bett, legte Brieftasche und Papiere auf den Schreibtisch, schob das Geld, das er zu Hause aus dem Tresor genommen hatte, im Schlafzimmer unter die Matratze, stellte Zahnpasta und Zahnbürste im Bad in ein Zahnputzglas und daneben seine Tagescreme.

Seine Malutensilien lehnte er im Schlafzimmer an die Wand. Zum Malen war in diesem Haus nicht genug Platz, er würde es nach draußen verlegen müssen, aber das war vielleicht gar keine schlechte Idee. Ein Maler inmitten der Olivenhaine war das Harmloseste und Unauffälligste, was es gab.

Jetzt kam das Wichtigste: Er entnahm seinem Smartphone den Akku und die SIM-Karte und zertrümmerte sie mit dem Hammer. Schließlich wischte er die Kartensplitter in einen Mülleimer und musste sich setzen, so schlecht war ihm. Er hatte das Gefühl, einen Teil seines Lebens zerstört zu haben.

Dann begann er, alle Schränke zu öffnen. Gläser, Teller, Bestecke, Töpfe, Pfannen – alles war zwar nicht zahlreich, aber immerhin vorhanden. Auch genügend Handtücher und Bettwäsche im Schlafzimmerschrank. Und auf der Fensterbank im Wohnzimmer stand ein altmodisches Telefon mit Wählscheibe, das aber nicht funktionierte und keinen Ton von sich gab.

Er würde es nicht brauchen.

Schließlich fand er noch einen Korkenzieher, zwei Bleistifte, einen Kugelschreiber, ein halb volles Päckchen Streichhölzer und einen linierten Block.

In einem Regal im Wohnzimmer standen Bücher. Er würde sie in Ruhe durchsehen, ob ihn irgendetwas davon interessierte.

Wein, Öl oder irgendwelche Vorräte fand er nicht. Nun gut. Er würde einen Großeinkauf machen müssen.

Dann ließ er das Wasser laufen. Lange. Charlotte hatte sich in jedem Hotel vor Legionellen gefürchtet und ewig das Wasser laufen lassen. Außerdem inspizierte sie Klo und Dusche, ob sie auch sauber waren, kontrollierte die Handtücher, schaltete den Fernseher an und aus, suchte Minibar und Tresor und freute sich wie ein Kind, wenn es beides gab, probierte sämtliche Lampen, vor allem die Nachttischlampen, die ihr am wichtigsten waren, und trat schließlich auf den Balkon hinaus, atmete tief durch und sagte: »Ist es nicht herrlich hier, Liebster? Wenn ich nicht wüsste, dass es nur für eine Nacht ist – ich könnte glatt vier Wochen bleiben.«

Charlotte hatte Hotels geliebt, und sie fand es aufregend, in einem Hotelbett mit ihm zu schlafen. Sie buchte die Zimmer voller Vorfreude und war gespannt, was sie dann wirklich erwartete, genoss das erste Betreten des Zimmers wie zu Weihnachten das Auspacken eines Pakets.

Und sie war unendlich glücklich, wenn auch ihm das Hotel gefiel.

»Bitte«, hatte sie oft gesagt, »bitte, lass mich nicht so oft allein reisen. An schönen Orten genieße ich jede Sekunde. Aber nur mit dir. Allein bedeutet mir das alles nichts. Da könnte ich in einem Palast schlafen – ich wäre einsam und unglücklich.«

Und dann hatte sie sich auf seinen Schoß gesetzt, ihn lachend und so fest umarmt, als wollte sie ihn erdrücken, und ihn geküsst.

Charlotte war einfach einmalig gewesen.

So eine Frau gab es nie wieder.

Charlotte.

Er mochte Leslie, sicher, aber er würde sie niemals so lieben können, wie er Charlotte geliebt hatte.

Dieses Bergdorf war okay. Vielleicht war es sogar schön, aber das konnte er nicht beurteilen. Niemals würde er sich hier wohl fühlen, sondern sich immer nur einsam und deplatziert vorkommen.

Weil Charlotte nicht da war, weil er nicht mit ihr auf der Terrasse sitzen konnte, weil ihm ohne Charlotte nichts etwas bedeutete und schlagartig alles sinnlos geworden war.

Schließlich füllte er sich ein Glas mit Wasser, setzte sich auf einem wackligen Klappstuhl vor die Tür und versuchte sich einzureden, dass er nur ein harmloser Tourist war, der ein paar Tage im Haus seines Freundes ausspannen und malen wollte.

Ein Junggeselle, ein Alleinreisender eben.

Niemand würde sich etwas dabei denken.

Er hatte die Zeit vergessen, die Sonne versank schon glutrot hinter den toskanischen Hügeln. Der Wald, der vor Kurzem noch in tiefem Grün vor ihm gelegen hatte, färbte sich schwarz, das Blau des Himmels nahm eine graue, dann immer dunkler werdende Farbe an, und die silbrigen Olivenbäume hörten auf zu leuchten.

Im Ort gingen die Laternen an und warfen warmes orangefarbenes Licht auf die Dorfstraße, obwohl es noch nicht ganz dunkel war.

Tom liebte dieses Zwielicht, diese Minuten zwischen Tag und Nacht, in denen der Tag um jeden Schimmer in der Dämmerung kämpfte, während die Nacht erbarmungslos und unerbittlich ihren Schleier über das Land legte und jeden Lichtschein schluckte.

Noch schaltete er das Licht auf dem Portico nicht an, noch genoss er die aufkommende Dunkelheit. Der letzte rötliche Schimmer hinter den Bergen war verschwunden und nur noch eine Erinnerung, als eine seltsame Gestalt hinter den dicken Eichen vor der steilen Kurve, die hoch hinauf in den Wald führte, auftauchte. Vielleicht hatte sie auch schon die ganze Zeit dort gestanden.

Sie schien sich in den Schatten des dunklen Waldrandes zu schmiegen. Er kniff die Augen zusammen und versuchte zu erkennen, was es war. Täuschte er sich? War es doch nur ein Baum oder ein Baumstumpf, der wieder ausgeschlagen hatte, ein Busch oder ein Stein?

Er ahnte dieses Gebilde mehr, als dass er es sah. Eine undefinierbare Figur, wie eine Mumie. Unbeweglich und starr.

Tom konnte es sich nicht erklären.

Immer wieder sah er in die Richtung, aber nichts veränderte sich.

Morgen früh sehe ich nach, dachte er, morgen bei Helligkeit wird es sich als Holzhaufen oder irgendetwas anderes Profanes herausstellen, was nur jetzt im Dämmerlicht so merkwürdig erscheint.

Eine Viertelstunde später hatte er dieses merkwürdige Etwas vergessen und stand auf, um auf dem Portico das Licht einzuschalten.

Ein letztes Mal sah er in Richtung Kurve, die die Straßenlaternen mittlerweile gut ausleuchteten.

Die Gestalt war verschwunden. Da war nichts mehr, gar nichts mehr. Auch nichts, was wie eine Mumie hätte gewirkt haben können.

Tom ging ins Haus. Er war einfach zu müde und musste dringend schlafen.

18

Ole Hansen brütete. Er verstand einfach nicht, warum der Mörder, und Mord war es in jedem Fall, die Frau mit Kabelbinder gefesselt hatte. Es ging nicht in seinen Kopf. War es Tom Simon gewesen, der seine Frau regelrecht hingerichtet hatte? Aber warum? Hatte er sie erst gefesselt und dann erschossen? Aber dann hätte sie ja seelenruhig stehen bleiben müssen, bis er seine Harpune zurechtgefummelt hatte und sie so sauber direkt von vorn erschießen konnte? Sie hatte keine Blutergüsse, also hatte sie sich nicht gewehrt, sie hatte nicht versucht zu fliehen, sich nicht auf den Boden geworfen oder vielleicht unter einem Tisch Schutz gesucht. Sie hatte einfach dagestanden, und der Schuss hatte sie direkt von vorn getroffen, so als hätte sie ihrem Mörder trotzig ins Gesicht geguckt.

Das war absurd.

Jens kam herein. Durch einen Windzug krachte die Tür ins Schloss.

Ole verzog das Gesicht.

»Also«, sagte Jens.

»Schieß los«, meinte Ole.

»Ich hab mal so 'n bisschen recherchiert.« Er hatte einige Papiere in der Hand und begann vorzulesen. »Die Tote

Charlotte Simon, geborene Plagemann, ist Baujahr neunzehnhundertfünfundsechzig, seit zwölf Jahren mit Tom Simon verheiratet, keine Kinder. Ihre Mutter ist dement und lebt in Berlin in einem Pflegeheim, ihr Vater ist zweitausendelf verstorben. Sie ist Film- und Fernsehproduzentin, sehr erfolgreich, hat jahrelang bei der Sunlightfilm gearbeitet und sich dann vor acht Jahren selbstständig gemacht.

Tom Simon ist Baujahr neunzehnhundertsiebzig, also fünf Jahre jünger als Charlotte, war von 1999 bis 2001 mit Emilia von Orosz verheiratet und ist geschieden. Er ist ein recht erfolgreicher Kunstmaler und dabei, sich in der Kunstszene einen Namen zu machen. Auch er hat keine Kinder, über seine Eltern habe ich noch nichts in Erfahrung bringen können.

Die beiden sind eng mit René und Leslie Bergmann, einem Hamburger Promianwalt und seiner Frau, befreundet, außerdem mit Wolfgang Zabel, einem Hotelier, und seiner Frau Marlene und mit Dr. Stefan Quentin, Schönheitschirurg mit florierender Praxis an der Alster, und seiner Frau Britta, Zeitungsreporterin und Klatschkolumnistin. Alle gehören zur gut betuchten Hamburger Schickeria, die Sylt-Fraktion, wenn du mich fragst. Die Simons haben auch ein millionenschweres Anwesen auf Sylt und eine Segelyacht in Wedel.«

»Woher weißt du das alles?«

»Aus Frau Simons Privatcomputer, noch nicht einmal passwortgeschützt. Toms Computer oder Laptop ist zusammen mit ihm verschwunden.«

»Sauber. Gute Arbeit. Was meinst du, wo könnte er sein?«, fragte Ole.

»Keine Ahnung. Sein Ferienhaus auf Sylt und seine Yacht wurden schon kontrolliert, da ist er nicht. Das wäre auch zu dämlich gewesen. Seine Freunde müssen wir noch abklappern.«

»Die Tote muss identifiziert werden, und mit der Mutter wird das nicht klappen.«

»Nein. Aber einer ihrer Freunde wird das schon machen. Die Aussage der Putzfrau haben wir ja auch schon.«

»Sehr gut.«

»DNA?«

»Haben wir. Haufenweise. Von ihr und was wir sonst noch so im Haus finden konnten. Das muss nicht unbedingt alles von Tom Simon sein.«

»Setz dich mal 'nen Moment.«

Jens kam der Aufforderung in solch einem Tempo nach, als würde er in der Grundschule »Die Reise nach Jerusalem« spielen.

»Der Alte hat in einem Anflug von Wahnsinn für heute Abend eine Pressekonferenz angesetzt«, sagte Ole dumpf. »Ich möchte, dass nichts, aber auch gar nichts, von der Harpune oder der Fesselung mit Kabelbinder an die Öffentlichkeit kommt, ist das klar? Reiß dich zusammen und verquatsch dich nicht.«

»Aber, Chef! Bitte! So was traust du mir zu?«

»Ja«, meinte Ole trocken. »Wenn du mal ins Quatschen kommst, gehen die Pferde mit dir durch. Ich warne dich: Ein Wort zu diesem Thema, und du siehst dieses Polizeirevier zumindest als Polizeibeamter nie wieder von innen. Ist das klar?«

Jens wirkte beleidigt. »Ist doch selbstverständlich.«

»Gut. Ich hab auch dem Alten noch nichts davon erzählt. Er tönt ebenfalls viel und macht sich gerne wichtig. Die Tatsache, dass das Opfer mit einer Harpune erschossen wurde, was ja weiß Gott nicht alle Tage vorkommt, und auch dass es gefesselt war, darf niemand außerhalb unseres Teams erfahren. Das ist nur Polizei- und Täterwissen. Könnte irgendwann mal wichtig werden. Aber sag mir, was du davon hältst.«

Jens atmete tief durch und überlegte sogar einen Moment, was ungewöhnlich für ihn war. »Was ich davon halte? Gar nichts. Ist irgendwie alles total bescheuert. Für mich gibt es vier Möglichkeiten, Chef: Erstens, Tom Simon hat seine Frau umgebracht, weil sie sich gestritten hatten, ihre Ehe im Eimer war, wegen Geld, einer anderen Frau, was weiß ich. Zweitens, der Simon dachte, da ist ein Einbrecher im Haus, hat geschossen und dabei aus Versehen seine Frau umgelegt. Dritte Möglichkeit, ein Einbrecher war im Haus, Charlotte kommt nach Hause und in die Küche, und der Einbrecher schießt. Oder viertens, irgendjemand ist im Haus, der einen Brast auf Charlotte hat, ein Freund oder Kollege oder sonst wer, und legt sie um. Aber wer es auch immer war: Die Nummer mit den Kabelbindern ist Schwachsinn.«

»Richtig.« Ole grinste. »Insofern sind auch alle deine Theorien unhaltbar. Also fangen wir mal ganz langsam an: Da kommt ein Einbrecher ins Haus, überwältigt Charlotte …«

»Vergiss nicht, dass sie noch ihre Lederjacke anhatte! Also kam *sie* ins Haus!«

»Nun gut, aber eine Lederjacke konnte sie auch anhaben, wenn sie gerade weggehen wollte.«

»Um die Zeit und bei dem Sauwetter eher unwahrscheinlich.«

»Okay. Dann hat ihr ein Einbrecher also aufgelauert, als sie nach Hause kam, hat sie ins Haus gestoßen, überwältigt und mit Kabelbinder gefesselt.«

»Und das alles im Stockdunklen?«, spottete Jens. »Alle Achtung!«

»Wieso?«

»Na, es war Gewitter und Stromausfall!«

»Vielleicht kam der Stromausfall ein paar Sekunden später oder erst hinterher, oder der Einbrecher hatte so was wie eine Grubenlampe an der Mütze. Egal. Lass mich mal weiterdenken. Also der Täter fesselt sie, erpresst von ihr den Tresorschlüssel und legt sie anschließend um. Das spräche alles für einen Einbrecher. Allerdings haben wir – bis auf den offenen Tresor – nirgends Einbruchsspuren entdeckt. Keine aufgebrochenen Türen, keine eingeschlagenen Fenster oder durchwühlten Schränke – nichts. Daher denke ich eher, dass Charlottes Mann, Tom, seine Frau im Streit erschossen hat. Er gerät in Panik, will fliehen, nimmt Geld und Wertsachen aus dem Tresor und fesselt seine tote Frau, damit wir, die Polizei, denken, es war ein Einbrecher.«

Jens schüttelte den Kopf. »Wenn der Mann wirklich einen Einbruch vortäuschen wollte, dann durchwühlt er die Schränke, kippt die Schubladen aus, schlägt ein Fenster ein – was weiß ich.«

»Jens! Tom Simon stand unter Schock! Der hat an alles gedacht, aber doch nicht an so was! Der ist in Panik geflohen!«

»Okay, Chef, kann ja sein. Aber hat er dabei auch vergessen, den Tresor wieder zu schließen?«

»Möglich. Oder er hat ihn mit Absicht offen gelassen, damit wir – wie gesagt – an einen Einbrecher glauben.«

»Gut. Aber wenn er den Tresor mit Absicht offen lässt, dann vergisst er auch nicht, die Schränke zu durchwühlen.«

Ole verzweifelte langsam, nichts, was sie sagten, ergab auch nur im Entferntesten einen Sinn.

»Dann wissen wir jetzt beide nicht weiter«, sagte er resigniert.

»Also noch mal«, begann Jens erneut. »Ich wiederhole: Du glaubst, ein Einbrecher fesselt die Frau, erpresst den Tresorschlüssel und schießt ihr, weil er ein Arschloch ist, anschließend noch in den Hals?«

»Ja. Oder weil sie ihn kannte oder weil er nicht maskiert war. Er hatte Angst, dass sie ihn identifiziert.«

»Schön. Aber welche Frau bitte lässt sich denn so einfach mit Kabelbinder fesseln? Das geht doch gar nicht!« Jens tippte sich an die Stirn.

»Warum denn nicht? Schließlich wurde sie bedroht!«

»Wie denn? Wo denn? Was denn? Dann müssen es ja zwei gewesen sein! Einer bedroht sie und hält sie mit einer Waffe in Schach, und einer fesselt sie …«

»Das wäre eine Möglichkeit«, brummte Ole.

Jens sprang auf. »Anders geht's nicht, denn niemand hockt sich hin, hält die Hände brav und still auf den Rücken und sagt: ›Mach mal!‹ Und dann hätte der Einbrecher sie auch gleich mit der Waffe, die er dabeihatte, erschießen oder ihr mit einem Messer die Gurgel durchschneiden können. Wäre einfacher gewesen als dieser Zirkus mit der Harpune.«

»Oder aber die Einbrecher haben, als sie das Haus durchsucht haben, die Harpune gefunden und Charlotte damit erschossen, um den Mord dem Ehemann oder einem anderen in die Schuhe zu schieben.«

»Kann sein. Dann würden die Einbrecher aber den Tresor wieder schließen und die Kabelbinder wegschneiden. Und dann müssten sie das Chaos, das sie veranstaltet haben, beseitigen, und das kriegen sie nie wieder ordentlich hin.«

»Stimmt auch wieder«, sagte Ole. »Und wenn es Tom Simon war … warum sollte er seine Frau fesseln und nach ihrem Tod auch noch die Kabelbinder dranlassen? Das ist doch Schwachsinn!«

»Um es wie einen Einbruch aussehen zu lassen.«

»Und warum hat er dann nicht das Haus durchwühlt und eine Scheibe eingeschlagen? – Jens, wir drehen uns total im Kreis. Mit der Diskussion haben wir schon mal vor zehn Minuten angefangen.«

Beide schwiegen.

Plötzlich stieß Ole einen tiefen Seufzer aus.

»Was ist?«, fragte Jens alarmiert.

»Wir sind beide total bescheuert, Jens. Wir spekulieren und spekulieren und lassen eins völlig außer Acht: Im Haus waren eine leere Champagnerflasche, benutzte Gläser, die Reste eines Essens zu zweit, halb heruntergebrannte Teelichter im Bad auf dem Badewannenrand und im Schlafzimmer ein zerwühltes Bett mit Spermaspuren … Und das haben wir beide völlig ausgeknipst, weil wir vor lauter Kabelbindern an nichts anderes mehr denken. Also noch mal: In dieser Nacht war Tom Simon mit einer Frau zusammen. Und währenddessen kommen Einbrecher und Charlotte Simon nach Hause, und die Einbrecher fesseln die Frau, knacken den Tresor, erschießen Charlotte Simon und verschwinden wieder, und Tom bekommt im Schlafzimmer mit seiner Geliebten nichts mit? Das funktioniert nicht.

Oder aber Charlotte ist im Schlafzimmer mit irgendeinem Typen zugange, aber warum ist sie dann vollständig angezogen und trägt eine Lederjacke, wenn die Einbrecher kommen und sie erschießen? Unwahrscheinlich.« Ole kratzte sich am Kopf.

»Jens, die einzige Möglichkeit ist: Tom Simon ist mit seiner Geliebten im Schlafzimmer, Charlotte kommt überraschend nach Hause, er denkt im Stockdunklen wegen des Stromausfalls, es ist ein Einbrecher, und erschießt seine Frau. Aus Versehen. Er flieht in Panik und räumt die Reste seiner Liebesnacht natürlich nicht weg. Nimmt zur Flucht sein Geld aus dem Tresor und vergisst, ihn wieder abzuschließen. Ich sag dir, Jens, so wird es gewesen sein. Anders geht es gar nicht.«

»Hört sich gut an, Chef, aber was soll dann der Blödsinn mit den Kabelbindern?«

»Oder … – nein! Halt! Tom Simon und seine Geliebte machen gemeinsame Sache, fesseln Charlotte und bringen sie um. Das wäre nicht besonders geschickt, aber ein Motiv haben sie allemal.«

»Okay, Chef. Aber wenn ich so einen Blödsinn veranstalte, dann nehme ich hinterher der Leiche die Kabelbinder wieder ab. Findest du nicht?«

Ole sackte zusammen und sagte gar nichts mehr.

Jens ließ ihm eine Weile Zeit. Dann fragte er leise: »Was erzählst du denn jetzt auf der Pressekonferenz?«

Ole hob den Kopf und sah Jens mit blutunterlaufenen, müden Augen an. »Dass es höchstwahrscheinlich ein Einbruch war. Vielleicht hatten die Einbrecher irgendwoher einen Schlüssel. Kann ja sein. Wir lassen die Presse in dem Glauben und können dann relativ unbehelligt in Sachen Tom Simon ermitteln.«

»Sehr gut. – Ach übrigens, Chef«, sagte Jens.

»Ja?«

»Tom Simons Handy ist ausgeschaltet, und weder das Handy noch sein Navi im Auto sind zu orten. Er muss aus dem Handy sogar den Akku rausgenommen haben.«

»Und was sagt uns das?«

»Dass du recht hast. Er ist untergetaucht, weil er es war. Ist doch logisch.«

Jens grinste und ging leise pfeifend aus dem Zimmer.

19

Der Wecker klingelte um kurz vor sieben.

René schaltete ihn sofort aus und kämpfte gegen den Drang, einfach weiterzuschlafen, aber dann gab er sich einen Ruck und schwang sich aus dem Bett.

Leslie blinzelte kurz, als René aufstand und in seine Flip-Flops schlüpfte.

René ging ins Bad, stellte sich unter die heiße Dusche, kam nur wenige Minuten später im Bademantel wieder heraus, holte aus dem Flur die Zeitung, die immer direkt durch den Briefschlitz gesteckt wurde, ging in die Küche und schaltete die Kaffeemaschine ein.

Dann setzte er sich und schlug die Zeitung auf.

Es stand auf Seite drei, und René hörte vor Schreck auf zu atmen:

RAUBMORD IN BÖNNINGSTEDT

In der Nacht zum Montag wurde die bekannte Film- und Fernsehproduzentin Charlotte Simon (50) in ihrem Haus in Bönningstedt von einem Einbrecher erschossen. Die Polizei vermutet, dass sie den oder die Einbrecher auf frischer Tat ertappte und daher kaltblütig hingerichtet wurde. Was aus dem Haus geraubt wurde, konnte noch nicht ermittelt werden. Ihr Mann, der Kunstmaler Tom Simon, befindet sich zurzeit auf Reisen. Die Polizei bittet Anwohner, die zwischen zweiundzwanzig und drei Uhr früh etwas Auffälliges in der Umgebung des Hauses zwischen Bönningstedter Straße und Gretenswarft beobachtet haben, sich mit der nächsten Dienststelle in Verbindung zu setzen.

René war fassungslos. Wie konnten diese Idioten von einem Raubmord ausgehen? Er hatte keine Tür, kein Fenster aufgebrochen, hatte alles so gelassen, wie es war. Das Haus sah aus, als wenn es jemand in Panik und fluchtartig verlassen hätte. Mehr nicht.

Verflucht. Er hatte den Tresor aus Versehen offen gelassen, hatte gar nicht mehr daran gedacht. Aber das konnte Tom auf der Flucht schließlich auch vergessen haben. Wie dämlich waren die eigentlich alle bei der Polizei?

René spürte, dass er schlechte Laune bekam. Er pfefferte die Zeitung auf den Küchentresen und raufte sich die Haare. In seinen schlimmsten Träumen war er nicht davon ausgegangen, dass irgendwelche hirnlosen Kommissare dieses Szenarium als Einbruch interpretieren könnten.

Er trank seinen Kaffee und überlegte. Das, was er an sich selbst so schätzte, war, dass er eigentlich immer einen Ausweg fand.

In diesem Moment kam Leslie in die Küche. »Moin«, sagte sie, lächelte und setzte sich. »Mach mir bitte auch einen.«

René reagierte nicht, rührte nur stumm in seinem Kaffee.

»Ist irgendwas?«

»Charlotte ist tot«, sagte er leise und tonlos.

Leslie riss die Augen auf. »Waaaas? Wieso?«

René gab ihr wortlos die Zeitung, die Leslie ihm förmlich aus der Hand riss und den Artikel las.

Sie macht ihre Sache verdammt gut, dachte René, alle Achtung. Man könnte fast darauf reinfallen und glauben, dass sie von Charlottes Tod keine Ahnung hat.

Nach nur wenigen Sekunden legte sie die Zeitung zur Seite und sah ihren Mann entgeistert an. »Kannst du mir das erklären?«

René schüttelte kaum merklich den Kopf. »Wie denn? Ich hab es auch grade erst gelesen.«

»Von einem Einbrecher erschossen? Charlotte?«

»Scheint so.«

»Und wo ist Tom?«

»In Lissabon. Er hat mich vor drei Tagen angerufen, dass er dort ist. Will sich eventuell da eine Wohnung kaufen.«

»Was? Wann ist er denn nach Portugal gefahren?«

»Anscheinend irgendwann letzte Woche, keine Ahnung.«

»Da hat er gar nichts von erzählt.«

»Nee, aber einfach irgendwohin zu reisen ist ja typisch für ihn.«

René versuchte bereits, Tom ein Alibi zu geben. So viel war Leslie klar. »Wir müssen ihn anrufen«, sagte sie. »Vielleicht weiß er noch gar nichts davon!«

Sie läuft ja geradezu zur Hochform auf, dachte René und griff zum Handy. Er wählte Toms Nummer, ließ es ein paarmal klingeln und legte dann auf. »Die Mailbox. Offensichtlich hat er es ausgeschaltet.«

»Warum sprichst du ihm nicht drauf, dass er zurückrufen soll, verdammt?«

René atmete tief durch, dann nahm er erneut das Handy, wählte und wartete, dann tat er, als ob die Mailbox anspränge.

»Hallo, Tom«, sagte er. »Hier ist René. Wo steckst du? Bitte rufe mich unbedingt zurück. So schnell wie möglich. Es ist dringend. Danke.« Dann legte er auf.

»Ich kann es nicht glauben«, murmelte Leslie und stützte ihren Kopf schwer auf ihren Arm. »Bitte, mach mir 'nen Kaffee.«

René ließ den Kaffeeautomaten arbeiten und sah seine Frau an. Es schien, als würde sie jeden Moment in Tränen ausbrechen.

Für den Bruchteil einer Sekunde überlegte er, ob Leslie vorgestern Abend vielleicht doch nicht bei Tom gewesen war – sie spielte ihre Unwissenheit einfach absolut überzeugend –, aber dann verwarf er den Gedanken sofort wieder. Nein, das war Blödsinn. Der Ohrring erzählte etwas anderes, und außerdem hätte Tom ihm auf die Frage, mit wem er die Nacht verbracht hatte, jeden verdammten Namen zur Not unter dem Siegel der Verschwiegenheit sofort genannt, nur eben nicht den von Leslie. Keine noch so Prominente würde er schützen, wenn sie in seiner ausweglosen Lage eine wichtige Zeugin sein konnte …

»Ich rufe jetzt die Polizei an«, sagte er ruhig.

Nur einen winzigen Augenblick hatte sich Leslie nicht unter Kontrolle. »Wieso?«, fragte sie erschrocken.

»Ich bin Toms und Charlottes Anwalt und Freund. Ich muss wissen, was passiert ist und was da jetzt läuft.«

Er gab Leslie ihren Kaffee.

»Dann tu, was du nicht lassen kannst«, sagte sie leise. »Ich würde mich an deiner Stelle aus der ganzen Sache raushalten.«

René kommentierte Leslies Bemerkung nicht und griff zum Telefon.

»Guten Tag, mein Name ist Bergmann«, sagte er, als abgehoben wurde. »Ich möchte bitte den Kriminalbeamten sprechen, der den Mordfall Charlotte Simon bearbeitet. – Ja, danke, ich warte.«

Eigentlich ging er nicht davon aus, dass der Kommissar jetzt, um halb acht, schon im Büro anzutreffen war, aber René wurde ein paarmal hin und her verbunden, und kurz darauf meldete sich Ole Hansen mit rauer Stimme.

»Moin, Moin, mein Name ist René Bergmann. Ich habe heute Morgen aus der Zeitung erfahren, dass Charlotte Simon ermordet worden ist. Das hat mich sehr schockiert, und ich würde gern mit Ihnen sprechen. Ich bin der Anwalt von Charlotte und Thomas Simon und habe ein Mandat für alle anfallenden Eventualitäten.«

»Worüber wollen Sie mit mir sprechen?«, fragte Ole. »Schießen Sie los, ich bin ganz Ohr.«

»Nein, nicht am Telefon. Ich würde gern bei Ihnen im Präsidium vorbeikommen.«

»Gut. Sagen wir um neun?«

»Das ist mir sehr recht. Bis später.« René legte auf und sah Leslie an. »Soll ich dir einen Toast machen?«

»Nein danke.« Leslie schüttelte den Kopf und stand auf. »Ich hab keinen Appetit. Ich mach mich jetzt fertig und fahr ins Büro. Du wirst ja dann wohl etwas später kommen.«

Sie nahm ihren Kaffee, hauchte ihm einen Kuss aufs Haar und ging hinaus.

René starrte hinunter auf den Park, der ihm heute grau und trostlos erschien.

Punkt neun reichte René, der die Freundlichkeit in Person war, Ole Hansen die Hand. »Wie schön, dass Sie so kurzfristig Zeit hatten, ich habe nämlich um zehn die ersten Termine beim Gericht.«

Ole Hansen deutete mit einer Geste an, er möge sich setzen. »Sie sagten, Sie wären der Anwalt der Simons?«

»Nicht nur der Anwalt, sondern auch ein langjähriger Freund von beiden.«

»Wären Sie bereit, die Tote zu identifizieren?«

»Aber selbstverständlich.« René legte Ole das von Tom unterschriebene und vordatierte Papier vor. »Das ist meine anwaltliche Vollmacht. Und jetzt wüsste ich gern aus Ihrem Munde und nicht aus der Zeitung, was passiert ist.«

Ole berichtete sachlich vom Fund der Leiche, erwähnte die Putzfrau und den Nachbarn, aber verlor kein Wort über Tatwaffe und Kabelbinder oder darüber, was sie in Küche, Bad und Schlafzimmer vorgefunden hatten.

»Gab es Einbruchspuren?«, fragte René.

»Wenige. Im Grunde lediglich einen offenen, leeren Tresor. Wir gehen davon aus, dass die Einbrecher keine Unbekannten waren und einen Schlüssel hatten. Falls sie das Haus durchsucht haben, waren sie sehr vorsichtig. Vielleicht wussten sie auch, wo genau was liegt und wo die Simons ihre Wertsachen aufbewahrten.«

»Kann ich das Haus sehen?«

»Das lässt sich einrichten.«

»Was ist gestohlen worden?«

»Das werden wir erst erfahren, wenn wir mit Tom Simon gesprochen haben. Bisher ist er nicht aufgetaucht und auch telefonisch nicht zu erreichen. Wissen Sie, wo er sich aufhält?«

»Er ist verreist.«

Ole Hansen hielt den Atem an. »Ja? Wissen Sie auch, wo er hingefahren ist?«

»Er ist seit einigen Tagen in Lissabon. Jedenfalls hat er mich von dort angerufen und mir das erzählt.«

»Wann hat er Sie angerufen?«

»Warten Sie ...« René tat, als überlegte er. »Vor drei Tagen. Ja, genau.«

»Aha. Er hat also gesagt, dass er in Lissabon ist. Aber das könnte natürlich auch gelogen sein.«

René zuckte die Achseln. »Ja sicher, das könnte natürlich auch gelogen sein. Vielleicht ist er inzwischen auch in Tel Aviv oder in Chicago oder in Hongkong? Bei Tom weiß man nie.« René spürte, dass sich die ganze Angelegenheit bereits zu komplizieren begann. Er hatte nicht die geringste Lust, Tom ein Alibi zu verschaffen, im Gegenteil. Aber nun hatte er Leslie gesagt, Tom sei in Lissabon, und musste an der Geschichte festhalten, denn die Polizei würde sich sicher auch mit Leslie unterhalten.

»Haben Sie den Anruf aufgezeichnet?«

»Nein. Unwichtige und private Anrufe lösche ich immer sofort.«

»Wohnt er in einem Hotel?«

»Das nehme ich doch stark an.«

»Wir werden das überprüfen.«

»Er fährt oft weg, um sich Inspirationen zum Malen zu holen«, sagte René.

»Aber Sie wussten nicht, dass er vorhatte, nach Lissabon zu fahren?«

»Nein.«

»Erzählt man sich unter Freunden nicht, wenn man verreist?«

René lachte kurz auf. »Ab und zu, aber nicht immer. Wir sind alle ständig unterwegs. Auf Geschäftsreisen, auf

Wochenendtrips, wir fahren in unsere Ferienhäuser, auf unsere Yachten, was weiß ich. Das können wir nicht ständig verkünden.«

»Verstehe.« Ole stand auf. »Herr Bergmann, vielen Dank, dass Sie gekommen sind. In allen Belangen, was Charlotte Simon betrifft, werden wir uns an Sie wenden. Jetzt müssen wir erst einmal Herrn Simon ausfindig machen und ihn vom Tod seiner Frau unterrichten. Falls Sie etwas von ihm hören …«

»… sage ich Ihnen Bescheid. Selbstverständlich.«

»Heute Nachmittag um fünfzehn Uhr? Würde Ihnen das passen?«

»Ginge auch vierzehn Uhr? Dann verlege und opfere ich meine Mittagspause.«

»Gut. Treffen wir uns um zwei in der Rechtsmedizin.«

20

Um drei Minuten nach zwei parkte René vor dem Institut für Rechtsmedizin im Universitätsklinikum Hamburg-Eppendorf. Der Himmel war grau, die Luft feucht und regnerisch.

Ole Hansen wartete schon in der Vorhalle und ging, als René hereinkam, auf ihn zu und gab ihm die Hand.

»Kommen Sie«, sagte er, und René folgte ihm schweigend.

Der lichtdurchflutete Sektionssaal, der an der gesamten Längsfront große Fenster hatte, überraschte René. Er hatte eher einen dunklen, bedrückenden Kellerraum ohne Tageslicht erwartet.

Der Gerichtsmediziner Dr. Breskow erwartete sie bereits, begrüßte sie ohne viele Worte, holte die Leiche aus dem Kühlschrank und schob sie in den Raum.

»Sind Sie bereit?«, fragte er.

René nickte, und Dr. Breskow zog ein lindgrünes Tuch von Charlottes Gesicht.

Charlotte sah fremd aus, so ganz anders als in der Nacht ihres Todes. Wächsern, starr und leblos. Sie wirkte wie mit Knetmasse modelliert und vertrocknet wie ein knorriger Ast in der Wüste. Da war auch kein Entsetzen mehr in ihrem Gesicht, keine Angst und kein Unverständnis im Augenblick des Todes. Dies hier war nicht mehr Charlotte, das wurde René in diesem Moment ganz deutlich bewusst, dies hier war wirklich nur noch ihre Hülle.

»Oh mein Gott, Charlie«, murmelte er, »das hast du nicht verdient, verdammte Scheiße …«, und er konnte es nicht verhindern, dass ihm eine Träne übers Gesicht lief.

Charlie. Oft hatte er sich nach ihr, nach einem Leben mit ihr gesehnt, aber es war nicht dazu gekommen. Weil Tom da gewesen war. Er hatte sie ihm weggenommen.

Ole Hansen beobachtete René.

»Können Sie mir irgendetwas sagen?«, fragte er leise.

»Ja«, sagte René, »das ist meine Freundin Charlotte Simon. Hundertprozentig.« Und er musste sich die Nase schnauben.

Er sah sie noch eine Weile stumm an. Dann drehte er sich um und verließ den Raum. Ole folgte ihm.

»Könnte ich Sie einen Moment sprechen?«, sagte Ole Hansen im Flur zu René. »Ich habe noch einige wichtige Fragen. Ist das möglich?«

»Aber natürlich.«

»Gehen wir in die Cafeteria?«, fragte Ole.

René nickte.

Ole brachte zwei Kaffee und zwei Gläser Wasser an den Tisch und setzte sich René gegenüber.

»Erzählen Sie mir ein bisschen. Was ist Tom Simon für ein Mensch?«

»Oh!« René stützte den Kopf in die offene Hand und überlegte. »Das ist nicht einfach. Ich würde sagen, er ist sehr sensibel, steckt voller Gefühle, ist verletzbar und läuft teilweise verwirrt durch die Gegend. Es sei denn, er malt. Dann ist er glücklich und klar strukturiert. Und seine Bilder sind sensationell.«

»Ich weiß.«

»Das Problem ist, dass er seinen Emotionen vollkommen ausgeliefert ist. Er ist cholerisch, kann aus dem Stand ausflippen und aggressiv werden, Sekunden später gewinnt wieder seine sanfte Seite die Überhand – man weiß nie so richtig, woran man bei ihm ist und was in den nächsten fünf Minuten passieren wird. Ich würde sagen, er ist manisch-depressiv, himmelhoch jauchzend oder zu Tode betrübt.«

»War er deswegen in ärztlicher Behandlung?«

»Nicht, dass ich wüsste.«

»Aber bitte, erzählen Sie weiter.«

»Tom ist ein schwieriger, aber ein wunderbarer Mensch. Wenn er liebt, dann liebt er total, und wenn er ein Freund ist, dann ist er es tausendprozentig. Er bringt sich immer ein. Man kann sich vollkommen auf ihn verlassen, und es ist mehr als gut zu wissen, dass es da jemanden gibt, der für einen durchs Feuer geht.«

»Würden Sie ihm so eine Tat zutrauen?«

»Was? Dass Tom Charlotte umbringt?« René stand in seiner Erregung auf, setzte sich aber sofort wieder hin. »Niemals! Das können Sie vergessen. Er hat sie abgöttisch geliebt, und es war alles in Ordnung zwischen den beiden. Nein. Niemals würde er so etwas tun. Wenn er allerdings dachte, ein Einbrecher wäre in seinem Haus, dann sieht die Sache etwas anders aus. Tom war ängstlich und hat immer davon geredet, dass er einen Einbrecher, den er auf frischer Tat ertappt, ohne Skrupel erschießen würde. Sein Leben, seine Frau und seinen Besitz im Notfall zu verteidigen war ein großes, wichtiges Thema für ihn. Ebenso wie Selbstjustiz. Da sind wir manches Mal in der Diskussion heftig aneinandergeraten.«

»Wir haben seit heute Morgen sämtliche Hotels in Lissabon gecheckt. Dort ist er nicht, und dort war auch in den letzten Tagen kein Thomas Simon. Könnte es sein, dass er sich versteckt?«

»Nein. Warum sollte er?«

Ole Hansen redete leise und mit warmer Stimme: »Wir brauchen Ihre Hilfe, Herr Bergmann. Und darum frage ich Sie noch einmal: Von wo hat er angerufen? Haben Sie eine Idee?«

»Wenn Tom mich anruft und sagt, er wäre in Lissabon, dann ist er auch in Lissabon. Da gibt es für mich keinen Zweifel. Warum sollte er mich belügen?«

»Ja, das fragen wir uns auch. Dann wird er wohl im Auto übernachtet haben, denn in einem Hotel war er nicht.«

René seufzte. »Haben Sie schon mal nachgeprüft, ob er nicht doch auf Sylt oder auf seiner Yacht ist?«

Ole nickte. »Das haben wir natürlich. Auch dort ist er nicht.«

»Allerdings ist bei Tom alles möglich«, überlegte René. »Vielleicht ist er zum Malen auf einer finnischen Insel oder in einer kleinen Kate in Schottland, oder er kauft sich für ein paar Euro eine zerfallene Hütte mit einem kleinen Kanonenofen in Sibirien und lässt sich dort von den Eiszapfen vor dem Fenster inspirieren. Die Welt ist groß, Herr Kommissar, und Künstler leben ihre Freiheiten gerne aus. Lissabon war sicher keine Lüge, aber jetzt kann er auch schon wieder sonst wo sein. Gucken Sie, ob er sich in irgendeinen Flieger gesetzt hat. Das wird doch rauszukriegen sein.«

»Haben Sie Kontakt zu ihm?«

»Als ich das von Charlotte in der Zeitung las, habe ich versucht, ihn anzurufen, aber sein Handy ist ausgeschaltet.

Das haben Sie doch sicher auch schon probiert. Ich hätte gern Kontakt zu ihm, aber er scheint wie vom Erdboden verschluckt zu sein.«

Nur wenige Minuten später verabschiedete sich Ole Hansen. Er war hochgradig verwirrt. Wenn Tom wirklich verreist und zum Zeitpunkt des Mordes in Lissabon gewesen war, stellte sich die Frage, wer dann am fraglichen Abend fürstlich gespeist, eine kleine Badeorgie veranstaltet und das Bett zerwühlt hatte. Charlotte mit einem Liebhaber? Aber warum hatte sie sich dann Jeans und Lederjacke angezogen, um sich erschießen zu lassen? Nein, das ergab auch keinen Sinn.

Tom Simon war bestimmt zur Zeit des Mordes im Haus gewesen. Und vielleicht war er auch jetzt noch ganz in der Nähe. Eventuell hatte er die Tat sogar geplant und Charlotte ganz bewusst und mit voller Absicht erschossen.

21

Der Morgen war noch kühl.

Tom trat aus dem Haus, streckte sich und gähnte. Dann sah er sich um. Niemand war unterwegs, die Dorfstraße lag still und verlassen im diesigen Morgenlicht. Nirgends eine Stimme, keine Musik aus irgendeinem Radio und auch kein Kommentar aus irgendeinem Fernseher.

Nichts. Als gäbe es kein Leben in diesem trübtassigen Ort.

Was mache ich bloß, dachte Tom. Um Himmels willen, was soll ich hier bloß anfangen?

Er, der sich in seinem Leben noch keine fünf Minuten gelangweilt hatte, spürte plötzlich, dass »Zeit totschlagen« hier in diesem Käsenest zu seiner größten Herausforderung werden könnte.

Das krieg ich nicht hin, dachte er, ich war noch nie in meinem Leben depressiv, aber hier werd ich es. Hier kann man einfach nicht leben.

Mit seinem neuen italienischen Nullachtfünfzehn-Prepaid-Handy, das weder fotografieren konnte noch internetfähig war, schickte Tom René eine SMS. Er schrieb lediglich: »Hi, ruf mich an.«

Bereits eine halbe Stunde später meldete sich René: »Tom! Wie geht's dir?«

»Ich bin in deinem Haus, es ist alles prima. Wirklich ganz toll.«

»Freut mich.«

»Alles gut. Bin zufrieden.«

»Tom, du musst dein Auto loswerden! So schnell wie möglich. Ich hab gestern mit der Polizei gesprochen, sie suchen dich. Europaweit. Jeder beschissene Dorfpolizist hat dein Kennzeichen im Computer. Also sieh zu, dass du es loswirst, bevor es zu spät ist. Vielleicht kannst du noch ein paar Euro dafür raushauen, sonst musst du es in irgendeinem See versenken. Das ist wirklich wichtig, Tom!«

»Wieso suchen sie mich? Du wolltest es doch so aussehen lassen, als wären es Einbrecher gewesen!«

»Schon. Aber sie suchen dich trotzdem. Schließlich ist deine Frau ermordet worden.«

Tom schwieg irritiert.

»Ansonsten kommst du klar?«

»Ja, ich komm klar.«

»Melde dich, wenn was ist.«

»Du dich auch. Und danke, René.« Tom legte auf.

Erst jetzt nach diesem Telefonat wurde ihm klar, in welch fürchterlicher Lage er war. Jetzt musste er auch noch sein Auto verkaufen! Erst vor drei Jahren hatte er es für fünfundsiebzigtausend Euro gekauft.

Ohne Auto saß er völlig bewegungsunfähig in diesem Kaff fest. Somit hatte er nicht nur seine Frau, sein Geld, seinen Besitz, sondern auch noch seine Freiheit verloren.

Ein gespenstischer Gedanke, der ihm Angst machte.

Aber wahrscheinlich hatte René völlig recht.

Doch wie sollte er sein Auto loswerden? Er kannte niemanden in Italien, hatte noch nicht einmal einen Fahrzeugbrief dabei. Ein offizieller Verkauf war daher ausgeschlossen. Er musste den Wagen also zu einem Schleuderpreis an einen Kriminellen loswerden, und schon allein dieser Gedanke jagte ihm einen kalten Schauer über den Rücken.

Im Bahnhofsviertel von Florenz, Rom oder Neapel würde er sich herumtreiben müssen, um das Auto für ein paar läppische Euro loszuwerden.

Es brach ihm fast das Herz, außerdem war die weite Fahrt in eine dieser Städte viel zu risikoreich.

Er saß da und wusste nicht, wohin mit sich. Hatte keine Vorstellung, wie er dies alles aushalten sollte. Wollte telefonieren, mit irgendjemandem reden, mit Leslie, Britta, Wolfgang, mit irgendwem, aber das ging ja nicht. Kein Kontakt zu niemandem, hatte René gepredigt. Das sei das Allerwichtigste!

Inzwischen brannte die Sonne, und er hätte kotzen können. Sehnte sich nach einer verregneten norddeutschen Apfelplantage und einem Abendessen am Kamin. Niemals hätte er sich vorstellen können, dass Sonne und fantastisches Wetter einen so runterziehen konnten. Diese verfluchte Warterei darauf, dass irgendetwas geschah. Dass René sich meldete oder sonst etwas passierte, er wusste ja selbst nicht, worauf er eigentlich wartete.

Vielleicht nur darauf, dieser Tristesse zu entkommen, in der er untätig herumsaß und hoffte, dass der Tag verging. Verlorene Zeit.

Tom sah auf die Uhr. Halb elf. Du lieber Himmel. Es hätte ihn getröstet, wenn es jetzt schon halb sieben Uhr abends gewesen wäre. Aber so hatte er noch diesen ganzen langen sinnlosen Tag vor sich.

Er stand auf, ging in die Küche, goss sich schwungvoll ein Glas Rotwein ein, stürzte es in einem Zug hinunter und spürte augenblicklich, dass ihm schwindlig und übel zugleich wurde. Vielleicht sollte er sich hinlegen und schlafen. Damit die Zeit verging, der Abend kam und er weiterschlafen konnte.

Hier hatte er nichts. Er war allein, ohne Charlotte, ohne Leslie, ohne Freunde, hatte keine privaten Dinge, keinerlei Bequemlichkeiten, kein Fernsehen, kein Geld, kein Internet, keine Kontakte, keine Perspektive. Nichts. Nur Olivenbäume vor der Tür, warme Luft und einen Sonnenuntergang.

Na toll.

Wie sollte er das bloß aushalten?

Es konnte Wochen, Monate, Jahre dauern.

Er wagte nicht, daran zu denken.

Das schaffte er nicht.

Vielleicht sollte er doch Leslie anrufen. Scheiß drauf, was René ihm alles gepredigt hatte. Zur Hölle mit René. Ohne ihn wäre er jetzt vielleicht in einem Polizeirevier oder in Untersuchungshaft, scheißegal, aber er könnte für sich kämpfen, könnte argumentieren, sich mit Polizeibeamten herumstreiten und müsste nicht in den Himmel starren wie ein armer Irrer, der sein Leben und seine Selbstbestimmung verloren hatte.

Er trat aus der Tür, nahm sein Glas und schmiss es, so weit er werfen konnte. Noch nie hatte er ein Glas so herrlich fliegen sehen, es trudelte durch die Luft und zerbrach auf dem Asphalt in tausend Stücke. Auf der Straße blinkten die in der Sonne glitzernden Scherben.

Lachend ging Tom zurück ins Haus.

Er legte sich hin, weil ihm nichts Besseres einfiel, schlief eine halbe Stunde, und dann beschloss er, nach Ambra zu gehen, um sich dort einmal umzuschauen.

Vorher schrieb er mit Filzstift auf einige Zettel, dass er äußerst günstig einen Audi Q7 zu verkaufen hätte, und darunter seine neue Telefonnummer.

VENDESI, Audi Q7, 2012, 10 000 €: Tel. 345 9875001

Der Weg in den Ort dauerte eine halbe Stunde und war leicht, da es ständig nur bergab ging.

In der Bar della Piazza trank er einen Espresso und fragte, ob er seinen Zettel aufhängen dürfe – es war kein Problem, man begegnete ihm freundlich und hilfsbereit. Ebenso beim Bäcker, im Alimentari und beim Baustoffhändler.

Dann lief er zurück. In der Mittagshitze, immer bergauf, bis er vollkommen erledigt in seinem kleinen Haus ankam.

Gegen neunzehn Uhr bekam Tom einen Anruf: »Hier Murat. Du hast Wagen?«

»Ja.«

»Wo?«

»In Cimessa.« Tom hatte das Gefühl, eventuell einen Fehler zu begehen, aber er gab dem Anrufer die genaue Adresse.

»Gut. Ich komme. Heute Abend oder morgen.«

»Ist in Ordnung, ich bin hier.«

Murat legte auf, und Tom fragte sich, was er von der ganzen Sache halten sollte. Er wollte es nicht wahrhaben, aber die Angst saß ihm im Nacken.

Was er machte, machte er falsch.

Auf dem Portico flackerte noch sein Windlicht, und er wollte es gerade löschen und ins Bett gehen, als plötzlich ein kleiner, stämmiger Mann vor ihm stand.

»Buonasera«, sagte der Mann leise, »ich bin Murat. Du bist der mit Wagen?«

»Ja. Komm rein. Ein Glas Wein?«

Murat schüttelte den Kopf.

»Möchte Auto kaufen«, sagte Murat.

»Okay. Zehntausend. Bar auf die Hand. Ein Audi Q7. Ist billig.«

Murat blieb cool. »Ich weiß. Warum verkaufen?«

Tom zuckte die Achseln. »Egal. Drei Jahre alt. Tutto bene. Quasi nuovo. Neues Nummernschild, neue Papiere e finito. Capito?«

»Ho capito. Dein Auto?«

»Certo.« Tom überlegte, ob Murat ein Bulgare, Rumäne oder Albaner war. Egal – jedenfalls sah und spürte er, wie elektrisiert dieser Mann in zerschlissenen Arbeitshosen und einem T-Shirt, das sicher keine Wäsche mehr überstehen würde, war. Er machte vielleicht gerade das Geschäft seines Lebens.

»Documenti?«

Tom nickte und gab ihm den Fahrzeugschein.

Murat fotografierte ihn mit einem funkelnagelneuen Smartphone.

»Zwei Tage«, sagte er. »Okay?«

»Okay.«

Die beiden schüttelten sich die Hand, Murat verließ das Haus und verschwand in der Dunkelheit.

Tom fühlte sich schutzlos, elend und zum Kotzen. Die Tür seiner Hütte war nicht abschließbar. Murat konnte jederzeit wiederkommen.

Aber dann fiel ihm ein, dass ein Überfall jetzt noch keinen Sinn ergab. Erst wenn er das Auto los war und das Geld in der Hand hatte.

Dann würde Murat kommen, um es sich zurückzuholen.

Aber hier hatte er nichts, um sich zu wehren. Noch nicht einmal seine Harpune.

Tom war zum Heulen zumute, aber er tat es nicht, sondern setzte sich auf einen kalten Stein, starrte in die Nacht und in den Mond und überlegte, wie er das alles mit Charlotte ungeschehen machen könnte.

Er hatte doch bisher auch immer einen Weg gefunden.

Murat blieb der Einzige, der sich auf die Anzeige meldete. Und er brauchte nicht zwei, sondern drei Tage.

Tom hatte schon nicht mehr daran geglaubt, dass er ihn jemals wiedersehen würde, aber dann stand er abends ganz plötzlich vor der Tür. So unvorbereitet und überraschend wie beim ersten Mal. Und wieder war es so spät, dass im Dorf schon alles schlief und niemand mehr unterwegs war.

»Tutto bene«, sagte er nur, und Tom winkte ihn ins Haus.

Es war wirklich nicht zu glauben, aber Murat hatte alles perfekt gefälscht dabei: Fahrzeugbrief, Fahrzeugschein und neue Nummernschilder. Und dann zählte er zwanzig nagelneue Fünfhunderteuroscheine auf den Tisch.

Murat grinste. »Wagen versichert. Alles gut. Aber egal, in fünf Minuten gehört mir.«

Tom wusste, dass er keine Wahl hatte und den Deal machen musste. Erst mit einem anderen Auto konnte er sich im Land wieder frei bewegen.

Er steckte das Geld ein, und sie gingen schweigend hinaus.

Murat brauchte nur wenige Minuten, dann waren die Nummernschilder ausgetauscht.

Tom blutete das Herz, er konnte kaum hinsehen.

Murat grinste schon wieder.

Er hielt die Hand auf, und Tom legte die Autoschlüssel hinein.

Ein »Gute Fahrt!« brachte er kaum über die Lippen. Sein schönes neues Auto, das er wirklich gern gefahren war und in dem er sich irgendwie beschützt und sicher gefühlt hatte, gab es nicht mehr.

Im Moment war er dabei, alles zu verlieren.

Murat setzte sich ins Auto, startete und rangierte den breiten Wagen rückwärts langsam hinterm Haus vor und auf die Straße.

Tom warf er nur noch einen kurzen Blick zu, fasste sich grüßend an die Stirn und fuhr in die Nacht davon.

Die Ohnmacht, die Tom in diesem Moment verspürte, war fast unerträglich.

In der Nacht machte er kein Auge zu. Der Gedanke, dass Murat wiederkommen könnte, lag wie ein Alb auf seiner Seele. Er konnte an nichts anderes denken, lag stocksteif auf dem Bett und horchte in die Nacht. Jedes Geräusch ließ ihn aufschrecken, sein kleines, unscheinbares Haus war auf einmal kein sicherer Ort mehr.

Als der Morgen dämmerte, stand er auf. Ihm war regelrecht schwindlig, so übermüdet war er, seine Knochen waren schwer wie Blei, und wie ein alter Mann schleppte er sich ins Bad.

Nach dem ersten Schluck Kaffee nahm Tom die Geldscheine und sah erst jetzt im Tageslicht, als er sie gegen die Sonne hielt, dass sie flach waren und dumpf. Kein Wasserzeichen schimmerte durchs Papier, das sich auch härter, steifer und ungewohnter anfühlte.

Falschgeld.

Er würde Murat nie wieder sehen, das zumindest war sicher, und er konnte nichts tun. Die Polizei war für ihn in seiner Situation nicht zuständig. Er hatte einfach im Dunkel der Nacht nicht genug aufgepasst, war zu ängstlich und nicht misstrauisch genug gewesen, und nun war er auch noch seinen Wagen los.

Per niente.

Er fühlte so einen Hass, dass er kaum noch Luft bekam, und verbrannte das Geld im Waschbecken.

Zwei Stunden später hatte er sich etwas beruhigt und lief zur Bushaltestelle, an der nur ein verwitterter und komplett unlesbarer orario ausgehängt war. Nach einer halben Ewigkeit kam endlich ein Bus, mit dem er zurück in die Richtung fuhr, aus der er am ersten Abend gekommen war. Er erinnerte sich nämlich dunkel, auf einem Acker jede Menge Gebrauchtwagen gesehen zu haben, die zum Verkauf angeboten wurden.

Und richtig. Es verging keine Viertelstunde, da erkannte er das Feld wieder, auf dem die Gebrauchtwagen standen.

Tom sprang auf, rief: »Mi scusi«, und fuchtelte mit den Armen, bis der Fahrer auf ihn aufmerksam wurde, und deutete nach draußen.

Der Fahrer grinste, nickte und hielt tatsächlich hundert Meter weiter an einer Ausweichstelle an und öffnete die Tür.

»Grazie!« Tom sprang aus dem Bus und lief zurück zum Gebrauchtwagenhändler.

Er sah sich alle Modelle an und entschied sich ziemlich schnell für einen weißen Fiat Panda, der dreizehn Jahre alt war und siebenundachtzigtausend Kilometer runter hatte. Wenn man dem Händler glauben durfte, war der Wagen unfallfrei, und es gab ein Jahr Garantie.

So lange bin ich sowieso nicht hier, dachte Tom, aber er sagte nichts und wurde mit dem Händler schnell handelseinig. Fünfhundert Euro bar auf die Hand, dann bekam er Schlüssel und Papiere, und der Fiat gehörte ihm.

Als er mit dem winzigen Wagen losfuhr, fühlte er sich besser. Wie in seiner Studentenzeit, als er seinen ersten Käfer gefahren war. So brauchte er wenigstens erst einmal keine Verkehrskontrolle zu fürchten.

22

Der Duft von gebratenen Zwiebeln zog durchs Haus. Toms Magen stach vor Hunger. Er haute zu den glasigen Zwiebeln drei Eier in die Pfanne, gab einen Schuss Milch, Pfeffer, Salz und Petersilie hinzu und konnte es gar nicht erwarten, dass die Rühreier stockten. In der Zwischenzeit schnitt er frisches Weißbrot und biss schon mal eine Ecke ab, als er Geräusche hörte. Zwei Autos hielten, dann der Klang von Stiefeln auf der Dorfstraße.

Irritiert sah er aus dem Fenster. Vier Männer standen vor seinem Haus. Er überlegte noch, nach hinten raus abzuhauen, als sie auch schon gegen die Tür schlugen und gleichzeitig Haus- und Terrassentür aufrissen.

Sie waren überall. Sein Haus war umstellt. Er hatte keine Chance.

Der Schweiß brach ihm aus, sein Atem ging flach, sein Herz begann zu flattern, und er spürte, dass er kaum noch Luft bekam.

»Jeder Widerstand ist zwecklos!«, schrie eine deutsche Stimme. »Tom Simon, Sie sind verhaftet wegen Mordes an Ihrer Frau Charlotte, Ihrem Freund René, Ihrer Geliebten Leslie und der Reporterin Britta Quentin. Nehmen Sie die Hände hoch!«

Tom tat es. Er zitterte am ganzen Körper.

Ein schwer bewaffneter Polizist schmiss ihn zu Boden, sodass er mit dem Kinn hart aufschlug und spürte, wie ihm das Blut übers Gesicht lief.

Seine Hände wurden ihm auf den Rücken gerissen, und Handschellen klickten.

Knie und linke Hüfte schmerzten, und er fragte sich, wie er es jemals schaffen sollte aufzustehen.

»Was bist du doch für ein mieses, dreckiges Stück Scheiße«, sagte ein anderer Polizist und riss seinen Kopf an den Haaren hoch. »Ein egoistisches Arschloch. Es geht dir nur um dich. Alle anderen sind dir egal. Wer dir nicht passt, den bringst du um. Geht es dir jetzt besser, wo du fast alle deine Freunde hingerichtet hast?«

Hab ich doch gar nicht, dachte Tom verzweifelt, hab ich doch gar nicht …

»Los, raus hier!«, schrie eine Stimme aus dem Hintergrund. »Es ist alles fertig.«

Zwei der Männer packten Tom und hoben ihn auf die Füße. »Geh!«, zischte der eine.

Tom stolperte zwischen ihnen ins Freie. Es war Nacht. Im Licht der Straßenlaternen sah er, dass vor dem Haus zwischen den Oliven ein Galgen aufgebaut war. Die Polizisten gingen schnurstracks darauf zu und führten ihn eine Treppe hinauf bis zu einer kleinen hölzernen Plattform.

Er erkannte gerade noch die Falltür, bevor sie ihm einen Sack über den Kopf stülpten.

»Hast du noch etwas zu sagen?«, fragte eine kalte Stimme.

»Ich bin unschuldig«, flüsterte er.

In diesem Moment hörte er ein hässliches, gemeines Kichern, das wie ein Windhauch über die Hügel wehte.

Sein Herz verkrampfte sich.

Ein Handy klingelte. Das ist die Begnadigung, dachte er, sie dürfen mich nicht hinrichten, und Hoffnung keimte in ihm auf.

»Der Herr sei deiner Seele gnädig«, sagte der Henker.

»Da klingelt ein Handy!«, schrie Tom. »Gehen Sie ran, bitte, ich bin begnadigt!« Aber niemand reagierte. Es klingelte weiter, unter ihm öffnete sich der Boden, und er fiel ins Schwarze, Bodenlose …

Ich bin tot, dachte er und hörte das Klingeln immer noch. Es ist passiert. Diesmal ist es wirklich passiert, es war kein Traum, aber es wäre schön, wenn es einer gewesen wäre.

Es klingelte weiter.

Langsam wurde er wach.

Unscharf erkannte er sein armseliges Zimmer und begriff, dass es wohl doch ein Traum gewesen war. Noch hatten sie ihn nicht gefunden, und hingerichtet schon gar nicht.

Sein T-Shirt klebte klatschnass am Körper, auch das Bettlaken, mit dem er sich zudeckte, war klamm.

Tom sprang auf und taumelte zum Tisch, auf dem sein Handy lag.

»Ja?«, schrie er hinein.

»Himmel, das dauert ja ewig, bis du rangehst«, schnauzte René.

»Ich hab noch geschlafen.«

»Ach so. Hast du inzwischen Internet?«

»Nee. Wie denn?«

René stöhnte auf. »Los, mach dich auf die Socken, kauf dir irgendwo 'nen kleinen Laptop oder ein Tablet und besorg dir einen Internetstick. Irgendwas, damit du da oben hinter den sieben Bergen bei den sieben Zwergen nicht völlig aus der Welt bist. Und dann richte dir eine Mailadresse ein, die nicht gerade auf deinen Namen läuft, okay? Schreib mir 'ne Mail, sowie du alles geklärt hast. Beeil dich, ich muss dir nämlich was schicken.«

»Was denn?«

»Presse. Jede Menge Artikel über dich und das, was passiert ist. Ein gefundenes Fressen für diese Schmierfinken.«

»Ich will das gar nicht lesen.«

»Du musst aber! Damit du weißt, was hier los ist. Und dann kann ich dich mit Infos vollknallen. Also los, steh auf und regle das.«

René legte auf.

Tom spürte, dass er schlechte Laune bekam.

Er seufzte, öffnete das Fenster, ließ die um diese Zeit noch angenehm frische und kühle Luft herein und ging ins Bad.

Es war kurz vor acht, als er sich in seinen kleinen Fiat setzte, um nach Montevarchi zu fahren. Dies war der nächstgrößere Ort, den er in Erinnerung hatte, weil er dort die Autobahn verlassen hatte. Nachdem er ein paarmal kreuz und quer durch die Stadt gekurvt war, fand er am Ortsausgang einen Elektronikmarkt, in dem er ein Notebook und eine mobile Wi-Fi-Station kaufte.

Um fünfzehn Uhr war er wieder zu Hause, richtete den Computer ein, installierte Internet, eröffnete eine neue Fantasie-Mailadresse, persotutto55@gmx.de, und schrieb an René: »Bin jetzt online. Schick mir, was du willst.«

Postwendend kam Renés Antwort, indem er anrief.

»Ich hab dich für intelligenter gehalten, mein Freund«, sagte er. »Tolle Idee, die Adresse ›Alles verloren‹ auf Italienisch. Super. Wenn mein Computer inspiziert wird, da denkt sich auch der dämlichste Beamte, dass du das sein könntest. Und wo bist du? In Italien! Klasse gemacht, mein Junge, also denk dir sofort was anderes aus.«

Er legte auf.

Der barsche Ton Renés irritierte Tom. Was war denn los? So war er noch nie mit ihm umgesprungen.

Also kreierte er eine neue Adresse: horst.emil.mieska@gmx.de.

Da konnte René nun wirklich nichts mehr dagegen haben.

Und René antwortete sofort. »Na also, geht doch«, schrieb er. »Öffne mal die Anhänge und schreib mir, was du denkst. Ich lösche dann die Mails sofort. Hier ist übrigens alles klar. Ich habe Charlotte identifiziert. Nächste Woche ist die Beerdigung, die Obduktion ist abgeschlossen. Die Todesursache zu ermitteln war ja nicht so furchtbar schwer. Bis bald. René.«

Tom bekam Herzklopfen und las.

WAR DER EHEMANN DER MÖRDER?

Das Verschwinden des Ehemanns der in der Nacht zum Montag ermordeten Charlotte Simon (50) wird immer mysteriöser. Ging die Polizei ursprünglich davon aus, dass die erfolgreiche Film- und TV-Produzentin von Einbrechern erschossen wurde, schließt sie jetzt auch eine Beziehungstat nicht mehr aus.

In der Mordnacht hatte Tom Simon offensichtlich Damenbesuch, es gibt eindeutige Indizien in Küche, Bad und Schlafzimmer, die darauf hinweisen. Aber seither fehlt von Tom Simon jede Spur. Ob er als Täter infrage kommt oder selbst auch einem Verbrechen zum Opfer gefallen ist, ist noch völlig unklar.

Die Polizei ermittelt unter Hochdruck und bittet die Zeugin, die mit Tom Simon in der fraglichen Nacht zusammen war, sich zu melden. Ihre Hinweise, die absolut vertraulich behandelt werden, könnten die Ermittlungen entscheidend voranbringen. Die Kripo hat eine Sonderkommission eingesetzt. Hinweise über den Verbleib Tom Simons bitte an die Soko Bönningstedt oder an jede andere Polizeidienststelle.

Darunter ein großes Porträt von Tom, unter dem einfach nur sein Name stand.

Na toll, dachte Tom. Das ist ja großartig.

Er griff sofort zum Telefon. »Was soll dieser Mist?«, schrie er. »Wieso klappt die Einbrechergeschichte nicht? Ich denke, du hast alles durchsucht und verwüstet, hast dann aber Küche, Bad und Schlafzimmer aufgeräumt, damit keiner mehr sieht, dass sich dort zwei Leute amüsiert haben? Ich versteh das nicht, René! So hatten wir das doch geplant? Und ich dachte, du hättest auch die Tür aufgebrochen oder ein Fenster ausgehebelt? Verdammte Scheiße, erklär mir das, René!«

»Nun mal ganz ruhig«, sagte René gelassen, »keep cool. Die Kripobeamten drehen hier anscheinend alle durch, und in dieser extra eingesetzten Soko spielen alle das Spielchen: Ich erfinde eine neue Theorie. Jeden Tag geistern andere Vermutungen durch die Presse. Ich kann dir leider nicht erklären, was in diesen kranken Hirnen vorgeht und warum sie neuerdings von einer Beziehungstat ausgehen. Bei der letzten Pressekonferenz haben sie noch – wie von uns geplant – ganz klar von einem Einbruch gesprochen. Aber lass mal, ich dreh das wieder in die richtige Richtung. Beziehungstat im Prominentenmilieu hört sich in der Presse natürlich unglaublich interessant an und ist ein echter Knaller. Aber vertrau mir, ich krieg das hin, und wenn nicht, kann ich ja immer noch die Notwehrtheorie ins Spiel bringen. Du hast Charlotte nicht erkannt und sie für einen Einbrecher gehalten. Noch ist nichts passiert, Tom, irgendwann läuft sich dieser ganze Quark, den sich die Polizisten da ausdenken, auch tot. Mach dir keine Sorgen.«

Tom schnaufte. »Ich begreife es einfach nicht. Und ich sitze hier und kann nichts tun, kann mich nicht wehren, kann nichts klarstellen ... Kannst du dir vorstellen, was für ein Gefühl das ist? Es ist zum Verrücktwerden!«

»Lass man, das kriegen wir schon hin«, tröstete ihn René erneut. »Am Anfang ist das Geschrei groß, und dann verlieren sie das Interesse. Irgendwann kommt unsere große Stunde, und ich werde sie alle als verleumderische Dreckschweine dastehen lassen. Sei sicher, das alles hat noch ein Nachspiel. Wenn du erst mal wieder hier und rehabilitiert bist, dann rollen Köpfe, das schwör ich dir.« Ohne ein weiteres Wort legte René auf.

Tom war keineswegs beruhigt, sondern glaubte zu platzen. Er wusste einfach nicht mehr, was er machen sollte, und lief hinter dem Haus den Berg hoch. So lange, bis er sich schweißnass und völlig erschöpft unter einen Olivenbaum setzen musste.

Und dann begann er zu weinen.

23

Donato Neri hatte ausnehmend gute Laune. Durch sein quittegelbes Büro wehte ein frischer Wind, da er alle Fenster und Türen geöffnet hatte, und niemand war da, der sich von dem Durchzug gestört fühlte und sie wieder zuknallte. Es gab nichts weiter zu tun, daher kippelte er wie ein Schuljunge mit seinem Bürostuhl, wartete auf den Feierabend und freute sich auf das Juve-Spiel heute Abend. Es war der Knaller. Er überlegte noch, ob er sich das Spiel lieber zu Hause oder in der Bar angucken würde, als das Telefon klingelte. Neri hob ab und hörte auf zu kippeln.

»Carabinieri Valdarno, Commissario Neri, buonasera«, nuschelte er ins Telefon.

»Amore, ich bin's«, säuselte Gabriella, und Neri wusste, dass es ganz schlecht war, wenn sie so extrem freundlich begann. Dann wollte sie etwas, umgarnte ihn, und hinterher war immer *er* derjenige, der den Schwarzen Peter hatte.

»Was gibt's?«, fragte er daher so knapp wie möglich und war auf der Hut.

»Pass auf, tesoro, es tut mir so leid, aber ich kann heute Abend nicht zu Oma ins Krankenhaus. Ich hab noch so viel zu erledigen, ich schaffe es einfach nicht. Außerdem ist mein Yogakurs auf den Abend verlegt worden, ich möchte ihn auf gar keinen Fall ausfallen lassen. Du weißt, wie gut er meinem Rücken tut. Könntest du bitte Oma besuchen? Sie freut sich doch so sehr, wenn du kommst.«

Das war eine glatte Lüge.

»Gabriella, nein, ich kann nicht! Hör mal zu, seit einer Woche …«

»Du bist ein Engel, Donato, ich danke dir, mille baci, warte nicht auf mich, kann eventuell spät werden, vielleicht gehe ich mit den Yogadamen noch einen trinken, ich liebe dich!«, flötete sie und legte auf.

Neri brach der Schweiß aus. Das durfte doch wohl nicht wahr sein! Es war eine Frechheit. Gabriella wusste ganz genau, dass er sich seit Tagen auf dieses Fußballspiel freute. Machte sie das nur, um ihn zu ärgern und um ihm alles kaputt zu machen?

Um zwanzig Uhr war Anpfiff, und genau zu dem Zeitpunkt wurden im Krankenhaus die Türen geöffnet, damit die Angehörigen hereinströmen und ihre bettlägrigen Verwandten füttern konnten, die ohne Hilfe aus der Familie in einem italienischen Krankenhaus unweigerlich verhungern oder aber an dem erbärmlichen, vitaminarmen und geschmacklosen Fraß zugrunde gehen würden. Die ganze Familie versammelte sich um das Bett des Kranken und stopfte Brot, Salami, Salsicce, Prosciutto und Käse, gekochte Eier, Mozzarella, Salat, Kekse, Kuchen oder fettes Tiramisù in ihn hinein und füllte ihn außerdem mit reichlich Vino ab. Kein Arzt scherte sich darum. Und um neun wurden die Besucher mit barschem Befehlston wieder hinausgejagt.

Wenn er Oma also füttern ging, war er frühestens um halb zehn wieder zu Hause und bekam höchstens noch die letzte Viertelstunde der zweiten Halbzeit mit.

Neri schlug vor Wut auf den Tisch. »Porca miseria!« Zurzeit war es so schön still zu Hause, weil Oma nicht meckerte und nölte und zu allem ihren Senf dazugab, und dann so was!

Vor einer Woche war Gabriella stutzig geworden, weil ihre Mutter nicht zum Abendessen erschien. Oma vergaß alles, war immer für eine Überraschung gut, aber zu den Mahlzeiten kam sie, da sie ständig Hunger hatte. Da sie auch die Tageszeiten durcheinanderbrachte, war es ihr egal, ob es Frühstück, Mittag- oder Abendessen gab.

Oma saß im Sessel und starrte so eigentümlich an die Decke, dass Gabriella einen Schreck bekam. »Oma, was ist? Was hast du?«, schrie sie, aber Oma reagierte nicht. Ihr rechter Mundwinkel hing herunter, und der Sabber lief ihr übers Gesicht.

»Gib mir deine Hände!«, sagte Gabriella geistesgegenwärtig, aber Oma konnte nur ihren linken Arm ein wenig heben.

»Bitte, sprich mir nach: Heute ist schönes Wetter!« Aber Oma reagierte gar nicht und sagte keinen Ton.

»Donato!«, schrie Gabriella so laut, dass Neri total alarmiert nur Sekunden später ins Zimmer stürzte. »Ruf die ambulanza! Schnell! Ich glaube, Oma hatte einen Schlaganfall.«

Gabriellas spontane Schnelldiagnose hatte sich bestätigt, und seitdem lag Oma im Krankenhaus und musste zweimal am Tag besucht und mit Essen versorgt werden.

Normalerweise fuhr Neri morgens und Gabriella abends hin, nur heute war anscheinend alles anders.

Neri wusste nicht, wohin mit seiner Wut, als das Telefon erneut klingelte.

»Carabinieri Valdarno, Commissario Neri, pronto!«, brüllte er in den Apparat.

»Buonasera, Maresciallo«, sagte eine sanfte Frauenstimme, »ich bin vollkommen verzweifelt.«

Neri seufzte innerlich und unhörbar und erwartete das Schlimmste.

»Was ist passiert?«

»Passiert ist eigentlich gar nichts …«

»Warum haben Sie dann angerufen, verdammt?«

»Das wollte ich Ihnen gerade erklären, aber Sie haben mich ja nicht aussprechen lassen.«

Neri schwieg verstockt. Dann sagte er: »Ich höre, aber ich habe nicht allzu viel Zeit.«

»Natürlich. Maresciallo, es tut mir auch wirklich leid, dass ich Sie belästigen muss, aber ich möchte mit meinem Hund in den Urlaub fahren, und dazu brauche ich einen europäischen Pass für den Hund.«

»Das stimmt. Sonst kriegen Sie einen Heidenärger.«

»Eben.«

»Gehen Sie ins Ospedale Santa Maria alla Gruccia in Montevarchi zur ASL, zur Azienda sanitaria locale, da bekommen Sie den Pass.«

»Eben nicht, da war ich schon. Die Pässe sind aus. Es kann sechs bis acht Wochen dauern, bis neue da sind. Was soll ich jetzt tun? Sie sagen ja selbst, ich kriege einen Heidenärger, aber es ist nicht meine Schuld! Können Sie mir nicht ein offizielles Papier ausstellen, damit ich keine Probleme kriege?«

»Madonnina!«, schnaufte Neri. »Seit wann leben Sie in Italien?«

»Seit vierundfünfzig Jahren. Ich bin in Neapel geboren.«

»Wie schön. Na, dann wissen Sie ja, wie's läuft. Beziehungsweise dass nichts läuft. Das macht unser Italien ja so liebenswert. Am besten, Sie bleiben mit dem Hund zu Hause oder fahren ans Meer. Wenn wir Carabinieri uns auch noch um diesen ganzen Kram kümmern müssten, hätten wir ja viel zu tun. Buonasera, Signora.« Er legte auf.

Kopfschüttelnd ging Neri in seinem Büro auf und ab. Es war doch nicht zu glauben, wegen welcher Lappalien die Leute bei den Carabinieri anriefen. Weil ein Köter nicht verreisen konnte! Da hatte er ganz andere Sorgen.

Neri beschloss, vorzeitig Feierabend zu machen. Schließlich lag seine Schwiegermutter im Krankenhaus, und niemand wusste, ob er dienstlich oder privat unterwegs war. Mirco war schon vor zwei Stunden wegen angeblich anhaltender Kopfschmerzen gegangen, aber Neri ging davon aus, dass er seine kleine Tochter aus dem Kindergarten abholen und zur Oma nach San Giovanni bringen wollte, um dann in Ruhe Fußball gucken zu können.

Neri schloss Fenster und Türen und verließ die Carabinieri-Station.

Nur mit ihm konnten sie es machen, ihm tanzten alle auf dem Kopf rum. Und in letzter Zeit vor allem Gabriella.

Neri trug immer noch seine Uniform und kam um Viertel nach acht im Krankenhaus an. Er hatte Pecorino, Tomaten und Weißbrot dabei, alles Dinge, die Oma ausgesprochen gern aß.

Die Schwester winkte ihm schon, als er den Flur entlangkam. »Gut, dass Sie da sind«, sagte sie atemlos. »Ich wollte Sie schon anrufen, Ihrer Schwiegermutter geht es gar nicht gut. Vielleicht sollten Sie auch Ihrer Frau Bescheid sagen, dass sie herkommt.«

Neri reagierte überhaupt nicht, sondern ging schnurstracks in Omas Zimmer.

Oma lag mit geschlossenen Augen und weit geöffnetem Mund im Bett und röchelte. Sie hing am Tropf und bewegte sich nicht, reagierte auch nicht, als Neri ihre Hand nahm.

»Oma«, sagte er leise, aber bestimmt, »ich bin's, Donato. Kannst du was sagen?«

Sie reagierte noch nicht mal mit einem Wimpernschlag.

»Bitte, öffne die Augen. Oder drück meine Hand. Mach irgendwas, damit ich weiß, dass du mich verstehst.«

Nichts passierte.

In dem Vierbettzimmer waren mindestens zwölf Verwandte bei den drei anderen Patientinnen und schrien durcheinander.

»Ich nehme an, dass sie nicht mehr bei Bewusstsein ist«, meinte die Schwester leise.

»Sie nehmen an, Sie nehmen an!«, regte sich Neri jetzt auf. »Rufen Sie einen Arzt, aber sofort!«

»Der Arzt ist nicht mehr auf Station.«

»Dann rufen Sie ihn zu Hause an und sagen Sie ihm, er soll herkommen, aber ganz schnell! Dies ist ein verdammter Notfall und eine dienstliche Anordnung!«

Neri wusste, dass er dazu gar nicht befugt war, aber es war ihm egal.

»Ich kann ja mal versuchen, den Arzt zu erreichen, der Nachtdienst hat. Aber der ist für fünf Stationen zuständig, das könnte eventuell einen Moment dauern«, hauchte die Schwester eingeschüchtert.

»Machen Sie, was Sie wollen, aber wenn hier nicht innerhalb von fünf Minuten ein Arzt erscheint, gibt's fürchterlichen Ärger. Nicht nur für Sie, auch für den Arzt und das ganze Krankenhaus!«

Neri wusste, dass handfeste Drohungen in Italien entweder nach vorn oder nach hinten losgingen. Die Leute erstarrten, ignorierten die Drohung, vergaßen sie und taten gar nichts mehr – oder aber sie setzten Himmel und Hölle in Bewegung.

Die Schwester stürzte aus dem Zimmer.

Neri stand auf und sagte zu den anwesenden Besuchern: »Bitte, verlassen Sie sofort den Raum! Alle! Der Arzt kommt gleich, ich hoffe, dass Sie, wenn er da gewesen ist, wieder hereinkönnen.«

Niemand protestierte, alle verließen das Krankenzimmer, die Patientinnen aßen und sahen interessiert zu Oma hinüber, die sich immer noch nicht regte.

Als Ruhe war und Neri einfach nur Omas faltige Hand hielt und ganz sanft streichelte, machte sie plötzlich die Augen auf.

»Madonnina«, sagte sie leise und sah ihn an.

Er wollte gerade etwas sagen, als sie einen tiefen Atemzug machte, und ihr Ausatmen hörte sich an wie ein Seufzen.

Dann wurden ihre Augen starr.

Neri konnte es nicht fassen, dass er in diesem Moment keine Schwiegermutter mehr hatte, und es tat ihm unendlich leid. Jahrelang hatte sie in seinem Haus gewohnt und war ihm erheblich auf die Nerven gegangen, aber jetzt empfand er ein tiefes Gefühl für sie und versuchte die Tränen hinunterzuschlucken.

»Ciao, Nonna«, flüsterte er und strich ihr sanft über die Wange.

Nur wenige Minuten später kam die Schwester mit einem Arzt herein.

»Zu spät«, sagte Neri, »sie ist soeben gestorben. Aber danke, dass Sie gekommen sind.«

Dann ging er zur Tür. »Ich komme morgen früh und regle alles Weitere.«

Er marschierte an den wartenden Besuchern vorbei und verließ das Krankenhaus.

Vor der Tür versuchte er, Gabriella zu erreichen, aber ihr Handy war ausgeschaltet.

Er sah auf die Uhr. Sie hatte gesagt, dass sie um diese Zeit noch beim Yoga sei, im centro benessere in Arezzo.

Neri suchte die Adresse und Telefonnummer in seinem Smartphone und wurde schnell fündig: In Arezzo gab es zwei Studios. Eines von Francesca Santini und eines von Daniele Comanducci. Er rief beide an.

Gabriella kannte dort niemand. Sie war in keinem von beiden jemals aufgetaucht.

24

Der Geruch von gebratenem Knoblauch stieg Leslie in die Nase, als sie die Wohnungstür aufschloss. René hat gekocht, dachte sie, das war wunderbar und schon ewig nicht mehr vorgekommen.

Sie spürte, wie sie schlagartig Hunger und gute Laune bekam.

»Hi!«, sagte sie, als sie in die Küche kam. Die Terrassentür stand sperrangelweit offen, René hatte von den Kochdämpfen ein knallrotes Gesicht. »Was machst du denn Schönes?«

»Eine Pasta-Kreation. Setz dich. Ist gleich fertig.«

Leslie setzte sich und zündete sich eine Zigarette an. Sie rauchte nur äußerst selten, aber jetzt war ihr danach.

René schenkte ihr ein Glas kühlen Weißwein ein und sich selbst einen schweren, roten Brunello.

»Gab's im Büro noch irgendetwas Wichtiges?«

»Nein. Gar nichts. Alles, was reingekommen ist, hab ich auf deinen Schreibtisch gelegt, aber es ist nichts Aufregendes und nichts Eiliges dabei.«

»Gut.« René vermengte Soße und Spaghetti in der Pfanne und füllte zwei Teller.

Leslie drückte ihre Zigarette aus.

»Guten Appetit!«, sagte er, als er die Teller hinstellte. »Lass es dir schmecken.«

»Danke.« Leslie lächelte. »Du hast schon wochenlang nicht mehr gekocht. Was ist los?«

»Ich hatte einfach keine Lust, essen zu gehen. Hier haben wir viel mehr Ruhe und können besser reden.«

Einen Moment aßen beide schweigend.

»Es schmeckt klasse.« Leslie sah ihren Mann an. »Was gibt's denn?«

René wand sich und wartete ein paar Sekunden. Dann sagte er: »Neuigkeiten in Sachen Charlotte. Ich nehme an, du hast heute noch keine Nachrichten gesehen?«

Leslie schüttelte den Kopf. Sie spürte, dass ihr schlecht wurde, konnte kaum noch schlucken und legte einen Moment ihre Gabel beiseite.

»Es gab heute eine außerordentliche Pressekonferenz, und da wurden Einzelheiten preisgegeben, die die Polizei bisher unter Verschluss gehalten hatte.«

»Und zwar?«

Er machte eine Pause, bevor er sagte: »Charlottes Hände waren hinter ihrem Rücken mit Kabelbindern gefesselt.«

Im ersten Moment reagierte Leslie gar nicht, aber René sah, wie blass sie wurde.

Dann sprang sie auf. »Nein!«, schrie sie. »Das ist nicht wahr! Wie soll das gehen? Wer hat das gemacht? Und warum?«

»Das ist ja gerade die Frage. Komm, setz dich wieder. Und darum hat die Polizei dieses Detail an die Öffentlichkeit gebracht, weil sie sich das alles nicht erklären kann.«

Leslie sank auf ihren Stuhl, stocherte lustlos in ihrem Essen herum und schwieg.

René aß langsam weiter. »Ich bin genauso fassungslos wie du.«

Nach einer langen Pause sah Leslie ihn an. »René, warst du in der Nacht, als Charlotte erschossen wurde, bei Tom?«

René tat überrascht. »Nein! Wie kommst du denn darauf? Nein, war ich nicht. Aber Tom hat mich angerufen. So gegen eins. Und er sagte mir, dass er im Dunkeln Charlotte erschossen hätte, weil er dachte, sie wäre ein Einbrecher. Und er sagte außerdem, dass er nicht allein im Haus gewesen, sondern mit einer Frau zusammen war, mit der er einen Quickie gehabt hatte, nichts Wichtiges. Aber er wollte mir ihren Namen nicht nennen.«

Der Stachel saß, aber Leslie verzog keine Miene.

»Das ist natürlich Blödheit, und ich kann es auch nicht nachvollziehen, denn diese kleine Schlampe könnte als Zeugin zu seinen Gunsten aussagen.«

Leslie konnte sich kaum noch beherrschen. »Und was sagte er noch am Telefon?«

»Nicht viel. Aber ich schlug ihm vor, obwohl ich viel zu viel getrunken hatte, ich komme sofort, warte auf mich, aber er meinte, nein, ist nicht nötig, er würde abhauen. Jetzt sofort, irgendwohin. Ich solle der Polizei sagen, dass er schon ein paar Tage verreist sei. Ich konnte kaum reagieren, so geschockt war ich. Außerdem drehte sich der Alkohol in meinem Kopf. Und dann ging alles sehr schnell. Ich wünschte ihm viel Glück, und er legte auf.«

»Warum erzählst du mir das alles erst jetzt?«

»Ich wollte nicht, dass irgendjemand von dem Telefonat erfährt. Wollte mich als sein Anwalt aus allem heraushalten.«

»Aber mir hättest du es doch sagen können!«

René zuckte die Achseln. »Ja, hätte ich. Aber ich hab mich nicht getraut. Entschuldige, aber ich hatte Angst, dass du dich verquatschst.«

Leslies Lippen waren wie ein Strich. »Ich könnte mich immer noch verquatschen.«

René sah sie mit großen Augen an. »Ja, natürlich. Aber jetzt ist alles anders. Jetzt wird Tom nicht mehr wegen Notwehr, sondern wegen Mordes gesucht. Und da müssen wir zusammenhalten.«

»Bitte, erklär mir das mit den Kabelbindern.«

»Das kann ich nicht. Das kann niemand. Weil es niemand versteht.«

»Aber wer soll das getan haben? Tom war es ganz sicher nicht.«

»Woher weißt du das?«, fragte René blitzschnell.

»Na, traust du ihm das zu?«, stotterte Leslie.

»Nein – aber wer zum Teufel soll es denn sonst gewesen sein?«

Beide schwiegen.

»Hast du Kontakt zu Tom?«, fragte Leslie.

»Sporadisch. Aber ich weiß nicht, wo er ist. Er sagt es mir nicht.«

»Was glaubst du, wo er ist?«

»Ich weiß es nicht, Leslie, ich weiß es wirklich nicht. In Lissabon sicher nicht. Das war unter Garantie eine Lüge, denn er ist in keinem Hotel abgestiegen. Die Polizei hat das überprüft.«

Leslie stand auf und ging zum Fenster. Sah schweigend auf die Stadt.

»Vielleicht ...«, René raufte sich die Haare und rieb sich das Gesicht, als hätte er einen juckenden Ausschlag, »vielleicht war das alles ja doch kein Zufall, Leslie ...«

Sie drehte sich abrupt zu ihm um. »Ach so. Du meinst, er hätte geplant, Charlotte umzubringen?« Sie lächelte kühl.

»Dann ist er ein Hellseher und hat gewusst, dass ihr Flug wegen schlechten Wetters ausfallen würde.«

Leslie stand auf und ging aus dem Zimmer. Von ihrer Pasta hatte sie kaum etwas angerührt.

Nur Sekunden später kam René in ihr Zimmer. »Bitte, Leslie, lass uns in Ruhe zu Ende essen und über alles reden, ja?«

»Was gibt's da noch zu reden?«

»Bitte, komm mit, das Essen wird kalt.«

Leslie folgte ihm schweigend.

»Tom ist ein Vollidiot«, sagte René, als sie wieder am Tisch saßen. »Warum sagt er mir nicht den Namen der Frau, mit der er zusammen war? Ich weiß nicht, warum er sich geniert oder warum er so stolz ist. Charlotte kann es ihm weiß Gott nicht mehr übel nehmen.«

Leslie schwieg noch immer.

»Es könnte natürlich auch sein«, sagte René nachdenklich, »dass er mit dieser Frau nicht nur einen Quickie geschoben, sondern eine Affäre hatte und dass die beiden gemeinsame Sache gemacht haben. Zu zweit ist das alles möglich. Mit den Kabelbindern und überhaupt. Gegen zwei Personen hatte Charlotte keine Chance, aber dann hängt Toms Geliebte jetzt mit drin. Und vielleicht sagt der edle Ritter nichts, um sie zu schützen.«

Leslie verzog das Gesicht. »Das ist die blödeste und absurdeste Geschichte, die ich je gehört habe. Tom hatte gar keinen Grund, Charlotte umzubringen.«

René grinste. »Tom tickt irgendwie schräg. Das wissen wir alle. Und ich finde diese Geschichte durchaus intelligent, denn bisher gibt es keinen, der sie durchschaut und sich auch nur annähernd vorstellen kann, was da abgelaufen ist. Weder die Polizei noch wir. Das ist schon clever. Chapeau!«

»Du hältst ihn also für Charlottes Mörder?«, fragte Leslie giftig. »Das glaubst du im Ernst?«

»Nein. Ich weiß nicht, was ich denken soll, Leslie, weil ich genauso wenig begreife wie die Polizei.«

»Was meinst du, was wäre in dieser Situation für Tom das Beste?«

»Dass er unauffindbar bleibt«, sagte René leise. »Er ist verdammt noch mal mein Freund, und ich will nicht, dass er ans Messer geliefert wird. Darum soll er um Himmels willen bleiben, wo er ist. Wo immer das auch sein mag. Er darf sich jedenfalls so schnell in Deutschland nicht mehr blicken lassen.«

Leslie räumte das Geschirr in die Spülmaschine, saß danach im Sessel, sah fern und wartete die ganze Zeit auf die Gelegenheit. Da René morgens die Zeit fehlte, duschte er meist abends, und kurz vor zehn war es endlich so weit.

»Ich geh duschen«, sagte er und ging ins Bad.

Leslie wusste, dass sie jetzt knapp zehn Minuten hatte, in denen er nichts hörte.

Als das Wasser zu rauschen begann, ging sie zur Garderobe. Sie brauchte nicht lange zu suchen. In seiner Jackettinnentasche fand sie ein Handy, das sie zuvor noch nie gesehen hatte. Ein billiges Teil, das sicher nicht mehr als 29 Euro gekostet hatte. Es war ausgeschaltet.

Sie schaltete es problemlos ein, denn es gab zum Glück keine PIN. Sie fand keine SMS im Speicher. Also drückte sie einfach die Wahlwiederholung. Eine Nummer erschien, das Handy wählte automatisch.

Noch rauschte die Dusche.

»Tom!«, flüsterte sie, als er abhob. »Ich bin's, Leslie. Ist alles okay mit dir?«

Tom bejahte, völlig perplex, dass Leslie ihn anrief.

»Pass auf, es ist etwas passiert, hier drehen alle durch.« Und dann erzählte sie Tom, der fassungslos zuhörte, von den Kabelbindern.

»Wie kann das sein?«, schrie er.

»Keine Ahnung, aber es ist wichtig, dass du jetzt bleibst, wo du bist, hörst du? Niemand weiß, wo du bist, und du darfst jetzt auf keinen Fall zurückkommen. Verstehst du?«

Oben auf der Galerie stand René im Bademantel. Das Wasser rauschte. Jedes Wort, das sie sagte, konnte er problemlos verstehen.

Dann ging er leise zurück ins Badezimmer.

Nur Sekunden später hörte sie, dass das Wasser ausgeschaltet wurde. »Ich ruf dich wieder an«, hauchte sie ins Handy und legte auf.

25

Auf Wunsch von Gabriella wurde Oma zu Hause in ihrem Zimmer in Ambra aufgebahrt. Sie lag mit gefalteten Händen auf ihrem Bett und war vom Bestatter sorgfältig frisiert und geschminkt worden, trug ihre beigefarbene Festtagsbluse, die sie in den vergangenen Jahren immer zu Weihnachten und Ostern, zu sämtlichen Kommunionen, Taufen, Hochzeiten und besonderen Geburtstagen angezogen hatte, und ihren grauen Rock, der in den letzten Monaten viel zu weit geworden war. Darüber ihre geliebte Häkeljacke, die sie jeden Tag angehabt hatte, auch bei fünfunddreißig Grad im Schatten.

Alle Achtung, Oma, dachte Neri, als er vor ihr stand, du siehst ja richtig gut aus. Und es gelang ihm nicht, sich darüber zu freuen, dass sie nun zum allgemeinen Geschehen ihren Senf nicht mehr dazugeben konnte.

Gabriella rannte mit ungeschminktem, verheultem Gesicht durchs Haus, schüttelte Hände, umarmte unzählige Personen, die Neri noch nie in seinem Leben gesehen hatte, nahm Beileidsbekundungen entgegen, weinte unentwegt und bewirtete diejenigen, die an Omas Bett saßen und sich lautstark darüber unterhielten, was sie doch für ein schweres Leben gehabt hatte und dass sie eine so tapfere Frau gewesen war.

Je mehr sie davon hörte, desto stärker weinte Gabriella.

Neri, dem das allmählich alles erheblich auf die Nerven ging, organisierte unterdessen die Beerdigung am nächsten Nachmittag um fünfzehn Uhr und fand den Gedanken unerträglich, dass Oma bis dahin wohl noch in ihrem Bett liegen sollte.

Aber vielleicht wollte Gabriella ja auch die ganze Nacht Totenwache halten.

Gegen zweiundzwanzig Uhr reichte es ihm. Nirgends konnte er in Ruhe sitzen und ein Bier oder ein Glas Wein trinken, sein Haus war voller Menschen, die auf ihn einredeten, ihm alles Gute wünschten und um eine alte Frau trauerten, die sie vielleicht vor fünf Jahren zum letzten Mal auf dem Marktplatz gesehen hatten.

In die Bar in Ambra konnte er nicht gehen. Das sah nicht gut aus, am Abend der Totenwache verließ man als nächster Angehöriger einfach nicht das Haus. Also setzte er sich ins Auto und fuhr hoch in die Berge nach Cimessa. Dort, wusste er, gab es eine kleine Trattoria, in der man fast rund um die Uhr Crostini und einen guten vino sfuso, den offenen Hauswein, bekommen konnte.

Tiziano war im Stress. Alle Tische waren besetzt. Matilda, eine Köchin aus Castelnuovo Berardenga, kochte mit hochrotem Kopf Berge von Pasta, schmierte Crostini und belegte gemischte Vorspeisenplatten, Tiziano rannte hin und her, nahm Bestellungen auf, brachte Wein, Wasser, Bier, servierte Speisen, kassierte, räumte die Tische ab und schüttelte die Tischdecken aus.

Als Tiziano seinen alten Freund Donato Neri die Dorfstraße entlang und auf seine Trattoria zukommen sah, ging ein Strahlen über sein Gesicht, und er breitete die Arme aus.

»Donato! Wie schön, dich zu sehen! Ich hab gehört, dass deine Schwiegermutter gestorben ist, das tut mir leid. Wann ist denn die Beerdigung?«

»Morgen um drei.«

»Wenn ich es schaffe, komme ich.«

»Danke, Tiziano. Hast du noch irgendwo einen Platz für mich?«

»Aber sicher.« Tiziano lief ins Haus, schleppte einen zusätzlichen kleinen Tisch neben die anderen auf der Straße, anschließend noch zwei Stühle und sagte: »Bitte, nimm Platz. Was kann ich dir bringen?«

»Eine Karaffe von deinem Hauswein und ein paar Crostini.«

»Va bene. Mezzo litro?«

»Sì.« Neri nickte. »Per favore.«

Tiziano verschwand wieder im Haus.

Neri entspannte sich augenblicklich. Dieses winzige Cimessa hoch oben in den Bergen war ein Ort der Ruhe. Hier konnte man alles vergessen und den Abend genießen. In seinem Haus tobte die Totenhölle, der Trubel, der morgen mit der Beerdigung auf ihn zukam, war wahrscheinlich noch schlimmer, aber jetzt konnte er ein wenig abschalten und nachdenken.

Gabriella und er waren im Moment im Ausnahmezustand. Alles drehte sich um Oma. Es hatte gar keinen Zweck, sie zu beobachten oder zur Rede zu stellen, wo sie wirklich gewesen war, wenn sie vorgegeben hatte, beim Yoga zu sein … Er musste warten, bis der Alltag wieder eingekehrt war und sie sich weiterhin merkwürdig benahm oder ihn anlog.

Aber er spürte, dass etwas im Busche war, und es gab ihm einen Stich ins Herz.

Seine Gabriella. Die mit ihm bis ans Ende dieser kleinen italienischen Welt gegangen und das Leben in Ambra stoisch ertragen hatte, aber der er in all den Jahren nie den sehnlichsten Wunsch hatte erfüllen können, nämlich nach Rom, in ihr über alles geliebtes Rom, zurückzukehren.

Und jetzt war sie dabei, ihm wegzulaufen. Vielleicht hatte sie einen Römer kennengelernt, in dessen weit offene Arme sie sich nur fallen lassen musste, um das biglietto für die Rückfahrt zu bekommen und endlich in Rom ein ganz anderes und neues Leben zu beginnen.

Neri zog sich das Herz zusammen, und ihm wurde übel. Wenn Gabriella ihn verließ, war alles aus.

Das Leben und Arbeiten in Ambra war nicht einfach, aber ohne Gabriella ergab es überhaupt keinen Sinn mehr.

Und Gianni wohnte weit weg in Siena und kam immer seltener zu Besuch. Ob er immer noch den Wunsch hatte, auch die Polizeilaufbahn einzuschlagen, wusste Neri gar nicht, er hatte ihn schon ewig nicht mehr danach gefragt.

Irgendetwas in seinem Leben war total falsch gelaufen.

»Donato«, sagte Tiziano, der an Neris Tisch getreten war, »hast du etwas dagegen, wenn ich diesen Gast an deinen Tisch setze?«

»Aber überhaupt nicht!« Ein sympathischer, durchaus attraktiver Mann in mittleren Jahren stand vor ihm und hatte den zweiten Stuhl an seinem kleinen Tisch schon in der Hand.

»Prego«, sagte Neri und machte eine einladende Geste.

Tom bedankte sich lächelnd mit einem Kopfnicken und setzte sich.

Tiziano ging zurück in die Küche.

»Buonasera«, sagte er, und auch Neri antwortete mit einem freundlichen: »Buonasera.«

Eine ganze Weile sagte keiner der beiden etwas.

Doch als Tiziano Neri die Crostini und den Wein brachte, bestellte Tom dasselbe: »Per me la stessa cosa, per favore.«

Neri hörte an seinem Akzent, dass der Mann an seinem Tisch kein Italiener war, und er sah auch alles andere als italienisch aus, aber ihm imponierte es, dass dieser Tourist offenbar versuchte, die Sprache fehlerfrei zu sprechen.

»Sie können aber sehr gut Italienisch«, begann Neri daher ein Gespräch. »Machen Sie hier Urlaub?«

»Ja und nein«, antwortete Tom lächelnd, suchte in seinem Kopf die paar Vokabeln zusammen, die ihm zur Verfügung standen, und versuchte Sätze und Antworten zu bauen. »Ich bin hier wegen der Ruhe und will malen. Hier ist es wunderschön.«

»Oh! Sie sind Maler?«

»Ja.«

»Was malen Sie denn vorwiegend?«

»Sachen, Dinge … äh … adesso mi manca la parola giusta.«

»Natura morta?«, riet Neri.

»Ja. Genau. Stillleben. Und jetzt will ich die Natur malen. Hier sind jeden Tag andere Farben, andere Situationen, andere Gefühle.« Er grinste ein wenig verlegen. »Ich bin Tom.«

»Donato«, meinte Neri und reichte ihm über den Tisch die Hand. »Piacere.«

»Piacere.«

Tiziano brachte nun auch Toms Crostini.

»Wo haben Sie Italienisch gelernt?«

»In einer Schule in Deutschland. Einfach nur so. Und mit meiner Frau war ich oft in Italien: Capri, Sardinien, die Amalfiküste, Rom, Florenz, Venedig … Es war überall wunderschön.«

»Ja, Rom ist ein Traum! Und wo ist Ihre Frau jetzt?«

»Sie muss arbeiten.« Tom lachte leise auf, und auch Neri grinste.

»Das verstehe ich.«

»Wohnen Sie auch hier in Cimessa?«

»Nein, in Ambra. Ich bin dort Carabiniere.«

»Oh!« Tom verschlug es die Sprache. Der erste Mensch, den er in Italien traf und mit dem er sich unterhalten konnte, war der zuständige und ortsansässige Carabiniere. Porca miseria!

»Interessant. Ich hab noch nie mit einem Carabiniere gesprochen.«

»Und ich noch nie mit einem Kunstmaler …«

Eine Weile sagte keiner etwas.

Was für eine himmlische Ruhe, dachte Neri. Hier zirpten die Grillen, wach gehalten durch das warme, gelbe Licht der Straßenlaternen auf der Dorfstraße, während zu Hause Geschrei und Geheule herrschten, nur weil eine arme alte Frau tot im Schlafzimmer lag, die einmal seine Schwiegermutter gewesen war. Ihren Frieden würde sie wirklich erst haben, wenn sie unter der Erde war.

»Wollen wir noch einen halben Liter bestellen?«, fragte Neri. »Ich lade Sie ein, weil es so ein schöner Abend ist und ich noch nicht nach Hause will.«

»Ja, gerne.«

Neri bestellte.

»Probleme?«, fragte Tom.

»Nein, nein. Aber im Moment ändert sich bei uns im Haus einiges, und darum ist es ein bisschen ungemütlich.«

Beide schwiegen eine Weile.

»Wo kommen Sie her?«, fragte Neri.

»Aus Hamburg.«

»Ah, sì. Una bella città«, sagte Neri höflicherweise.

»È vero. Aber leider kein guter Fußballverein.«

Neri zuckte mit den Achseln. »Hier in der Gegend auch nicht. Aber ich bin Juve-Fan.« Seine Miene verfinsterte sich, als er an das verpasste Spiel dachte.

»Forza Juve!«, sagte Tom grinsend und hob die Faust.

»Forza Hamburgo!«, konterte Neri, hob ebenfalls die Faust, und sie tranken darauf.

Nach einer weiteren Stunde war alles ausgetrunken und bezahlt, Neri versuchte Haltung zu bewahren, schließlich musste er noch fahren.

»Buonanotte, Tom«, sagte er schleppend, »wie lange bleibst du noch hier?«

»Keine Ahnung. Vielleicht eine Woche, vielleicht sechs Monate.«

»Hoffen wir Letzteres. Ciao.«

»Ciao, Donato. Wir sehen uns.«

»Ganz sicher.«

»Forza Juve!«

»Forza Hamburgo!«

Die beiden Männer klopften sich gegenseitig auf die Schultern. »Und danke für den Wein.«

»Buonanotte.« Neri ging zu seinem Auto und spürte Toms Blicke in seinem Rücken. Er war sich nicht sicher, ob er wirklich genau geradeaus gelaufen war.

26

Tom bestellte sich noch einen Grappa.

Die Trattoria leerte sich, nur noch zwei Pärchen saßen an zwei Tischen und unterhielten sich im Flüsterton.

Es war immer noch heiß, Tom schätzte die Lufttemperatur auch jetzt um Mitternacht noch auf achtundzwanzig Grad.

Er stellte sich vor, dass in Hamburg sicher ein kalter Wind um die Häuser fegte, der bereits den Herbst ankündigte und die Menschen frustrierte, die noch auf zwei Monate Sommer gehofft hatten.

In dieser wunderbaren Nacht vermisste er Charlotte so sehr, dass es schmerzte, und er dachte an Leslies Anruf.

René war ein mieses, dreckiges Schwein. Nur er konnte Charlotte die Kabelbinder angelegt haben. Dabei hatte Tom immer gedacht, René wäre sein bester Freund, ein Kumpel, mit dem man Pferde stehlen konnte, einer, der mit ihm durchs Feuer und durch dick und dünn gehen und sein letztes Hemd mit ihm teilen würde. Aber das war ja wohl ein Irrtum. Wie kam René nur dazu, so etwas zu tun? Tom konnte es einfach nicht verstehen. Anstatt ihm zu helfen, hatte er offensichtlich die tote Charlotte noch in der Nacht gefesselt, nur um ihm, Tom, zu schaden. Um ihn reinzulegen und ihn fertigzumachen.

Sein Puls raste, so wütend war er.

Als er es nicht mehr aushalten konnte, bezahlte er den Grappa und beschloss, noch einen kleinen Spaziergang durch das nächtliche Dorf zu machen.

Im Weggehen hörte er, dass auch die beiden Paare bezahlten. Unmittelbar darauf startete ein Wagen und fuhr davon, das zweite Pärchen hatte sich in einem Zimmer direkt über der Trattoria eingemietet.

Das Lokal war jetzt leer, Tiziano schob Tische und Stühle zusammen, ging ins Haus, schloss die Tür ab, und dann war Ruhe im Dorf.

Es gab hier in Cimessa ja nur zwei Straßen. Tom ging über die Piazza, an der Kirche vorbei, über deren Tür »D.O.M«, Deo optimo maximo, dem größten Gott, geschrieben stand, und dann die Straße entlang, die sich links von der Piazza abgabelte und hoch in die Berge führte. So wie die Straße, in der er wohnte, die rechts von der Piazza begann und auf der man über den gegenüberliegenden Berg ins nächste Tal gelangen konnte.

Außer ihm war niemand mehr unterwegs, nicht mal ein räudiger Köter oder eine Katze, die verängstigt von einer Straßenseite zur anderen huschte.

Aber etwas war anders und ließ einen wenigstens eine Spur von Leben spüren: Die Fensterläden und Fenster, die während der Hitze des Tages ständig fest geschlossen waren, standen offen, und ein paar Geräusche drangen aus den Häusern, als er an ihnen vorbeiging. Stimmen aus einem Fernseher tönten aus einem dunklen Zimmer, und die wechselnden Lichter des Bildschirms flackerten bis auf die Straße.

Zwei Häuser weiter schnarchte ein alter Mann, in einem anderen schimpfte leise eine Frau, aber Tom konnte nicht verstehen, mit wem sie sich stritt und worum es ging.

Plötzlich regte sich ein leichter Wind, der sich anfühlte wie ein sanft eingeschalteter warmer Föhn, und Tom ließ einen Moment seinen Kopf in den Nacken fallen, um ihn noch deutlicher zu spüren.

Dann ging er weiter.

Kurz vor dem Ortsausgang lag ein Haus mit einem extrem gepflegten Garten. Tomaten, Gurken, Paprika und Zucchini wucherten geradezu. Es wirkte idyllisch gegenüber den vielen anderen, vor deren Türen nur zugestaubte Olivenbäume, verbranntes Gras und armselige Hortensien, die in der großen Hitze die Blätter hängen ließen, langsam vertrockneten.

Hier wohnte wohl jemand, der sich jeden Tag liebevoll und intensiv um die Pflanzen kümmerte.

Eine kleine Lampe leuchtete mit schwachem Licht in die Nacht.

Tom setzte sich auf einen großen Stein am Straßenrand. Das hier, dieses verschlafene Nest ist jetzt dein Zuhause, dachte er. Mit dieser primitiven Hütte, in der du haust, mit den Menschen, die sich kaum blicken lassen, die du nicht verstehst und die dich nicht verstehen, mit den armseligen Häusern, an denen der Schimmel in die Mauer zieht und der Putz von der Wand fällt. Dieses Dorf, in dem jeder Tag gleich ist, in dem es keine Überraschungen, keine Freude, keine Feste, keine Höhepunkte und keine Niederlagen gibt. In dem man nur auf die Straße geht, um den Müll zur Tonne zu bringen. Und einmal im Monat kommt ein Pfarrer und liest eine Messe.

Was für ein Leben!

Er blieb sitzen und versuchte, es zu verstehen.

Irgendwann, er war eine Weile eingenickt, ging er zurück ins Dorf.

Direkt über Tizianos Trattoria hörte er wispernde, beinah flirrende Stimmen, deren leise Worte in der Luft zu schweben und im Moskitonetz zu hängen schienen, ein kurzes Auflachen, dann ein Stöhnen, das lauter wurde und immer mehr anschwoll, und ab und zu das profane Schaben eines Holzbettes über Mattonifliesen …

Tom konnte sich nicht vom Fleck rühren, obwohl er am liebsten geflohen wäre.

Der Mann grunzte und presste den Atem aus den tiefsten Tiefen seines Kehlkopfes, bis die Frau leise, mühsam unterdrückte Schreie von sich gab. Nur wenig später das lauter und schneller werdende Stöhnen des Mannes, das schließlich in einem undefinierbaren Geräusch, das wie ein mehrmaliges verzweifeltes, lautes Seufzen klang, sein Ende fand.

Das war das Pärchen in dem Zimmer über der Trattoria.

Er hielt es kaum aus.

Zwei Häuser weiter war ein Abbruchhaus. Es wunderte ihn, dass eine Kerze im Fenster flackerte, denn er hatte sich nicht vorstellen können, dass in diesem Haus überhaupt noch jemand wohnte.

Auf der Piazza setzte er sich auf die kleine Bank direkt unter der großen Kastanie.

Was – zum Teufel – hatte er hier verloren?

Das Gefühl der unendlichen Einsamkeit, das ihn in diesem Moment überschwemmte, kam mit einer solchen Wucht, war wie ein stechender Schmerz und absolut existenziell. Über ihm brach die Welt zusammen. Er hatte keine Heimat, keine Zuflucht, keinen Menschen mehr, schwebte haltlos in der Unendlichkeit, die ihm wie ein schwarzes, abstoßendes und beängstigendes Nichts erschien.

Und was das Schlimmste war: Sie suchten ihn wegen Mordes.

Er stand auf, lehnte sich an den rissigen Stamm des uralten, gewaltigen Baumes, als könnte die Berührung ihm Trost spenden, aber sein Innerstes blieb leer, und trotz der Hitze der Nacht begann er zu frieren.

Schließlich waren es nicht die Lust oder die Erinnerung an die Geräusche, die er gehört hatte, die ihn dazu trieben, sich in den Schatten der Kastanie zu drücken und mit dem Gesicht zur brüchigen Mauer des Pfarrgartens seine Hose aufzuknöpfen und sich anzufassen. Es war der Drang, sich zu spüren, wenigstens ein paar Sekunden mit sich ins Reine zu kommen und zu vergessen, dass er sich vollkommen verloren hatte.

Er vergaß auch Cimessa und die Möglichkeit, dass ihn jemand sehen oder beobachten könnte. Es war ihm gleich. Er fühlte sich besser, immer und immer besser, bis er schnell und vollkommen lautlos wenigstens einen Augenblick Erlösung fand und daran glaubte, die Kraft zu finden, auch diese Nacht durchzustehen.

Als er Sekunden später wieder zu sich kam, hörte er ein raschelndes Geräusch an der Westseite der Kirche, von wo aus man direkt auf die Kastanie sehen konnte. Ein Stein hatte sich gelockert und rollte die Dorfstraße hinunter.

Er bildete sich ein, einen Schatten gesehen zu haben, der unmittelbar danach hinter der Kirchenecke verschwand.

Langsam ging er den Weg hinauf. Zurück in sein einsames Haus.

27

Als Neri nach Hause kam, saß Gabriella allein im Wohnzimmer und war im Sessel eingenickt. Die »Klageweiber«, wie Neri die beileidsbekundenden Nachbarinnen insgeheim nannte, waren weg.

Erleichtert ließ er sich ebenfalls in einen Sessel fallen, und Gabriella schreckte hoch.

»Schon gut, ich bin's nur«, sagte Neri, »endlich Ruhe und himmlischer Friede im Hause Neri.«

Gabriella setzte sich aufrechter hin und rieb sich die müden und verweinten Augen.

Sie gähnte. »Ich geh ins Bett. Morgen wird's schlimm.«

»Einen Moment noch, Gabriella, dauert nicht lange, ich bin auch müde, aber ich will dich was fragen.«

Gabriella seufzte.

»War Gianni hier?«

»Nein. Aber er weiß Bescheid, ich hab ihn angerufen, und er kommt morgen. Wahrscheinlich schon im Laufe des Vormittags.«

»Und Oma? Ist sie noch da?«

Gabriella riss die Augen auf. »Ja, was glaubst du denn? Glaubst du, sie ist aufgestanden und zu Silena gegangen, um im Weißwein zu ertrinken? Sie ist tot, Neri, so tot, wie man überhaupt nur sein kann.«

»Ich weiß, meine Liebe, ich weiß. Schließlich war ich im Gegensatz zu dir dabei, als sie gestorben ist, und hab Händchen gehalten. Dir war Yoga ja wichtiger, als in den letzten Stunden bei deiner Mutter zu sein, obwohl du ganz genau wusstest, wie dreckig es ihr ging.«

Gabriella schwieg zu dem Vorwurf.

»Ich dachte nur«, fuhr Neri ungerührt fort, »Ivo, der Bestatter, hätte sie vielleicht doch schon geholt und für morgen fertig gemacht.«

»Nein. Sie liegt friedlich entschlafen in ihrem Bett, und da bleibt sie auch bis morgen. Außerdem ist sie komplett hergerichtet. Schöner kann man für eine Beerdigung nicht sein.«

Die unterschwellige Aggression zwischen den beiden war deutlich.

»Noch irgendwas? Ich würde nämlich gerne ins Bett gehen, wenn du gestattest.«

Gabriella erhob sich, aber Neri drückte sie in den Sessel zurück.

»Moment. Ich bin noch nicht fertig. Als Oma gestorben ist, habe ich sofort versucht, dich zu erreichen.«

Er machte eine Pause, wartete, aber Gabriella reagierte nicht.

»Dein Handy war ausgeschaltet, also hab ich die beiden Yogastudios in Arezzo angerufen. Man kennt dich da gar nicht, man hat dich noch nie im Leben gesehen.«

Pause. Gabriella reagierte immer noch nicht.

Neri ging quer durch den Raum zum Barschrank, nahm eine Flasche heraus, goss sich einen Grappa ein und sah seine Frau an. »Wo warst du, verdammt? Wo warst du zweimal in der Woche seit zwei Monaten? Ich will es jetzt wissen,

Gabriella, die ganze Wahrheit, noch heute Nacht. Jetzt, wo Oma weg ist, ändert sich bei uns vieles, dann kann sich meinetwegen auch gleich alles ändern.«

Gabriella zog die Beine im Sessel an, starrte auf den Boden und sah unendlich traurig aus. Fast tat sie ihm leid.

Dann sagte sie schleppend: »Wenn Oma nicht gestorben wäre, wäre es vielleicht niemals rausgekommen.«

»Was?« Neri spürte, wie ihm kalt wurde und sich ihm die Nackenhaare sträubten.

»Donato …« Gabriella musste all ihren Mut zusammennehmen, um zu sagen: »Donato, ich habe vor zwei Monaten auf einem Dorffest in Rappale Samuele kennengelernt. Du wolltest an dem Abend nicht mit, hattest keine Lust oder Dienst oder was weiß ich. Keine Ahnung, aber ich hab ihn halt kennengelernt, wir haben uns den ganzen Abend unterhalten und uns richtig gut verstanden.«

Neri hatte das Gefühl, schreien zu müssen.

»Na, jedenfalls haben wir uns von da an öfter getroffen. Und da hab ich halt das mit dem Yoga erfunden.«

»Turnen ist schließlich turnen«, meinte Neri bitter.

»Ja, vielleicht«, sagte Gabriella ernst und ging bewusst auf die Schlüpfrigkeit nicht ein, »aber es war – oder es ist – mehr als das.«

»Oh mein Gott!« Neri sank auf einen Stuhl. »Was ist er? Was macht er? Kenne ich ihn?«

»Kann sein, kann auch nicht sein. Er ist Architekt und Geometer und hilft reichen Ausländern, Ruinen zu sanieren oder komplett neu aufzubauen. Einsame Bruchbuden, die uns Italiener nicht interessieren.«

»Da ist er ja in den Geldtopf gefallen.«

»Kann sein.«

Neri fühlte sich wie ein Roboter, der darauf programmiert war, Fragen zu stellen, die er eigentlich gar nicht aussprechen wollte. »Und, wie soll das weitergehen? Was willst du, Gabriella? Willst du dich scheiden lassen, alles aufgeben, was wir uns erarbeitet haben, und mit diesem Ruinenbauer zusammenleben?«

»Ich weiß es nicht, Neri, ich weiß es wirklich nicht. Ich bin völlig zerrissen, denke jeden Tag anders.«

»Ach Gott, du Arme. Da kommen mir die Tränen. Zieht einen Liebhaber an Land und kriegt die Sinnkrise. Aber mit dem Vögeln gibt's keine Probleme?«

»Neri«, sagte Gabriella im Flüsterton, »tesoro, versteh mich doch … Ich hab mich verliebt, ich konnte gar nichts dagegen tun, nach dreißig Jahren ist mir das noch mal passiert, ich … ich ging wie auf Wolke sieben, fühlte mich wie zwanzig. Plötzlich war da jemand, der was von mir wollte, der mich begehrte, der mich schön fand … Aber ich weiß nicht, ob es die Realität oder nur ein kurzer schöner Traum ist.«

Neri fühlte sich, als hätte man bei ihm eine Herzoperation bei vollem Bewusstsein durchgeführt. Er hatte nicht die geringste Lust, Gabriellas romantische Gefühle nachzuvollziehen, zu verzeihen oder zu ertragen.

»Gut«, sagte er daher kalt, und seine Stimme klang wie ein schepperndes Mikro, »dann liegen ja jetzt die Karten auf dem Tisch. Die Nacht ist lang, du hast noch Zeit zum Packen. Morgen Abend seid ihr, Oma und du, aus diesem Haus verschwunden. Du bringst Oma zum Friedhof und ziehst dann ab zu deinem Landvermesser. Und lässt dich hier nicht wieder blicken, bis wir mit unseren Anwälten alles geklärt haben. Va bene, cara?«

»Cara« hörte sich an wie: Du mieses Stück.

»Va benissimo, Comandante«, gab Gabriella im gleichen Tonfall zurück.

Neri ging hinaus, ohne sie noch einmal anzusehen, und schmiss die Tür mit solcher Wucht ins Schloss, dass ein gerahmtes Bild, das den kleinen Gianni im Planschbecken zeigte, von der Wand fiel.

28

Es gab keine Vorhänge in dem Haus, und jeden Morgen, wenn die Sonne gegen sechs über die Berge kroch und direkt auf sein Bett schien, wachte Tom auf.

Er fühlte sich elend, weil er nicht mehr schlafen konnte und nicht wusste, was er machen sollte. Die Tage waren so unendlich lang. Nahmen gar kein Ende, während sie ihm früher unbemerkt unter den Händen zerflossen waren. Kaum war er aufgestanden, war schon wieder Abend, kaum hatte der Frühling begonnen, war schon wieder Herbst, dachte er an eine Begebenheit in der Vergangenheit, lag sie plötzlich schon fünf Jahre zurück … Aber hier schien die Zeit stillzustehen, und er wusste nichts mit ihr anzufangen. Selbst das Malen bedeutete ihm komischerweise kaum noch etwas. Schon unzählige Male hatte er versucht, flirrendes Licht der Abendstimmung über den Hügeln, Olivenbäume, deren Blätter in der Sonne silbern glitzerten, pastellfarbene Töne, wenn die Sonne allmählich hinter den Bergen auftauchte oder sich eine gewittrige Stimmung über das Land legte, einzufangen, aber es war ihm nicht gelungen.

Das Land schien auf jedem seiner Bilder im Grau, im Nebel und in dumpfer Farblosigkeit zu versinken.

Er konnte nichts dagegen tun.

Langsam erhob er sich und stand widerwillig auf. Es war besser, als liegen zu bleiben, wenn er wieder einnickte und die Albträume hinter ihm herjagten. Im hellen Licht konnte er klarer denken.

Das ist Einsamkeit, dachte Tom. Jetzt weiß ich es, so fühlt es sich an.

Er schleppte sich ins Bad. Kurz nach dem Aufstehen schmerzten seine Knochen, und er konnte kaum laufen. Manchmal machte ihm das Angst. Früher war er aufgesprungen und hatte gar nicht gewusst, dass er so etwas wie Knochen überhaupt hatte.

Nach dem Zähneputzen und einer kurzen, kühlen Dusche fühlte er sich besser.

Der Kaffeeautomat rülpste, er nahm sich einen Apfel und setzte sich auf den Portico, um zu überlegen, was er heute machen würde.

Er hatte absolut keine Idee.

Bis er wie jeden Tag gegen neun René anrufen konnte, waren es noch gut zwei Stunden. Zwar hatte René fast nie etwas Neues zu berichten, natürlich nicht, denn allmählich wurde ihm klar, dass er irgendein fieses Spiel mit ihm trieb … Aber auch wenn er René hasste – Tom brauchte dieses tägliche Gespräch. Es war wenigstens eine Verbindung zu seiner gewohnten Welt und half ihm dabei, ein wenig Informationen zu bekommen und weiter zu hoffen. Obwohl es eigentlich keine Hoffnung mehr gab.

Leslie, dachte er, bitte ruf mich wieder an …

Tom ließ alle Fenster und Türen offen, hatte nur seinen Kaffeebecher in der Hand und ging durchs Dorf.

Er setzte sich auf die Bank unter der Kastanie.

Vögel schrien, als hockten sie in ihren Nestern und forderten Futter.

Der Jasmin blühte und duftete süßlich, gleichzeitig wehte der Duft von gebratenen Zwiebeln über die Piazza.

Was ist das denn?, dachte Tom und sah auf die Uhr. Kurz vor sieben, und irgendjemand beginnt bereits Zwiebeln fürs Mittagessen anzuschwitzen. Der muss doch nicht ganz dicht sein!

Er streckte die Beine aus und schloss die Augen.

In der Küche seiner Mutter hatte es auch schon immer morgens um sieben nach Zwiebeln gerochen, wenn sie das Gulasch anbriet. Als Kind war ihm dabei übel geworden, jetzt wehte ein Hauch von Heimat durch seine Gedanken, und er gab sich ihnen hin.

Als er die Augen wieder aufschlug, sah er eine Gestalt, im Schatten der Kastanie an die Mauer gedrückt. Sie war von Kopf bis Fuß in Stoffe und Tücher gehüllt, selbst die Hände steckten in Handschuhen, vor dem Gesicht hing ein Schleier, und außerdem trug sie eine tiefdunkle Sonnenbrille. Unbeweglich stand dieses Monster da und starrte ihn augenscheinlich an.

Langsam drehte es sich um und wandte sich ab.

Noch nie hatte Tom ein so merkwürdiges Wesen gesehen. Selbst jetzt am frühen Morgen musste man unter den vielen Kleidern, Stoffen und Tüchern ja fast verrückt werden, wenn kein bisschen Luft an den Körper kam.

Die Gestalt kroch langsam die Straße hinauf, duckte sich in den Schatten der Häuser und verschwand in dem Abbruchhaus.

In sämtlichen Fenstern des Hauses wurden nach und nach die Rollläden heruntergelassen, bis das Haus vollkommen unbewohnt und verlassen aussah, so wie Tom es auch immer empfunden hatte.

Um zehn vor neun rief er René an. »Hi, hier ist Tom«, begann er wie jeden Morgen und gab sich Mühe, locker und relativ unbeschwert zu klingen. »Was gibt's Neues? Was hast du in meiner Sache unternommen?«

»Es gibt nichts Neues«, sagte René. »Dein Haus ist versiegelt, ich durfte offiziell einmal kurz hinein, die Fahndung nach dir läuft, und ich glaube, die haben in deinem Arbeitszimmer jeden Schnipsel Papier, jede Notiz und jeden Bon durchgelesen. Ich hab brav danebengestanden und aufgepasst, dass nichts wegkommt. Ansonsten ermitteln sie, aber halten mich natürlich nicht über jeden Kleinkram auf dem Laufenden. Dazu sind sie auch gar nicht verpflichtet. Es gibt wirklich nichts Neues, Tom, und dieser Status quo wird wohl auch noch ein paar Tage so bleiben. Wollen wir es nicht so halten, dass ich dich anrufe, wenn es Neuigkeiten gibt?«

»Nein. Ich würde mich gern einmal am Tag bei dir melden, wenn es dir nichts ausmacht. Ich brauche das irgendwie. An diesem Termin kann ich mich festhalten.«

»Meinetwegen. Dann bis morgen früh. Pass auf dich auf.«

»Danke, René. Bis morgen.«

Tom legte auf.

Nichts Neues. Es war der reine Hohn. René hatte nichts von den Kabelbindern gesagt.

Vielleicht musste er sich vor seinem ehemals besten Freund mehr in Acht nehmen als vor der Polizei.

Es war einfach zu heiß. Die Temperaturen fielen auch in der Nacht nicht unter dreißig Grad, und in Toms kleiner Hütte brütete die Hitze geradezu. Er hatte sämtliche Fenster sperrangelweit geöffnet, aber die Luft stand, kein Lüftchen wehte durchs Haus, und auch nur mit einem Laken zugedeckt glaubte Tom zu ersticken. Er wurde fast verrückt.

Nachts um drei stand er auf. Nur mit Shorts bekleidet, verließ er das Haus und wanderte zur Kastanie. Hier war es etwas kühler, hier hatte er das Gefühl, wieder atmen zu können.

Nichts und niemand regte sich im Dorf, alles war still. Nur ein rostiges Scharnier knarrte irgendwo im lauen Nachtwind.

Tom schloss die Augen und döste vor sich hin.

Eine gute Stunde später wachte er auf, streckte seine Glieder, die vom Sitzen auf der unbequemen Bank schmerzten, und ging zurück zu seinem Haus.

Schon beim Türöffnen spürte er, dass irgendetwas anders war als sonst. All seine Muskeln waren angespannt, als er leise durch die Küche ging und die Tür zum Wohnzimmer öffnete: Flackerndes Licht tanzte an den weiß gekalkten, verblichenen, schiefen Wänden, und sein Blick fiel zum Madonnenschrein mit dem Heiligenbildchen der Jungfrau Maria.

Die Kerze, die er noch niemals angezündet hatte, brannte.

Der stumpf gewordene goldene Heiligenschein auf dem Bild glänzte unwirklich.

Tom fing an zu zittern.

Das warme Licht der Kerze ließ ihn frösteln und zog ihm den Boden unter den Füßen weg.

Er fühlte sich nicht mehr unbeobachtet.

Und nicht mehr allein.

29

Leslie hatte das Gefühl, sich schon Stunden schlaflos herumzuwälzen. Tom fehlte ihr. Er war so unendlich weit weg, so fern, so unfassbar. Sie sehnte sich danach, in seinem Arm zu liegen, sich sicher und gut zu fühlen und einfach an nichts zu denken. In den Stunden mit Tom hatte sie ihre Sorgen, ihren Alltag, ihr Leben mit René komplett ausgeklammert, sie war immer zur Ruhe gekommen.

Er fehlte ihr so unendlich, und das Schlimme war, nicht zu wissen, wann dieser Albtraum irgendwann einmal vorbei sein würde.

Jetzt hob sie den Kopf, um die grünlichen, erleuchteten Zahlen des Radioweckers erkennen zu können. 4 Uhr 32. Das war ja schon fast Morgen. Es hatte keinen Zweck, sich noch weiter zu quälen, daher schaltete sie die Nachttischlampe an, schwang sich leise aus dem Bett, nahm ihren Morgenmantel, löschte das Licht wieder und verließ das Schlafzimmer. In der Hoffnung, dass René nicht wach geworden war.

Sie ging in die Küche und setzte die Kaffeemaschine in Gang. Gott sei Dank konnte man das nervtötende Rattern der Maschine im Schlafzimmer nicht hören.

Mit dem Milchkaffee in der Hand sah sie, wie sich das erste

Morgenrot über die Häuser der Stadt schob, es würde ein schöner Tag werden.

Kurz entschlossen schlüpfte sie in Jeans und Pullover, zog ihre Turnschuhe an, fuhr sich mit der Bürste durch die Haare und verließ das Haus. Um eine Stunde zu joggen und ihre Gedanken zu sortieren.

Die Kanzlei, in der René und Leslie arbeiteten, lag ungefähr zwanzig Autominuten von ihrer gemeinsamen Wohnung entfernt.

An diesem Vormitttag kam René, der über Aktenbergen brütete, um halb elf plötzlich aus seinem Büro und sprach Leslie direkt an: »Sag mal, was hältst du davon, wenn wir nachher zusammen essen gehen? Vielleicht zu Giovanni?«

Über Leslies Gesicht zog ein Lächeln. »Oh ja, gerne. Das machen wir. Um halb zwei?«

René nickte und verschwand wieder in seinem Büro.

Sie setzten sich an einen kleinen Tisch vor dem Fenster bei ihrem Stammitaliener.

»Gute Idee, heute hier essen zu gehen«, meinte Leslie, während sie die Speisekarte in die Hand nahm. »Gibt es einen besonderen Grund?«

»Nein. Es tat mir nur so leid, dass wir in den letzten Tagen so wenig Zeit miteinander hatten.«

»Das stimmt. Was isst du? Wieder ein Pfeffersteak?«

»Nein. Eine Lasagne und Salat.«

»Ja, das ist gut, das nehme ich auch.«

Giovanni kam an den Tisch, begrüßte sie freundlich, brachte unaufgefordert eine Flasche Wasser und eine Karaffe Rotwein und nahm die Bestellung auf.

Als er wieder gegangen war, saßen sie sich gegenüber und sahen sich einige Sekunden einfach nur an.

»Weißt du etwas Neues in Sachen Tom und Charlotte?«

»Nein, leider nicht.« René lehnte sich zurück, atmete tief durch und fuhr sich mit beiden Händen durch die immer noch vollen Haare. »Übrigens, Leslie, ich werde in den nächsten Tagen nach Italien fahren müssen. Es gibt Stress mit dem kleinen Haus meiner Schwester.«

»Ach – auf einmal?« Leslie zog die Augenbrauen hoch.

»Ja. Ich muss da lauter bürokratisches Zeugs regeln, das ich von hier aus nicht klären kann. Das Haus ist ja immer noch nicht auf meinen Namen umgeschrieben, und dass ich es geerbt hab, haben die Italiener noch gar nicht kapiert. Ich muss mal sehen, ob ich das endlich alles legalisiert bekomme.«

»Seit wann interessiert dich das? Wenn ich mich recht erinnere, war dir Yvonnes Hütte immer scheißegal. Sie hat dir auch nie besonders gefallen.«

»Das eine hat mit dem anderen ja nichts zu tun. Ich muss das nun mal alles klären, sonst kriege ich Stress mit den Italienern.«

»Ah ja«, meinte Leslie spöttisch, »und das kannst du nicht per Computer oder per Post erledigen?«

»Nein, das kann ich nicht. Man muss persönlich bei der Questura erscheinen.«

Leslie lächelte ein Lächeln, das ganz klar zeigte: Ich glaub dir kein Wort. »Und wie lange wirst du weg sein?«, fragte sie.

»Keine Ahnung, vielleicht geht das alles sehr schnell, dann bin ich in Null Komma nichts wieder da, oder ich habe nur Stress auf den Ämtern und erreiche erst mal gar nichts. Dann dauert es länger. Du weißt ja, wie das ist in Italien.«

Leslie nickte, und plötzlich wurde ihr alles klar: Natürlich, René fuhr zu Tom! Tom war in dem Häuschen in Cimessa, das bisher noch keiner so richtig auf der Pfanne gehabt hatte, sie selbst ja auch nicht. Sie hatte es völlig vergessen.

Sie lächelte erneut. »Mir geht da gerade was durch den Kopf, René: Wie wär's denn, wenn wir beide zusammen fliegen? Oder wir fahren mit dem Auto, was meinst du? Zu zweit ist das nicht so stressig, und dann können wir Olivenöl und Wein mitnehmen. Das wäre doch echt toll! Je länger ich darüber nachdenke, desto mehr Lust hab ich dazu!«

René sah sie verständnislos an. »Leslie, bitte! In dieser Situation geht das gar nicht! Du musst hier Stallwache halten, das Büro muss besetzt sein, wenn die Polizei etwas wissen will, wenn es Neuigkeiten gibt, was weiß ich. Nein, auf gar keinen Fall können wir jetzt beide hier weg! Außerdem ist das doch kein Urlaub, wenn wir uns täglich auf irgendwelchen Ämtern, bei der Kommune, im Finanzamt, mit Geometern und dann vielleicht sogar noch beim Notar rumärgern müssen. Das ist doch grauenvoll, Leslie! Nee, den Horror erledige ich allein, und dann planen wir beide einen Super-Urlaub, wenn das hier alles vorbei ist. Malediven, Mauritius, Australien – wohin du willst. Ohne Ämter, ohne Sorgen und ohne Stress.«

»Vielleicht hast du recht – aber schade ist es schon. Ich hätte jetzt richtig Lust auf Italien …« Es machte ihr Spaß, ihn zu nerven und zu verunsichern.

»Klar, das kann ich verstehen. Aber ich wollte auch mit der Harley fahren. Hast du Bock darauf, zwei Tage auf dem Sozius zu sitzen? Und mit dem Motorrad können wir weder Wein noch Öl transportieren.«

Leslie verstummte. Das war ein cleverer Schachzug gewesen. René wusste, dass das das Letzte war, was sie sich vorstellen konnte. Auf der Harley fuhr sie mal eine Stunde mit, aber sicher keine zwei Tage.

»Nee, dazu hab ich keine Lust.« Leslie tat, als würde sie sich geschlagen geben, aber jetzt war sie sich ganz sicher: René wollte sie auf keinen Fall dabeihaben. Also fuhr er wirklich zu Tom.

Die Lasagne kam, und sie begannen zu essen.

Nun gut. Sie würde warten und dann ihrerseits Tom einen Besuch abstatten.

Allein dieser Gedanke bewirkte, dass es ihr schlagartig besser ging.

Sie lächelte René zu. »Die Lasagne ist richtig gut«, sagte sie. »Findest du nicht auch?«

30

Ole Hansen wusste nicht, wo ihm der Kopf stand. Sein Chef machte ihm die Hölle heiß, weil er in dem Fall einfach nicht weiterkam, und die Presse saß ihm im Nacken und schrieb fast täglich aberwitzige Schauermärchen, wenn er sie nicht mit neuen Fakten fütterte.

Thomas Simon wurde über Euro- und Interpol international gesucht, aber bisher ohne Erfolg. Nirgends hatte er einen Flug gebucht, war also in Europa mit dem Auto unterwegs, dessen Kennzeichen auch europaweit registriert war, oder in Zügen, die er nicht online gebucht, sondern für die er sich ein namenloses Ticket gekauft hatte.

Der Mann benutzte nie eine Kreditkarte, war wie vom Erdboden verschluckt, und das brachte Ole nicht nur um den Verstand, sondern auch um den Schlaf. Er hatte auch im Internet den Automarkt gecheckt, ob Tom Simons Q7 irgendwo angeboten wurde – nichts.

»Ich hätte dich erst wieder heiraten sollen, nachdem du pensioniert bist«, schimpfte Anke, wenn er mitten in der Nacht aufstand, um sich in seinem Arbeitszimmer an den Schreibtisch zu setzen. »Das ist ja kein Zustand, Bärchen. Du isst kaum noch was, du schläfst nicht, du arbeitest nur noch. Und irgendwann fällst du tot um. Und wofür? Deine Gesundheit ist wichtiger, aber wem erzähle ich das. Kannst du nicht endlich mal Prioritäten setzen, verdammt?«

Darauf nickte er nur. Sie hatte ja vollkommen recht. Aber er konnte nun mal nicht anders und machte weiter wie bisher. Wenn das alles hinter ihm lag, würde er sich drei Monate beurlauben lassen.

Die Tür sprang auf, und Jens platzte herein. »Chef! Darf ich?«

»Ja. Aber mach die Tür leise zu, setz dich, atme tief durch und erzähl mir in Ruhe, was du mir zu sagen hast. Nicht alles durcheinander, sondern eins nach dem anderen.«

»So viel ist es gar nicht«, sagte Jens und grinste. »Im Grunde nur eine Kleinigkeit. Wir sind davon ausgegangen, dass Charlotte am Nachmittag mit ihrem Wagen zum Flugplatz gefahren ist, ihn dort für eine Woche abgestellt hat, dann fiel der Flug aus, sie setzte sich in ihr Auto, fuhr wieder nach Hause und wurde dort erschossen. Richtig?«

»So ist es.«

»Genau. Wäre logisch, könnte aber auch anders gewesen sein. Und da hab ich mich mal schlaugemacht und rumgehört und einen Taxifahrer gefunden, der bestätigt hat, dass er eine sportliche blonde Frau in Jeans und Lederjacke in der fraglichen Nacht gegen dreiundzwanzig Uhr nach Bönningstedt gebracht hat. Sie ist ausgestiegen, hat sich bedankt, hat bar bezahlt und zwei Euro Trinkgeld gegeben. Dann ist sie zum Haus gegangen, er hat umgedreht und ist weggefahren. Was weiter passiert ist, hat er nicht gesehen.«

»Düvel noch mal«, brummte Ole. »Verdammt gute Arbeit, Jens. Das haut mich jetzt um. Dann muss die Lady ja jemand zum Flughafen gebracht haben.«

»Genau.«

»Eine Freundin vielleicht.«

»Kann sein.«

»Oder ihr Ehemann.«

»Das wäre der Hammer«, meinte Jens und sprang auf. »Denn dann hätten wir den endgültigen Beweis, dass der gute Mann nicht verreist war.«

»Wunderbar.« Ole blühte richtig auf. »Klapper Freunde, Verwandte, Bekannte ab, ob sie irgendjemand zum Flughafen gebracht hat. Oder vielleicht noch mal einen Taxifahrer …«

Jens schüttelte den Kopf. »Leider nicht, Chef, die Taxifahrer hab ich schon gecheckt.«

»Super. Mach weiter so.«

Zwei Stunden später stand Ole zusammen mit Jens vor dem pompösen geschwungenen schmiedeeisernen Tor der Zabels und klingelte. Es war kurz vor halb zwölf.

Lange passierte gar nichts.

»Hast du uns angekündigt?«, fragte Ole.

»Ja, klar. Sie sagte, es ginge ihr besser und wir könnten kommen.«

»Was hatte sie denn?«

»Keine Ahnung.«

Er klingelte erneut.

Schließlich ertönte über die Gegensprechanlage eine verschlafene Stimme: »Ja? Wer ist da?«

»Kripo Hamburg, Kriminalhauptkommissar Hansen und Oberkommissar Zimmermann. Frau Zabel?«

»Ja.«

»Dürfen wir reinkommen? Wir hätten da ein paar Fragen.«

Statt einer Antwort schnarrte der Türöffner.

Nur wenig später standen sie Marlene gegenüber. Sie trug einen rosafarbenen Hausanzug aus stumpfer Seide, der lässig wirkte und irgendwie nach nichts aussah – aber wenn man sich ein bisschen mit Stoffqualität auskannte, sah man auf den zweiten Blick, dass er ein teures Teil war. Ihr Übergewicht kam darin leider besonders deutlich zur Geltung. Das Haar hatte sie flüchtig am Hinterkopf zusammengesteckt, und Ole fiel auf, dass sie für einen Vormittag zu Hause viel zu stark geschminkt war.

»Bitte.« Sie deutete auf die Couch im Wohnzimmer. »Möchten Sie was trinken?«

»Nein danke, sehr freundlich, aber wir haben wirklich nur ein paar Fragen. Wie geht es Ihnen, Frau Zabel?«

»Besser. Danke.«

»Es wird auch nicht lange dauern.«

»Na, dann schießen Sie los.« Sie schlug die Beine übereinander und sah die beiden aus verquollenen Augen aufmerksam an.

»Frau Zabel, wann haben Sie Charlotte Simon zum letzten Mal gesehen?«

»Oh!« Marlene überlegte. »Ganz genau kann ich Ihnen das jetzt nicht sagen, ich habe keinen Terminkalender, aber es muss sechs Wochen her sein, ja, vor sechs Wochen ungefähr, da haben wir uns alle bei René und Leslie zum Essen getroffen. Das geht reihum, wir treffen uns immer mal hier, mal dort …«

Ole nickte. »Sagen Sie, haben Sie Charlotte Simon an dem Abend, an dem das alles passiert ist, zum Flugplatz gebracht?«

»Um Gottes willen, nein! Ich hab sie noch nie zum Flugplatz gebracht. Wir spielen ja nicht gegenseitig Chauffeur.

Bei mir hätte sie wahrscheinlich auch Angst gehabt, dass ich mich verspäten könnte, ich bin ihr nicht zuverlässig genug, womit sie nicht so ganz unrecht hat.« Marlene lachte kurz auf. »Meist bringt Tom sie nach Fuhlsbüttel, aber nicht immer.«

»Und wenn er keine Zeit hat?«

»Dann nimmt sie ein Taxi. Ist ja nicht so, dass sie sich das nicht leisten könnte.«

Ole nickte. »Frau Zabel, wie lange kennen Sie Tom Simon?«

»Ach du lieber Himmel, da muss ich überlegen. Warten Sie ... sicher seit zehn Jahren oder so, wir haben uns ab und zu auf Sylt getroffen. Wieso?«

»Das sind Fragen, die ich auch jedem Ihrer Freunde stelle. Reine Routine. Ich will diesen Tom Simon einfach ein kleines bisschen besser kennenlernen.«

»Ach so.« Marlene grinste.

»Sie sind eine Clique? Ich meine Frau und Herr Simon, die Bergmanns, die Quentins und Sie und Ihr Mann?«

»Ja, sind wir. Kann man so sagen.«

»Und Sie treffen sich regelmäßig?«

»Herrgott, was ist regelmäßig? Manchmal treffen wir uns dreimal im Monat und dann wieder drei Monate nicht. Wenn Sie das regelmäßig nennen – bitte schön.«

»Was ist Tom Simon für ein Mensch?«

»Bin ich Psychologin?« Marlene schlug sich mit der flachen Hand vor die Brust und sah Ole mit großen erstaunten Augen an. »Was weiß denn ich?«

»Nein, aber sagen Sie mir, wie Sie ihn sehen. Wie Sie ihn einschätzen.«

»Na gut. Also, seit seiner Scheidung von Emilia von Orosz ist er in den Geldtopf gefallen und steinreich. So ein Zustand gibt einem ja eine gewisse Ruhe, nicht? Und die hat Tom.

Leute mit finanziellen Sorgen sind ja immer ganz hibbelig, erzählen jedem, den sie auf der Straße treffen, was alles wie viel kostet und wie arm sie sind. Fürchterlich so was. Nein, Tom hatte die Ruhe weg, und ich würde sagen, er ist sehr sensibel, malt tolle Bilder, ist ein totaler Einzelgänger und liebt Charlotte über alles. Aber er ist auch kein Kind von Traurigkeit.«

»Wie meinen Sie das?«

»So, wie ich das sage. Das werden Sie ja wohl verstehen. In unserer gesamten fröhlichen Truppe ist übrigens keiner, der ein Kind von Traurigkeit wäre. Das macht die ganze Sache leichter.« Sie lachte leise und begann, nach Zigaretten zu suchen.

»Das müssen Sie uns genauer erklären.«

»Ich denke nicht daran«, lachte sie.

»Sie meinen, Tom hatte ein Verhältnis?«

»Das haben Sie gesagt. Was weiß ich. Fragen Sie ihn selbst. Wir leben halt nach dem Motto: Mal hier, mal da, mal tralala. Verstehen Sie? Mehr kann ich Ihnen dazu nicht sagen.«

Jens grinste.

»Sie sagten, Tom hat Charlotte geliebt?«, fragte er.

»Ja, und wie. Wenn es auf diesem ganzen verdammten Planeten irgendwo einen Mann gibt, der seine Frau wirklich ehrlich, über alles und mehr als sein Leben liebt, dann ist es Tom. Wenn Charlotte auf Geschäftsreise war, war er kein Mensch, sondern nur ein kleines Häufchen Elend, und wir mussten kommen und ihn trösten.«

»Wer hat ihn denn an dem fraglichen Abend getröstet? Denn dass er nicht allein, sondern mit einer Frau zusammen war, steht außer Frage.«

Marlene zuckte die Achseln. »Keine Ahnung. Bin doch keine Hellseherin!«

»Halten Sie es für völlig undenkbar, dass Tom seine Frau umgebracht hat?«

»Völlig undenkbar, meine Herren. Und wenn Sie das noch mal wagen auch nur anzunehmen, dann werd ich sauer.«

»Ihre Freunde haben Ähnliches gesagt.«

»Na also.« Sie stand auf und zündete sich eine Zigarette an. »Wissen Sie, was ich die ganze Zeit überlege?«

»Nein. Sagen Sie es mir.«

»Ach, schon gut. Für diese komplizierten Sachen ist es mir noch viel zu früh.« Sie ging zum Barschrank und goss sich einen Cognac ein. »Außerdem regen Sie mich mit Ihren Fragen so auf, da brauche ich einen Drink. Sie auch?«

»Nein danke.«

Es war deutlich, wie der Drink Marlene augenblicklich entspannte.

Ole Hansen stand auf und ließ seine Fingerknöchel knacken, obwohl er wusste, dass das eine schlimme Angewohnheit war. »Frau Zabel, Sie haben uns wirklich sehr geholfen. Nur eine kurze Frage zum Schluss. Meinetwegen können Sie auch nur mit Ja oder Nein antworten: Hatte Tom Simon zur fraglichen Zeit eine Affäre?«

Marlene lachte kurz auf, zog mit dem Zeigefinger ein Augenlid herunter und sah Ole an. »Gibt es einen verheirateten Mann auf der Welt, der so etwas an die große Glocke hängt?«

»Wahrscheinlich nicht.«

»Na also. Aber wir wissen es natürlich. Wir wissen es alle. Bis auf einen ...« Sie lachte schrill. »So ist das nun mal im Leben, alle wissen es, nur die Ehepartner haben nicht den blassesten Schimmer.« Sie konnte gar nicht mehr aufhören zu lachen.

»Und mit wem hatte Tom Simon eine Affäre?«, hakte Ole nach.

Marlene grinste. »Das werde ich Ihnen garantiert nicht auf die Nase binden.«

»Es ist wichtig für unsere Ermittlungen.«

Marlene drehte ihren Fuß, guckte an die Decke und überlegte. »Kann sein, aber das ist mir egal. Wissen Sie, von uns ist keiner so ein ganz unbeschriebenes Blatt, aber das hatte ich Ihnen ja schon gesagt. Das macht die Sache erst wirklich interessant. Bevor man ins Gras beißt, will man ja schließlich noch ein bisschen gelebt haben.« Sie schnippte die Asche in den Aschenbecher. »Britta, die Reporterin, schießt von allen den Vogel ab, einfach weil sie alle vernascht, die sie fünf Minuten interviewen und in ihre Wohnung locken kann. Und das ist ja kein großes Problem, wenn der Mann fünfzehn Stunden am Tag Silikon in irgendwelche fremden Titten stopft. Außerdem macht sie da kein Geheimnis draus, nach dem Motto: ›Gestern hat mich der Hubertus besucht. Kennt ihr den eigentlich? – Na egal. Nun ja, ich würde sagen, eine Vier auf der nach oben offenen Richterskala. Bei sechs fängt das Erdbeben an. Aber das ist verdammt selten.‹ So in der Art redet sie. Man fragt sich, wer noch nicht in Brittas Bett gelandet ist. Ich würde da für keinen meine Hand ins Feuer legen.«

Damit hatte Ole jetzt nicht gerechnet. Dann war eventuell Britta Quentin in der fraglichen Nacht bei Tom gewesen? Und schrieb anschließend einen Artikel nach dem anderen über den Fall. Das war ja wohl ein Ding.

Während er noch nach einer weiteren Frage suchte, sagte Marlene: »Und jetzt entschuldigen Sie mich bitte, ich bin zum Essen verabredet und muss mich noch umziehen.« Sie schenkte Ole und Jens ein strahlendes Lächeln und reichte beiden die Hand. »War nett, Sie kennenzulernen.«

Jens gab ihr seine Visitenkarte. »Wenn Ihnen noch irgendetwas Wichtiges einfällt, dann rufen Sie uns bitte an. Jederzeit.«

»Aber selbstverständlich. Auf mich können Sie sich verlassen!«

31

Gabriella öffnete Gianni blass, mit eingefallenen Wangen und verweinten Augen die Tür, was Gianni aber nicht weiter verwunderte. Schließlich war ihre Mutter gestorben.

Er umarmte sie stumm. »Ciao, Mamma.«

»Wenn du deine Nonna sehen willst – sie liegt in ihrem Zimmer«, sagte Gabriella tonlos. »Noch liegt sie da. In wenigen Stunden ist sie unter der Erde. Vergraben. Ich kann es einfach nicht glauben, ich kann es mir auch gar nicht vorstellen …« Damit brach sie erneut in Tränen aus.

Gianni drückte sie tröstend an sich.

»Wo ist Papa?«

»Keine Ahnung. Irgendwo. Wir lassen uns scheiden.«

»Waaas?« Jetzt war Gianni wirklich schockiert. Den Tod seiner Oma hatte er irgendwann erwartet, er hatte in den letzten Jahren ständig damit gerechnet, aber das, was seine Mutter gerade eben gesagt hatte, traf ihn völlig unvorbereitet.

»Ja. Er hat mich rausgeworfen. Ich muss noch heute ausziehen.«

»Der spinnt ja wohl!«

Gabriella zuckte die Achseln und ging in die Küche, um den Kaffeeautomaten einzuschalten. Vielleicht wollte Gianni oder einer der letzten Besucher einen Kaffee.

Gianni rannte durchs ganze Haus, riss alle Türen auf und suchte seinen Vater.

Schließlich fand er ihn im Schlafzimmer, wo er am Fenster saß und die *Gazzetta dello Sport* las.

»Ihr lasst euch scheiden?«, schrie Gianni.

»Buongiorno, mein Junge«, sagte Neri ruhig, »setz dich doch erst mal. Es wird ein hektischer Tag werden.«

Gianni ließ sich aufs Bett fallen. »Ihr lasst euch scheiden?«, wiederholte er. »Warum?«

»Weil deine Mutter einen Geliebten hat, den sie mehr liebt als mich. Oder den sie liebt und mich nicht. Wie auch immer. So simpel, so einfach. Und da bleibt uns wohl nichts anderes übrig.«

Gianni sackte in sich zusammen. Diese Nachricht haute ihn um. Er traute seiner Mutter eine Menge zu – aber dies nicht.

»Seit wann hat sie den?«

»Seit Monaten.«

»Und seit wann weißt du es?«

»Seit gestern. Wäre deine Oma nicht gestorben, wäre es bestimmt erst später, vielleicht auch nie rausgekommen. Aber ich konnte Gabriella nicht erreichen, als Oma die Augen zumachte, da hab ich sie gesucht – tja, so ist das. Es kommt alles raus, Gianni. Alles. Manches früher, manches später. Und man braucht sich keinen Illusionen hinzugeben, dass irgendetwas im Leben unentdeckt bleibt.«

»Verfluchte Scheiße«, sagte Gianni und sah zu Boden.

»Na, dir kann es doch egal sein«, meinte Neri resigniert. »Du bist erwachsen, du hast dein eigenes Leben, und wie wir in Zukunft leben und wohnen und wie wir uns zerfleischen, kann dir doch egal sein.«

»Hast du eine Ahnung«, sagte Gianni schleppend und verließ das Zimmer.

Neri hatte sich am Nachmittag freigenommen. Er hatte das Gefühl, es seiner Schwiegermutter schuldig zu sein, an ihrer Beerdigung teilzunehmen, er wollte auch Gabriella und Gianni nicht vor den Kopf stoßen und all die Leute aus dem Dorf, die sich das Maul zerreißen würden, wenn er als Einziger nicht dabei wäre.

Um halb drei kam der Pfarrer, betete an Omas Bett, segnete sie und ließ Gabriella, Gianni und Neri Zeit, sich ein letztes Mal von ihr zu verabschieden.

Gabriella streichelte Omas wächsernes Gesicht und küsste sie, und Neri musste daran denken, dass sie so etwas in all den Jahren, als Oma bei ihnen lebte, nie getan hatte.

Gianni murmelte ein »Ciao, Nonna« und presste die Lippen aufeinander, um nicht zu weinen.

Neri drückte ihr wortlos, aber von Herzen die Hand und empfand in diesem Moment so viel für sie wie zu Lebzeiten nicht.

Dann hoben vier blau gekleidete Männer von Ivos Beerdigungsinstitut Oma in den hergerichteten Sarg, setzten den Deckel darauf und verschraubten ihn ringsum mit mehreren Schrauben und mithilfe von Akkuschraubern, die einen Höllenlärm verursachten.

Gabriella bekam zu viel, hielt sich die Ohren zu, klammerte sich an Neri und weinte hemmungslos.

Wo ist Samuele, um Gabriella festzuhalten und ihre Tränen zu trocknen, fragte sich Neri, ich bin doch gar nicht mehr zuständig …?

Aber insgeheim war er heilfroh, dass Samuele bisher nicht erschienen war, denn Neri war sich nicht sicher, ob er sich so weit beherrschen konnte, dem Ruinenbauer Samuele nicht voll eins auf die Zwölf zu geben. Mit aller Kraft und wenn er nicht damit rechnete, genau auf die Nase.

Von dem, was er vor Jahrzehnten auf der Polizeischule gelernt hatte, hatte er neunzig Prozent vergessen. Aber jemandem direkt die Faust ins Gesicht zu setzen – da wusste er noch genau, wie's geht.

Neri machte gute Miene zum bösen Spiel, stand kurz darauf brav mit gefalteten Händen in der Kirche, starrte auf den Sarg und konnte es nicht fassen, dass er sich nicht öffnete und Oma krähte: »Was gibt's zum Mittagessen?«

Und er erinnerte sich daran, wie sie vor fünf Jahren in Abwesenheit ihres Gatten, der schon lange tot war, eine prunkvolle goldene Hochzeit gefeiert hatte, die Neri bezahlen durfte und für die er sich damals unendlich geschämt hatte.

Jetzt im Nachhinein fand er es rührend und bezaubernd zugleich, wie sie mit ihrem Krönchen auf dem lila-weißen Haar ihre fünfzigjährige Treue zu einem Mann gefeiert hatte, den sie offensichtlich immer noch in ihrem Herzen trug und der ihr anscheinend noch so gegenwärtig war, dass sie seinen Tod verdrängt und gar nicht bemerkt hatte, dass er bei der Feier nicht neben ihr stand.

Was für eine Frau, seine Schwiegermutter.

Er bewunderte die schier unendlichen Fluten, die Gabriella weinen konnte, und fragte sich, wer all die Kerzen und den Blumenschmuck bezahlt hatte.

Nach der Kirche trottete er neben Gabriella und Gianni direkt hinter dem Sarg zum Friedhof und spürte, dass sie ihm fehlen würde. Verdammt noch mal, er würde die alte Krähe vermissen, die die Tageszeiten verwechselte, auf ihn und das Essen schimpfte, Gianni nicht erkannte und in ihrer

Häkelstrickjacke jede Frage bei *Chi vuol essere milionario* beantwortete. Ganz gleich, ob richtig oder falsch: Oma war fest davon überzeugt, immer recht zu haben.

Und als ihr Sarg in die Erde gelassen wurde, weinte er.

Gabriella sah ihn von der Seite an, sagte nichts, drückte aber kurz seine Hand.

Neri drehte sich um und ging allein zurück nach Hause.

Da er am Nachmittag freibekommen hatte, übernahm er die Abendschicht der Straßenkontrolle zwischen neunzehn und dreiundzwanzig Uhr. Diese Schicht schoben sie selten, aber so alle zwei Wochen guckten sie schon, wenn die Leute voll des guten Weines aus den Restaurants kamen, direkt in die Wagen stiegen und angetrunken nach Hause fuhren.

Die Computerüberprüfung der angehaltenen Wagen nahm Neri nicht so furchtbar genau, er glaubte nicht daran, dass sich ein Mafiaboss aus Sizilien ausgerechnet nach Ambra verirrte.

Es langweilte ihn tödlich, im Wind zu stehen, Autos anzuhalten, nach den Papieren zu fragen, sich dabei unbeliebt zu machen und schließlich sowieso alle weiterzuwinken. Er fragte sich wirklich, was das sollte. Aber es war das Gesetz, Order aus Rom, und da fragte man sich so manches.

Das Gute war, dass man nach dieser Schicht am nächsten Morgen länger schlafen durfte.

Neri war nicht bei der Sache. Oma war unter der Erde – und was machte Gabriella gerade? Packte sie wirklich? Oder ließ sie das Gespräch vom vergangenen Abend einfach unter den Tisch fallen und versuchte, so weiterzuleben wie bisher? Zuzutrauen war es ihr. Aber was sollte er dann tun? Sie erneut rausschmeißen? Mit Gewalt?

Oder wenn sie wirklich ging, was sollte er dann tun? Wie sollte er das überhaupt ertragen?

»Zieh aus, verschwinde, und zwar sofort!«, sagte sich so leicht. Man fühlte sich so groß und stark und unverwundbar in diesem Moment. Aber das Erwachen und der Katzenjammer kamen unweigerlich am nächsten Tag.

Sämtliche Konsequenzen waren schlimmer als das, was einem der andere angetan hatte.

Jag Samuele zum Teufel und bleib bei mir, Gabriella, flehte Neri, du bist alles, was mein Leben ausmacht, ohne dich bin ich nichts, bin ich hilflos, bitte, schick diesen widerlichen Dreckskerl in die Wüste, wir fangen ganz neu an, wirklich, ich schwör's, ich tu alles, was du willst …

Sein Kollege Benito hielt die Kelle raus, und ein kleiner weißer Fiat hielt.

»Buonasera«, sagte Neri, und dann erst erkannte er Sirio, den Vater des Baustoffhändlers. »Sirio, wie geht's dir denn?«

»Insomma, abbastanza bene«, sagte Sirio ohne Zähne, »mal so, mal so, besser wird's nicht, aber man freut sich über jeden Tag. Die Augen werden halt immer schlechter, die Ohren auch, ich seh und hör fast nichts mehr, und laufen kann ich schon so gut wie überhaupt nicht mehr. Aber Auto fahren geht noch. Und da bin ich ganz glücklich.«

Neri drehte sich der Magen um. Madonnina, der Mann war am Steuer eine Gefahr für die Menschheit, aber was sollte er tun?

»Hast du das libretto und dein patente dabei?«

»Certo.«

Sirio fummelte die im Lauf der Jahre zerfetzten Papiere aus einer klebrigen Plastikhülle, die auf der Ablage in der Sonne fast täglich geschmolzen und in der Nacht dann wieder fest geworden war. »Hier, bitte. Aber du kennst mich doch, Donato, du weißt doch, dass ich seit sechzig Jahren immer alles dabeihab.«

»Ja, sicher.« Sirios Fahne wehte Neri direkt ins Gesicht. Er wusste, dass Sirio mit seinen zweiundneunzig Jahren den Morgen immer mit drei caffè corretto begann und auf diese Espressi mit Grappa dann ordentlich Vino und Grappa folgen ließ. Sollte er dem alten Mann jetzt seinen Führerschein wegnehmen? Dann war Neri in Ambra für alle Zeiten unten durch.

Neri sah sich die Papiere flüchtig an, ohne wirklich hinzugucken. »Tutto bene, Sirio«, sagte er, »lass es dir gut gehen, pass auf dich auf und grüß Pietro von mir.«

»Mach ich«, sagte Sirio und warf seine Papiere auf den Beifahrersitz. »Ciao, Donato, buona serata!«

Der Motor heulte auf, da er zu viel Gas gab, er ließ die Kupplung kommen, das Auto machte einen Hüpfer und hoppelte davon.

Neri bekreuzigte sich.

Der nächste Fiat, der rausgewunken wurde, war der von Tom.

Neri stutzte einen Moment, als Tom freundlich »Buonasera« sagte und Neri angrinste. »Forza Juve«, meinte Tom.

»Forza Hamburgo«, erwiderte Neri, ebenfalls grinsend.

Neris Kollege ging langsam um den Wagen herum.

»Ihre Papiere bitte!«, sagte Neri laut, beugte sich dann aber ein wenig vor und flüsterte. »Mein Kollege beobachtet genau, was ich mache, verstehst du? Du könntest ja ein Verbrecher sein, und da müsste er eingreifen.«

»Va bene.« Tom holte seine Papiere aus dem Handschuhfach und reichte sie Neri.

Auch diese überflog er nur und gab sie Tom zurück. »Buonasera e buon viaggio.«

»Buonasera«, sagte Tom, hob die Hand und fuhr davon.

Auf die Idee, in den Computer zu gucken, ob Thomas Simon auf der Fahndungsliste stand, wäre Donato Neri nie gekommen.

Eine halbe Stunde später hatte er Feierabend und fürchtete sich vor dem, was ihn zu Hause erwartete.

Sein Haus war leer. Keine Oma, keine Gabriella, kein Gianni. Niemand kochte, niemand krähte, niemand holte sich ein Bier aus dem Kühlschrank. Kein Fernseher lief.

Obwohl die Nacht warm war, war es im Haus kalt und still.

Neri fühlte sich wie in einem Rohbau.

Langsam ging er durch die Räume. Die Küche war penibel aufgeräumt, als wollte Gabriella noch einmal ganz deutlich machen, was sie Tag für Tag, Jahr für Jahr geleistet hatte. »Schau her, bei mir war immer alles in Ordnung, bei dir wird es in zwei Tagen aussehen wie in einem Saustall.«

Im Wohnzimmer fehlten Familienfotos auf der Kommode. Ihr Hochzeitsbild und das Bild von Gabriella und Neri am Strand von Elba, das sie aufgenommen hatten, als Neri dort seine Urlaubsvertretung gemacht hatte, standen noch dort, aber alle Fotos mit Gianni waren verschwunden.

Im Schlafzimmer fehlten zwei Koffer und ein Teil ihrer Kleidung, das sah er daran, dass der Kleiderschrank etwas leerer war als sonst. Im Bad hatte sie sämtliche Tuben und Cremes mitgenommen, die Ablage unter dem Spiegel war gespenstisch leer. Die hässlichen Wasser- und Cremeränder von fehlenden Fläschchen und Döschen auf dem Glas waren deprimierend, es war nicht zu fassen, wie ungemütlich das gesamte Badezimmer plötzlich wirkte.

Neri seufzte und schloss die Tür.

Sie waren dreißig Jahre verheiratet gewesen. Und das war jetzt plötzlich alles vorbei?

Er setzte sich im Wohnzimmer in einen Sessel und wusste nicht, wohin mit sich.

Eine zeternde Oma wäre tröstlich gewesen, aber so erschlug ihn die Stille.

Er saß einfach nur da, aß nichts, trank nichts und schaltete auch nicht den Fernseher an.

Überlegte, ob das Leben für ihn überhaupt noch irgendeinen Sinn hatte.

32

Tom saß auf der Terrasse und wusste nicht, ob er sein zweites, viertes oder sechstes Glas Wein in der Hand hielt, es war ihm nicht klar, weil es ihm eigentlich auch völlig egal war, er fühlte sich immer gleich. Der warme Nachtwind fuhr über seine nackten Beine – er trug nur Shorts und ein T-Shirt –, und er fand es schrecklich, dass er kein bisschen müde wurde, obwohl er schon lange unbeweglich in die Nacht und auf die Lichter Ambras im Tal gestarrt hatte. Er versuchte herauszufinden, ob Lichter aus- und andere wieder angingen, aber es war unmöglich, er war zu weit weg. Ambra war wie ein kleines, undefinierbares Meer aus funkelnden Lichtern, die ihn traurig stimmten.

Nirgends gehörte er dazu.

Er hatte das dringende Bedürfnis, mit Leslie zu sprechen, wollte ihr erklären, warum er einfach verschwunden war und sich nicht gemeldet hatte, aber er war unsicher, ob er es wagen konnte, sie anzurufen. Sie hatte seine Nummer. Warum rief sie ihn nicht an, verflucht noch mal!

Er überlegte, was er machen sollte, um aus seiner Lage und aus diesem trostlosen Nest herauszukommen. Es war so absurd: Er besaß Millionen und kam nicht an sein Geld heran.

Ohne seine Kreditkarte benutzen zu können, war er über kurz oder lang handlungsunfähig.

Hör auf zu grübeln, dachte er sich, geh ins Bett und schlaf endlich. Sonst wird der Tag morgen noch schlimmer als ohnehin sämtliche Tage hier.

Im Ort war es still. Wie immer grauenhaft still. Kein Auto fuhr, auf dem Asphalt war kein Schritt zu hören, und keine Stimme hallte durch die Nacht.

Einzig das Zirpen der Grillen, die durch die Straßenbeleuchtung irritiert und ebenfalls schlaflos waren, klang wie eine leise nächtliche Musik durch den Ort.

Seufzend stand er auf, streckte sich und schob den Stuhl unter den Terrassentisch.

Er war gerade dabei, ins Haus zu gehen, als er im schummrigen Licht der Außenbeleuchtung sah, dass auf dem Boden neben der Terrassentür das Handtuch lag, mit dem er Tisch und Stühle abgewischt hatte. Darauf sein Gürtel.

Er wollte ihn gerade greifen, als er im letzten Moment seinen Irrtum bemerkte, einen Schrei ausstieß und unwillkürlich einen Meter zurücksprang.

Das war kein Gürtel, das war eine Schlange. Eine Viper, die giftigste Schlange der Toskana. Der dreieckige Kopf, der sich deutlich vom schmalen Körper abhob, ließ keinen Zweifel zu. Sie hatte es sich an der warmen Hausmauer auf dem Handtuch bequem gemacht, um zu schlafen. Jetzt richtete sie sich auf wie eine Klapperschlange und fixierte ihn wütend.

In diesem Moment hörte er hinter sich ein Geräusch wie einen lauten Atemzug.

Tom fuhr erschrocken herum.

Vor ihm stand die völlig verhüllte schwarze Gestalt. Sie sagte keinen Ton, aber bewegte sich blitzschnell, was er niemals vermutet hätte. Sie ergriff einen Spaten, der zusammen mit einer Hacke am Jasminbusch lehnte, weil Tom am Nachmittag vor lauter Langeweile ein bisschen Unkraut gejätet hatte, sprang mit einem lautlosen Satz vor die drohend aufgerichtete Viper, schlug blitzartig zu und hackte sie einige Zentimeter hinter dem Kopf in zwei Teile.

Wie wild begann der kopflose Körper der Schlange zu zucken und sich zu winden, außerdem riss sie mit ihrem Körperrest den Kopf hoch und das Maul auf, als wollte sie zubeißen, dabei quollen ihr bereits die Eingeweide aus dem offenen Bauch.

Eine Sekunde hielt die verhüllte Gestalt inne, als würde sie Tom ansehen, aber dann wandte sie sich ab und huschte davon.

So wie jedes Mal.

Er sank auf einen Stuhl. Au Mann, das war verdammt knapp gewesen. Hätte die Schlange ihn gebissen, wäre es das Ende gewesen. Er hätte es nicht mehr bis nach Siena ins Krankenhaus geschafft, sondern wäre hier in diesem Käsenest verreckt, und kein Hahn hätte nach ihm gekräht.

So weit war es also schon gekommen.

Tom ging ins Haus, um sich ein Glas Wasser zu holen, aber er konnte das Glas nicht halten, so sehr zitterten seine Hände.

Er wartete, bis er sich beruhigt hatte, dann ging er zurück auf die Terrasse.

Erst jetzt fiel ihm die schwarze Gestalt wieder ein, die ihm das Leben gerettet hatte.

Sie beobachtet mich, dachte er, sie belauert mich unentwegt, darum war sie auch so schnell zur Stelle. Und rein intuitiv wusste er, dass das verhüllte Wesen eine Frau war.

Er hätte sich gern bei ihr bedankt, sah sich um, ob sie noch irgendwo zu sehen war, aber sie war verschwunden.

Als er spürte, dass es windiger wurde, ging er ins Haus.

Tom schreckte aus dem Tiefschlaf hoch, als er ganz entfernt wie im Traum ein Geräusch wahrnahm. War da jemand an der Tür?

Er lag ruhig da, wagte kaum zu atmen und horchte in die Stille.

Nein, da war nichts. Gar nichts.

Blätter rauschten im Wind, Zweige knackten, ein Vogel schrie in der Nacht.

Er wartete noch, lauschte in die Stille, dann schlief er wieder ein.

Er lag in Leslies Schoß, und Charlotte kniete vor ihm und strich ihm sanft das Bein hinauf. Ihre zarte Hand kam Stück für Stück immer höher und höher, Tom stöhnte auf, bäumte sich ihr entgegen, Leslie hielt seinen Kopf und küsste ihn. Sie drückte seine Arme tiefer ins Kissen, ihre Küsse wurden länger, drängender, leidenschaftlicher, er konnte sich kaum noch rühren, war festgezurrt durch ihre sanfte Gewalt.

Währenddessen war Charlotte am Ziel, saugte und lutschte, dass er es kaum noch aushielt, er wand sich, stöhnte und wollte schreien, aber er konnte nicht, erstickte fast unter Leslies Küssen, er hielt es nicht mehr aus, ließ es geschehen, explodierte, getragen von einer Woge unbeschreiblicher Lust …

… und kam allmählich zu sich.

Mein Gott, dachte er, versuchte, das Gefühlte nachwirken zu lassen, drehte sich um und öffnete die Augen.

Trotz der Dunkelheit erkannte er einen schwarzen Schatten an seinem Bett.

Es war kein Traum gewesen …

Erschrocken und angewidert zugleich fuhr er hoch.

»Sag mal, spinnst du?«, schrie er panisch. »Wer bist du? Was soll das? Los! Raus hier! Verschwinde!«

In seiner Erregung hatte er auf Deutsch gebrüllt und mit den Armen gewedelt, als wollte er ein widerliches Insekt verscheuchen.

Dann sprang er aus dem Bett, packte die Gestalt und hielt sie mit eisernem Griff fest.

»Warum beobachtest du mich?«, schrie er. »Warum schleichst du mir nach, kommst sogar ins Haus! Was soll das?«

Die Gestalt wand sich und versuchte sich zu befreien, aber Tom hielt sie mit aller Kraft fest. Sie hatte keine Chance gegen ihn.

»Wer bist du? Was willst du von mir?«

Als er keine Antwort bekam, riss Tom der Verhüllten den Schleier vom Gesicht, und im gleichen Moment begann sie zu schreien wie eine Katze in höchster Not.

Im blassen Licht des Mondes sah Tom in das Gesicht einer anscheinend noch jungen Frau, das vollkommen mit Geschwüren bedeckt war.

Erschrocken und angewidert zugleich ließ er sie los.

Sie hörte auf zu schreien, zog hastig wieder den Schleier über ihr Gesicht, huschte davon und verschwand in der Dunkelheit.

Er folgte ihr noch bis auf die Straße und schrie ihr nach. »Hau ab, du hässliche Hexe, verschwinde! Vai! Via! Verpiss dich! Madonna puttana, widerliches Weib, lass dich hier nie wieder blicken! Nie wieder! Capito? Sonst mach ich dich fertig!«

Die Tür des Abbruchhauses fiel ins Schloss.

Auf der Dorfstraße war es jetzt still. Tom stand mit hängenden Armen da und starrte in die Nacht.

Langsam ging er zurück ins Haus.

Vollkommen außer Atem erreichte Lucia ihr Haus und schloss in Windeseile und panisch Fenster und Türen. Dann holte sie drei schwarze Kerzen, zündete sie an, stellte sie vor sich auf den Tisch und setzte sich. Ganz allmählich beruhigte sie sich.

Aus einer der unzähligen eingenähten Taschen ihres langen Rockes zog sie Toms Foto, das sie in seiner Brieftasche gefunden hatte, als sie die Kerze in seinem Madonnenerker entzündet hatte.

Sie starrte abwechselnd auf das Foto und in die Flammen, summte und murmelte Unverständliches vor sich hin. Es klang wie ein leises Klagen.

Dann hielt sie das Foto in die Flamme der mittleren schwarzen Kerze, und während es sich krümmte, verschmorte und verbrannte, flüsterte sie: »Ti maledico, ich verfluche dich, Tom. Auf dass du in deinem Leben keinen Frieden, keine Erkenntnis, keine Liebe und keine Freundschaft mehr findest. Auf dass du in Armut, Krankheit und Einsamkeit versinkst und auch dein baldiger Tod eine Strafe und keine Erlösung sei.

Du sollst alles verlieren, was du jemals besessen hast. Alles, was dir lieb und teuer war. Deinen Besitz, deine Liebe, deine Freunde und dein Leben.«

Bestimmt zwei Stunden blieb sie danach noch bewegungslos sitzen.

Dann holte Lucia ein Seil, machte einen Knoten hinein und sagte: »Durch diesen Knoten bringe ich die Finsternis in dein Leben.«

Beim zweiten Knoten murmelte sie: »Dieser Knoten versteinere deinen Verstand und bringe den Schmerz.«

Und als sie den dritten Knoten knüpfte, raunte sie: »Hiermit sei der Fluch auf ewig gebunden.«

Sie stand eine Weile bewegungslos in ihrer Kammer und spürte, wie sich große Genugtuung und Leichtigkeit in ihr ausbreiteten, und sie lächelte.

Dann ging sie in ihre Küche, holte aus der untersten Schublade getrocknete Hühnerknochen, die sie dort ständig aufbewahrte, nahm eine Handvoll und zermalmte sie mit einem glatten Stein zu feinem Staub.

Diesen füllte sie in ein Säckchen und hängte es sich an den Gürtel.

Und huschte noch einmal in dieser Nacht aus dem Haus.

Tom schlief. Tief und fest. Sie hörte sein leises Schnarchen durch das offene Fenster.

Leise schlich sie ums Haus und verstreute dort die Asche der Hühnerknochen.

Es dauerte nur wenige Minuten.

Sie blieb stehen, bekreuzigte sich und lief zurück in ihre Kammer, wo die drei schwarzen Kerzen nach wie vor brannten.

Als sie die Stube betrat, löschte sie sie.

33

Am Vormittag hatte René einen Gerichtstermin. Sein Mandant war ein unangenehmer Zwerg, verbissen, verbiestert und sturköpfig bis zum Gehtnichtmehr, der sich mit seinem Vermieter um ein Luxusbad und die Summe von zwanzigtausend Euro stritt. Der Vermieter hatte das Bad vor dem Bezug der nagelneuen Wohnung nach den ganz speziellen Wünschen des Mieters bauen lassen und forderte jetzt die überdurchschnittlich hohe Investition vom Mieter zurück.

René war von Anfang an der Meinung gewesen, dass der Vermieter recht hatte, und redete nun schon seit einer Dreiviertelstunde auf seinen Mandanten ein wie auf ein krankes Pferd, doch um Gottes willen einem Vergleich zuzustimmen. Denn wenn es hart auf hart ginge, würde er den Prozess verlieren. Selbst mit ihm, René Bergmann, als Verteidiger. Er könne ja so manches, aber hexen könne er nicht.

Der Zwerg blieb stur und stimmte dem Vergleich nicht zu.

René stand auf, verstaute seufzend die Unterlagen in seinem Aktenkoffer und beugte sich zu seinem Mandanten. »Denken Sie noch mal drüber nach und rufen Sie mich dann an. Nachmittags zwischen fünfzehn und siebzehn Uhr bin ich in der Regel im Büro zu erreichen.«

René verließ das Gerichtsgebäude und fragte sich, was er in seinem Leben falsch gemacht hatte, dass er sich immer wieder darauf einlassen musste, solche Hohlköpfe zu verteidigen.

Er ging zu einem Chinesen zwei Straßen weiter und bestellte Frühlingsrollen. Die braunen Klumpen, die er kurz darauf auf dem Teller hatte, waren so groß wie Federtaschen und so hart wie Gummiknüppel. Er warf die Serviette darüber und verließ wortlos das Lokal.

Heute war offensichtlich nicht sein Tag.

»Leslie!«, rief er gewohnheitsmäßig, als er nach Hause kam, aber sie war nicht da. Wahrscheinlich macht sie ein paar Besorgungen, dachte er und beschloss, unter die Dusche zu gehen. Das entspannte ihn und vertrieb manchmal sogar seine schlechte Laune.

Erst jetzt bemerkte er den Brief, der noch ungeöffnet auf der Kommode lag. Wahrscheinlich hatte Leslie die Post aus dem Hausbriefkasten geholt, bevor sie ins Büro gefahren war.

Ihm schwante nichts Gutes, als er den Absender sah. Er riss den Briefumschlag auf und las:

HCOP Maresogno III: Insolvenzverfahren der Schiffsgesellschaften eröffnet

Sehr geehrter Herr Bergmann,
zu Ihrer Information möchten wir Ihnen mitteilen,
dass am 12.7.2015 bei dem Schiffsfonds HCOP
Maresogno III ein Insolvenzverfahren über
das Vermögen der beiden Schiffsgesellschaften
MS Mare Solo Julio Brandt GmbH & Co. KG und

MS Mare-Marina Julio Brandt GmbH & Co. KG eröffnet worden ist. Die Verfahren werden unter den Aktenzeichen 768 IN 435/34569 und 991 IN 760/21217 beim Amtsgericht Kiel geführt …

René wurde schwarz vor Augen. Nach ein paar Sekunden ging er mit dem Brief in der Hand ins Wohnzimmer und sank in einen Sessel. Er hatte in diese Schiffsfonds horrendes Geld investiert, wenn sie jetzt zusammenbrachen und pleitegingen – und danach sah es aus –, hatte er fast sein ganzes Vermögen verloren. Leslie hatte ihn immer vor Schiffsbeteiligungen gewarnt, aber er wollte davon nichts hören. Es war ein Risikogeschäft, sicher, vielleicht nichts für Hausfrauen und solche Sicherheitsfanatikerinnen wie Leslie, aber wer nichts wagte, der gewann auch nichts.

Er las weiter. Und es kam noch schlimmer: Man forderte ihn auf, die Ausschüttungen der letzten fünf Jahre zurückzuzahlen. Er hatte keine Ahnung, wie viel das war, aber ganz sicher waren es zig Tausende, wenn nicht noch mehr.

Er hatte verloren.

Wenn es wirklich so ernst werden sollte, wie es den Anschein hatte, musste er sich dringend etwas überlegen. Er lebte nicht auf großem, sondern auf riesigem Fuße, hatte das Geld für die wahnsinnig teure Wohnung, seinen Sportwagen, die Harley und tausend andere Luxusgüter nur so rausgehauen, hatte sich um seine Finanzen keine großen Gedanken gemacht. Was er übrig hatte, hatte er in diese Schiffsfonds gesteckt. Er musste komplett den Verstand verloren haben.

Wenn er wirklich blank sein sollte, mussten sie künftig von seinen Anwaltshonoraren leben, und die schwankten stark.

Die monatlichen Festkosten, die sich im Lauf der Zeit immer mehr gesteigert hatten, waren immens.

René wurde übel.

Dann mussten sie wieder ganz von vorn anfangen, dann war Schluss mit der Prasserei und dem sorgenfreien Leben.

Es war zum Wahnsinnigwerden.

34

Es war fast Mitternacht, und leise knatternd rollte Renés Harley durch den stillen kleinen Ort.

Vor der Trattoria saßen noch drei Urlauber beim Wein, die er daran erkannte, dass sie kurze Hosen und Sandalen trugen, was kein Italiener je tat. Ansonsten war nur Antonia dabei, ihren Müll in die Tonne zu stopfen.

Er wunderte sich, dass sie dies um diese Zeit tat, allerdings war es jetzt kühler als am Tag, und die Dorfstraße war immer noch hell erleuchtet. Er kannte Antonia, seine Schwester hatte von ihr erzählt, und er hatte sie auch schon einmal gesehen.

Sie hatte tiefschwarzes Haar, und er nahm an, dass die Farbe sogar echt war, denn Antonia hatte Cimessa seit zwanzig Jahren nicht mehr verlassen. Ihr Rückgrat war verkrümmt und tief gebeugt, sodass es ihr Schicksal war, nicht in die Ferne sehen zu können, sondern den ganzen Tag auf ihre Füße mit den verhornten, dreckigen Zehennägeln starren zu müssen. Dabei baumelten ihre schwere Goldkette und ihre langen goldenen Ohrringe störend vor ihrem Gesicht. Aber sie waren ihr ganzer Besitz, den sie immer, jeden Tag, trug.

Für Antonia war es eine Qual, sich so weit aufzurichten, dass sie den Müll in die Tonne stopfen konnte.

René sah es, aber er hielt nicht an, hatte keine Lust, ihr zu helfen, Antonia würde sofort im ganzen Ort herumerzählen, dass ein netter Mann in den Ort gekommen sei und vor dem Haus gehalten habe, in dem seit einiger Zeit dieser schweigsame deutsche Maler wohnte.

Nein, das war das Letzte, was er brauchte, bisher hatte ihn vielleicht noch niemand bemerkt.

Das kleine Haus seiner Schwester lag im absoluten Dunkel. Keine Außenlaterne brannte. Weit und breit niemand. Auch als er vor dem Haus parkte, regte sich nichts.

Langsam ging er um das Haus herum und sah in die Fenster. Alles leer, von Tom keine Spur.

Hinter dem Haus stand ein kleiner Fiat, wahrscheinlich der Ersatz für den dicken Audi-SUV, den Tom gefahren war.

»Tom!«, rief er laut, aber es kam immer noch keine Antwort.

Dann drückte er auf die Klinke der Haustür und wäre beinah vornübergefallen, so überrascht war er, als sie aufging.

»Tom?«, fragte er noch einmal und betrat das Haus.

Es sah fast aus wie immer, er hatte das Gefühl, gleich würde seine Schwester das Geschirrhandtuch zur Seite legen und ihn umarmen.

Aber es blieb still. Das Haus war leer.

Nun gut, dachte René, Tom wird schon kommen.

René schob sein Motorrad von der Straße weg in einen kleinen Verschlag hinterm Haus, öffnete seine Motorradjacke und nahm den Helm ab. Die lange Fahrt auf dem Bock saß ihm noch in den Knochen, er streckte sich, ließ Arme und Kopf kreisen und hoffte, dass sich sein verkrampfter Nacken ein wenig entspannte. Dann ging er zurück in die Küche, goss sich ein Glas Rotwein ein, setzte sich auf die

Terrasse, schlug die Beine übereinander und genoss den Blick ins Tal auf die Lichter Ambras in der warmen Nacht.

Tom kam langsam die Dorfstraße herauf. Er war angenehm müde und hoffte auf ein paar Stunden Schlaf.

Im Haus nahm er ein Glas und die angefangene Flasche Rotwein und ging damit auf die Terrasse.

Er hätte vor Schreck fast sein Glas fallen lassen, als er eine Person in schwarzer Lederkluft auf der Terrasse sitzen sah.

Aber bevor er irgendwie reagieren oder irgendetwas tun konnte, hatte René Tom bemerkt und sich umgedreht.

»Du hast ja viel Vertrauen in deine italienischen Mitbürger, dass du hier alles so offen stehen lässt!«, sagte er mit ironischem Tonfall. »Ich sitze hier bestimmt schon eine halbe Stunde!«

»Ach, René«, sagte Tom leise, »hallo. Wie kommst du denn hierher?«

»Mit der Harley. Zwei Tage auf dem Bock. Hey, Tom! Was ist das denn für eine Begrüßung? Ich dachte, du flippst aus vor Freude, dass ich dich besuche!«

Er stand auf und umarmte Tom, der steif wie ein Stock dastand.

»Geht's dir nicht gut?«

»Nee. Hast du gute Nachrichten?«

»Komm, setz dich erst mal und trink was. Ich hab mich schon bedient«, sagte René und deutete auf sein Glas.

»Erzähl!«, sagte Tom. »Was gibt's Neues? Wie geht es dir und Leslie, was macht die Polizei, ich will alles hören, jede Kleinigkeit!«

»Leslie und mir geht es gut. Es ist alles in Ordnung. Alle reden von dir, alle vermissen dich.«

»Wie schön«, bemerkte Tom trocken. »Und Charlotte«, er schluckte, »ich meine, die Leiche … ist sie inzwischen freigegeben?«

»Ja. Letzten Dienstag haben wir sie beerdigt. Dort, wo auch ihr Vater liegt. Mit Musik von Elton John, und der zuständige Pfarrer hat sich verdammte Mühe gegeben, keinen Scheiß zu erzählen. Du wurdest mit keinem Wort erwähnt. Die Polizei war natürlich auch anwesend und alles, was bei Film und Fernsehen Rang und Namen hat. Alle, die sich von Charlotte einen Job versprochen haben und jetzt keinen mehr kriegen. Küsschen hier und Küsschen da, Schätzchen hier und Liebchen da – es war zum Kotzen. Die letzte Gelegenheit, vielleicht noch mal einem anderen anwesenden Produzenten zu zeigen, wie wichtig man Charlotte gewesen war.«

Tom nickte, während es ihm heiß durch die Adern schoss. Niemals würde er es verwinden, dass er als Einziger bei ihrer Beerdigung nicht anwesend war und nicht Abschied nehmen konnte. Er hatte noch nicht einmal »Tschüss« sagen können.

Das war das Allerschlimmste.

Eine Weile tranken die beiden schweigend.

»Sag mal«, begann Tom wieder, »es weiß keiner, dass du hier bist?«

»Nein. Niemand.«

»Auch nicht Leslie?«

»Auch nicht Leslie. Ich habe ihr gesagt, dass ich nach Italien muss, aber von dir natürlich kein Sterbenswörtchen.«

Tom nickte.

»Die Polizei hat mit uns allen gesprochen, das heißt mit jedem einzeln. Ich habe keine Ahnung, was für einen Quatsch die anderen erzählt haben, ich war nicht dabei, ich bin ja nur dein Anwalt. Aber schlimm kann es nicht gewesen sein, sie wissen ja nichts. Aber sie suchen dich, Tom. International und über Europol. Nach wie vor. So was machen sie ja nicht nur eine Woche, sondern ziehen es lange durch. Bis sie etwas wissen.«

»Das heißt, ich muss noch bleiben?«

»Dachtest du, nach dieser kurzen Zeit ist die Luft raus? Natürlich musst du bleiben. Knast oder Cimessa – eine andere Alternative gibt es nicht. Und zum Glück ahnt die Polizei nichts von diesem Häuschen hier.«

»Du hast ihnen gesagt, dass du offiziell mein Anwalt bist?«

»Sicher.«

»Warum rückst du die Sache nicht gerade, René, warum haust du mich nicht raus? Das müsste doch möglich sein, verdammt noch mal!« Tom sprang auf, so erregt war er.

René trank einen Schluck, stellte langsam das Glas ab und sah Tom eindringlich an.

»Tom, es gibt schlechte Nachrichten. Und deswegen bin ich gekommen. Die Probleme, die wir jetzt haben, kann man nicht am Telefon diskutieren.«

Tom wurde blass, er wusste, was jetzt kam, und schenkte sich ein weiteres Glas ein. »Okay. Schieß los. Was ist passiert?«

»Vor ein paar Tagen gab es zu deinem Fall eine außerordentliche Pressekonferenz, die Zeitungen sind voll davon.«

»Nun sag schon!«

René schluckte. »Charlottes Hände waren hinter ihrem Rücken mit Kabelbindern gefesselt. Das hat die Polizei bisher aus ermittlungstechnischen Gründen geheim gehalten, jetzt aber veröffentlicht. Davon hast du mir nichts gesagt, Tom, und ich als dein Anwalt stehe jetzt da wie doof.«

»Waaaas?« Tom sprang auf, während seine Gedanken rasten. Warum sagte er ihm das jetzt? Ganz ohne Not? René konnte ja davon ausgehen, dass er keine Ahnung hatte. Und wenn René das Schwein gewesen war, das Charlotte nachträglich gefesselt hatte, dann war es ja wohl allemal klüger, die Klappe zu halten.

Tom war völlig irritiert. War es René doch nicht gewesen?

»Sag das noch mal. Ich kapiere überhaupt nichts mehr!«

»Charlottes Leiche war mit Kabelbindern gefesselt«, wiederholte René ungerührt. »Und deswegen suchen sie dich jetzt wegen Mordes. Mit Hochdruck!«

»Aber das kann nicht sein!«, schrie Tom und rannte aufgeregt wie ein Tiger im Käfig hin und her. »Das weißt du selbst, Charlotte war nicht gefesselt! Von wem denn auch? Das ist absoluter Blödsinn! Du hast Charlotte gesehen, du weißt, dass sie NICHT gefesselt war.« Auf gar keinen Fall durfte René merken, dass er von den Kabelbindern bereits wusste.

René atmete tief ein und aus. »Du, Tom, ich kann mich beim besten Willen nicht an dieses Detail erinnern. Ich war so geschockt und entsetzt, ich hab mir die Leiche wirklich nicht genau angeguckt. Ich konnte den Anblick kaum ertragen, da hab ich nicht auf ihre Handgelenke geachtet! Und als wir uns dann unterhalten und alles besprochen haben, saßen wir im Wohnzimmer.«

»Sie – war – nicht – gefesselt!«

»Tom, das Problem ist, dass dies in Deutschland als Fakt publiziert wird. Und wir können nichts dagegen tun. Es ist ein einziges großes Desaster, Tom, und ich verstehe nicht, wie das passiert sein soll. Du sagst, du warst es nicht, aber wie sollen denn dann zum Teufel die Kabelbinder an Charlottes

Handgelenke gekommen sein? Wie wir es auch drehen und wenden, plötzlich und aus heiterem Himmel sitzen wir abgrundtief in der Scheiße!«

»Du hättest alles aufklären, du hättest alles erklären können«, brüllte Tom. »Sie müssen doch gesehen haben, dass das Haus völlig durchwühlt war, dass die Scheiben eingeschmissen waren, dass ich es gar nicht gewesen sein kann! Was soll denn jetzt die Nummer mit den Kabelbindern? Du weißt doch Bescheid, René, warum redest du nicht, warum stellst du das alles nicht klar?«

René beugte sich vor und sah Tom ins Gesicht. »Mein Lieber, denk doch mal nach, verdammt noch mal! Was soll ich machen? Soll ich hingehen und sagen: Ich bin Zeuge, ich war in der fraglichen Nacht da, ich hab mir die Leiche angeguckt, sie hatte keine Kabelbinder? Das wäre Selbstmord, Tom, für dich und für mich. Ich würde schlagartig vollkommen unglaubwürdig dastehen, der Lügen überführt, käme in höchste Schwierigkeiten und könnte dich nicht mehr verteidigen. Ich wäre genauso tatverdächtig wie du! Vergiss es!«

Tom sackte in sich zusammen und verbarg sein Gesicht in den Händen.

»Das, was du dir vorstellst, dass die Leiche nicht mit Kabelbindern gefesselt war, könnte höchstens deine geheimnisvolle Kronzeugin entkräften, aber niemals ich als dein Anwalt!«

»Ich bin fassungslos«, stöhnte Tom.

»Ich auch«, erwiderte René, »und ich bin von der ganzen Situation genauso überrascht wie du.«

Tom war völlig verzweifelt und wiederholte es immer wieder: »René, du warst da, du weißt, dass Charlotte nur von der Harpune getroffen, aber nicht gefesselt war …«

René zuckte die Achseln. »Ich bin völlig durcheinander, Tom. Ich weiß nicht mehr, ob sie die Hände vor dem Bauch, hinter dem Rücken oder über dem Kopf hatte, ich sehe es nicht mehr vor mir, und ich weiß daher auch nicht, ob sie Kabelbinder dranhatte oder nicht. Ich war zu sehr geschockt und hab dieses schreckliche Bild vollkommen verdrängt.«

»Ich war's nicht, verdammt noch mal, ich war's nicht!«, brüllte Tom und raufte sich die Haare. »Aber wenn ich's nicht war, dann kannst es doch nur du gewesen sein, René! Du warst allein im Haus, als ich abgefahren war, du hattest alle Zeit der Welt. Du warst es, und jetzt kommst du her und spielst den Empörten, du Arsch!«

»Sag mal, hast du sie nicht alle?« René war aufgesprungen und bereit, Tom beim nächsten Satz eins in die Schnauze zu hauen.

»Na, wer soll es denn sonst gewesen sein, großer Meister der Juristerei? Der Heilige Geist? Oder die Putzfrau? Ich frage mich nur, welcher Teufel dich geritten hat, so einen Mist zu bauen, der uns alle jetzt in heillose Schwierigkeiten bringt.«

René zwang sich zur Ruhe und setzte sich wieder. »Tom, komm runter. Dreh jetzt nicht durch und überlege mal ganz cool: Ich bin dein Freund, ich will dir helfen, warum sollte ich so einen Blödsinn tun? Das ergibt keinen Sinn. Du warst es auch nicht. Okay. Ich glaub dir, denn auch das würde keinen Sinn ergeben. Also, was bleibt? Es kann nur eine Finte der Polizei sein.«

»Du meinst, die Polizei hat die Nachricht manipuliert?«

»Genau das meine ich. Vielleicht will dich die Polizei – wo immer du auch bist, denn sie haben ja keine Ahnung –

provozieren. Nach dem Motto: Wir geben eine Falschmeldung raus, um ihn zu ärgern. Das haben sie ja auch geschafft.« Er grinste. »Und dadurch hoffen sie, dass du dich meldest und sagst: Moment mal, so war das nicht. Das bin ich nicht gewesen oder so ähnlich. So wie sie es manchmal bei Raubüberfällen machen: Da sind dreihunderttausend Euro geraubt worden, und dann veröffentlichen sie in der Zeitung, dass es 1,2 Millionen gewesen sind. Das bringt die Räuber natürlich auf die Palme, und es gibt Streit beim Aufteilen der Beute. Also anders kann ich es mir nicht vorstellen.«

Tom nickte. »Da haben sie sich aber vertan. Den Teufel werde ich tun und die Sache richtigstellen. Ich werde schweigen wie ein Grab, und zurückzukommen kann ich vorerst knicken.«

»So sehe ich das auch«, sagte René ruhig. »Es sei denn, dein Quickie sagt für dich aus. Dann haben wir schlagartig bessere Karten.«

»Das würde sie nie tun. Das weiß ich.«

»Warum nicht?«

»Sie hat Angst. Und will als Promi natürlich auch in keine Mordgeschichte hineingezogen werden. No hope.«

»Da scheinst du dir ja nicht die Intelligenteste an Land gezogen zu haben.«

»Kann sein. War ja auch keine Frau fürs Leben, sondern nur für eine Nacht. Dass es mir derart in die Bude regnen würde, konnte ja niemand ahnen.«

»Stimmt«, sagte René und seufzte. »Es sieht übel aus, Tom, ich weiß im Moment auch nicht weiter.«

Beide schwiegen.

Schließlich stand René auf. »Ich hol mir mal ein paar Zigaretten.«

Er ging um die Hausecke und verschwand im Dunkeln.

Tom spürte, wie er zitterte, so irritiert, verwirrt und verängstigt war er.

Nach einer Minute war René wieder da, setzte sich und zündete sich eine Zigarette an.

Tom sah René mit glasigem Blick an.

Dann sackte er zur Seite und erbrach sich.

René sprang auf, hielt ihn um die Taille fest, damit er nicht vom Stuhl und in sein Erbrochenes fiel. Anschließend säuberte er ihm das Gesicht und beruhigte ihn noch ein paar Minuten.

»Möchtest du ins Bett?«, fragte er schließlich.

»Ja, bitte«, hauchte Tom.

René half ihm aufzustehen und schleppte ihn ins Schlafzimmer. Stellte ihm ein Glas Wasser ans Bett, zog ihm die Jeans aus und deckte ihn mit einer leichten Decke zu.

»Bis morgen«, flüsterte er. »Erhol dich.«

René legte sich auf das Sofa im winzigen Wohnzimmer, zog eine Decke über sich und versuchte alle Für und Wider noch einmal zu durchdenken, aber es gelang ihm nicht mehr, denn er fiel – vollkommen erschöpft – augenblicklich in einen ohnmachtsähnlichen Schlaf.

Als René am nächsten Morgen um neun auf die Terrasse kam, war Tom bereits angezogen und frisch geduscht, aber er war blass und hohlwangig.

»Kaffee?«

»Ja, bitte.«

Vögel zwitscherten in den Zypressen, und minutenlang passierte gar nichts.

»Wie machen wir jetzt weiter?«, fragte Tom.

»Wenn ich das wüsste. Solange sie dich nicht finden, passiert gar nichts. Mal sehen, was die Polizei noch für abenteuerliche Ideen aus dem Hut zaubert.«

»Mein Geld reicht nicht ewig, René.«

»Ich denke, du hast dein Auto verkauft?«

»Es waren Verbrecher. Ich hab nur Falschgeld bekommen und es gleich verbrannt. Das heißt: Ich hab nichts. Nur noch ein paar jämmerliche Kröten. Vierhundert Euro oder so, mehr nicht.«

»Oh mein Gott!«

»Hast du mir nichts mitgebracht?«

»Ich komm nicht an dein Konto ran, das ist das Problem, aber ich hab mir so etwas schon gedacht.« René zog einen Überweisungsschein aus der Innentasche seines Jacketts. »Hier. Füll den aus, unterschreib und überweise mir damit was auf mein Konto. Ich werfe den Schein in Hannover oder irgendwo ein. Und wenn ich das nächste Mal komme, bringe ich dir das Geld mit.«

»Kannst du mir nicht was auslegen?«

»Schlecht. Bin im Moment ein bisschen klamm, hab mich mit Schiffsfonds verspekuliert. Außerdem ist es gar nicht schlecht, wenn sie merken, dass aus Deutschland was auf mein Konto überwiesen worden ist. Sie werden glauben, es wäre eine Anzahlung auf mein Honorar, und gehen davon aus, dass du in Deutschland bist. In Hannover. Oder sonst wo. Ganz in der Nähe. Dann kommt niemand auf die Idee, dass du hier in Italien zwischen den Oliven sitzt und die Wolken zählst.«

»Super.« Tom füllte den Überweisungsschein über eine Summe von zehntausend Euro aus, schrieb unter Verwendungszweck: Anzahlung Anwaltshonorar René Bergmann, setzte seine Unterschrift darunter und reichte ihn René.

»Was soll ich denn jetzt machen?«

René zuckte die Achseln.

»Wann kommst du wieder?«

»Keine Ahnung. So bald wie möglich. Gibt es denn hier niemanden, von dem du dir etwas leihen könntest?«

»Nein. Bisher habe ich noch niemanden kennengelernt. Keine Seele.«

»Verflucht.«

»Wie viel hast du denn dabei?«

René zog seine Brieftasche aus der Hosentasche und sah hinein. »Zweihundert … dreihundert … dreihundertzwanzig. Ende. Das brauche ich für den Notfall, falls unterwegs was ist.«

»Verstehe.« Tom schlug mit der Faust auf den Tisch.

»Ich komme so schnell wie möglich wieder und bring dir was. Versprochen.«

»Wann fährst du wieder?«

»Eigentlich wollte ich jetzt sofort wieder fahren. Oder gibt es etwas, über das wir noch sprechen müssen?«

»Aber nein! Es ist alles in allerbester Ordnung«, sagte Tom ironisch und hatte das Gefühl, René auch keine Sekunde länger ertragen zu können.

Es war eine Höllenfahrt. René donnerte in Richtung Livorno die Küstenstraße in Serpentinen hinunter. Noch nie hatte er sich und seiner Harley so viel abverlangt – er fuhr am Limit.

Und mit seiner Maschine rasten seine Gedanken.

Für Bruchteile von Sekunden sah er immer wieder den Abgrund und das Meer aufblitzen, bis er im letzten Moment die Kurve nahm. Jede Sekunde höchstes Risiko.

So wie sein Leben im Moment immer mehr an Fahrt aufnahm und mit jeder Wendung mehr ins unkalkulierbare Risiko schleuderte.

Das Ganze entwickelte sich nicht übel. Tom war am Boden zerstört. Er war finanziell am Ende und fühlte sich gehetzt und verfolgt.

Noch klagte er, aber bald würde er winseln.

35

Am Abend saß Tom wieder in Tizianos Trattoria. Was sollte er auch anderes tun.

Allmählich füllte sich der Laden, die wenigen Sitzplätze wurden knapp.

Ein deutsches Pärchen, rüstige Rentner, auf Wandertour mit kurzen Hosen, Laufschuhen, dicken Socken und Rucksäcken näherte sich Toms Tisch, und beide lächelten freundlich.

»'tschuldigung, ist hier noch frei?«

»Bitte«, sagte Tom und überlegte irritiert, dass er offensichtlich sehr deutsch aussah.

»Danke!« Der Mann strahlte. »Ach, wie schön, Sie sprechen deutsch! Herrlich!« Er reichte Tom die Hand. »Angenehm, Erwin Strasser. Das ist meine Frau.«

Auch die Frau reichte Tom die Hand. »Ich bin Rosemarie.« Sie setzte sich und wirkte neben ihrem stämmigen Mann ungeheuer zerbrechlich.

Erwin nahm seine Brieftasche und die Bildzeitung aus seinem Rucksack und legte sie auf den Tisch.

»Freut mich, ich bin René«, erwiderte Tom.

Erwin rückte seinen ausladenden Hintern auf dem winzigen Kneipenstuhl zurecht und fragte: »Isst man hier gut?«

»Ja. Nicht außergewöhnlich, aber gut.«

»Was können Sie empfehlen?«

»Alles bis auf die Fleischgerichte. Die sind aufgetaut, totgebraten und vertrocknet. Nehmen Sie eine Vorspeise oder frische Pasta. Das ist alles ausgezeichnet. Der Salat ist leider sehr karg. Muss ich eigentlich auch von abraten.«

»Aha.« Erwin grinste. »Das ist doch eine Ansage, alles klar.«

»Und der Wein?«

»Ich würde keine Flasche, sondern den offenen Wein des Hauses bestellen. Der ist billig und fabelhaft.«

»Dürfen wir Sie einladen? Dann lassen wir uns einen Liter kommen!«

»Oh! Vielen Dank!«

»Egal, ich nehme trotzdem nur einen Salat, ich habe auf nichts anderes Appetit«, sagte Rosemarie.

Strasser orderte radebrechend eine toskanische Vorspeise, ein Nudelgericht, einen gemischten Salat und einen Liter Wein und fragte Tom anschließend: »Wo geht man hin, wenn man mal wo hingehen muss?«

»Durch die Eingangstür, dann links und gleich wieder rechts. Es ist ziemlich dunkel, aber in Ordnung.«

»Danke.« Strasser stand auf und ging ins Haus.

»Machen Sie hier Urlaub?«, fragte Rosemarie freundlich, nur um etwas zu fragen.

»Ja. Mir gefällt es hier. Ich genieße die Ruhe, die Abgeschiedenheit … Für eine gewisse Zeit bekommt mir das sehr gut.«

Rosemarie nickte. »Und Sie sind ganz allein?«

Tom lächelte. »Leider. Meine Frau ist beruflich sehr eingespannt, aber sie kommt am Wochenende nach, und dann haben wir noch zwei gemeinsame Wochen.«

»Ach, wie schön.«

»Ja. Und Sie?«

»Wir wandern durch die Toskana. Haben eine zweiwöchige Tour ausgearbeitet, von Ort zu Ort, zwischendurch ein bisschen Kultur, es gefällt uns sehr gut.«

»Und heute Nacht übernachten Sie hier?«, fragte Tom.

»Ja, genau. Direkt über der Trattoria.«

In diesem Moment kam Erwin Strasser zurück. »Ist urig da drinnen. Und erstaunlich sauber. Wir haben für heute Nacht ein Zimmer im ersten Stock, das ist dagegen ja hypermodern!« Er lachte und setzte sich.

Der Abendwind kam auf, fegte durchs Dorf und blätterte Strassers Bildzeitung auf, sodass Tom die große Überschrift des Artikels auf Seite drei las: »FÜHRT DIE SPUR DES MÖRDERS NACH ITALIEN?« Darunter ein großes, aktuelles Foto von ihm mit der Bildunterschrift: *»Im Urlaub fuhr Tom Simon mit seiner Frau Charlotte am liebsten nach Bella Italia.«*

Ihm wurde schlecht, und er überlegte fieberhaft, wie er die Zeitung verschwinden lassen konnte.

»Wohnen Sie hier im Ort?«, fragte Erwin.

»Ja, im Haus meiner Schwester. Ich komme gern her.«

»Ah ja, verstehe. Ist ja auch wirklich schön hier«, meinte Strasser.

»Sagen Sie, könnte ich mir vielleicht mal Ihre Zeitung ausleihen und einen Blick hineinwerfen?«, fragte Tom. »Als wir noch Studenten waren, war die BILD ja verpönt, aber hier ist es doch spannend, mal was aus der Heimat zu erfahren!«

»So isses! Genauso isses!«, brüllte Erwin und lachte laut. »Früher hat man sich mit der BILD in der U-Bahn geschämt, jetzt ist es völlig okay. Fast schon Kult. So ändern sich die Zeiten!« Er gab sie Tom.

»Danke. Sehr freundlich.«

Rosemarie saß nur da, lächelte und sagte gar nichts.

Tom faltete die Zeitung ein wenig mehr zusammen und legte sie neben seinen Teller.

»Aber ich brauch sie zurück, ich hab sie nämlich selbst noch nicht gelesen«, sagte Erwin. »Ach, das geht aber schnell, da kommt schon die Vorspeise!«

Tom brach der Schweiß aus. Wie konnte er an die Zeitung kommen und verhindern, dass die Strassers sie lasen und ihn auf dem Foto erkannten?

Während Erwin haufenweise toskanische Salami und Schinken in sich hineinstopfte und Rosemarie in ihrem kargen Salat herumstocherte, dachte Tom pausenlos nach.

Er hatte nur eine einzige Möglichkeit, nur eine einzige Chance, und es musste beim ersten Mal klappen.

Als Erwin sein Pastagericht aß und die Weinkaraffe noch dreiviertelvoll war, erzählte Tom: »Stellen Sie sich vor, ich habe gestern so einen Hundertjährigen, der hier mit dreißig durch die Gegend zottelte, überholt und sah nicht, dass die Carabinieri hinter mir waren, wusste nicht, dass Überholen verboten war, weil der durchgezogene Streifen in der Mitte der Straße nicht mehr zu sehen war. Plötzlich die mit Blaulicht hinter mir her, ich dachte, zum Teufel, was mach ich bloß …« Er machte eine große, ausholende Geste und schmiss die noch fast volle Rotweinkaraffe um, genau über die Zeitung.

Perfekt!

Rosemarie sprang auf. Auf ihren beigefarbenen Shorts prangte ein großer Rotweinfleck.

»Oh, verdammt, das tut mir leid! Ich bezahle Ihnen natürlich die Reinigung und bestelle uns sofort neuen Wein, es ist mir so peinlich!«, entschuldigte sich Tom.

»Schon gut«, meinte Rosemarie still. »Machen Sie sich keine Sorgen, es ist ja nur eine Wanderhose. Ich habe mehrere mit. Kein Problem.«

Tom wrang die völlig durchnässte Zeitung demonstrativ zu einem dicken Zeitungsbrei aus und ließ sie auf dem Tisch liegen.

Die konnte heute keiner mehr lesen.

Und um diese Zeit war auch keine edicola mehr offen, wo sich Strasser eine neue hätte kaufen können.

Tom hätte vor Erleichterung am liebsten laut gesungen und getanzt.

»Aber ich möchte das irgendwie wiedergutmachen«, bat er.

»Schon gut, alles in Ordnung. Shit happens.«

Tom lächelte erleichtert.

»Auf Ihr Wohl!«, prostete Tom dem Ehepaar zu, als die neue Karaffe vom Wirt auf den Tisch gestellt wurde. »Es ist wirklich schön, dass wir uns getroffen haben! Ich wünsche Ihnen noch ein paar herrliche, entspannte Tage!«

Tizianos Kneipe war dunkel, vor einer Stunde waren die letzten Gäste gegangen.

Es war halb zwei.

Ein Gewitter lag über dem Land, und der nachtschwarze Himmel war noch dunkler, noch violetter als gewohnt.

Tom saß unter der Kastanie auf der Piazza und hoffte auf ein bisschen Abkühlung, um schlafen zu können.

Ich darf mich nirgends mehr sicher fühlen, dachte er. Jeden Moment kann es vorbei sein. Auch wenn Polizei und

Carabinieri keine Ahnung haben: Überall gibt es Strassers, die mich auffliegen lassen können. Sie erkennen und finden mich an jedem verdammten Ort dieser Welt.

Er wunderte sich über das Klappern von Geschirr in dem sonst so stillen Dorf.

Nur zehn Minuten später öffnete sich die Tür von Tizianos Trattoria, und die schwarze Frau kam heraus.

Sie trocknete sich die Hände und setzte sich an einen der Tische vor der Tür.

Tom duckte sich tiefer in den Schatten der Kastanie und wartete ab.

Aber nichts passierte. Nach wenigen Minuten stand die Frau auf und lief den Weg hinauf zu ihrem Abbruchhaus.

Tom blieb noch eine Stunde unter der Kastanie sitzen und kam in der Stille der Nacht wenigstens etwas zur Ruhe.

Als er kurz vor drei wieder in sein Haus kam, lag eine rote Hibiskusblüte auf seinem Kopfkissen, daneben ein Seil mit drei Knoten.

ZWEITER TEIL

DIE SCHWARZE FRAU

36

Die Sonne verschwand hinter violett-schwarzen Wolkenbergen, es wurde schlagartig dunkel. Ein heftiger, böiger Wind kam auf, pfiff um die Ecken, er schien sich auf der Piazza della Signoria zu fangen und dort zu wüten wie an kaum einem anderen Ort von Florenz.

Auf der Piazza wirbelte alles durcheinander, was durcheinanderzuwirbeln war. Caféstühle kullerten übers Pflaster, Sonnenschirme klappten hoch, lösten sich und rutschten, rollten oder flogen über den Platz. Restaurantgäste flohen nach drinnen, Hunde bellten, Kinder schrien, und bereits jetzt, nach wenigen Minuten, fielen die ersten schweren, dicken Regentropfen und platschten auf den Asphalt.

Henry Holl hatte seit fünf Stunden mit seiner Gitarre auf dem Boden gesessen, Beatles-Songs gespielt und dazu gesungen und konnte seinen Hut mit dem Kleingeld, der dabei war wegzufliegen, gerade noch festhalten. Dann stopfte er eilig seine Gitarre in die Hülle, zog seine Lederjacke über und verließ die Piazza.

Mittlerweile schüttete es wie aus Eimern, und Henry stellte sich unter der wild flatternden Markise eines Cafés unter. Er hatte unbändigen Appetit auf ein italienisches Törtchen und einen caffè, aber das konnte er sich hier nicht leisten.

Im Zentrum von Florenz bezahlte man für alles das Fünffache von dem, was es auf einer ganz normalen Piazza eines toskanischen Städtchens kostete.

Innerlich fluchend wartete er die Gewitterschauer ab. Seine Füße in Flip-Flops waren eiskalt, und sein nasses T-Shirt klebte am Körper.

Er musste hier weg, hatte nur wenig verdient, weil die Touristen fast ausschließlich mit den Kunstschätzen beschäftigt waren. Sie hetzten von Museum zu Museum, vom Antikmarkt zum Dom, vom Baptisterium zum Ponte Vecchio, von der Einkaufsmeile der Nobelmarken zu den Uffizien und hatten für alles einen Blick: nur nicht für ihn, Henry Holl.

Wahrscheinlich hätte er sich nackt ausziehen können – er wäre auch nicht bemerkt worden.

Dreiundzwanzig Euro dafür, dass er fünf Stunden dagesessen hatte – das war gar nichts.

In Siena hatte er schon mal vor ein paar Jahren einige Wochen auf dem Campo gesungen, dort hatte er das Dreifache verdient. Er wusste nicht, welcher Teufel ihn geritten hatte, es diesmal in Florenz zu probieren.

Henry zog in der Toskana von Dorf zu Dorf, weil es hier kaum Straßenmusikanten und kaum Bettler gab, was im Grunde dasselbe war. Jetzt war Ferienzeit und Hauptsaison, Touristenströme schoben sich durch die Städte, während die italienischen Strände von den Italienern selbst in Beschlag genommen wurden. Spätestens im September würde er ans Meer fahren. Dort verdiente er in der Nachsaison zwar wenig, aber er konnte per niente am Strand schlafen, denn die Liegestühle, die man tagsüber teuer bezahlen musste, wurden erst am dreißigsten September weggeräumt.

Er freute sich schon auf das Meer, aber jetzt galt es, bis dahin noch so viel wie möglich zu verdienen.

Henry Holl lebte seit zwanzig Jahren auf der Straße, war ständig auf Achse und reiste der Sonne hinterher. Er zog durch die Welt, genoss es, neue Leute kennenzulernen, sich ein paar Tage lang mit ihnen auszutauschen, zu diskutieren oder sich zu lieben – und genauso genoss er es dann, auch wieder adieu zu sagen und allein weiterzuziehen. Für ihn war es der größte Luxus überhaupt und der Inbegriff von Freiheit, allein zu sein und für das, was er tat, niemandem Rechenschaft ablegen zu müssen. Künstler brauchten Luft zum Atmen und Inspiration, um kreativ sein zu können. So schrieb er ständig neue Songs, die er auf der Straße sang, aber bisher war noch niemand auf ihn aufmerksam geworden. Niemand von einer Plattenfirma hatte ihm eine Visitenkarte in den Hut geworfen und gesagt: »Komm nächste Woche in unser Büro in Milano. Ich glaube, dass Großes in dir steckt.«

Aber Henry glaubte fest daran: Irgendwann kam seine große Stunde. Es konnte gar nicht anders sein, denn er war dazu geboren, Lieder zu schreiben und Musik zu machen. Erfolg zu haben war eben manchmal nur eine Frage der Zeit. Und wenn er DEN großen Hit gelandet hatte, dann würde er vielleicht sogar weiter am Strand schlafen, aber er brauchte sich wenigstens keine Gedanken mehr darüber zu machen, ob er sich am nächsten Tag genug zu essen kaufen konnte.

Und so war Henry ständig vergnügt und freute sich auf seinen großen Tag.

Die ganze Welt war seine Bühne.

Das Gewitter hatte sich beruhigt und der Regen fast völlig aufgehört.

Siena war die Lösung. Da würde bestimmt jeden Abend die Kasse klingeln.

Er ging zum Bahnhof, um wie immer schwarzzufahren.

Irgendwie würde das auch diesmal gut gehen.

Denn Henry Holl glaubte fest daran, ein Glückskind und auf der Sonnenseite des Lebens geboren worden zu sein.

Als er nach Siena kam, war alles wie damals, vor drei Jahren, als er das letzte Mal in dieser Stadt gewesen war. Er fühlte sich, als käme er nach Hause: Siena hatte ihn immer fasziniert.

Er erinnerte sich noch gut, ging vom Bahnhof die Viale Giuseppe Mazzini in östlicher Richtung, lief dann an der Porta Ovile über die Piazza San Francesco bis in die Gärten der Fonti di Follonica. Hier kannte er sich aus, hier hatte er nachts seine Ruhe.

Er fand den Platz unter einem verwilderten, halb zerfallenen Torbogen wieder, unter dem er schon ein paarmal übernachtet hatte. Drei Kaffeebecher, zwei Bierbüchsen und einen zerfledderten Pizzakarton warf er in den nächsten Mülleimer. Es war alles in Ordnung, das Leben konnte so einfach sein.

Mittlerweile war es schon früher Abend, er spürte, dass er Hunger bekam. Langsam schlenderte er zur Piazza del Campo, die nur wenige Minuten entfernt war, um noch ein paar Lieder zu singen, ein paar Euro zu verdienen und sich dann eine Pizza und eine Flasche Wein für die Nacht zu kaufen.

Es war halb eins, als er in den Park zurückkehrte.

Wunderbar. Die Stille umfing ihn wie eine warme, trockene Höhle.

Mithilfe einer kleinen Taschenlampe fand er die Stelle für sein nächtliches Lager problemlos. Er zündete ein Teelicht an, legte sich auf seine Isomatte und genoss das flackernde Licht und die im Wind rauschenden Bäume in der warmen Sommernacht.

Trunken vor Glück und Zufriedenheit nahm er noch ein paar letzte Schlucke aus der Weinflasche, um die nötige Bettschwere zu bekommen, und schlief ein.

Es war gegen drei Uhr früh, als ihn Gegröle aus dem Tiefschlaf riss und sich sein Körper augenblicklich verspannte.

Henry schlug die Augen auf. Sie waren schon da. Drei Typen hatten sich vor ihm aufgebaut. Schlaftrunken sah er zwei T-Shirts vor sich, auf dem einen ein brüllender Löwe vor der britischen Fahne und auf dem anderen fettgedruckt: »I'm a warrior.«

Engländer, dachte er. Beruhige dich. Es ist nur ein fieser Albtraum.

Es war wie ein warmer Regen. Bis er merkte, dass sie ihm direkt ins Gesicht pissten, dass ihn der scharfe Strahl direkt in die Nase traf, und als er spuckte und hustete und reflexartig den Mund aufriss, pissten sie ihm direkt hinein.

Sie brüllten vor Lachen.

Er schluckte hilflos, konnte nicht anders, rappelte sich hoch …

Und da krachte ihm schon die Faust ins Gesicht. Er hörte einen entsetzlichen Laut, als wenn man einen Ast durchbricht, und dachte gleichzeitig: Ich habe keine Nase mehr.

Der Schmerz schoss ihm durch den ganzen Körper, machte ihn bewegungsunfähig. Er lag nur da, reagierte nicht und hoffte, dass es vorbei sein möge.

Aber da kam ein Tritt in die Nieren, und dann sprang ihm jemand auf den Kopf.

Seine Gedanken hörten auf, in seinem Hirn wurde es schwärzer als im nächtlichen Park.

Einer der drei Typen kippte seine Tasche aus, auf die eine winzige Deutschlandfahne aufgenäht war.

»Deutsch Kraut!«, zischte er. »Fuck!« Und der mit der schwarzen Jacke lachte schrill.

»Kill him, George!«, hörte er wie in weiter Ferne eine Stimme, und erneut krachte eine eiserne Faust erst in sein Gesicht, dann in seinen Bauch und seinen Unterleib.

Henry hörte jemanden schreien und begriff langsam, dass er es selbst war.

Er wollte sich bewegen, wollte fliehen, wollte sich schützen, aber es ging nicht. Der Schmerz war so übermächtig, dass er ihn lähmte.

Diese Hilflosigkeit war das Schlimmste. Er sah den eigenen Tod vor Augen und konnte nichts dagegen tun.

Henry wusste nicht mehr, wie ihm geschah. Es hagelte Tritte, sein Körper war ein einziger Klumpen Schmerz, er wartete auf sein Ende, schnappte ein paar englische Brocken auf, über die falsche Schiedsrichterentscheidung eines Deutschen, die den Engländern den Sieg gekostet hatte, aber es war ihm alles so egal, er wollte nur, dass es aufhörte, dass Schluss war, dass der Schmerz abebbte, dass diese Hooligans sich verpissten und ihn in Frieden leben oder sterben ließen …

In der Ferne grölte eine Meute »God save the Queen«.

Die drei horchten auf.

Völlig umnebelt hörte Henry, dass sie sich irgendetwas zuriefen, aber er war nicht mehr in der Lage zu verstehen, was.

Plötzlich ließen sie von ihm ab und verschwanden.

Im Park war es still, aber sie konnten überall sein.

Konnten jeden Moment wiederkommen.

Henry rührte sich nicht, war nicht mehr in der Lage zu denken.

Er lag vollkommen bewegungslos da und versuchte zu atmen.

Als er nach Minuten oder Stunden wieder zu sich kam, hoffte er, dass er mit dem Leben davongekommen war.

Aber sicher war er sich nicht.

37

»Was meinst du? Was bekomme ich noch für das Haus?«, fragte Neri seinen Freund Marcello, der als Geometer und Architekt arbeitete.

»Schwer zu sagen«, meinte Marcello. Seit einer halben Stunde war er relativ schweigend von Zimmer zu Zimmer gegangen. »Man bekommt nicht immer unbedingt das, was ein Haus wert ist, sondern das, was ein Interessent zu zahlen bereit ist.«

»Red nicht drum rum«, sagte Neri ungeduldig. »Was jemand bereit ist zu zahlen, werden wir sehen, ich frage dich ja nur, was es ungefähr wert ist.«

Marcello seufzte. »Wenn ich ehrlich bin, Donato, und ehrlich bin ich nur zu dir, weil ich dein Freund bin, sonst würde ich dir das Blaue vom Himmel herunterlügen, nur damit du dich wohl und geschmeichelt fühlst … Also, wenn ich ehrlich bin …«

»Himmel, Marcello, du bist doch sonst nicht so umständlich!«

Marcello sah ihn an und verzog den Mund. »Wenig, Donato. Sehr, sehr wenig. Was hast du denn gedacht?«

Neri zögerte und sagte schließlich vorsichtig: »Zweihundert?«

»Weniger.«

»Sehr viel weniger?«

»Sehr viel weniger.«

»Hundertfünfzig?«

»Nicht mal das.«

»Hundert?«

»Mit sehr viel Glück und Wohlwollen. Ich denke, mehr als achtzig ist nicht drin.«

Neri sank auf einen Stuhl. »Porca miseria.«

»Wann hast du das letzte Mal renoviert?«, fragte Marcello.

»Ich kann mich nicht erinnern.«

»Siehst du. Also vor Menschengedenken. Bäder und Küche sind mindestens vierzig Jahre alt, habe ich recht?«

Neri nickte und verdrehte die Augen.

»Fenster und Türen müssten unbedingt erneuert werden … Ach was red ich, das ganze Haus ist dringend und im höchsten Grade renovierungsbedürftig, so kriegst du das nicht verkauft, außer zu einem Spottpreis.«

»Und wenn ich den dann noch durch zwei teilen muss …«

»… dann ist es fast eine Nullnummer«, ergänzte Marcello. »Jedenfalls keine Summe, mit der du große Sprünge in ein neues Leben machen kannst.«

»Weißt du, wie sehr mich das alles ankotzt?«, fragte Neri schlapp.

»Ich kann es mir vorstellen.«

»Mir ist nie aufgefallen, in was für einer Bruchbude wir hier mit Gianni und Oma und dann nur noch mit Oma gehaust haben. Gabriella hat immer alles in Ordnung gehalten, es war sauber, gemütlich, sie hat Blumen hingestellt, und zu Weihnachten …« Neri wischte sich über die Augen. »Vielleicht sagst du das jetzt auch nur, weil es hier so fürchterlich aussieht. Hier hat seit unserer Trennung keiner mehr richtig sauber gemacht, ich weiß, was das für ein Dreckstall ist und wie ungemütlich es aussieht. Aber wenn man es herrichtet …«

»Da gibt es nichts herzurichten, Donato. Gut, du kannst einen etwaigen Kunden ein klein wenig blenden, wenn du einmal den Maler durchjagst, abwäschst und aufräumst, aber Bruchbude bleibt Bruchbude. Entschuldige, Donato, aber daran gibt es nichts zu rütteln.«

Neri stützte schwer den Kopf auf seine Hand. »Seit Gabriella weg ist, geht alles den Bach runter. Als wenn alles seinen Wert verloren hat. Ich hab nicht nur sie, ich hab alles verloren.«

»Und ihr wollt euch wirklich scheiden lassen?«

»Ich nicht. Ich wäre froh, wenn sie wiederkommt.«

»Dann rede mit ihr.«

»Das geht nicht. Ich hab alles versucht. Sie hat nur noch diesen Hengst, diesen schmierigen Samuele, im Kopf. Nein, Marcello …« Neri stand auf. »Wir müssen jetzt klare Kante machen, weil ich in diesem Haus nicht mehr klarkomme, weil ich es nicht mehr leiden kann und mich deswegen auch nicht mehr drum kümmere. Mach, was du willst, aber verkaufe es. Und dann such ich mir was Eigenes, irgendetwas, wo mich nichts mehr an Gabriella erinnert und wo ich mich vielleicht wieder wohlfühlen kann. Hier geh ich kaputt.«

»Ja, das sieht man. Das wusste ich in dem Moment, als ich das Haus betreten hab. Aber du musst etwas daran tun, sonst ist es unverkäuflich.«

»Ich?«, schrie Neri. »Warum immer ich? Ich bin immer der Dödel, der Vollidiot, der für alles herhalten muss. Ich streiche das Haus, mache sauber, räume auf, putze die Fenster, repariere dies und das, mähe den Rasen, pflege die Blumen, alles ist schick, und ich verkaufe es für die Summe X. Habe eine Heidenarbeit damit gehabt. Und Gabriella kassiert die Hälfte, lacht sich ins Fäustchen und hat keinen kleinen Finger krumm gemacht? Findest du das gerecht?«

»Nein. Aber Gabriella wohnt jetzt die ganze Zeit bis zum Hausverkauf irgendwo und bezahlt Miete und du nicht.«

»So 'n Haus kostet auch was. Außerdem hat sie ihren Chefbeschäler, der sie aushält.«

»Neri, bitte, du bist viel zu verbiestert. Mach was, sieh zu, dass du die Hütte loswirst, und reg dich nicht über jeden Euro auf. Und dann fang ein neues Leben an. So lebst du ja nicht mehr, du vegetierst nur noch.«

Neri brauchte ein paar Sekunden. Dann sah er Marcello mit großen Augen an. »Meinst du wirklich?«

»Ja, das meine ich wirklich.«

Als Marcello gegangen war, wanderte Neri in seinem Haus von Zimmer zu Zimmer und versuchte alles, jede Kleinigkeit, mit Marcellos oder mit den Augen eines Käufers zu sehen. Es sah wirklich erbärmlich aus. Noch nie war ihm aufgefallen, was für einen fürchterlich veralteten Vierplattenherd Gabriella gehabt hatte, er hatte immer nur die wundervollen Mahlzeiten wahrgenommen, die sie darauf gekocht hatte.

Auch der Kühlschrank war ein uraltes Modell, besonders interessant das Einschussloch im unteren Teil. Er hatte seine Waffe geputzt und nicht bedacht, dass noch eine Kugel im Lauf war. Sie war losgegangen, hatte Tür und Kühlschrank durchschlagen und war durch die Hinterwand wieder ausgetreten, ohne ihn zu beschädigen, aber es hätte natürlich auch Oma treffen können, wenn sie sich gerade ein Joghurt aus dem Kühlschrank geholt hätte. Und dann hätte er wirklich Probleme gekriegt.

Marcello hatte ja vollkommen recht, mit der Küche konnte man keinen Staat machen, sie war vollkommen überaltert, unmodern und unpraktisch. Im Wohnzimmer gab es außer einer Couch nichts Gemütliches, und das Fernsehbild flimmerte, wenn jemand durchs Zimmer ging. Es wurde sogar komplett schwarz, wenn jemand den Wasserhahn aufdrehte oder die Toilette benutzte. Die Decke war nicht mehr weiß, sondern in den Ecken grau und zeugte von den Jahren, die ohne Renovierung ins Land gegangen waren. In Giannis altem Kinderzimmer hingen noch lauter Plakate von Gianna Nannini und Juventus Turin, und Omas Zimmer war mit Blümchentapete und Madonnenbildchen zugekleistert. Am unpersönlichsten aber war das Schlafzimmer von Gabriella und ihm. Eine verspiegelte Schrankwand und davor ein Bett von Ikea aus Florenz, helles Holz, schlicht und geschmacklos. Es war billig gewesen, und er hatte es nie gemocht. Auch die verspiegelte Schrankwand hatte ihm nie den erhofften erotischen Kick gegeben. Wenn er ehrlich war, hatte er nicht ein einziges Mal wirklich hingesehen.

Neri wusste, dass im Bad, im Schlafzimmer und im Magazin der Schimmel in den Ecken und unter den Fenstern wuchs, und er wusste auch, dass sich die Trommel der Waschmaschine schon lange nicht mehr drehte.

Kein Haus, das man guten Gewissens jemandem verkaufte.

Ich will hier weg, dachte Neri, ganz egal, wie, mir ist jedes Mittel recht, nur weg. Weg, weg, weg. Ich gebe Gabriella ihren Anteil, und dann bin ich über alle Berge und fange ein neues Leben an.

Anstatt weiter untätig im Sessel zu warten, bis er sich endlich ins Bett schleppen konnte, stand er auf und fing an, die Küche sauber zu machen.

Wusch dreckiges Geschirr ab und putzte alles, was ihm zwischen die Finger kam. Alle Schränke und versteckten Küchenecken, von denen er niemals gedacht hatte, dass er sie jemals auch nur eines einzigen Blickes würdigen würde.

38

Am nächsten Tag hatte Neri frei. Er schlief anderthalb Stunden länger als gewohnt, stand auf, rasierte sich und zog los, um in Castelnuovo Berardenga auf den Markt zu gehen und in der Bar auf der Piazza einen Kaffee zu trinken und ein Panino zu essen.

Und dann passierte das, wovor er sich insgeheim immer gefürchtet hatte: Am Tresen der Bar stand ein Hüne von Mann mit einem Kreuz wie ein Gorilla. Und dieser Silberrücken, der niemand anders als Samuele sein konnte, hatte einen Arm um Gabriellas Schultern gelegt. Um seine Gabriella, die unter dieser Pranke direkt zart und zerbrechlich wirkte.

Er registrierte selbst, dass sie in seinen Gedanken immer noch »seine« Gabriella war.

Sein erster Impuls war, sich umzudrehen und die Flucht zu ergreifen, denn noch hatten sie ihn nicht bemerkt, aber er tat es nicht. Hier stand leibhaftig Gabriella, und Neri wollte die Chance nicht ungenutzt lassen, mit ihr zu reden, wollte hin zu ihr, sie von dieser Pranke befreien und mit nach Hause nehmen.

Sie würde es schaffen, aus diesen kalten Räumen wieder ein Zuhause zu machen, sie bräuchten nicht zu verkaufen, und er würde alles nur Menschenmögliche unternehmen, damit es ihr gut ging. Er würde alles vergessen und verzeihen, was geschehen war, würde sie glücklich machen und den Gorilla komplett aus seiner Erinnerung löschen.

In diesem Moment bemerkte ihn Gabriella. Es dauerte zwei oder drei Sekunden, dann sagte sie: »Ciao, Donato.«

Jetzt drehte sich auch der Gorilla um. Ein freundliches, aber unverbindliches Lächeln zog über sein breitflächiges, etwas grobes Gesicht, mit dem er wahrscheinlich routinemäßig seine Kunden begrüßte, und Neri wunderte sich über seine hellen, blauen Augen, die sogar in dieser schummrigen Bar leuchteten.

»Piacere«, sagte Samuele.

Neri nickte nur und wandte sich an Gabriella. »Kann ich dich einen Moment allein sprechen?«

»Certo.« Gabriella löste sich von Samuele und drückte ihm einen flüchtigen Kuss auf die Wange, was sie sich hätte sparen können, fand Neri, und was seine Stimmung augenblicklich noch mehr dämpfte.

»Gehen wir ein paar Schritte durch den Ort?«, fragte Neri leise.

»Ja, warum nicht?«, meinte Gabriella. »Aber warum tust du denn so geheimnisvoll?«

»Ich möchte nicht, dass dieser King Kong jedes Wort mithört von Dingen, die nur uns etwas angehen.«

»King Kong?«, fragte Gabriella.

»Na ja, bitte. Ist er Italiener?«

»Ja, klar.«

»Ich habe in Italien noch nie so einen riesigen Bären gesehen. Das ist kein Mann, das ist eine Mutation.«

Gabriella musste lachen. »Dass er dir nicht gefällt, war ja klar.«

Eine Weile gingen sie schweigend durch den Ort. Dann fragte Gabriella: »Was gibt's denn so Dringendes?«

»Unser Haus ist eine Bruchbude, Gabriella«, sagte Neri leise. »Das hab ich so auch nicht geahnt und nicht gewusst. Aber ein Gutachter hat es sich angesehen. Im Grunde ist es unverkäuflich.«

»Dein toller Gutachter spinnt. Der hat sie doch nicht alle. Das Haus ist völlig okay. Viel besser als die meisten anderen in Ambra. Gut, die Räume müssten vielleicht mal gestrichen werden, aber das ist ja keine große Affäre.«

»Für mich schon. Ich muss in diesem Chaos und in diesem Dreck leben und arbeiten.«

»Soll ich für eine Woche zurückkommen, um genauso zu leiden wie du? Ist es das, was du mit mir besprechen wolltest? Samuele und ich haben übrigens getrennte Kassen. Ich zahle dafür, dass ich mich in seinem Haus aufhalten darf, fünfhundert Euro Miete im Monat.«

»Er ist ein Schwein. Ein Halsabschneider.«

»Vielleicht. Aber er ist auch zärtlich. Aufmerksam. Er lässt mich tun, was ich will, und er interessiert sich für das, was ich mache. Das ist ein verdammt gutes Gefühl. Und er spricht mit mir, Donato. Verstehst du? Er redet! Und geht nicht einfach aus dem Zimmer, wenn ihm irgendwas nicht passt oder wenn ich ein Problem anspreche.«

»Toll«, sagte Neri. Mehr fiel ihm nicht ein.

»Vielleicht sieht er aus wie King Kong, aber so ist er nicht. Er ist zärtlich und mitfühlend, mit ihm kann man alles ausdiskutieren.«

Neri schwieg.

»Das konnte ich mit dir nie, Donato.«

»Nein.«

»Und das hat mir immer gefehlt. Oder sagen wir mal, es hat mich maßlos gestört.«

»Aha.«

»Siehst du, du sagst ja auch jetzt nichts dazu.«

»Was soll ich denn sagen?«

»Ach komm, Neri, vergiss es.«

»Das Haus ist quasi unverkäuflich, Gabriella, was sollen wir tun?«, wiederholte Neri. »Dein Gorilla ist doch vom Fach! Kann er es nicht so herrichten, dass es uns die Käufer nur so aus den Händen reißen? Das ist doch sein Job, verdammt noch mal, oder hab ich da was falsch verstanden?«

Gabriella sah ihn einen Moment fassungslos an. Dann drehte sie sich um und ging davon.

Neri lief ihr hinterher. »Gabriella!«, rief er. »Bitte, bleib stehen!«

Sie tat es.

Neri ging zu ihr und fasste sie an den Schultern. »Bitte, cara, bleib bei mir! Komm zu mir zurück! Wir machen einen ganz neuen Anfang. Alles, was gewesen ist, ist vergessen. Bitte, gib uns noch eine Chance!« Jetzt umarmte er sie und flüsterte: »Ich liebe dich, Gabriella. Ich liebe dich immer noch. Ohne dich hat alles keinen Sinn.«

Gabriella befreite sich aus der Umarmung und sah ihn an.

»Meinst du das ernst?«

»Ich hab noch nie etwas so ernst gemeint.«

Sie hielt einen Moment inne. »Lass mir Zeit.« Dann drehte sie sich um und ging davon. Zurück in die Bar und zurück zu ihrem Gorilla.

39

René hatte einen Termin bei einem Klienten, Leslie war allein zu Hause.

In den vergangenen Tagen hatte sie bereits zweimal versucht, Tom zu erreichen, aber er hatte sein Handy nie angeschaltet. Heute Morgen hatte sie ihm daher eine SMS geschrieben, dass sie es am Abend wieder versuchen würde. Aber vielleicht hatte er die SMS ja noch gar nicht gelesen.

Aus der Küche holte sie sich ein Knäckebrot mit Käse und ein Glas Weißwein, machte es sich auf dem Sofa gemütlich und schaltete den Fernseher ein. Im zweiten Programm lief *Aktenzeichen XY … ungelöst*, und sie hörte in diesem Moment, wie ein Filmbericht mit den Worten endete: »… und seit der Nacht vom 7. auf den 8. Juni 2015 fehlt von Thomas Simon jede Spur.«

Leslie riss entsetzt die Augen auf, hielt den Atem an und schaltete den Ton lauter.

Der Moderator wandte sich an Ole Hansen, der im Studio am Pult stand, Jeans und ein Jackett trug und kaum merklich mit der Oberlippe zitterte.

»Kriminalhauptkommissar Ole Hansen von der Kripo Hamburg hat nun einige Fragen an unsere Zuschauer. Bitte schön.« Er nickte ihm aufmunternd zu.

Der Kommissar begann leicht stotternd in die Kamera zu sprechen: »Thomas, genannt Tom, Simon ist fünfundvierzig Jahre alt, ein Meter zweiundachtzig groß und schlank. Er hat kurzes, graublondes Haar, trägt einen gepflegten Dreitagebart und benötigt zum Lesen eine Brille. Wir wissen nicht genau, welche Kleidung Tom Simon auf seiner Flucht anhatte, aber normalerweise trägt er Jeans, Wildlederstiefel und eine graubraune derbe Lederjacke mit diversen Taschen, die alle mit Reißverschlüssen versehen sind.«

Dazu wurde ein sehr gutes und ziemlich aktuelles Bild von Tom eingeblendet.

»Tom Simon fährt einen schwarzen Audi Q7 mit dem amtlichen Kennzeichen HH für Hamburg, TS, was für Tom Simon stehen könnte, und der Nummer 785«, fuhr Ole Hansen fort.

»Und nun meine Frage: Wer hat in der fraglichen Nacht vom 7. auf den 8. Juni in der Umgebung der Hohenringswarft außerhalb von Bönningstedt irgendetwas Verdächtiges bemerkt? Wie Sie im Filmbeitrag bereits gesehen haben, war Thomas Simon in dieser Nacht mit ziemlicher Sicherheit nicht allein, sondern mit einer Frau zusammen. Diese Frau ist für uns eine wichtige Zeugin, und wir bitten sie dringend, sich mit der Kripo Hamburg in Verbindung zu setzen. Wir werden ihre Aussagen selbstverständlich vertraulich behandeln.«

Mit zitternden Händen nahm Leslie das Glas und trank einen Schluck Wein, um sich etwas zu beruhigen.

»Ansonsten: Wer hat eventuell eine Frau gesehen, die in dieser Nacht die Hohenringswarft zu Fuß, mit einem Fahrrad oder einem Auto verließ?«

Oh mein Gott, dachte Leslie, und das Herz schlug ihr bis zum Hals, sie suchen ja nach mir! Jetzt suchen sie auch mich!

»Wer hat weitere Personen beobachtet, die in dieser Nacht ins Haus gegangen sind, oder wer hat gesehen, dass eine oder mehrere Personen das Haus verlassen haben?

Uns interessiert natürlich auch, um wie viel Uhr Tom Simon wegfuhr und wohin er gefahren ist beziehungsweise wo er sich aufhält. Wer diesbezüglich irgendetwas weiß oder beobachtet hat, melde sich bitte bei der Kripo Hamburg unter der eingeblendeten Rufnummer oder in einem der Aufnahmestudios.

Jeder Hinweis, und mag er noch so nebensächlich erscheinen, könnte für uns von größter Wichtigkeit sein.«

Ole Hansen atmete tief aus und sah zum Moderator.

»Aber Ihre Fragen zielen ja auch auf die Stunden nach Tom Simons Flucht«, mischte der sich wieder ins Gespräch ein.

»Sicher«, sagte der Kommissar. »Natürlich ist für uns auch von größtem Interesse, ob jemand in der Nacht, in den frühen Morgenstunden oder am Tag darauf den markanten schwarzen Audi von Tom Simon gesehen hat. Vielleicht auf der Autobahn bei einem riskanten Überholmanöver oder einer anderen auffälligen Situation im Straßenverkehr. Für die Polizei ist es von großer Wichtigkeit herauszufinden, in welche Richtung der Tatverdächtige geflohen ist. Unseren Ermittlungen zufolge hat Tom Simon keinen Flug genommen und ist höchstwahrscheinlich mit dem Auto noch in Europa unterwegs. Also: Wer hat ihn gesehen?«

Noch einmal wurde sein Foto eingeblendet.

»Ich wiederhole das Kennzeichen seines Wagens: HH – TS – 785. Wer kann eventuell sogar Hinweise auf seinen derzeitigen Aufenthaltsort geben? Zur Ergreifung von Tom Simon ist eine Belohnung von fünfzehntausend Euro ausgesetzt.«

»Ganz herzlichen Dank Ole Hansen von der Hamburger Kripo«, sagte der Moderator in diesem Moment. »In unserer Spätausgabe erfahren Sie, ob auch in diesem Fall schon sachdienliche Hinweise eingegangen sind. Die Chancen stehen nicht schlecht, Tom Simon ausfindig zu machen, denn zweiundvierzig Prozent aller in *XY* ausgestrahlten Fälle werden mithilfe dieser Sendung aufgeklärt. Herr Hansen, für Ihren Fall drücken wir die Daumen, ganz herzlichen Dank, dass Sie ins Studio gekommen sind.«

Dann drehte er sich zu einer anderen Kamera und sagte zu den Zuschauern: »Herr Hansen wird jetzt am Studiotelefon erreichbar sein und nimmt Ihre Hinweise entgegen.«

Leslie schloss die Augen. Jetzt war es vorbei, jetzt würden sie ihn finden.

Verflucht noch mal.

Armer Tom. Er tat ihr so unendlich leid.

Fürs Erste hatte sie genug und schaltete den Fernseher aus. Morgen würde sie sich alles, was über Tom gesagt worden war und auch den Filmbericht noch einmal in Ruhe über die Mediathek ansehen.

Sie stand auf und holte ihr Handy. Bitte, Tom, geh ran, murmelte sie, während sie seine Nummer wählte, die sie mittlerweile auswendig kannte. Bitte, bitte, bitte.

Es läutete. Gott sei Dank, das Handy war eingeschaltet, und nach wenigen Sekunden meldete er sich.

»Tom, ich bin's, Leslie«, sagt sie leise und spürte geradezu, wie er lächelte, als er sagte: »Oh, wie schön, dass du anrufst.«

»Wie geht es dir?«

»Den Umständen entsprechend. Ich vermisse dich.«

»Ich dich auch. Tom, hör zu, eben lief die Fahndung nach dir bei *Aktenzeichen XY*.«

Er stöhnte auf.

»Ich hab nur einen Teil gesehen, aber morgen guck ich mir alles an und sag dir Bescheid, wenn du noch irgendwas davon wissen müsstest.«

»René hat mir nichts davon erzählt.«

»Er wusste es wahrscheinlich gar nicht. Und er hat es auch nicht gesehen, er ist bei einem Klienten. Du, sie haben ein Kopfgeld auf dich ausgesetzt: fünfzehntausend Euro.«

Tom stöhnte schon wieder. »Wer macht denn so was?«

»Keine Ahnung. Die Kripo Hamburg?«

»Leslie, ich bin pleite, ich brauche Geld! Dringend! René war hier und hat mich besucht, aber er hat nichts mitgebracht.«

So eine Gemeinheit, dachte Leslie. »Ich versuche auch, zu dir zu kommen, Tom, dann bring ich dir was. Wo bist du? In Cimessa?«

»Ja.«

»Wir müssen dringend reden, Tom.«

»Ja.«

»Ich komme, so bald ich kann.«

»Bitte, beeil dich, Leslie. Bitte.«

»Bis dann. Lass dein Telefon an, ich meld mich wieder.«

Tom hatte bereits aufgelegt, und Leslie war sich nicht sicher, ob er ihren letzten Satz überhaupt gehört hatte.

40

Am nächsten Abend saß René in seinem Arbeitszimmer, als Leslie hereinkam. Sie sah, dass er gar nicht arbeitete, sondern gegen seinen Computer Schach spielte.

»Na, gewinnst du?«, fragte sie.

»Leider nicht, ich bin vollkommen aus der Übung. Was gibt's?«

Leslie ließ sich in den Lesesessel am Fenster fallen, in dem René, wenn sie sich recht erinnerte, überhaupt noch nie gesessen hatte.

»Jutta hat mich gestern angerufen«, sagte sie. »Ihr geht's nicht gut.«

»Welche Jutta?«

»Himmel, ich kenne nur eine Jutta. Die aus Heidelberg.«

»Ach, die Dicke?«

»Ja.«

»Na und?«

»Sie hat ihren Job verloren und ist total depri. Ich würde gern ein paar Tage hinfahren und sie ein bisschen aufmuntern. Kommst du in der Kanzlei ohne mich klar?«

»Wann willst du fahren?«

»Morgen. Morgen ist Freitag, und Sonntag bin ich wieder da. Dann musst du nur den Freitag überbrücken.«

René verzog das Gesicht. »Ungern.«

»Okay. Dann ruf ich Jutta jetzt an und sag ihr, dass ich komme.«

René sagte nichts mehr und versuchte, sich wieder in sein Spiel zu vertiefen, aber er konnte sich nicht konzentrieren. Es ärgerte ihn, dass Leslie zu Tom fuhr. Jetzt war er so weit weg, und sie tanzte immer noch nach seiner Pfeife. Es war zum Verrücktwerden.

René platzte vor Wut und zerbrach sich den Kopf, wie er sie von dieser Reise abhalten könnte, aber ihm fiel nichts ein. Was sich Leslie in den Kopf gesetzt hatte, zog sie gnadenlos durch.

Wahrscheinlich stieg sie nicht nur mit ihm ins Bett, sondern brachte ihm auch noch Geld. Durchkreuzte seine Pläne, Tom auszuhungern, bis er endlich sein Konto für ihn zugänglich machte.

Er musste einen Weg finden, die Schiffsfonds-Ausschüttungen zurückzuzahlen und seinen Lebensstil halten zu können.

Das alles ging auf die Dauer nur mit Toms Millionen.

Vielleicht ließ sie sich sogar von Tom um den Finger wickeln und bequatschen, als einzige Zeugin für ihn auszusagen.

Dann brachen all seine Pläne auseinander.

Tom durfte niemals nach Deutschland zurückkehren, sondern musste für immer von der Bildfläche verschwinden. Es gab keine andere Lösung.

Und dann würde er mit Leslie ein neues Leben beginnen. Ein besseres. Ein reicheres. Mit Toms Geld.

René geriet in Panik, wusste nicht, wie er das kommende Wochenende überstehen sollte.

Denn alles stand auf dem Spiel.

41

Leslie versuchte sich zu erinnern, wann sie das letzte Mal in Cimessa gewesen war. Fünf oder sechs Jahre war es bestimmt her, und sie hatte das Gefühl, es hatte sich nichts, aber auch gar nichts verändert.

Die kleine Kirche lag verwaist und verschlossen am Rand der Piazza, daneben das ruinöse Pastorat, das vielleicht noch ein klein wenig mehr verfallen war. Am Haus gegenüber stand immer noch das verwaschene Schild »Vendesi«, »zu verkaufen«, das sicher schon lange niemand mehr ernst nahm. Ob die Kastanie an der Mauer gewachsen war, konnte sie nicht sagen. Wahrscheinlich kaum. Die heißen, trockenen Sommer machten dem Baum zu schaffen, und kaum einer erbarmte sich und schüttete hin und wieder einen Eimer Wasser an die Wurzeln.

Das kleine, unscheinbare Haus von Renés Schwester fand sie sofort.

Als sie noch überlegte, ob sie klopfen oder gleich durch den Garten nach hinten zur Terrasse gehen sollte, öffnete sich die Haustür, und Tom stand vor ihr: noch schmaler als früher, braun gebrannt, mit längerem Haar und einem Dreitagebart. Der Mann, nach dem sie sich seit seinem Verschwinden so sehr gesehnt hatte.

Aber so hatte sie ihn nicht in Erinnerung gehabt. Nicht so schön. Und nicht so begehrenswert.

Keiner von beiden sagte ein Wort. Sekundenlang standen sie nur voreinander und starrten sich an. Aber dann zog ein Lächeln über Toms Gesicht, er breitete die Arme aus, ging ein paar Schritte auf sie zu und nahm sie in den Arm.

»Leslie«, flüsterte er.

Sie bewegte sich nicht, drückte ihn fest an sich, genoss die Umarmung und war einfach nur glücklich.

Dann küsste er sie.

Es dauerte Ewigkeiten, bis sie sich voneinander lösten.

»Komm«, sagte er, nahm ihre Hand und zog sie ins Haus.

Tom dachte nicht mehr an Charlotte, nicht an René oder irgendwen auf dieser Welt ... er hielt Leslie in den Armen. Schaltete seinen Verstand aus, ließ sich treiben und hatte das Gefühl, die Zeit zurückdrehen zu können. Leslie und er waren wieder eins, alles andere, was seit ihrem letzten Zusammensein geschehen war, war nur ein Albtraum gewesen.

Sie hatten kaum noch ein Wort miteinander gewechselt, hatten sich geküsst und nicht mehr losgelassen und waren sprachlos und glücklich ins Bett gesunken. Hatten sich geliebt und waren erst gegen Morgen, als die Sonne aufging, in leichten, flattrigen Schlaf gefallen, sich immer wieder vergewissernd, dass der andere auch wirklich da war. Im Halbschlaf streichelten sie sich, schmiegten sich aneinander und dämmerten erneut vor sich hin.

Als sie schließlich erwachten, war es schon fast Mittag.

Tom blinzelte in die grelle Sonne, die direkt ins Zimmer schien, und schwang sich aus dem Bett.

Er ging ins Bad, duschte kurz und begann dann das Frühstück zuzubereiten.

»Du siehst toll aus«, sagte er leise, als Leslie in die Küche kam.

Leslie lächelte, ging auf die Bemerkung nicht ein und trank einen Schluck Wasser. »Ich glaube, René ahnt etwas von unserem Verhältnis.«

»Wieso? Wie kommst du denn darauf?«

»Ich weiß nicht. Es ist nur so ein Gefühl. Eine Vermutung. Ich kann mich auch täuschen.«

Nur wenig später saßen sie auf der Terrasse.

Leslie sah ins Tal und drehte ihren Kaffeebecher in den Händen. Plötzlich sagte sie völlig unvermittelt: »Tom, wahrscheinlich denkst du dasselbe wie ich. Nur René kann ihr die Kabelbinder angelegt haben. Es gibt einfach keine andere Möglichkeit. Auch wenn das Haus offen war: Niemand kommt einfach so aus Zufall vorbei, geht hinein, findet die Leiche und tut so etwas. Das ist absoluter Blödsinn. Es war René. Ganz klar. Wir beide müssen jetzt überlegen und herausfinden, warum er das getan hat. Ich begreife es nämlich nicht. Du?«

»Nein. Mir ist der Gedanke natürlich auch gekommen, aber er erschien mir wie ein Hirngespinst. Ich dachte, ich bin nicht ganz dicht, nicht ganz klar im Kopf. Aber wenn du es auch sagst …«

»Ja, ich sage es auch. Tom, ich weiß nicht, was René im Schilde führt, aber wir sollten vorsichtig sein. Vielleicht weiß er von uns und will dir deswegen ein Ei legen. Will dich aus der Welt schaffen und am langen Arm verhungern lassen.«

»Ich kann es einfach nicht glauben.«

»Sicher. Aber es ist nun mal so. Es ist die Realität. Denn wir wissen beide, dass du es nicht warst. Also kann es nur René gewesen sein. Er ist ein Schwein.«

Tom nickte. »Weiß er, dass du hier bist?«

»Nein. Ich hab gesagt, ich fahre zu einer depressiven Freundin. Aber ich denke, er ahnt es. Er ist ja nicht ganz doof. Zumal so ein Besuch bei einer Freundin bei mir sonst eigentlich nicht vorkommt. Aber was sollte ich denn sagen?«

»Wie lange kannst du bleiben?«

»Sonntagabend geht mein Flug zurück. Wir haben also nur heute und morgen. Und noch eine ganze Nacht …«

Tom nickte. »Ich finde, das ist unendlich lange«, sagte er ernst.

Eine Weile sagte keiner etwas. »Es ist schön hier«, meinte Leslie schließlich leise, »aber es geht dir nicht gut, oder?«

»Nein. Es geht mir schlecht, Leslie. Jeder Tag ist eine Qual. Hast du mir Geld mitgebracht?«

Leslie nickte. »Dreitausend. Mehr war nicht drin. Sonst hätte mich René gefragt, warum ich vom Konto so viel Geld abhebe. In Zukunft werde ich ständig etwas für dich zur Seite legen. Das fällt nicht auf.«

Tom lachte bitter auf. »In Zukunft! Das hört sich an wie eine Drohung.«

Leslie schwieg.

»Ich bin auf deine Fürsorge und deine Gnade angewiesen. Muss hoffen und beten, dass du mich nicht vergisst und ab und zu mal einen Hunderter oder auch zwei für mich zur Seite legst und es dann schaffst, irgendwann mal wieder herzukommen und mir die paar Kröten zu bringen. Ich bin ein Bittsteller, total abhängig. Ich hab René einen Überweisungsschein über zehntausend mitgegeben. Er wollte mir das Geld bringen, dann wäre ich aus dem Gröbsten raus. Was ist damit, verdammte Scheiße?«

»Ich weiß es nicht, Tom.«

»Hat er sich das Geld unter den Nagel gerissen?«

»Das glaub ich nicht. Aber wenn er von unserem Verhältnis ahnt, dann ist es ja klar, dass er dir nichts bringt.«

»Ich werde wahnsinnig, Leslie, verstehst du? Wenn ich kein Geld mehr bekomme, dann werd ich hier verrotten.«

»Warum sollte ich dir nichts mehr bringen?«, fragte sie lächelnd und legte ihre Hand auf Toms Unterarm.

»Wenn René zum Beispiel von unserem Verhältnis erfährt und dich aus Eifersucht umbringt.«

»Das traust du ihm zu?«, fragte Leslie und lachte.

»Ja. Ich traue ihm alles zu«, sagte Tom dumpf. »Alles. Wichtig ist, das immer vor Augen zu haben. Wenn man seinen Feind kennt, ist die Gefahr schon halb gebannt. Hast du ihn schon angerufen?«

»Nein.«

»Dann tu das. Sag, dass du mit deiner depressiven Freundin die ganze Nacht durchgesoffen hast, und jetzt ginge es ihr schon deutlich besser.« Tom grinste traurig. »Na los, mach schon. Denn wenn du wirklich zu einer Freundin gefahren wärst, hättest du sicher längst angerufen.«

Leslie nahm ihr Handy. Tom hatte völlig recht.

Sie ging ein paar Schritte vom Haus weg, wo sie einen besseren Empfang hatte, und wählte Renés Handynummer.

42

Es war kurz vor halb zwei in der Nacht, alle Lichter waren ausgeschaltet, die Schlafzimmerfenster geöffnet. Eng aneinandergeschmiegt lagen Tom und Leslie mit leichten Laken zugedeckt auf dem Bett.

Grillen zirpten ihr nächtliches Sommerkonzert.

Der Vollmond tauchte das Bett in bleiches Licht.

Leslie war wach. Sie strich Tom, der fest schlief, sanft übers Haar.

Plötzlich sah sie, wie sich ein Schatten vor das Fenster schob und den Mondschein verdunkelte.

Ein entstelltes Gesicht starrte sie an.

Leslie schrie auf.

Tom fuhr aus dem Tiefschlaf hoch. »Was ist?«

»Da! Da, vor dem Fenster, da ist jemand. Oh mein Gott, Tom!«

Tom sprang aus dem Bett, schlüpfte in seine Boxershorts und stürzte zur Terrassentür hinaus.

Vor ihm stand Lucia. Unbeweglich. Mit vor dem Gesicht gekreuzten Armen.

»Verschwinde«, zischte er gefährlich leise. »Vai via! Lass dich hier nicht mehr blicken, oder ich bringe dich um! Ich schwör's, ich bringe dich um!« Dazu machte er eine eindeutige Handbewegung.

Es dauerte drei Sekunden – dann huschte sie davon und verschwand in der Dunkelheit.

»Was war das denn?«, fragte Leslie, als Tom wieder hereinkam und die Terrassentür sorgfältig hinter sich schloss.

»Nichts. Nicht wichtig. Hier schleicht jede Nacht eine Irre durchs Dorf. Ich bin ihr schon ein paarmal begegnet.«

Beide waren hellwach und setzten sich an den Küchentisch, nachdem Leslie alle Fensterläden geschlossen hatte.

»Was machen wir jetzt, Tom? Wie geht es weiter?«

»Ich habe keine Idee. Nicht die geringste. Wir können nur warten. Mord verjährt nie, dann werde ich hier also verschimmeln, bis ich alt und grau bin und ins Gras beiße. Tolle Perspektive!«

Leslie schüttelte den Kopf. »Ich find das gar nicht komisch.«

»Ich auch nicht«, sagte Tom, stand auf und goss sich ein Glas Wein ein. »Die Situation kann man sich nur schönsaufen. Du auch?«

Leslie nickte. »Das Hauptproblem ist doch, dass du an dein Geld nicht rankommst, stimmt's?«, fragte sie. »Weil es auch so absurd ist. Du hast Millionen auf dem Konto und musst dir hier 'nen Kopf machen, ob du dir eine Flasche Wein leisten kannst oder nicht.«

»Ja, genau.«

»Kannst du mir nicht eine Bankvollmacht erteilen, dass ich für dich Geld abheben und es dir schicken kann?«

»Leider nicht«, erwiderte Tom. »Da müssten wir beide zusammen in der Bank erscheinen und vor den Augen des Bankbeamten unterschreiben. Und Kreditkarte geht auch nicht, es geht gar nichts, weil jede Kontobewegung von der

Polizei überwacht wird. Mir wird gar nichts anderes übrig bleiben, als eine Bank zu überfallen.« Er lachte leise.

»Ich müsste deine Frau sein, dann wäre das alles kein Problem.«

»Ja. Das wäre ein Traum.«

»Wir müssten heiraten.«

»Tja … schön wär's.« Er grinste.

»Was passiert eigentlich, wenn dir der berühmte Ziegelstein auf den Kopf fällt?«, fragte sie.

»Wie meinst du das?«

»Na, es könnte doch sein, dass du morgen vom Auto überfahren oder von einer Viper gebissen wirst. Oder dass du in eine Schlucht stürzt, was weiß ich. Da gibt es tausend Möglichkeiten. Wer erbt dann deine Millionen?«

Toms Körper spannte sich. Darüber hatte er noch nie nachgedacht. »Keine Ahnung!«, sagte er irritiert. »Das ist wirklich eine interessante Frage. Charlotte und ich hatten ein Berliner Testament, das heißt, wir vermachen uns gegenseitig alles. Aber wenn mir jetzt was passiert …«

»… dann kassiert wahrscheinlich der Staat. Na schönen Gruß, Herr Simon. Das ist ja wohl das Letzte!«

»Das finde ich auch«, sagte Tom entsetzt. »Du lieber Himmel, aber ein anderes Testament existiert nicht, und Kinder haben wir nicht.«

»Nicht gerade clever.« Leslie schenkte sich Wein nach. »Dann solltest du schleunigst ein neues Testament machen.«

Tom stand auf, öffnete die Läden und sah aus dem Fenster.

Der Schatten war nirgends zu sehen, und er setzte sich wieder.

»Mir kommt da gerade ein Gedanke, Tom«, meinte Leslie. »Der kann saudumm und ganz falsch sein, ich habe noch nicht darüber nachgedacht und ihn nicht abgeklopft, weil er mir eben erst eingefallen ist, aber lass mich mal ins Unreine sprechen …«

»Mach mal.«

»Nehmen wir mal an, du wärst tot und hättest mich als deine Erbin eingesetzt. Dann bekäme ich dein Geld.«

»Ah ja?« Tom runzelte die Stirn.

»Ich dachte nur, wie man dein Geld vielleicht loseisen kann, aber es ist Blödsinn. Vergiss es. Du bist ja nicht tot.«

»Nee, noch bin ich nicht tot.«

Das ist das Problem, dachte Tom, dass ich noch lebe. Das ist das, was es mir so schwer macht.

Was für ein Irrsinn.

Leslie überlegte. Dann sagte sie leise: »Es sei denn, man glaubt, du seist tot, und erklärt dich für tot, dabei bist du munter und vergnügt. Ich erbe deine Knete, und wir beide machen uns ein saugutes Leben irgendwo. Kann ja auch in Schweden oder Norwegen sein, da bist du deinem geliebten Norden ein bisschen näher.«

»Wie soll denn das gehen?«

»Das weiß ich eben auch nicht. Ach lass, das ist so ein blödsinniger Gedanke, den man nur mit einer Flasche Rotwein im Kopf hat. Vergiss es.«

Tom dachte an etwas ganz anderes. Vielleicht war jetzt der richtige Moment, mit Leslie darüber zu sprechen.

»Leslie«, begann er vorsichtig, »was du da vorhin gesagt hast, geht mir nicht mehr aus dem Kopf. Du hast gesagt, René ist ein Schwein. Er hat Schreckliches getan. Könntest du dir vorstellen, ihn zu verlassen?«

»Ja, das könnte ich.«

»Leslie.« Er beugte sich vor und nahm ihre Hände in seine. »Wenn du bereit wärst, mir zu helfen, dann komme ich, dann kommen wir beide, dann kommen wir alle aus dem Schlamassel raus.«

»Wie denn? Wie soll ich dir denn helfen?«

»Geh zur Polizei und sage, dass du in dieser Nacht bei mir warst, dass du miterlebt hast, was geschehen ist, und dann bezeuge unter Eid, dass ich Charlotte weder hingerichtet noch ihr die Kabelbinder umgelegt, sondern sie in Panik und aus Angst vor Einbrechern erschossen hab. Wenn du das aussagst, und es ist ja auch die Wahrheit, ist alles gut. Dann komme ich vielleicht ein paar Jahre in den Knast, aber es ist allemal besser, als hier lebenslänglich rumzuhängen. Ohne Geld, ohne Freunde, ohne Freiheit, in ständiger Angst, erwischt zu werden, ohne jede Lebensqualität. Es ist Langeweile hoch sieben in absoluter Primitivität. Das wünsche ich meinem schlimmsten Feind nicht.«

Sie lachte kurz auf. »Ich glaube, du weißt nicht, wie der Knast ist, mein Lieber!«

Er fiel vor ihr auf die Knie und legte seinen Kopf in ihren Schoß. »Bitte, Leslie, bitte. Wenn du ganz genau sagst, wie alles gewesen ist und dass ich René angerufen und ihn gebeten hab zu kommen …«

»Dann bin ich auch dran, Tom, und kann dir nicht mehr helfen.« Sie zog ihn hoch und sah ihn direkt an. »Es gibt keinen Beweis, dass René wirklich bei dir war. Er wird es vehement abstreiten. Sie werden sagen, wir haben Charlotte gemeinsam getötet. Wir haben ihr gemeinsam die Kabelbinder angelegt, damit sie sich nicht wehren kann. Und dann hat einer festgehalten und einer geschossen. Dann ist für uns beide alles vorbei. Und für ein Paar ist es noch viel schwieriger unterzutauchen als für einen allein.«

Tom wusste, dass sie recht hatte, aber er sagte es nicht, weil er sich noch einen Moment an dem Gedanken festhalten wollte.

»Nur wenn wir an dein gesamtes Geld kämen«, fuhr Leslie leise fort, »dann wären wir in einer ganz anderen Situation. Dann würden wir uns eine falsche Identität zulegen, uns irgendwo am Meer eine schicke Villa kaufen und unser Leben genießen bis ans Ende unserer Tage. Mit Geld geht alles, ohne Geld nichts. Aber solange du nicht an dein Geld kommst, musst du hierbleiben, Tom, hörst du? Nicht, dass du irgendwelche Zicken machst. Hier bist du sicher, hier findet dich keiner, hier lebst du völlig unauffällig. Also bleib hier, ja?«

Tom nickte.

»Versprichst du mir das?«

»Ja, ich verspreche es dir.« Er sah sie an. »Aber warum lässt du nicht René, deinen Job, alles in Deutschland hinter dir und kommst zu mir? Und wir hauen ab nach Sardinien oder Sizilien und fangen mit nichts ganz von vorne an. Nur wir beide. Wir wären arm – aber glücklich. Ich würde es mir paradiesisch vorstellen.«

Leslie sah ihn an und bemühte sich zu lächeln. »Nein, Tom. Das kannst du vergessen. Ein für alle Mal. Ich bin für ein Nomadenleben mit Rucksack nicht geschaffen, und ich habe keine Lust, mit dir von Ort zu Ort durch die Gegend zu ziehen und mich ständig verstecken zu müssen. Das mache ich nicht mit. Da kannst du mich als Begleitung, Lebensgefährtin oder Geliebte von deiner Liste streichen.«

Aha, dachte Tom, ohne Geld hat sie Angst. Sie braucht ein schönes Haus und Sicherheiten. Nun gut.

Ich müsste tot sein, überlegte er weiter, und diese Idee hämmerte unentwegt in seinem Schädel. Ich müsste tot sein, dann wäre alles gut.

Der Gedanke ließ ihn einfach nicht mehr los, aber er konnte noch nichts mit ihm anfangen.

Am nächsten Tag musste Leslie abreisen.

Beim Abschied weinte sie.

Er hatte sie noch nie weinen sehen, und es zerriss ihm das Herz.

»Normalerweise würde ich mich scheiden lassen«, schluchzte sie. »Wir könnten zusammenleben, und alles wäre gut. Aber jetzt ist alles so kompliziert. Keiner darf sich rühren, keiner kann was machen, und zu Hause spiele ich unentwegt Theater, damit René uns nicht auf die Schliche kommt, sauer wird und dir die Carabinieri auf den Hals hetzt. Es ist zum Verzweifeln, Tom. Ich weiß nicht mehr, was richtig und was falsch ist, wer was getan hat und vor allem warum. Es ist ein grandioses Kuddelmuddel, und du sitzt mittendrin und leidest und kannst dich nicht wehren. Du tust mir so verdammt leid.«

»Schon gut. Ich muss dir nicht leidtun. Ich hab auch 'ne Menge Scheiße gebaut.« Er nahm sie in den Arm. »Komm gut nach Hause, ja?«

Sie nickte nur, lag an seiner Schulter und weinte sein T-Shirt nass.

»Komm, es wird alles gut, da bin ich ganz sicher. Sei vorsichtig. Du musst vor René auf der Hut sein, das ist das Wichtigste. Ich lasse mein Handy an, und wann immer es geht, telefonieren wir.« Er küsste sie. »Und jetzt fahr. Mach dir keine Sorgen, ich halte schon durch. Und irgendwann fangen wir beide mit einem Haufen Knete ein neues Leben an. Daran musst du einfach glauben.«

Leslie nickte, schluckte die Tränen hinunter, stieg in ihren Mietwagen, winkte ihm noch einmal kurz zu und fuhr davon.

Ich müsste tot sein, dachte er und ging ins Haus.

43

René zog sich gerade aus, um unter die Dusche zu gehen, als Britta anrief.

»Na?«, fragte sie. »Gibt's was Neues?«

»Nee. Nichts.«

»Du hast nicht gerade die beste Laune?«

»Stimmt.«

»Würde es dich aufheitern, wenn wir uns heute Abend bei Marlene und Wolfgang treffen? Nichts Aufregendes, hat Marlene gesagt, nur ein paar kleine Steaks mit Salat und dazu einen Eimer Rotwein. Was für die schlanke Linie. Wie sieht's aus?«

»Ich weiß noch nicht.«

»Verstehe. Du bist in der Phase, in der du zu Hause blöd rumhängst, zu nichts Lust hast und niemanden sehen willst. Dumm dabei ist nur, dass du dich selbst am allerwenigsten ertragen kannst. Alles klar. Dann gib deinem Herzen einen Ruck und komm! Das hilft. Mit deiner Saulaune kommen wir zurecht. Und vielleicht geht's dir hinterher besser.«

»Wenn du meinst, Mami …«

»Ich meine.«

»Bringst du Leslie mit?«

»Leslie ist in Heidelberg bei einer Freundin und kommt erst morgen zurück.«

»Ach, wie schade!«, meinte Britta mit spöttischem Tonfall und glaubte René kein Wort. So etwas passte einfach nicht zu Leslie.

»Ja, das finde ich auch«, gab René ebenso zurück.

»Also gut. Um acht?«

»Um acht.«

Britta legte auf.

Was für eine tolle Frau, dachte René. Sie kann einem den Kopf zurechtrücken, ohne dass es wehtut.

Dann ging er unter die Dusche.

Marlene empfing ihre Gäste wie immer mit Küsschen, aber weder kreischend noch vor sich her plappernd, sondern eher wortkarg.

»Schön, dass ihr da seid«, sagte sie tonlos, und alle sahen sich überrascht an.

Sie trug einen unauffälligen, nicht sehr vorteilhaften beigefarbenen Hosenanzug, und Britta glaubte sich zu erinnern, dass Marlene das unförmige Teil schon vor Jahren als zu trist und wenig spektakulär hatte ausmustern wollen.

Das Erschreckendste aber war, dass Marlene fast völlig ungeschminkt war und dadurch blass und krank aussah. Ihre dicken Tränensäcke konnte sie durch das bisschen Mascara nicht kaschieren.

»Süße? Was ist mit dir? Du siehst krank aus. Vielleicht hättest du dich lieber ins Bett legen statt uns einladen sollen?«, meinte Britta und dachte, dass Marlene wie eine abgekämpfte Schwimmerin nach dem Wettkampf wirkte, mit vom Wasser aufgeweichter und von Chlorakne entstellter Haut, die sich vor der Siegerehrung nur noch schnell in aller Eile die Wimpern getuscht hatte.

Marlene zuckte nur die Achseln, und ein gequältes Lächeln umspielte ihre Mundwinkel.

Ach so ist das, dachte Britta, sie zieht eine Show ab, das Ganze ist eine Inszenierung, na, da wollen wir doch mal sehen, was heute Abend noch so alles passiert.

Je leiser Marlene wurde, desto lauter tönte Wolfgang. Er war wahrscheinlich der Einzige, dem nicht aufgefallen war, dass seine Frau zum ersten Mal seit dreißig Jahren ungeschminkt Gäste empfing. Mit großem »Ho« und »Ha« begrüßte er jeden, nahm in den Arm, drückte, klopfte auf Schultern und Rücken und nötigte die Gäste, sich zu setzen, während er die ersten Flaschen öffnete.

Marlene war schon wieder in der Küche verschwunden.

»Was ist denn mit Marlene los?«, fragte Stefan.

»Wieso? Was soll denn mit ihr los sein?« Wolfgang machte große Augen. »Hat sie irgendwas gesagt?«

»Nein, eben nicht. Und das macht einen stutzig«, grinste Stefan, aber Wolfgang ging nicht näher darauf ein, sondern hob sein Glas. »Auf uns, auf die Zukunft, aber vor allem auf diesen Abend! Zur Mitte – zur Titte – zum Sack – zack, zack!« Damit stürzte er sein erstes Glas Sekt in einem Zug hinunter.

Marlene kam herein. »Ich glaube, die Steaks sind fertig. Kommt ihr?«

Die kleine Gruppe setzte sich in das sehr schöne, sparsam möblierte Esszimmer, und Marlene trug Gemüseplatten herein.

»Holst du das Fleisch?«, fragte sie Wolfgang, der nur nickte und in die Küche ging.

»Lasst es euch schmecken!«, sagte Marlene wenig später. »Ich bin wirklich froh, dass ihr da seid.«

Britta stutzte erneut.

»Ach übrigens, Britta«, sagte Wolfgang mit vollem Mund, »Zacharias spielt nächstes Wochenende bei uns mit ein paar Freunden Golf.«

Britta zog interessiert die Augenbrauen hoch. »Der Staatssekretär?«

»Ja, klar, wer denn sonst? – Komm doch einfach vorbei, mach ein paar schöne Fotos und schreib ein nettes kleines Geschichtchen über das Golfhotel und seine prominenten Gäste.«

»Wie immer also«, sagte Britta.

»Genau. Du und Stefan, ihr bekommt selbstverständlich an dem Wochenende auch wie immer die Suite.«

»Super.«

»Außerdem ist am Sonntagvormittag eine Rotarierversammlung. Da trifft sich die Crème de la Crème, da geben sich die Spitzenkräfte der Republik die Klinke in die Hand. Du kennst das ja.«

»Das ist genial. Danke, Wolfgang.« Britta stand auf, beugte sich über den Tisch und drückte ihm einen Kuss auf den Mund. »Toller Tipp.«

Sie setzte sich wieder, grinste Wolfgang noch einmal zu, und der grinste zurück.

Aber auch Stefan war hochzufrieden, denn an Wochenenden wie diesen knüpfte er wichtige Kontakte. Fast alle Damen, die dort herumliefen, waren potenzielle Patientinnen, und da er als Schönheitschirurg in diesen Kreisen mittlerweile den allerbesten Ruf hatte, nahmen ihn bei der Gelegenheit einige beiseite und machten klammheimlich Termine. Das war auf alle Fälle einfacher, als in die Praxis zu gehen. Dort konnte man gesehen werden, in so einem Hotel war man unter sich. Und Britta schwieg darüber natürlich wie ein Grab. Auch das war bekannt.

Das Gespräch erstarb für einige Minuten. Alle aßen schweigend, natürlich nicht ohne sich lobend über das fantastisch gebratene Fleisch und den wunderbar gewürzten Salat zu äußern.

»Wo ist denn eigentlich Leslie?«, fragte Stefan schließlich und wandte sich an René. »Ich hab gehört, sie wäre verreist?«

»Ja, sie versucht, eine depressive Freundin aufzumuntern. Morgen ist sie wieder da.«

»Ach, ja …«, meinte Wolfgang, der sich alles vorstellen konnte, aber keine Leslie, die ein Wochenende lang Seelsorgerin spielte. So etwas hatte sie noch nie getan.

»Also gut.« René legte sein Besteck zur Seite. »Ich werde euch erzählen, was los ist. Tom hat sich vor Kurzem bei mir gemeldet. Mit einem neuen Handy, das er in Italien gekauft hat. Er erzählte mir, dass er in einer kleinen billigen Pension in der Nähe von Livorno lebt und dass es ihm gut geht. Sorge macht ihm nur, dass er nicht an sein Konto herankommt. Nach langem Hin und Her hat er mir schließlich seine Adresse verraten, und ich bin hingefahren, wollte ihm mit einem hübschen Sümmchen unter die Arme greifen. Ich bin als Freund gekommen, versteht ihr? Nur wegen ihm, und das macht man ja nicht mal so nebenbei …«

»Ach wie edel!«, meinte Wolfgang.

»Ja, für einen echten Freund tut man so einiges.«

»Ich versteh das«, schaltete sich Stefan ein. »Kinder, überlegt doch mal, wenn es einem von uns wirklich beschissen geht, dann stehen wir doch auf der Matte, oder etwa nicht? Kerle halten zusammen. Ich find das klasse, dass René hingefahren ist.«

»Ja, und?« Britta war genervt, dass René nicht auf den Punkt kam. »Ich werde wahnsinnig, du weißt, wo Tom ist? Wo denn? Sag's mir! Das ist ja wohl die Härte! Wir sind alle Toms beste Freunde, wir machen uns Sorgen, zerbrechen uns den Kopf, aber du weißt Bescheid und sagst uns keinen Ton! Und? Was hat er gesagt? Hat er Charlotte umgebracht? Und warum?«

»Nun komm mal wieder runter, Britta, ich bin ja dabei zu erzählen … Nun ja, er freute sich, dass ich da war, wir haben geredet und gegessen und getrunken, er hatte ja endlich mal Gesellschaft, und dann hab ich ihn gefragt, warum er Charlotte umgebracht hat. Ich wollte es einfach wissen. Als Freund, und natürlich auch als sein Anwalt. Wenn einem die Mandanten nicht reinen Wein einschenken, kann man nicht vernünftig verteidigen, und dann ist das wie im Trüben fischen!«

»Und, was hat er gesagt?«, fragte Britta.

»Er hat zugegeben, dass er sie erschossen hat. Es war Gewitter, Stromausfall, er hat in der Dunkelheit nur einen schwarzen Schatten gesehen, hat sie für einen Einbrecher gehalten und abgedrückt. Es ist das Drama seines Lebens. Er wird damit nicht fertig.«

»Das kann ich mir vorstellen«, sagte Stefan. »Aber was ist mit den Kabelbindern? Warum hat er sie gefesselt?«

»Haben wir eigentlich kein anderes Gesprächsthema mehr als Tom?« Marlene verschluckte sich und bekam einen knallroten Kopf. »Tom, Tom, Tom«, äffte sie mit schiefem Mund. »Immer nur Tom. Er hat irgendwelche Scheiße gebaut. Okay. Er ist verschwunden und versteckt sich. Okay. Wollen wir uns jetzt die nächsten Jahre über nichts anderes mehr unterhalten?« Sie hielt Wolfgang ihr Glas hin, und er schenkte es kommentarlos voll.

»Ich würde gern von René hören, was Tom daraufhin gesagt hat, Marlene«, meinte Stefan ruhig. »Denn im Grunde ist das doch die Frage, die uns alle beschäftigt. Und zwar ständig. Seit Tom abgehauen ist.«

»Ich könnte kotzen«, murmelte Marlene.

»Dann tu's.« Wolfgang war völlig ungerührt und sah René an. »Erzähl weiter.«

»Da gibt's nicht mehr allzu viel zu erzählen. Nachdem ich ihm die Frage gestellt hab, ist er völlig ausgekreist. Hat geschrien und getobt, hat mich beschimpft ohne Ende, hat gesagt, er hätte Charlotte nicht gefesselt, sondern ich hätte es getan.«

»Du?« Britta war fassungslos.

»Ja. Er behauptete, mich in dieser Nacht angerufen und gebeten zu haben, zu ihm zu kommen. Das stimmt, er hat angerufen, aber ich hatte meinen Juristenstammtisch und gar keine Zeit. Ich hab ihm also gesagt, es ginge nicht, außerdem hatte ich zu viel getrunken, wir könnten uns aber am nächsten Morgen unterhalten. Als ich ihn gefragt hab, was denn so furchtbar wichtig und was denn los sei, hat er nichts gesagt. Da dachte ich, na gut, kann ja nicht so furchtbar schlimm sein. Und als ich ihn dann am nächsten Morgen angerufen hab, war er offenbar schon weg, denn ich hab ihn nicht mehr erreicht. Na jedenfalls ...«, René machte eine kleine Pause, fuhr sich durch die Haare und nahm einen Schluck Rotwein, »jedenfalls hat er behauptet, ich wäre in der Nacht noch zum Haus gefahren und hätte die tote Charlotte gefesselt. Als er schon weg war natürlich. Könnt ihr euch etwas Schwachsinnigeres vorstellen?«

In der Runde waren alle verstummt und schüttelten schockiert die Köpfe.

»Na, jedenfalls lasse ich mir so eine absurde Anschuldigung nicht so ohne Weiteres gefallen und bin meinerseits auch ausgeflippt. Und dann haben wir uns gestritten, bis die Fetzen flogen, und ich bin abgefahren. Von einer Minute auf die andere. Ohne ihm noch irgendwelches Geld dazulassen.«

Eine Weile schwiegen alle.

Dann fragte Wolfgang auf einmal: »Hast du nicht auch irgendwo so eine kleine Hütte in Italien? Von deiner Schwester geerbt oder so? Ich erinnere mich dunkel, dass du mal was erzählt hast, aber ich weiß nicht mehr, wo die Hütte ist. Hätte Tom nicht auch da wohnen können?«

»Hätte er. Aber wie hätte ich es ihm anbieten sollen? Als ich ihn am nächsten Morgen angerufen habe, war er schon weg, und nach dem Streit in Italien hätte ich den Teufel getan, ihn auch noch bei mir unterzubringen. Tja, und darum weiß jetzt niemand, wo sich der gute Tom rumtreibt. Er kann immer noch in Livorno oder auch in Spanien, Frankreich, Portugal oder sonst wo sein. Theoretisch kann er auch im nächsten Moment hier zur Tür reinspazieren, alles ist möglich. Es ist absurd.«

»Das ist die verrückteste Geschichte, die ich jemals gehört habe«, sagte Britta.

»Hört auf!«, schrie Marlene plötzlich, sprang auf, riss dabei ihr Rotweinglas um, schien es aber gar nicht zu bemerken, denn sie raufte sich die ohnehin schon wirren und wild hochtoupierten Haare. »Ich hab euch nicht eingeladen, um zum hunderttausendsten Mal über Tom zu reden, der mir zum Hals raushängt. Meinetwegen kann er verschimmeln, verfaulen, verrecken oder bleiben, wo der Pfeffer wächst. Meinetwegen braucht er nie wieder hier aufzutauchen, ich bin fertig mit der Geschichte. Sie langweilt mich! Sie ödet mich an! Ich kann sie nicht mehr hören!« Damit brach sie in Tränen aus.

Britta ging zu ihr und legte ihr die Hand auf die Schulter. »Marlenchen. Was ist los? Erzähl mir keine Opern, Tom ist doch nicht dein Problem! Es ist doch etwas ganz anderes!«

Marlene griff nach der Hand auf ihrer Schulter, nahm sie in beide Hände, zog sie vor ihr Gesicht und beschmierte sie mit ihren Tränen. »Es weiß keiner, es interessiert sich ja auch keiner für mich, mein Mann am allerwenigsten. Im Grunde ist es jedem hier, euch allen, scheißegal, wenn ich verrecke.«

»Mäuschen«, sagte Wolfgang gelangweilt, »du verreckst seit zwanzig Jahren jede Woche. Willst Tabletten nehmen, vom Hochhaus springen, dich vor den Zug werfen, was weiß ich. Ich kann es – ehrlich gesagt – nicht mehr hören. Wahrscheinlich fallen wir alle irgendwann tot um, nur du wirst hundertzwanzig. Hör doch auf. Es nervt mich langsam, Lenchen.«

Marlene weinte immer noch und war ganz kleinlaut. »Diesmal ist es wirklich so, und ich kann nichts daran ändern. Ich war bei der Mammografie. Und ich hab Brustkrebs. Muss übermorgen bereits unters Messer.«

Alle schwiegen konsterniert und geschockt.

Wolfgang starrte sie wütend an. »Und warum sagst du mir das nicht?«

»Ich sag's dir ja grade.«

»Und seit wann weißt du es?«

»Seit ein paar Tagen.«

»Meinst du nicht, du hättest darüber mit mir vielleicht erst einmal ohne großes Publikum reden sollen?«

»Wo ist dein Problem?«, schrie Marlene. »Die Art, wie du es erfährst? Ist das so wichtig? Kannst du dir nicht vorstellen, wie es mir geht und dass ich im Moment ganz andere Sorgen habe, als den richtigen Moment zu finden, um mit meinem hoch sensiblen Mann reden zu können?« Sie war jetzt gar nicht mehr schwach und krank, sondern funkelte nun ihrerseits Wolfgang wütend an. »Du kannst mich mal am Arsch lecken. Aber kreuzweise!«

Wolfgang verstummte.

Allen hatte es die Sprache verschlagen.

Stefan fing sich als Erster. »Marlene«, sagte er leise, »jetzt mach dich mal nicht allzu verrückt. Da gibt es heute eine Menge Möglichkeiten. Man stirbt nicht gleich nach so einer Diagnose. Jetzt lass dir erst mal diesen bösen Krebs wegschneiden, eher zu viel als zu wenig, hau, wenn es sein muss, die ganze Brust weg, und dann bau ich dir das schönste Implantat, das die Welt je gesehen hat. Und die andere Seite passe ich an. Damit kannst du dich im *Playboy* ablichten lassen, ich schwör's dir. Marlenchen, mach dir mal keine Sorgen.«

Marlene stand auf und ging hinaus. Ihr Steak hatte sie kaum angerührt.

44

Leslie schloss die Wohnungstür auf, ließ ihre Handtasche fallen, kickte ihre Pumps von den Füßen, zog ihre Jacke aus und rief: »Ich bin wieder daahaa!«

René kam in den Flur. Er sah aus wie aus dem Ei gepellt. Die Haare gewaschen und weich fallend, der Bart gestutzt, und der Pullover, den er trug, war neu.

Er umarmte Leslie, wie er sie schon ewig nicht mehr umarmt hatte. Sie war überrascht und irritiert und blieb in der Umarmung ziemlich steif.

»Wie schön, dass du wieder da bist«, sagte er und küsste sie auf den Mund. »Ich hatte schon Angst, du würdest sehr viel länger wegbleiben.«

»Was ist los mit dir?«, fragte Leslie. »So liebenswürdig auf einmal? Hast du einen großen Fall gewonnen?«

»Nein.« René blieb freundlich. »Ich freue mich einfach nur, dich zu sehen. Ich hab dich vermisst.«

»Oh!«, sagte Leslie und lächelte mit einem Hauch Ironie. »Und ich habe einen Mordshunger«, sagte sie. »Und Durst. Ich könnte ein ganzes Rotweinfass leer trinken.«

René nahm sie an der Hand und führte sie in die Loggia, wo er den Tisch festlich gedeckt hatte.

Im ersten Moment fühlte sie sich wirklich geschmeichelt, im zweiten Moment fragte sie sich, was das Ganze sollte, denn es passte so gar nicht zu René.

Normalerweise wühlte er in Akten oder lag im Sessel vor dem Fernseher, wenn sie von einer Reise nach Hause kam, nahm die Brille ab, grinste und sagte: »Tja, im Kühlschrank herrscht gähnende Leere, sorry, aber ich bin nicht dazu gekommen, einkaufen zu gehen, wenn du Hunger hast, müssen wir zum Italiener gehen.«

Das war René.

Dieser hier war ein anderer.

Sie setzte sich an den Tisch und sagte: »Oh, wie wundervoll, du hast gekocht. Etwas Schöneres kann ich mir im Moment nicht vorstellen!«

René ging hinaus und tischte wenig später mit Pilzen und Käse gefülltes Baguette auf, öffnete eine Flasche Rotwein, stieß mit Leslie an und wiederholte: »Ich freue mich wirklich, dass du da bist.«

Du Lügner, dachte sie, was bist du doch für ein falscher Hund. Du bist nur so scheißfreundlich, weil du die Kontrolle verloren hast. Du ahnst, dass ich bei Tom war, und du weißt nicht, was wir besprochen haben. Und das macht dich krank.

»Es ist wunderbar, wieder zu Hause zu sein«, sagte sie. »Wie schön wir es hier haben, weiß man immer erst, wenn man mal eine Weile nicht da war.«

»Wie geht's Jutta?«, fragte René.

»Gut, oder sagen wir mal: besser. Sie berappelt sich wieder. Es war wichtig, dass wir mal ein paar Tage gequatscht haben. Und hier? Gibt's was Neues? Hast du was von der Polizei gehört?«

»Nein, nichts.«

»Das ist doch eigentlich ein gutes Zeichen.«

»Kann sein«, meinte René ausweichend, »aber ich bin mir da nicht so sicher.«

Er nahm einen kleinen Schluck Wein. »Jedenfalls hab ich dich sehr vermisst«, wiederholte er.

»Ich dich auch«, meinte sie, weil sie nicht wusste, was sie sonst sagen sollte.

Plötzlich stand René auf, ging zum Couchtisch, holte ein Feuerzeug und zündete die Kerzen auf dem Esstisch an. »Die hab ich ja ganz vergessen.«

»Sag mal, René, was ist los? Was ist das hier für eine Inszenierung? Hab ich Geburtstag? Haben wir irgendeinen runden Hochzeitstag? Bin ich gerade von einer Weltreise zurückgekommen und war mindestens jeden zweiten Tag in Lebensgefahr, oder hast du mich betrogen und musst dein schlechtes Gewissen beruhigen?«

»Nichts ist los. Gar nichts. Ich wollte dir 'ne Freude machen, das ist alles.«

»Aha.«

»Wie *aha*?«

»Gar nichts weiter. Einfach nur aha. Ich wundere mich bloß. Du bist doch sonst nicht so zuvorkommend, und es ist ja nun wirklich nichts Besonderes, wenn einer von uns mal ein paar Tage weg ist …«

Langsam wurde René sauer. »Warum kannst du nicht einmal einfach etwas so hinnehmen, wie es ist, und dich drüber freuen, ohne alles zu hinterfragen und tausend schreckliche Dinge zu vermuten? Lass es einfach.«

»Ich vermute gar nicht tausend schreckliche Dinge. Ich wundere mich bloß.«

»Lass es einfach, Leslie, okay?«

»Mein Gott, nun reg dich doch nicht so auf! Darf ich denn gar nichts mehr sagen?«

René beugte sich vor, sah ihr in die Augen und brüllte: »Hast du mich nicht verstanden: Lass es einfach!«

Leslie schwieg erschrocken.

Nach einer Weile sagte sie: »Es schmeckt übrigens klasse.«

René reagierte nicht, sondern aß lustlos.

»Bist du jetzt sauer? Oder ein bisschen eingeschnappt?«, fragte sie.

René sah sie mit ausdruckslosem kalten Blick an. »Pass mal auf, meine Liebe«, sagte er leise. »Ich habe mir heute sehr viel Mühe gegeben, weil ich dir zeigen wollte, dass ich dich immer noch liebe. Vielleicht hatte ich auch gehofft, dass der Abend im Bett endet. Trotz allem. Mehr war nicht. Und das hast du mal wieder fabelhaft kaputt gekriegt.«

»Trotz was?«

»Ich weiß, dass du eine Affäre mit Tom hast. Frag mich nicht, woher ich das weiß, ich weiß es eben. Ich hatte eigentlich nicht vor, dir zu sagen, dass ich im Bilde bin. Ich wollte es nicht an die große Glocke hängen, wollte keinen Streit, keine Diskussionen, sondern einfach warten, bis es vorbei ist, weil ich Angst hatte, dich zu verlieren. Und ich hatte mir vorgenommen, mich mehr um dich zu kümmern. Aufmerksamer zu sein. Aber das alles ist ja nun gehörig in die Hose gegangen.«

»Es tut mir leid«, sagte Leslie leise.

»Tom ist mein bester Freund«, erwiderte René.

»Ich weiß.«

»Hättest du dir nicht irgendeinen Hansel aussuchen können, den ich nicht kenne, verdammt noch mal, wenn du einen derartigen sexuellen Notstand hast? Musste es denn unbedingt mein Freund sein?«

»Er war auch mein bester Freund. Und da ist es eben passiert. Das hat mit sexuellem Notstand gar nichts zu tun.«

»Ach nein?«, fragte René hämisch, und Leslie sah ihm an, wie verletzt er war.

»Nein.«

»Und wie soll es nun weitergehen?«

Leslie zuckte die Achseln. »Tom ist ja nun verschwunden.«

»Warst du bei ihm?«

»Nein. Ich war, wie du weißt, bei meiner Freundin. Willst du ihre Telefonnummer, damit du nachfragen kannst?«

»Ach Leslie, für wie blöd hältst du mich eigentlich? Natürlich ist das mit deiner Freundin alles abgesprochen. Da brauch ich nicht anzurufen.«

»Na gut. Wenn du meinst.« Leslie stand auf. »Ich glaub, ich geh ins Bett, ich bin todmüde. Danke für das Essen. Ich könnte mich direkt dran gewöhnen.«

Sie schenkte ihm noch ein Lächeln und ging ins Schlafzimmer.

Während sie sich auszog und für die Nacht fertig machte, dachte sie daran, dass sie nicht vergessen durfte, was René Tom angetan hatte.

Er war ein Schwein.

Aber er tat ihr leid.

Als sie das Licht löschte und unter die Bettdecke kroch, fühlte sie sich unendlich mies.

45

Seit Tagen hatte sich Tom nur von Weißbrot und Käse ernährt, allmählich hing es ihm zum Hals heraus, und er beschloss, an diesem Abend mal wieder bei Tiziano essen zu gehen.

Als er sich gegen einundzwanzig Uhr an einen kleinen Tisch setzte, war die Trattoria gut gefüllt, und die meisten Gäste aßen schon.

Heute bediente ein flinker junger Italiener mit lockigem dunklen Haar, den Tom auf Mitte dreißig schätzte. Als er zu Tom kam, sagte er lächelnd: »Bitte schön?«

Tom grinste überrascht und antwortete auf Deutsch: »Ich nehme die Penne dello chef, dazu einen gemischten Salat und einen halben Liter Vino della casa.«

»Sehr gern«, sagte der junge Mann und lief in die Küche.

Als er nach einer Viertelstunde das Essen brachte und vor Tom auf den Tisch stellte, sagte er wieder: »Bitte schön!« und »Guten Appetit. Lassen Sie es sich schmecken.«

Jetzt war Tom regelrecht baff.

Er ließ sich Zeit beim Essen, spürte, wie er immer hungriger wurde, bestellte sich außerdem noch eine Bruschetta und begriff, dass ihm genau das gefehlt hatte: Er konnte nicht ständig allein in seiner Bude hocken und auch noch aufhören zu essen und zu trinken.

Allmählich leerte sich die Trattoria.

Als der Kellner kurz vor Mitternacht wieder zu Tom an den Tisch kam, um ihn zu fragen, ob er noch einen Wein wolle oder sonst einen Wunsch habe, sagte Tom: »Ja, bitte bringen Sie mir noch einen halben Liter, aber nur wenn Sie sich auch einen Moment setzen und mit mir ein Glas trinken.«

»Wie heißen Sie?«, fragte Tom, als sich der junge Mann zu ihm setzte und ihnen beiden Rotwein einschenkte.

»Paolo. Ich bin Tizianos Cousin und helfe ab und zu aus. Heute war Matilda nicht da.«

»Ich bin Tom.«

»Piacere.«

Die beiden Männer schüttelten sich die Hand.

»Machst du hier Urlaub?«, fragte Paolo.

»Ja, eine Weile. Ich weiß noch nicht, wie lange ich bleibe. Aber sag mal: Woher kannst du so gut Deutsch? Ich bin echt beeindruckt.«

Paolo grinste. »Ich habe zehn Jahre in Deutschland gelebt und gearbeitet. In Mannheim.«

Tom nickte.

»Und ich hatte eine deutsche Freundin. Da lernst du die Sprache, wenn es darauf ankommt, auch in einem halben Jahr.«

»Und warum bist du jetzt wieder hier?«

Paolo trank einen Schluck und sah in den dunklen Sternenhimmel. »Mit meiner Freundin war Schluss, und ich hatte schreckliches Heimweh. Das war schlimmer als die Trennung.« Er sah Tom an. »Weißt du, Deutschland ist ein tolles Land. Ich hatte Arbeit in einem Ristorante, hab immer pünktlich mein Geld bekommen, habe gut gelebt …

aber es war eben nicht meine Heimat. Irgendwann hab ich es nicht mehr ausgehalten, und jetzt bin ich wieder hier. Ich verdiene schlecht, nichts funktioniert, aber ich bin glücklich. Weil ich zu Hause bin. Italia ist eben Italia, verstehst du?«

»Oh ja«, sagte Tom, »sehr sogar! Das verstehe ich so gut, das kannst du dir gar nicht vorstellen! Bleibst du jetzt hier in Cimessa?«

»Ja. Ich helfe Tiziano ab und zu, wohne in Ambra, habe noch einen kleinen Job in Castelnuovo, vielleicht bleibt es so, vielleicht wird es sich ändern. Wir werden sehn.«

»Wo bist du aufgewachsen?«

»Hier in Cimessa.«

»Stell ich mir gut vor.«

»Das war es auch. Damals fuhr noch kein Schulbus, und kaum jemand hatte ein Auto. Wir waren mehrere Kinder im Ort und sind jeden Morgen im Dunkeln mit Laternen in der Hand durch den Wald nach Ambra zur Schule gelaufen. Eine Stunde hin und eine Stunde zurück. Bei jedem Wetter. Auch bei Schnee und Eis und Sturm und Regen. Damals fand ich es grauenvoll, heute ist es eine meiner schönsten Erinnerungen.«

»Paolo, darf ich dich was fragen?«

»Certo.«

»Hier schleicht eine schwarze, verhüllte Gestalt durchs Dorf. Jede Nacht. Gestern, hab ich gesehen, war sie auch in der Trattoria. Wer ist das? Hast du eine Ahnung?«

Paolo grinste. »Natürlich! Das ist Lucia. Tizianos Tochter. Sie wohnt dort oben in dem alten, ziemlich verfallenen Haus.« Und damit zeigte er die Straße hinauf.

»Was ist mit ihr? Was ist mit ihrem Gesicht?«

»Wenn du willst, erzähle ich dir ihre Geschichte«, sagte Paolo. »Aber eine schöne Geschichte ist es nicht.«

»Bitte!«, sagte Tom und schenkte noch einmal Wein nach.

Tiziano war mit Pianella verheiratet, einer stolzen Sizilianerin mit mandelförmigen Augen, pechschwarzem Haar und einem dicken Zopf bis in die Kniekehlen. Sie trug jede Menge Goldschmuck, fast immer eine Sonnenbrille und sang den ganzen Tag sizilianische Schlager. Im Haus von Tiziano und Pianella war ständig Musik.

Zu dieser Zeit hatten sie einen kleinen Laden an der Piazza, der die Familie mehr schlecht als recht ernährte. Von dem halben Weißbrot und den zwei Tomaten, die die alten Frauen alle zwei Tage kauften, konnten sie nicht leben. Und sehr viel mehr Umsatz machten sie bei keiner Familie im Dorf.

Dann wurde Pianella schwanger, war gereizt, nervös und schlecht gelaunt, tyrannisierte mit ihren Launen das ganze Dorf und brachte endlich die kleine Lucia zur Welt.

Alle waren erleichtert und hofften, dass Pianella nun wieder so glücklich wie früher werden würde.

Lucia war ein wunderschönes Baby. Sie lachte den ganzen Tag, alle bewunderten sie, und niemand konnte ihrem Charme und ihrer Fröhlichkeit widerstehen.

Tiziano war stolz und Pianella eine liebevolle Mutter.

Eines Tages kam Tiziano auf die Idee, Tische und Stühle vor den Laden zu stellen und Kaffee und Kuchen, Vino und Pasta anzubieten. Kamen keine Gäste, kochte Pianella nur für sich, Lucia und Tiziano, saßen Gäste vor der Tür, warf sie eine Handvoll Spaghetti mehr in den Topf.

Allmählich sprach es sich herum, dass man in Cimessa preiswert und gut essen konnte, und so sah auch die finanzielle Zukunft von Tiziano und Pianella plötzlich rosiger aus.

Als Lucia bereits laufen konnte und anderthalb Jahre alt war, begann sie zu schreien. Tag und Nacht. Sie war einfach nicht mehr zu beruhigen. Pianella trug sie im Haus herum, schob sie im Wagen durch die Gegend, schaukelte sie, sprach mit ihr, und dabei liefen sowohl der Mutter als auch der Tochter die Tränen übers Gesicht.

Als die ersten Flecken in Lucias Gesicht auftauchten, ging Pianella mit ihr zur Dottoressa, aber die konnte nicht helfen, es war ihr ein Rätsel, was mit Lucia los war.

Pianella fuhr daraufhin mit ihr ins Ospedale Careggi in Florenz. Dort wurde das Mädchen zwei Wochen lang durchgecheckt, aber auch dort gab es am Ende keine Diagnose.

Mittlerweile waren aus den Flecken im Gesicht kleine schwarze Geschwüre geworden, die unaufhörlich wuchsen.

Dreimal am Tag kniete Pianella in der kleinen Kirche von Cimessa und betete drei Rosenkränze für Lucia. Insgesamt neun pro Tag, ein halbes Jahr lang.

Aber Gott schien sie nicht zu erhören, denn Lucia schrie weiter, und die Geschwüre wucherten. Also hörte Pianella mit den Gebeten wieder auf.

Und dann kam Falak ins Dorf. Niemand wusste, woher sie kam, aber sie wohnte bei Tiziano und Pianella im Haus und ließ sich fast nie im Ort blicken. Man munkelte, sie wäre wunderschön – aber sie war tief verschleiert, und so genau hatte sie niemand gesehen.

Auch über das, was in Tizianos und Pianellas Haus geschah, konnte nur spekuliert werden.

Aber Lucias Schreien und Weinen wurden seltener.

»Von nun an darf sie niemand mehr sehen«, sagte Falak zu Pianella. »Wirf ein Tuch über sie, wenn du mit ihr vor die Tür gehst, damit die Leute sie nicht verfluchen.«

Pianella tat es.

Nachts ging Falak in den Wald und in die Felder und sammelte im Licht des Mondes Schlafmohn, Tollkirsche, Alraune, Bilsenkraut, Stechapfel, Lattich, Eisenkraut, Hanf und Steppenraute und holte vom Teich des monastero Seerosenblätter. Mit Mörser und Stößel zerkleinerte sie die Pflanzen, bis sie so fein wie Sandkrümel waren, vermengte sie mit Schweineschmalz und Vogelblut und schmierte die dicke Paste auf Lucias Geschwüre.

Sonntags holte sie Löwenzahn, Ringelblume und Johanniskraut, montags Silberblatt, Königsfarn und Mondraute, dienstags Eisenkraut, mittwochs Bingelkraut, donnerstags Donnerkraut, Dachhauswurz und Fetthenne, freitags Venus- und Frauenhaar, und samstags blieb sie im Haus und verarbeitete die im Mondlicht gepflückten Kräuter zu Salben und Cremes, mit denen sie den gesamten Körper des Kindes einrieb.

Falak erlaubte, dass Lucia sie nachts in den Wiesen begleitete.

Einige der Kräuter durfte Lucia auch lutschen und kauen, und wenn sie kurz vor der Morgendämmerung an der Seite von Falak nach Hause kam, wirkte sie gelöst und zufrieden, nahm ihre Mutter in den Arm und lachte.

Die Geschwüre bildeten sich zurück.

Es blieben hässliche Narben, aber sie eiterten nicht mehr.

»Erklär es mir«, sagte Pianella zu Falak.

»Du hast keine Lucia, keine Leuchtende, geboren, Pianella, das war ein Irrtum. Lucia ist eine Nyx, eine Göttin der Nacht. Sie ist die Schwester von Erebos, dem Gott der Finsternis. Sie kann nur in der Dunkelheit, im Schein des Mondes leben, die Sonne ist ihr Feind. Verstehst du? Nie wieder darf sie die Sonne sehen! Hörst du, nie wieder! Ihre Geschwüre sind gekommen, weil sie die Sonne nicht verträgt, ihre Haut verbrennt, Anomalien bilden sich, fressen sie auf und zerstören sie.«

»Ich verstehe nicht …«, murmelte Pianella verstört.

»Was ist daran nicht zu verstehen? Der Mond ist Lucias Sonne, in seinem Schein wird sie leben. Kein Tageslicht, Pianella. Lucia wird sich nur nachts bewegen können, tagsüber musst du jeden Zentimeter ihrer Haut verhüllen, wenn du sie nicht verlieren willst. Denn wenn Lucia weiter die Sonne sieht, entstehen neue Geschwüre, und sie wird binnen kürzester Zeit sterben.«

»Das ist entsetzlich«, murmelte Pianella.

»Nein. Überhaupt nicht. Du hast ein Mondscheinkind. Das ist nicht der Weltuntergang, aber du musst lernen, damit umzugehen. Euer ganzes Leben wird sich von nun an nur noch nachts abspielen. Lucia ist ein ganz außergewöhnliches Mädchen. Vergiss das nie. Und es wird außergewöhnliche Menschen aus euch machen. Oder es wird euch zerstören.«

Falak verschwand so plötzlich, wie sie gekommen war.

Für Tiziano und Pianella begann nun die Hölle. Abends zwischen sieben und neun, wenn die anderen Kinder ins Bett gebracht wurden, frühstückte Lucia. Gegen dreiundzwanzig Uhr ging sie aus dem Haus, buddelte, erntete in ihrem kleinen Gemüsegärtchen Radieschen, spielte mit einem Ball und lernte Fahrradfahren. Und immer war sie allein, denn die anderen Kinder schliefen um drei oder vier Uhr nachts tief und fest.

Als in Cimessa Schnee fiel, rodelte sie nachts um zwei laut jauchzend die Dorfstraße hinunter. Wenn die anderen Kinder morgens in die Schule nach Ambra gingen, drückte ihr Pianella den Gutenachtkuss auf die Stirn.

Aber wenn die kleine, tief verhüllte Lucia spät am Abend noch andere Kinder auf der Straße traf, wurde sie verhöhnt und gehänselt, ausgelacht, beschimpft und mit Steinen beworfen. Sie ist eine Hexe, sagten die Leute, genau wie ihre Mutter. Sie bringt Unglück über das Dorf.

Und von den Dorfbewohnern kam niemand mehr bei Tiziano und Pianella zum Essen.

Als Lucia fünf Jahre alt war, wurde Pianella wieder schwanger.

»Ich kann nicht mehr«, sagte sie zu Tiziano eines Mittags bei strahlendem Sonnenschein, als der Asphalt in der heißen Sonne platzte, die Kinder sich mit Gartenschläuchen gegenseitig nass spritzten und vor Freude kreischten. »Tiziano, ich halte dieses Leben in der Nacht nicht mehr aus. Und ich will es unserem neuen Kind nicht auch noch zumuten. Verzeih mir und suche mich nicht. Ich werde nicht zurückkommen.«

Tiziano versuchte nicht, sie zu halten. Saß am Tisch wie ein gebrochener Mann und sagte kein Wort, als sie wenig später mit gepacktem Koffer die Dorfstraße entlangging. Er lief ihr nicht hinterher und winkte nicht, sondern weckte seine Tochter bei Sonnenuntergang mit verweinten Augen und sagte, die Mama wäre verreist und käme bald wieder. Er wüsste nur eben nicht, wann.

Lucia fragte nie wieder nach ihrer Mutter.

Nicht ein einziges Mal.

Sie suchte sie nicht, sie rief nicht nach ihr, und sie weinte nicht.

Aber die Geschwüre kamen wieder, wuchsen, platzten auf und eiterten.

Falaks Salben und Cremes halfen nicht mehr.

Tiziano schuftete auf dem Feld, erntete Wein und Oliven, beschnitt die Bäume und schlug die Macchia, während seine Tochter im dunklen Zimmer schlief.

So brachte er sich und Lucia einigermaßen über die Runden. Und er fand, dass Nyx eigentlich ein viel schönerer Name für sie wäre als Lucia.

»Nyx«, sagte Tom leise, »ja, das passt. Aber eins musst du mir noch erklären: Wieso essen die Leute jetzt wieder bei Tiziano?«

»Irgendwann bildete sich im Dorf die Meinung, dass die eigentliche Hexe Pianella gewesen war und dass die arme Lucia ja nun wahrhaftig nichts dafür konnte, dass sie ein Kind dieser Hexe und eine Missgeburt geworden war. Und so begann Tiziano abends nach der schweren Arbeit in den Bergen wieder zu kochen.

Lucia ließ sich kaum noch blicken, war fast nur noch nachts unterwegs, wenn alles schlief. Und irgendwann geriet sie in Vergessenheit.«

»Danke, dass du mir die Geschichte erzählt hast, Paolo. Vielen Dank. Sehen wir uns morgen?«

»Morgen oder übermorgen oder irgendwann«, meinte Paolo. »Buonanotte, Tom.«

Die beiden Männer standen auf und umarmten sich kurz.

Leise sang der Wind in den Oliven, als Tom zurück zu seinem Haus ging.

46

Es war drei Uhr fünfundvierzig, als er Renés Nummer wählte.

René hob nicht ab. Natürlich nicht, er hatte das Handy ja nachts nicht eingeschaltet.

Tom ging wie ein nervöses Pferd im Haus auf und ab. Er wollte jetzt mit René sprechen. Jetzt sofort! Und nicht erst in ein paar Stunden.

Er probierte es noch ein paarmal, obwohl er wusste, dass es sinnlos war. Dann legte er sich hin, fand aber keine Ruhe. Seine Gedanken rasten wirr durcheinander, erst mit René würde er Ordnung hineinbringen können.

Um halb acht erreichte er ihn endlich.

»Ja?«, sagte eine verschlafene und ziemlich wütende Stimme. »Was ist los, verdammt noch mal? Ich hab gesehen, du hast schon x-mal angerufen …«

»René«, flüsterte Tom, »ich muss mit dir reden.«

»Davon gehe ich aus.« René seufzte. »Was ist passiert, Tom? Wen hast du diesmal umgebracht?«

»René, ich glaube, ich weiß einen Ausweg aus unserem Schlamassel. Das kann ich dir aber am Telefon unmöglich erklären. Bitte, komm her. Unbedingt! So schnell wie möglich!«

»Wie stellst du dir das vor? Mein Terminkalender ist voll. Da kann ich keine Viertelstunde mehr dazwischenschieben!

Und da soll ich alles absagen und alles stehen und liegen lassen und einfach mal so ganz schnell nach Italien kommen? Sag mal, geht's noch?«

»Ja. Bitte, komm! Wir müssen reden! Es ist ganz wichtig!«

»Tom, ich kann dir kein Geld mitbringen, nur dass du das weißt, dein Konto ist gesperrt.«

»Wie, gesperrt?«

»Himmel noch mal, es ist eben gesperrt! Was ist daran nicht zu verstehen? Das weiß ich von Ole Hansen. Die Staatsanwaltschaft hat den Hahn zugedreht. Die wollen dich ausbluten lassen.«

Tom schnaufte. Dann würde René die zehntausend also auch nicht abheben und ihm mitbringen können. Und insgeheim hatte er immer gehofft, je nach Bedarf kurz nach Süddeutschland zu fahren, Geld abzuheben und dann wieder in Italien unterzutauchen. Aber auch das war ja jetzt unmöglich geworden.

»René, bitte komm! Bitte!«, flehte Tom.

»Dreh nicht durch, ich meld mich. Bis bald«, sagte René und legte auf.

Am liebsten hätte René vor Erleichterung laut geschrien. Das war der Durchbruch! Tom war weichgekocht, mürbe, verlassen, einsam, ohne Perspektive und wahrscheinlich völlig am Ende.

Er würde ihm aus der Hand fressen.

Endlich, endlich, endlich war es so weit.

47

Drei Tage später rollte René auf seiner Harley durch Cimessa. Wie immer unerkannt unter seinem Helm.

Ganz wohl war ihm nicht, denn während der langen Fahrt hatte er sich überlegt, was wäre, wenn Leslie Tom brühwarm darüber informiert hatte, dass René Bescheid wusste, dass sie entdeckt waren. Dann würde Tom ihn hassen, ihm nicht nur die Kabelbinder, sondern seine gesamte vertrackte Situation in die Schuhe schieben, weil er vermuten musste, dass er der Polizei ganz bewusst die Mordtheorie nahegelegt hatte.

Er musste verdammt auf der Hut sein.

Tom erwartete ihn schon.

»Möchtest du was essen oder trinken?«

René winkte ab. »Ein Glas Wein, wenn du hast, alles andere kann warten.«

Tom brachte ihm den Wein. »Und, wie geht's euch? Dir, Leslie, den anderen allen? Alles klar?«

»Alles bestens, Tom.«

»Und die Polizei?«

»Sie haben keine Spur, soweit ich weiß. Sei ganz ruhig.«

»Ah ja.«

»Tom, ich habe alles stehen und liegen lassen und bin hierhergesaust. Sag mir jetzt verdammt noch mal, warum!«

»René, ich komme hier nicht mehr weg. Ich werde mich bis ans Ende meiner Tage verstecken müssen, das weißt du genauso gut wie ich. Jeden Cent drehe ich dreimal um, um die Existenzkrise auf morgen verschieben zu können. Verstehst du? Ich habe hier niemanden, mit dem ich reden kann. Ich bin allein, kreuzunglücklich, langweile mich zu Tode und verblöde. Und ich kann nicht arbeiten. Ich finde kein Motiv, weil mich alles so ankotzt, ich sehe keine Farben, in meinem Kopf ist nur tiefschwarze Nacht. Wenn ich versuche zu malen, kommt nur tiefgraue Ödnis raus. Ich werde verrückt, wenn ich es nicht schon bin. Das ist kein Leben, René – das ist die Hölle!«

»Verstehe. Aber das war uns auch schon klar, als ich das letzte Mal hier war.«

»Solange ich existiere, wird man mich suchen. Und darum werde ich erst frei sein, wenn ich tot bin.«

»Ja. Ha, ha, ha.«

»René, bitte! Das ist die einzige Möglichkeit! Wenn sie mich für tot erklären, wird mich kein Polizist, kein Carabiniere und niemand mehr suchen. Dann kann ich machen, was ich will, kann mich durch die Welt bewegen, wie ich will, und alles ist gut.«

»Sicher. Aber dein Problem ist das Geld, und das hast du immer noch nicht. Erst recht nicht, wenn du tot bist.«

»Doch!« Tom sprang auf und lief aufgeregt hin und her. »Wenn ich tot bin, tritt mein Testament in Kraft. Dann kann ich vererben. An dich zum Beispiel. Weil du mein Freund bist. Weil ich dir vertraue. Und dann kommen wir an meine Konten ran und haben Geld. Es dauert eine Weile – aber es funktioniert.«

René jubilierte innerlich, was er sich aber nicht anmerken ließ. Er überlegte einen Moment und sagte dann sehr ernst: »Das ist keine gute Idee. Ich als dein Anwalt kann nicht plötzlich so eine große Summe erben. Das sieht mehr als blöd aus. Und macht mich unglaubwürdig. Vielleicht sogar angreifbar. Nee, vergiss es.«

Auch Tom jubilierte innerlich. Genau diese Reaktion hatte er erhofft.

»Aber du musst es ja nicht sein! Es könnte auch Leslie sein. Du und Leslie, ihr seid meine besten Freunde, ihr werdet mich nicht reinreiten. Leslie erbt, ich vertraue ihr völlig, und wir drei kommen an mein Geld. Wo ist das Problem?«

»Das Problem ist, dass du nicht tot bist. Und nicht so eben mal für tot erklärt werden kannst.«

»Wir brauchen eine Leiche.«

»So ist es. Und Leichen hängen hier in der Toskana ja auch überall überm Gartenzaun. Man braucht sie nur aufzusammeln!«, meinte René spöttisch, stand auf und ging auf der Terrasse auf und ab. »Vergiss es, Tom. Und wegen dieser Scheiße hast du mich kommen lassen?« Er schlug sich vor die Stirn. »Du spinnst doch!«

»Du weißt, wie ich es meine«, sagte Tom. »Stell dich nicht blöder an, als du bist.«

René schwieg. Er ging immer noch auf und ab und schüttelte unentwegt den Kopf.

Dann blieb er stehen und sagte leise: »Das meinst du nicht ernst.«

»Doch, ich meine es ernst. Bitterernst. Hilfst du mir?«

»Du willst jemanden umbringen?«

»Ich will nicht, aber ich muss. Sonst hat diese Scheiße hier niemals ein Ende. Wir müssen halt jemanden finden, der fast genauso alt ist wie ich, größenmäßig auch hinkommt und eine gewisse Ähnlichkeit hat. Und dann müssen wir da durch.«

»Viel Spaß. Da mach ich nicht mit.«

»Ich denke, du hast dich verspekuliert und brauchst dringend Geld? Und dass ein hübsches Sümmchen auf meinem Konto ist, ist dir ja wohl bewusst. Wenn du was abhaben und dich gesundstoßen willst, musst du mir helfen. Wir hängen in dieser ganzen Sache beide mit drin.«

René sank auf einen Stuhl. »Du lieber Himmel, wie stellst du dir das vor?«

Und dann erläuterte Tom ihm seinen Plan.

48

Am nächsten Morgen um halb zehn kam René, der wieder auf der Couch im Wohnzimmer geschlafen hatte, auf die Terrasse.

»Buongiorno«, murmelte er und machte einen äußerst mürrischen Eindruck.

»Hast du einigermaßen geschlafen?«, fragte Tom.

»Nee. Ich habe das Gefühl, keine Sekunde geschlafen zu haben. Habe nur über all das nachgedacht, was du mir vorgeschlagen hast.«

»Und?«

»Ich weiß nicht. Aber vielleicht sollten wir uns nach dem Frühstück zusammensetzen und das Testament formulieren.«

»Nein, ich glaube, das ist keine gute Idee«, sagte Tom lächelnd und kam nur kurz darauf mit dem Kaffee auf die Terrasse zurück. »Ich schreibe kein Testament, bevor nicht eine Leiche vor meinen Füßen liegt.«

Jetzt grinste auch René. »Traust du mir nicht? Hast du Angst, dass ich dich um die Ecke bringe, sowie ich den Wisch in der Hand habe?«

»Zum Beispiel, ja. Es ist einfacher, meine Leiche als Tom Simon zu verkaufen als die eines Wildfremden. Das ist doch klar. Aber wir sollten jetzt auch nicht weiter spekulieren und uns mit Mutmaßungen und Vermutungen und Ängsten verrückt machen. Lass uns das Testament einfach hinterher aufsetzen und fertig.«

»Gut, ganz wie du willst.« Ihn umzubringen wäre wirklich einfacher, dachte René. Eine klare Sache. Zweifel ausgeschlossen. Und nur dann konnte er sicher sein, dass Leslie nicht zusammen mit Tom und dem Geld durchbrannte.

»Was denkst du? Fahren wir nach dem Frühstück nach Siena? Leute beobachten?«, fragte Tom.

»Ja, keine schlechte Idee. Dort sehen wir jedenfalls in einer halben Stunde so viele Menschen wie hier in Cimessa in zehn Jahren nicht.«

Um kurz vor zwölf waren sie in Siena, bekamen um diese Zeit ziemlich problemlos einen Parkplatz in der Viale Vittorio Veneto, gingen an der Basilica San Domenico vorbei und von dort direkt bis zur zentralen Piazza del Campo. Dort saßen sie in einer der Bars und tranken erst einen Espresso, dann einen Aperol Sprizz und beobachteten Touristen, die vorbeischlenderten, Sienesen, die ihre Hunde ausführten, und Liebespaare, die Arm in Arm auf den warmen abschüssigen Steinplatten saßen und sich ab und zu etwas ins Ohr flüsterten.

Nach zwei Stunden war Tom ziemlich entnervt. »Ich werde wahnsinnig«, sagte er leise zu René. »Gibt es denn eigentlich nur Paare und Gruppen auf der Welt? Liebespaare, Rentnerpaare, Reisegruppen, Frauen mit Kindern, alberne Freundinnen, Greise und Greisinnen, fotografierende Japaner? So schwer hab ich es mir nicht vorgestellt.«

»Ich mir auch nicht«, murmelte René. »Es ist wirklich zum Verrücktwerden. Nirgends Männer in deinem Alter, die allein unterwegs sind und so aussehen, als würden sie sich als Single durchs Leben schlagen. Wo sind denn all die einsamen Wölfe, die Weltenbummler, die Abenteurer?«

»Wahrscheinlich nicht hier auf dem Campo. Das ist zu touristisch. Ein Weltenbummler und Abenteurer sitzt wohl eher am Fluss und versucht mit einem Stock zu angeln, als dass er hier mitten in Siena rumspaziert.«

»Wenn wir Glück haben, sitzen wir wochenlang am Fluss und keiner kommt vorbei. Und niemand angelt. Und vielleicht will ein Weltenbummler ja auch mal ein bisschen was von der Kultur mitbekommen, wenn er schon ewig allein unterwegs ist.«

»Ja, könnte man annehmen, aber ich hab bisher keinen gesehen.«

»Vielleicht kommen die erst abends in die Stadt.«

Sie warteten weiter.

»Guck mal, der da hinten mit dem albernen Hut!«

»Nein, der ist zu dick. Aber der, der da am Brunnen steht, mit der blauen Jacke!«

»Niemals! Der ist zu klein und zu alt.«

Wieder verging eine Viertelstunde.

»Was hältst du denn von dem, der da gerade auf uns zukommt? Die Figur könnte hinhauen.«

»Ja, aber er ist viel zu jung. Guck den doch mal genau an, der ist noch keine dreißig!«

»Komm«, sagte Tom. »Kleine Pause. Lass uns was essen gehen.«

»Wenn du mich einlädst?«, grinste René.

»Sehr komisch.«

Auf der nahe gelegenen Piazza Indipendenza fanden sie eine kleine Trattoria und bestellten zwei Pastagerichte.

Als sie auf das Essen warteten, sagte Tom: »Genau hinter dir sitzt einer, der könnte passen.«

»Okay, ich geh mal auf die Toilette und seh ihn mir dabei an.«

René stand auf und ging am Nachbartisch vorbei. Der Mann, der dort saß, redete mit seiner Frau und lachte gerade laut auf.

Nach wenigen Minuten kam René wieder. »Also erstens hat er eine Frau, die ihn wahrscheinlich nach zehn Minuten als vermisst meldet, und zweitens hat er den Mund voller Goldkronen. Vergiss es.«

Tom seufzte. »Dass es so verflucht schwierig ist, hätte ich nicht gedacht.«

»Wir müssen Geduld haben. Ich hab dir übrigens zweitausend Euro mitgebracht. Dann kannst du dich ein bisschen entspannen. Das reicht wieder 'ne Weile, wenn du sparsam bist.«

Tom strahlte. »Super! Danke! Du weißt, wenn ich kann, kriegst du alles wieder. Mit Zins und Zinseszins.«

»Wir sprechen uns, wenn du meine Anwaltsrechnung präsentiert bekommst. Da staut sich schon einiges.«

»Ich weiß. Aber wenn wir das jetzt hier schaffen, dann kriegen wir alles hin, René. Da bin ich ganz sicher.«

»Vielleicht haben wir zur Abwechslung auch mal ein bisschen Glück«, sagte René, wirkte aber nicht sehr zuversichtlich.

»Wie geht's Leslie?«, fragte Tom.

René zuckte die Achseln. »Gut.«

»Wie, *gut*? Warum sagst du das so komisch?«

René biss sich auf die Lippen. »Ich nehme an, dass es ihr gut geht. Wir sehen uns nicht so häufig und sprechen uns noch weniger. Sagen wir mal so: Sie geht mir aus dem Weg.«

»Wieso das denn?«

»Tja … wenn ich das wüsste. Irgendetwas stimmt nicht, weißt du, ich glaube, sie betrügt mich, hat eine Affäre. Sie kann mir nicht mehr in die Augen sehen. Wenn ich wenigstens wüsste, wer der Scheißkerl ist! Dann könnte ich hingehen, ihm die Eier abschneiden und hinterher den Hals umdrehen und würde mich besser fühlen. Aber so hänge ich total in der Luft und weiß nicht, woran ich bin. Die Stimmung bei uns zu Hause ist schneidend. Unerträglich. Und sie lehnt es ab, mit mir zu reden. Was soll ich tun?«

»Hast du sie mal ganz direkt gefragt?«

»Sicher. Sie lacht laut auf und geht aus dem Zimmer.«

»Das ist ja grauenvoll.«

»Ja, ich weiß echt nicht, was ich machen soll, Tom, so geht es jedenfalls nicht weiter. Da bin ich lieber am Feierabend allein zu Haus als zusammen mit dieser Frau, mit der sich schon seit Ewigkeiten nichts mehr abspielt und die herumläuft wie ein einziger Vorwurf. Und ich weiß nicht, warum.«

»Oh, du arme Socke«, sagte Tom. »Du tust mir echt leid.«

René schwieg. »Ja, ich weiß wirklich nicht, wie es weitergehen soll und ob es überhaupt weitergehen kann. Aber eins nach dem anderen. Erst kümmern wir uns um deine Baustelle, und dann kümmere ich mich um meine Ehe.« Er lachte bitter.

Tom schlug ihm freundschaftlich aufmunternd auf die Schulter, aber kommentierte dies nicht weiter.

Nach dem Essen machten sie einen Spaziergang durch die Altstadt, sahen in Hinterhöfe, offene Hauseingänge, in Schaufenster.

So aufmerksam waren sie noch niemals durch belebte Straßen gegangen – ohne Erfolg. Da war nicht ein einziger Kandidat, den sie auch nur im Entferntesten in Erwägung gezogen hätten.

»Komm«, sagte Tom erschöpft, »lass uns hier abhauen. Ganz abgesehen davon, dass der Parkschein schon seit drei Stunden abgelaufen ist.«

»Gut. Probieren wir es morgen woanders.«

Schweigend gingen sie nebeneinander her, als aus der Via di Fontebranda Gitarrentöne herüberklangen.

»Das hört sich gar nicht schlecht an«, sagte Tom. »Erinnert einen an alte Zeiten.«

Sie gingen in die Richtung, aus der die Musik kam.

Auf einer Treppe saß ein Hippie mit Schlapphut, Sonnenbrille, ausgefransten Jeans und Lederjacke. Er hatte eine geschwollene Nase und eine schorfverkrustete Lippe und spielte einen Song von John Lennon. Vor ihm eine kleine Keksdose mit Münzen. Einige Leute standen um ihn herum und hörten zu.

»Imagine there's no heaven, it's easy if you try …«

»Bei dem Song hab ich zum ersten Mal geknutscht«, sagte Tom leise zu René.

René antwortete nicht.

Als das Lied zu Ende war, nickte der Hippie und hielt seine Keksdose hoch. Einige Leute warfen ein paar Münzen hinein, auch René.

»Komm, lass uns gehen«, sagte Tom und wollte René wegziehen.

»Nein«, antwortete René scharf. »Wir bleiben hier. Guck dir den Typen doch mal genau an!«

Und wieder begann er zur Gitarre zu singen, diesmal einen Frank-Sinatra-Song.

»Strangers in the night …«

»Er ist es«, flüsterte René. »Ich meine, er könnte unser Kandidat sein. Wir sollten ihn näher kennenlernen. Wenn er hier Schluss macht, laden wir ihn zum Essen ein, und dann sehen wir weiter.«

Tom nickte und erwiderte nichts, denn ihm wurde augenblicklich schlecht.

Bisher waren alle Pläne graue Theorie gewesen, Hirngespinste am Abend beim Wein und Gedankentürme in der Nacht.

Und plötzlich nahmen all die aberwitzigen Ideen Kontur an.

Was Tom in Wirklichkeit nie gewagt hätte, trieb René nun auf einmal voran.

Und irgendwann würde es kein Zurück mehr geben. Das wurde Tom in diesem Moment klar, und er überlegte, ob er den Zug nicht vielleicht doch lieber aufhalten sollte. Er wusste es einfach nicht.

René und Tom setzten sich dem Straßenmusikanten gegenüber und warteten ab.

Jedes Mal, wenn er einen Song beendet hatte, applaudierten sie heftig, sodass der Sänger auf sie aufmerksam wurde, ihnen immer öfter zulächelte und zuwinkte. Bestimmt fünfmal stand René auf und warf ein paar Euro in die Keksdose, und schließlich sah der Hippie beim Singen fast ausschließlich zu Tom und René hinüber, bis es den beiden vorkam, als spiele er jetzt nur noch für sie.

Nach anderthalb Stunden bedankte sich der Hippie bei den wenigen, die noch zuhörten, leerte die Keksdose und verpackte seine Gitarre.

Tom und René traten zu ihm.

»Hi!«, sagte René. »Du bist großartig. Du bist doch Deutscher, oder?«

»Ja, klar«, sagte er. »Ich bin Henry. Henry Holl.«

»Ist das ein Künstlername?«

»So 'n bisschen. In Wirklichkeit heiße ich Heinrich Anger. Nicht so prickelnd, oder?«

René lachte. »Nee. Ich bin René, und das ist Tom.« Tom nickte Henry zu. Die Angst saß ihm immer noch im Nacken, und in diesem Moment dachte er eher an Flucht.

»Aber was du singst, hat uns super gefallen«, redete René weiter. »Hat uns an alte Zeiten erinnert, da konnten wir so richtig nostalgisch schwelgen. War fantastisch. Und das mitten in Siena. Das ist wirklich der Hammer.«

»Freut mich.« Henry war gerührt und wusste nicht so recht, wie er sich verhalten sollte.

»Sag mal, hast du Hunger? Wir würden dich gern zum Essen einladen.«

Henry konnte es so schnell gar nicht glauben, und der Groschen brauchte vier Sekunden, bis er fiel. »Ja, klar hab ich Hunger. Und wie. Das ist Wahnsinn. Ja, sehr gern. Danke. Danke, echt.«

»Klar« und »echt« sind Henrys Lieblingsworte, dachte René. Warum auch nicht. Und Tom hatte es offensichtlich die Sprache verschlagen. Wahrscheinlich hatte er jetzt Angst vor der eigenen Courage.

49

Als Henry die Sonnenbrille abnahm, sahen sie, dass auch ein Auge gelb-violett unterlaufen war und dass er Schwierigkeiten hatte, zu sprechen und zu kauen.

Seine Nase wirkte ebenfalls ziemlich derangiert.

»Was ist denn mit dir passiert?«, fragte Tom erschrocken. »Vorhin im Abendlicht und mit der Brille hab ich das gar nicht so genau gesehen. Das sieht ja schlimm aus.«

»Ich bin nach einem Fußballspiel in eine Schlägerei geraten. Dabei war ich gar nicht im Stadion. Aber die Hooligans prügeln überall.«

»Ist es nur das Gesicht?«

»Auch noch ein paar angebrochene Rippen. Das behindert mich beim Atmen und macht das Singen schwierig. Aber was soll's? Ich muss da durch, brauch die Knete.«

René reichte ihm die Speisekarte. »Hier. Such dir was aus. Bestell dir, so viel du willst.«

Nachdem sie die Karte studiert, den Wein ausgesucht und ein wenig herumgeblödelt hatten, sagte René: »Erzähl doch mal ein bisschen von dir.«

»Tja, was gibt's von mir groß zu erzählen?«, überlegte Henry.

»Na, machst du gerade Ferien und besserst dir mit deiner Straßenmusik ein bisschen die Reisekasse auf?«

Henry lachte. »Ja, so kann man es auch sehen. Vielleicht mache ich wirklich immer Urlaub und bessere immer ein bisschen die Reisekasse auf. Ja, genau! Das ist gut!«

»Das heißt, du bist ständig unterwegs, singst überall auf der Straße und lebst von den paar Kröten, die in deiner Keksbüchse landen?«, fragte René.

Henry nickte. »So ist es. Ich mach das jetzt so seit zwanzig Jahren. In diesem Jahr bin ich in Italien gelandet, nächstes Jahr zieh ich vielleicht durch Spanien, übernächstes Jahr durch Frankreich, keine Ahnung. Je nachdem, worauf ich grade Lust hab. Ich trampe oft, und davon hängt es auch ab. Wenn mich einer nach Portugal mitnimmt – na gut, dann ist es eben so. Es ist nicht gerade ein Leben im Luxus, aber man sieht 'ne Menge, man erlebt 'ne Menge, die Arschkarte ist es nicht. Man kann es schlechter treffen im Leben.«

»Das glaub ich dir.« René wirkte ehrlich interessiert und ärgerte sich wund, dass sich Tom an dem Gespräch nicht beteiligte. »Ich finde das ungeheuer spannend und faszinierend. Unsereins hat drei Wochen Urlaub – und das war's. Wir haben eine Menge falsch gemacht im Leben. Findest du nicht auch, Tom?«

»Worauf du einen lassen kannst«, murmelte Tom und trank einen großen Schluck Wein.

Henry grinste.

»Hast du denn keine Familie?«, fragte René weiter.

»Nee. Das ist alles Schnee von gestern. Meine letzte Freundin hieß Melanie, mit der war vor zwanzig Jahren Schluss, und dann hab ich alles verkauft und bin losgezogen. Und nicht mehr zurückgekommen. Hab das erste Jahr fast nur Melanie-Songs gespielt, konnte ›Ruby Tuesday‹ gar nicht singen, ohne zu heulen, und dann war auch das ausgestanden.«

»Und deine Eltern?«

»Mein Vater ist vor sieben Jahren gestorben und meine Mutter vor fünf. Beide an Krebs. Die wollten immer wissen, wie es mir geht und wo ich bin. Jetzt fragt keiner mehr.« Er schluckte und spielte mit seiner Serviette herum.

René und Tom warteten. Sagten gar nichts.

Schließlich redete Henry weiter. »Aber es ist unglaublich entspannend, wenn man sich um niemanden Sorgen machen muss und wenn man auch weiß, dass sich niemand um einen selbst Sorgen macht«, sagte er leise. »Das ist wie Gefühlsballast über Bord schmeißen. Plötzlich fühlt man sich ganz leicht, man verliert jede Angst, weil einem im Leben irgendwie nichts mehr passieren kann. Das ist echt irre.«

»Aber wenn du mal deine Papiere verlierst und einen Unfall hast, woher weiß man dann, wer du bist?«

»Keine Ahnung.« Henry zuckte mit den Achseln und grinste. »Hab ich mir noch nie Gedanken gemacht. Und ist mir auch scheißegal, glaub ich.«

»Dein Gesicht sieht wirklich schlimm aus«, sagte René.

»Ja. Die Prügelei war krass. Das war das Schlimmste bisher. Es gab in all den Jahren schon mal Momente, in denen ich dachte, ich sterbe. Aber auch danach war ich nicht im Krankenhaus und bei keinem Arzt.« Henry grinste noch breiter. »Ich war in meinem Leben noch nie im Krankenhaus, und meine Nase wird wieder werden. Auch ohne Arzt und ohne Medikamente.«

»Ist nicht wahr!« René schlug sich auf die Schenkel. »Du hattest noch nie was? Keinen Blinddarm, keine Mandeloperation, keinen Beinbruch, nichts? Keine Schraube im Kopf, keine Platte im Knie und keine Plombe im Mund?«

»Nichts.« Henry lachte. »Ich hab auch noch nie 'ne Blutuntersuchung gemacht. Wenn die mir sagen, Ihre Cholesterin- oder Leberwerte sind schlecht, was soll ich dann machen? Mir in 'ner Stadt 'ne Wohnung suchen, um zum Arzt gehen zu können? – Niemals! Und ich glaube, je weniger man zum Arzt geht, umso gesünder ist man.«

»Da ist was dran«, sagte René und lächelte Henry zustimmend zu.

»Wenn du so lebst«, mischte sich Tom auf einmal ein, »was ich wirklich faszinierend finde, und manchmal wünsche ich mir auch, nur so viel zu besitzen, wie in einen Rucksack passt, und damit in der Welt unterwegs zu sein … aber was mich interessiert, hast du eigentlich ein Handy dabei?«

Henry sah ihn mit großen Augen überrascht an. »Nee. Wozu? Wen soll ich denn anrufen? Und wer soll mich anrufen? Ich hab ja nicht nur keine Familie, sondern auch keine Freunde. Denn da, wo die wohnen würden, komme ich vielleicht nur alle zehn Jahre vorbei. Nein, das ist alles Quatsch. Das mach ich nicht mit. Kein Handy, keine Kreditkarte, kein Auto, keine Wohnung, keine Krankenversicherung. Und ich fühl mich soooo super, Leute, ich möchte echt mit keinem tauschen, der tausend Sachen besitzt, um die er ständig Schiss hat, dass sie ihm geklaut werden. Was soll mir passieren? Nichts! Irgendwann bleibt mein Herz stehen, und das war's. Und wer mich dann wo verbuddelt, ist mir auch egal.«

»Dann bist du wahrscheinlich der glücklichste Mensch unter der Sonne«, meinte René und war von Henry wirklich beeindruckt. Nicht nur, weil er der perfekteste Kandidat war, den man sich vorstellen konnte, sondern weil er im Leben nichts verpasst und keine offenen Rechnungen hatte. Er konnte getrost sterben.

»Und wenn dir mal was passiert? Wenn du wirklich mal einen Unfall hast oder so?«, fragte Tom.

Henry hob die Hände. »Ja, gut, und? Was soll schon sein? Die Welt ist dermaßen bevölkert, dass sich wahrscheinlich irgendjemand finden wird, der mich ins Krankenhaus bringt. Da flicken sie mich wieder zusammen. Das machen die, ich glaube, dazu sind sie in Europa sogar verpflichtet. Wer es bis ins Krankenhaus schafft, dem wird geholfen. Und wenn es dann ans Bezahlen geht, sag ich: Kinder, ich hab nichts. Fasst mal 'nem nackten Mann in die Tasche. Und was sollen die dann tun? Die können mich ja nicht umbringen! Also lassen sie mich laufen – und das war's. Zwei Tage später bin ich schon wieder in einer anderen Stadt.«

»Irre«, meinte Tom. »So hab ich das noch gar nicht gesehen. Wenn man wirklich gar nichts mehr hat, ist alles ganz einfach. Nur wenn man noch ein bisschen hat, wird alles furchtbar kompliziert.«

»So ist es. Du hast es kapiert.« Henry grinste. »Du musst dich nur trauen, wirklich gar nichts und überhaupt nichts mehr zu besitzen. Und irgendwo findet sich immer eine hilfsbereite Seele. So wie ihr!«

»Möchtest du noch etwas, Henry?«, fragte René. »Hau anständig rein, du kannst so viel essen und trinken, wie du willst, du bist unser Gast, und da kommt es wirklich nicht drauf an, ob du ein oder zwei oder drei Steaks isst. Nutze es einfach aus.«

Henry hielt sich den Bauch. »Das ist wahnsinnig lieb, aber ich kann echt nicht mehr. Ich glaube, ich trinke nur noch einen Espresso, denn ich bin so satt wie bestimmt seit zehn Jahren nicht mehr.«

»Das freut mich.« René winkte dem Kellner.

»Wo schläfst du denn heute Nacht?«

»Keine Ahnung, wahrscheinlich im Park, das ist kein Problem. Noch ist es ja nicht kalt. Und das ist nicht asozial, nicht, dass ihr mich falsch versteht, ich bin kein Penner!« Henry war plötzlich ganz ernst.

»Davon sind wir nie ausgegangen«, meinte Tom leise.

»Nein, das ist Freiheit. Ich habe genug Geld in der Tasche, um mir ein Hotelzimmer leisten zu können, aber im Sommer ist das affig, finde ich. Es ist so schön, unter dem Sternenhimmel zu schlafen, da würde ich in einem stickigen Hotelzimmer zu viel kriegen. Also wenn ich nachts draußen penne, dann ist das mein Wunsch, okay?«

Dass er fast völlig pleite war, weil ihm die Schläger alles abgenommen hatten, musste er ja niemandem auf die Nase binden.

»Wir haben genug Platz«, sagte René jetzt, »möchtest du vielleicht bei uns pennen? Du bist herzlich eingeladen. Nur mal so zwischendurch ein richtiges Bett, eine Dusche und morgens ein heißer Kaffee? Wäre das nicht was für dich?«

Henry war ganz still. Er konnte es kaum glauben. Eine Einladung zum Essen war eine Sache, aber eine Einladung zur Übernachtung etwas ganz anderes.

»Das meint ihr ernst?«

»Sehen wir so aus, als ob wir Blödsinn erzählen?«

»Seid ihr schwul?«

René lachte. »Oh Himmel, machen wir den Eindruck? Nein – wir sind Brüder. Und wir machen im Haus unserer verstorbenen Schwester Urlaub. Und ab und zu haben wir ganz gern ein bisschen Gesellschaft.«

»Das kann ich nicht annehmen«, meinte Henry.

»Warum nicht?«, fragte Tom.

»Weil ich euch nicht danken und mich nicht revanchieren kann.«

»Danken kannst du uns schon«, sagte René, »und revanchieren auch. Ich würde vorschlagen, wir fahren jetzt, und dann spielst du uns noch ein paar Lieder auf der Terrasse. Nur für uns. Das wäre unglaublich toll.«

»Einverstanden«, sagte Henry und strahlte.

Tja, Henry, dachte René, du bist das perfekte Opfer. Besser geht es gar nicht. Das Schicksal hat dich uns auf dem silbernen Tablett serviert. So eine Offerte darf man nicht ablehnen.

50

»Bitte, Samuele«, flüsterte Gabriella, als sie in seiner Armbeuge lag und ihre Fingerspitze um Samueles Bauchnabel kreisen ließ, »kannst du Donato nicht ein bisschen helfen, das Haus herzurichten, die nötigen Anträge zu stellen und es einigermaßen günstig zu verkaufen? Es ist ziemlich heruntergekommen, weil wir nie etwas gemacht haben, und der Gutachter hat gesagt, wenn wir es so lassen, wie es ist, ist es quasi unverkäuflich, oder wir kriegen kaum etwas dafür.«

Samuele schnaufte nur.

»Bitte, amore, du kennst dich doch aus, du bist selbst Geometer, du hast Beziehungen zur Behörde, du weißt, wer die besten und billigsten Handwerker sind. Du bist einfach firm und vom Fach und weißt, wie man so etwas angeht …«

»Nein!«, sagte Samuele.

»Ach, bitte! Sei doch nicht so. Donato und ich, wir haben uns nie um derartige Dinge gekümmert, wir haben in dem Haus gelebt und waren glücklich, haben höchstens einmal eine Glühbirne ausgetauscht oder einen tropfenden Wasserhahn repariert. Und jetzt stehen wir vor einem Desaster.«

»Nein!«, sagte Samuele jetzt noch wesentlich schärfer, ignorierte die Finger, die auf seinem Bauch spazieren gingen, und schwang sich aus dem Bett. »Nein, Gabriella! Ich tue alles für dich, cara, aber nicht für deinen Mann, diesen Ignoranten, der dreißig Jahre lang die Beine hochgelegt hat, wenn er nach Hause gekommen ist, und sich jetzt wundert, dass aus seinem Haus eine Bruchbude geworden ist. Ich bin nicht dazu da, seine Arbeit zu machen und ihm aus der Patsche zu helfen. Soll er selber sehen, wie er damit fertigwird. Aber ohne mich!«

Jetzt wurde Gabriella sauer und setzte sich auf. »Ich habe dich nicht darum gebeten, Donato einen Gefallen zu tun, sondern mir! Denn wenn wir unser Haus vernünftig und zu einem guten Preis verkaufen können, dann kommt das auch uns beiden zugute, Samuele. Oder etwa nicht? Wir wollen uns etwas Gemeinsames aufbauen. Und das Geld von dem Hausverkauf wäre ein guter Anfang.«

»Ich will kein Geld für einen Neuanfang von einem Haus, das dir und diesem Donato gehört hat!« Er sprach den Namen »Donato« aus, als würde er »Kotzbrocken« sagen.

»Herrgott noch mal!«, schrie Gabriella. »Wie verbohrt bist du eigentlich? Es geht doch nur um meinen Anteil, meine Hälfte von dem Haus! Und da wäre es doch hübsch, wenn er nicht allzu klein ausfällt, oder? Kapierst du das nicht?«

Samuele hob den Zeigefinger und drohte damit. »Generell und ein für alle Mal, Gabriella: Brüll mich nicht an, das kann ich nämlich nicht haben! Hast du das verstanden?«

Gabriella erstarrte. »Generell und ein für alle Mal, Samuele: Nicht in diesem Ton! So redest du nicht, so redet kein Mann mit mir, ist das klar? Entweder auf Augenhöhe oder gar nicht.«

Beide funkelten sich wütend an.

»Offensichtlich kann man mit dir nicht vernünftig reden«, sagte Samuele kühl und zog sich die Unterhose an. »Du verdrehst die Tatsachen und erträgst es nicht, wenn dich jemand auf deine Defizite hinweist!«

»Wie bitte?«, zischte Gabriella. »Du begreifst einfach nicht, worum ich dich bitte und worum es geht, du machst mich an, und dann hältst du mich für nicht kritikfähig? In was für einem Film sind wir hier eigentlich? Und auf welche Defizite hast du mich denn hingewiesen, bitte schön?«

»Du bist unüberlegt, impulsiv, du weißt nicht, wen du vor dir hast, und vergreifst dich dementsprechend im Ton!«

»Ach, wer hat sich denn hier im Ton vergriffen? Das warst ja wohl du! Und wen hab ich denn vor mir? Den lieben Gott? Den Herrscher? Den Allmächtigen und Allwissenden?«

»Es reicht, Gabriella.«

»Das finde ich auch, Samuele.«

»Ich würde sagen, du gehst jetzt besser.«

»Wohin denn?«

Samuele zuckte die Achseln und zündete sich eine Zigarette an.

Gabriella stand wie erstarrt. Sie konnte nicht glauben, was in den letzten fünf Minuten zwischen ihnen passiert war.

»Soll es das jetzt etwa so gewesen sein?«, fragte sie fassungslos. »Ist es zu Ende? Auf diese Art und Weise?«

Samuele fuhr sich mit den Händen durch die Haare, spitzte die Lippen und schwieg.

»Du, ich rede mit dir!«

»Ich nicht.«

Das saß. Diese beiden Worte waren wie ein Stich ins Herz.

»Nur, dass ich jetzt hier nicht irgendwas falsch verstehe«, probierte Gabriella es ein letztes Mal, »denn im Grunde verstehe ich wirklich gar nichts mehr … Du schmeißt mich also raus?«

»Ja.«

»Für immer?«

»Bring dein Leben in Ordnung, werde dieses hässliche Haus und diesen fürchterlichen, lethargischen Donato los, und dann kannst du bei mir vielleicht wieder anklopfen. Mich nervt diese Situation tierisch, und ich habe keine Lust, deine Probleme zu lösen.«

Eine Hitzewelle überflutete Gabriella, und sie spürte, dass sie einen glühend heißen Kopf bekam. Was für eine Frechheit! Das war regelrecht bösartig. Dieser Mann war eiskalt und hatte wahrscheinlich nie auch nur das Geringste für sie empfunden.

Sie hatte alles falsch gemacht, war abgestürzt und noch immer dabei, ins Bodenlose zu fallen.

In Windeseile zog sie sich an. Nur weg hier, dachte sie, nur weg hier, ich werde heute Nacht schon was finden.

Ohne ein Wort zu sagen, klappte sie ihren Koffer auf, warf ihre Sachen, die in Samueles Schrank gehangen hatten, hinein, ging ins Bad, schmiss Zahnbürste, Zahnpasta, Creme und Schminkzeug in ihren Kulturbeutel, verstaute auch diesen im Koffer, sah sich einmal kurz um, ob sie noch etwas vergessen hatte, nahm ihre Handtasche und den Koffer und ging zur Tür. Dort drehte sie sich noch einmal zu Samuele um, der immer noch auf der Bettkante saß, seelenruhig rauchte und sie noch nicht einmal ansah.

»Ich habe mich verdammt noch mal in dir getäuscht, Samuele. Ich hätte niemals gedacht, dass du so ein Arschloch bist. So wie du hätte Donato niemals mit mir geredet. Niemals! Er ist vielleicht nicht der Temperamentvollste unter der Sonne und gibt auch nicht dauernd den Hengst, aber er ist ein guter Mensch. Er hat einen guten Kern und behandelt seine Mitmenschen fair.«

»Das muss ich mir nicht anhören. Geh in die Kirche, da kannst du weiterpredigen.«

Gabriella ignorierte, was er gesagt hatte. »Einen Wunsch hab ich noch, Samuele: Ich hoffe, dass wir uns nie wieder begegnen, nicht in der Bar, nicht auf dem Markt oder sonst wo, denn dann müsste ich kotzen. Ich wünsche dir weiterhin viel Spaß, leg die Frauen flach, baue deine Häuser, zähle dein Geld, salbe deine Muskeln und fahr zur Hölle!«

Damit drehte sich Gabriella um, verließ das Haus und schmiss die Tür so laut zu, wie sie nur irgend konnte.

Als sie auf der Straße stand, atmete sie tief durch und fühlte sich augenblicklich besser.

Dann ging sie mit ihrem Koffer die Straße entlang und um die nächste Ecke, bis sie außer Sichtweite war, blieb stehen, holte ihr Handy aus der Handtasche und rief ihren Sohn an.

»Gianni, entschuldige, dass ich störe, bist du allein?«

»Ja, was ist denn?«

»Hast du ein bisschen Zeit?«

Nach einer kurzen Pause sagte Gianni: »Ja, ich hab Zeit. Worum geht's denn?«

»Das erzähl ich dir später. Kannst du nach Ambra in die Bar della Piazza kommen und mich abholen? Bitte! Und könnte ich vielleicht bei dir übernachten?«

Jetzt legte Gianni eine lange Pause ein, und Gabriella fiel bereits das Herz in die Hose. Aber dann sagte er: »Ist okay. In 'ner Dreiviertelstunde bin ich da.«

»Danke, Gianni, danke, du bist ein Schatz!«

Gabriella ließ ihr Handy zurück in die Handtasche fallen und machte sich auf den Weg in die Bar.

Zwei Stunden später saß Gabriella in Giannis dunkler Wohnung in Siena auf einer Matratze am Boden, trank ein Glas heißen Tee und hatte ihm bereits die ganze Geschichte von Samuele erzählt. Vom Kennenlernen über die sexuelle Obsession bis hin zum unrühmlichen Schluss.

»Was soll ich denn jetzt bloß machen?«, fragte Gabriella und wischte sich die Tränen aus dem Gesicht.

»Geh zurück zu babbo«, meinte Gianni. »Sag ihm, dass es dir leidtut, dass du einen scheißblöden Fehler gemacht hast, und alles wird gut.«

»Das kann ich nicht.«

»Wieso nicht?«

Gabriella sah zu Boden. »Ich schäme mich ohne Ende.«

Gianni grinste. »Wie heißt es so schön: Wenn man hingefallen ist, aufstehen, Krone wieder aufsetzen, weiterregieren.«

Gabriella lächelte. »Das sagt sich so leicht. Dein Vater ist so verletzt und so sauer, da renne ich keine offenen Türen ein.«

»Willst du's denn überhaupt?«

Gabriella nickte und brach erneut in Tränen aus.

Gianni nahm sie in den Arm. »Dann versuch's. Ich glaube, babbo leidet wie ein Hund. Der wird dich nicht wegschicken.«

Gabriella weinte weiter, und Gianni ließ sie in Ruhe.

Als sie sich beruhigt hatte, sagte sie leise: »Ich möchte jetzt einfach schlafen, Gianni. Morgen sehen wir weiter.«

»Va bene.« Er holte seiner Mutter eine Wolldecke und ein Kissen, sie rollte sich auf der Matratze zusammen und war augenblicklich eingeschlafen.

Eigentlich hatte Gianni ihr erzählen wollen, dass er in der Polizeischule aufgenommen worden war, aber dazu war er gar nicht gekommen.

Er öffnete das Fenster. Laue Luft drang ins kühle Zimmer. Viele warme Sommernächte wird es nicht mehr geben, dachte Gianni und überlegte, ob er noch einen kurzen Besuch in Pepes Bar machen sollte, aber dann ließ er es bleiben. Wenn seine Mutter plötzlich aufwachte und merkte, dass sie allein war, würde sie Angst bekommen.

Aber er blieb am Fenster stehen. Das abendliche Leben Sienas drang bis in seine kleine Bude: Stimmengewirr, das Klacken von Absätzen auf dem Straßenpflaster, Musik, die Geräusche von laufenden Fernsehern, ab und zu das Knattern einer Vespa durch die nächtlichen Straßen.

Aus dem Kühlschrank holte er sich einen Rest Weißwein, der dort schon seit drei Tagen stand, setzte sich auf das Fensterbrett, sah in den nächtlichen Himmel und hoffte, dass seine Eltern wieder zusammenfinden würden.

Am nächsten Morgen erwachte Gabriella mit schmerzenden Knochen, höllischem Durst und schlechter Laune.

Gianni kochte Kaffee.

»Ich kann das hier nicht«, sagte sie. »Ich brauche meinen Kram und meine Ordnung um mich herum. So kann ich nicht leben. Ich bin kein Vagabund, der einmal in der Woche eine Zahnbürste benutzt und einmal im Monat sein T-Shirt wechselt. Ich fühle mich jetzt schon wie jemand, der zwei Wochen unter der Brücke geschlafen hat.« Sie fuhr sich mit der Hand durch die Haare. »Danke für den Kaffee, du bist ein Schatz. Du kannst ja auch nichts dafür, es liegt einzig und allein an meiner beschissenen Situation.«

»Dann geh zu babbo, rede mit ihm und richte dich wieder ein. Und dann fühlst du dich auch wieder wohl, und ihr könnt gemeinsam einen Neuanfang wagen.«

»Das geht mir alles zu schnell.« Gabriella verzog das Gesicht. »Das stimmt irgendwie nicht. Wenn ich zu deinem Vater zurückgehe, dann darf es nicht nur daran liegen, dass ich es unbequem finde, wenn ich nicht zu Hause bin, und gern wieder mein Plätzchen im Badezimmer und meine gewohnten Kochtöpfe hätte. Verstehst du? Das ist nicht die Grundlage für einen Neuanfang. Ich brauche Zeit. Ich werde erst mal zu meiner Freundin Laura nach Rom fahren, wenn das geht. Laura, erinnerst du dich noch an sie?«

»Nicht wirklich. Hilf mir mal.«

»Das ist die Musiklehrerin mit den langen roten Haaren und der kleinen Wohnung direkt unterm Dach in der Via Dante Alighieri, ganz in der Nähe des Trevi-Brunnens.«

»Ah ja.« Gianni sah aus, als wüsste er jetzt, wer Laura war.

»Und dort werde ich versuchen, zu mir zu kommen und herauszufinden, was ich wirklich will. Vielleicht fange ich auch in Rom ganz von vorne an. Allein, wie Laura in einer winzigen Wohnung. Ohne Neri, ohne Samuele, ohne irgendwen. Darüber muss ich mir klar werden.«

»Das ist gut. Ruf Laura an.« Gianni ging zu ihr und drückte ihr einen Kuss auf die Wange. »Mamma, ciao, ich muss los. Zieh die Tür einfach zu, das reicht.«

»Wo gehst du hin? Hast du eine Touristenführung?«

»Nein. Ich geh in die Polizeischule, Mamma, sie haben mich angenommen.«

Gabriella stieß einen Schrei aus. »Das ist ja wunderbar, Gianni, das hab ich ja noch gar nicht gewusst!«

»Ich bin auch noch nicht dazu gekommen, es dir zu erzählen.«

»Dann wirst du also in babbos Fußstapfen treten?«

»Ja, ich hoffe es. Und das ist nicht das Schlechteste, was man im Leben machen kann.«

Gianni ging, und Gabriella fing schon wieder an zu weinen.

51

Gegen halb zwei hatten sie mehrere Flaschen Rotwein geleert, und Tom überlegte, ob sie nicht schon viel zu betrunken waren, um das wirklich auszuführen und zu Ende zu bringen, was sie geplant hatten. Er wollte sich eigentlich nur noch hinlegen und schlafen, alles auf morgen vertagen, aber René wirkte stocknüchtern und machte einen hochkonzentrierten Eindruck.

Wie schafft er das, nach all dem, was wir getrunken haben, überlegte Tom. Verdammt noch mal, dieser Henry frisst uns doch aus der Hand, lass uns bis morgen warten, ich kriege das jetzt nicht mehr gebacken, will nur noch pennen.

Henry klimperte auf der Gitarre herum und sang dabei leise vor sich hin.

»Spiel uns ›Ruby Tuesday‹, bitte«, sagte René, »es war auch mal mein Lieblingssong.«

Henry begann zu singen.

»She would never say where she came from
Yesterday don't matter if it's gone …«

»Lass uns ins Bett gehen, morgen ist auch noch ein Tag«, flüsterte Tom und zog René am Ärmel. »Ich bin kaputt, ich kann nicht mehr.«

René funkelte ihn wütend an. »Sag mal, spinnst du? Reiß dich zusammen und hör auf zu saufen, wenn du nichts verträgst.«

Henry war von seinem eigenen Gesang so gerührt, dass er fast anfing zu weinen. Er war völlig auf sich konzentriert und schwelgte in Erinnerungen an seine verlorene Liebe.

René stand leise auf und ging hinaus.

Henry bemerkte es gar nicht und sang weiter.

Tom brach der Schweiß aus. Er spürte, wie sein Herz raste.

Henry bemerkte auch nicht, dass René wieder hereinkam. Beim Refrain zitterte seine Stimme, und er wiederholte ihn immer und immer wieder.

Wahrscheinlich ist er glücklich in diesem Moment, dachte Tom, er ist völlig mit sich im Reinen.

Hinter ihm stand plötzlich René mit dem Vorschlaghammer.

Tom erstarrte und wollte gerade abwehrend die Hände heben und schreien, »Lass es!«, als René ausholte und den Hammer mit voller Wucht auf Henrys Hinterkopf krachen ließ.

Henrys Schädel zersplitterte wie eine reife Melone, es klang, als spaltete man Holz für den Kamin.

Der einsame Hippie hatte den Tod nicht kommen sehen und wahrscheinlich kaum etwas gespürt. Er fiel einfach vornüber, als wollte er seine Gitarre ein letztes Mal umarmen. Und dann kippte er ganz langsam und wie in Zeitlupe zur Seite und sank vom Stuhl.

Es war endgültig. So viel begriff Tom in diesem Moment, aber im Grunde seiner Seele hatte er es nicht geglaubt. Einen Mord zu planen war das eine, ihn dann auch wirklich durchzuführen war etwas ganz anderes.

René war ein eiskalter Killer, das wurde Tom in diesem Moment klar.

»Bist du wahnsinnig?«, flüsterte er leise.

»Nun komm mir nicht mit der Tour!« Renés Augen blitzten wütend. »Ich hätte mir eigentlich denken können, dass du nur ein Schwätzer bist und dass dich dann im entscheidenden Moment der Schneid verlässt. Sei froh, dass ich die Drecksarbeit für dich erledige, sonst würdest du wahrscheinlich noch in drei Wochen mit dem lieben Henry auf der Terrasse sitzen und schmalzige Lieder singen. Herrgott noch mal, reiß dich zusammen, wir müssen sehen, dass wir ihn jetzt hier wegkriegen.«

Tom fror plötzlich. Eiskalte Schauer liefen ihm den Rücken hinunter, und er stolperte ins Haus, um sich eine Jacke zu holen.

»Was wollen wir denn mit ihm machen?«, fragte er leise, als er wiederkam.

»Meine Fresse, das haben wir doch hundertmal besprochen!«, zischte René und sah Tom an, als würde er sich am liebsten auf ihn stürzen und ihn windelweich schlagen. »Stell dich bloß nicht dämlicher an, als du bist, und geh mir jetzt nicht von der Fahne. Henry macht jetzt mit dem Auto den Abflug in eine Schlucht, dann brauchen wir nur noch ein kleines Feuerchen, und alles ist erledigt. Also los.«

Tom stand auf, aber er konnte kaum laufen, so schwer waren seine Knochen.

Er zog seinen Ehering vom Finger, hauchte einen letzten Kuss auf das goldene Metall und steckte ihn Henry an den Finger. Er passte problemlos, war fast ein klein wenig zu groß.

René durchsuchte Henrys Rucksack und fand seine Brieftasche mit einem Personalausweis, ein paar Fotos von Henrys

Eltern und einer dunkelhaarigen jungen Frau, wahrscheinlich Melanie, ein paar Getränkebons, fünfzehn Euro in Scheinen und ziemlich viele Münzen. Bestimmt über dreißig Euro. Der heutige Erlös aus der Keksdose.

Im Rucksack befanden sich außerdem noch eine graue, schon ziemlich zerschlissene Jacke, zwei Unterhosen, drei T-Shirts, ein Pullover, eine Packung Aspirin, eine Taschenlampe, ein Taschenmesser, ein Kugelschreiber, ein Notizblock, zwei vergammelte Bananen, eine zerknüllte Plastiktüte, eine verdreckte Zahnbürste und eine Dose Nivea.

Das waren die Schätze von Henry Holl alias Heinrich Anger.

Er trug Turnschuhe, am Rucksack baumelten seine heruntergetretenen Flip-Flops.

»Lass uns alles von der Terrasse in die Küche stellen«, sagte René. »Gläser, Zeugs, Aschenbecher, was weiß ich. Schließlich wolltest du nicht abhauen, sondern bist verunglückt.«

»Wie viele Leute muss ich eigentlich noch umbringen?«, murmelte Tom.

»Hör auf, solchen Scheiß zu erzählen und zu denken, und dein blödes Selbstmitleid kannst du dir auch schenken. Wer sich so fallen lässt, kann nicht klar und überlegt handeln. Also los. Umziehen. Zieh die Drecksklamotten von diesem Hippie an, und dann werden wir versuchen, ihm deine überzuziehen.«

»Oh mein Gott!«, stöhnte Tom und zog sich aus. Noch nicht einmal seine Unterhose behielt er an. Seine Schränke in Bönningstedt waren voll, hier hatte er nicht viel, aber es waren alles Lieblingsklamotten, in denen er sich uneingeschränkt wohlfühlte.

Henrys Sachen waren abgetragen und zerschlissen, labbrig und ausgewaschen, und sie stanken nach Schweiß.

Tom kam fast um vor Ekel, als er sich eine saubere, aber fleckige Unterhose, die vor Dreck starrenden Jeans und ein T-Shirt von Henry überzog.

Es erforderte viel Kraft, der schlaffen Leiche Toms Sachen überzuziehen.

Als sie endlich fertig waren, meinte René: »Okay, jetzt hol das Auto und fahr es direkt hier an die Terrasse, damit wir ihn irgendwie hineinhieven können.«

Tom holte den Wagen und war froh, wenigstens ein paar Minuten die Leiche nicht sehen zu müssen.

»Gott sei Dank ist in diesem Kaff um diese Zeit niemand mehr unterwegs«, meinte René, als Tom wiederkam. »In einer etwas größeren Stadt hätten wir tierische Probleme.«

Tom sagte bewusst nichts von der schwarzen Frau, die nachts ständig durchs Dorf schlich, um René nicht zu verunsichern, sondern half ihm, Henry, der erstaunlich schwer war, obwohl er so verhungert aussah, auf den Beifahrersitz zu setzen.

Als es geschafft war, wischte sich René den Schweiß von der Stirn.

»Wir fahren jetzt mit ihm den Berg hoch, bis es bergab geht. Dort setzen wir ihn auf den Fahrersitz und lassen ihn sausen. Es geht zuerst schnurgerade, in der Kurve müsste er dann direkt in die Schlucht stürzen. Anders kann ich es mir nicht vorstellen. Und wir klettern hinterher und zünden die Karre an. Bis jemand im Ort den ausgebrannten Wagen entdeckt, vergehen wahrscheinlich Tage. Die Leiche wird, wenn alles gut läuft, total verbrennen, aussehen wie ein verkohltes Stück Holz, und alle werden denken, oh, wie schrecklich, das war doch so ein netter Mann, der Maler, der hier Urlaub gemacht hat. Das hat er nicht verdient … So in der Art.«

Tom nickte, aber man sah ihm an, wie elend er sich fühlte.

»Auf der Rückenlehne sind ein paar Blutflecken.«

»Egal. Die verbrennen. Mach dir jetzt bloß keinen Kopf. Henrys Papiere hast du?«

Tom nickte. »Hier ist alles. Sein Rucksack, seine Papiere, seine Gitarre, der ganze Krempel, alles.«

»Gut.«

Schweigend wuschen sie Geschirr und Gläser ab, ließen nur Glas, Teller und Besteck, das Tom benutzt hatte, in der Spüle stehen und beseitigten die paar wenigen Blutflecken auf dem Terrassenboden.

»Ich dachte, wenn du ihn mit dem Hammer erschlägst, blutet er wie ein Schwein.«

»Nein. Nur ein bisschen. Das meiste geht nach innen.«

Als sie alles akribisch kontrolliert hatten, sagte Tom: »Na, dann bringen wir es hinter uns.«

Er setzte sich auf den Rücksitz, René nahm auf dem Fahrersitz neben der Leiche Platz. Der kleine Fiat fuhr vom Grundstück und quälte sich den Berg hinauf.

Im Dorf war alles still.

Niemand war mehr unterwegs, kein Wagen begegnete ihnen.

Auf dem höchsten Punkt des Hügels stoppte René den Fiat und zog die Leiche mit Toms Hilfe auf den Fahrersitz. Das war die schwierigste und komplizierteste Aktion und dauerte unerträglich lange. Bestimmt fünf oder sechs Minuten.

Immer wieder sah sich Tom nervös um, ob irgendjemand die Straße heraufkam.

Aber Berge und Tal schienen menschenleer und in friedlichem Schlummer.

Als alles vorbereitet war, sahen sich René und Tom an.

»Alles klar?«, fragte René.

»Alles klar«, antwortete Tom.

René nickte, legte den Leerlauf ein, beide schoben den Fiat noch kurz an und ließen ihn die einspurige Asphaltstraße hinunterrollen. Mit Henry Holl hinter dem Lenkrad.

Der Wagen gewann enorm an Tempo, wurde immer schneller, kam wie geplant von der Straße ab, kippte vornüber und stürzte in die Schlucht.

René riss den Daumen hoch. »Das läuft ja wie geschmiert! Komm!«

René und Tom rannten die Straße hinunter bis zur Unfallstelle und sahen in die Schlucht.

Sie war heute spät dran und gerade mit dem Essen fertig, als sie um halb drei Uhr nachts ein Motorengeräusch hörte. Es war eindeutig Toms Wagen, sie konnte ihn aus allen anderen Autos, Traktoren, Vespas und sonstigen Fahrzeugen heraushören.

So schnell sie konnte, sprang Lucia auf, rannte auf die Straße und sah gerade noch, wie der Fiat sich den Berg hinaufquälte.

Was zum Teufel wollte Tom dort oben im Wald mitten in der Nacht? Dort gab es keine Häuser, dort wohnte niemand mehr.

Ohne zu überlegen, lief sie im Schatten der Häuser den Berg hoch.

Im Gebüsch verborgen sah sie, dass der Wagen anhielt. Zwei Männer stiegen aus. Sie erkannte Tom sofort, bei dem anderen musste sie sich sehr anstrengen, aber dann sah sie, dass es der Mann war, der immer mit dem Motorrad kam und Tom schon zweimal besucht hatte.

Unbeweglich verharrte sie, beobachtete die beiden und wartete ab.

Was sie genau taten, konnte sie sich nicht erklären.

Plötzlich ließen die beiden den Wagen die Straße hinabsausen und in die Schlucht stürzen.

Dann liefen sie bis zum Abhang, sahen in die Tiefe und kletterten hinterher.

Lucia folgte ihnen.

Im Schatten des Waldes näherte auch sie sich der Absturzstelle.

»Ein verdammter Scheißdrecksbaum hat ihn aufgehalten«, flüsterte Tom.

»Ja.« René nickte. »Kein Problem, das kriegen wir hin. Wir müssen die Karre mit vereinten Kräften nach links wegdrehen, weg von diesem blöden Baum, dann ist kein Hindernis mehr im Weg, und sie hat freien Fall.«

»Oder wir stecken den Wagen jetzt gleich hier in Brand.«

René sah ihn fassungslos an. »Willst du, dass das halbe Dorf den Brand mitbekommt und in fünf Minuten hier ist? Tom, bitte! Was ist denn mit dir los?«

Tom wollte einfach nur weg. Wollte alles hinter sich bringen, seine Ruhe haben und nicht mehr mitten in der Nacht an irgendwelchen Autos herumzerren, in denen eine Leiche saß.

Er wollte dies alles nur noch vergessen, wollte nicht mehr der sein, der das alles eingefädelt hatte, wollte alles ausknipsen und rückgängig machen.

»Los, geh du rüber und zieh, ich schiebe von rechts!«, zischte René. »Sieh zu, dass du immer einen sicheren Halt hast und zur Seite springen kannst, wenn sich das Auto selbstständig macht. Dann kann gar nichts passieren. Also, los!«

Tom zog an dem kleinen, leichten Fiat, René versuchte ihn an dem Baum, der ihn aufgehalten hatte, vorbeizudrehen.

Sie probierten es fünf Mal, nichts funktionierte, sie sahen sich entsetzt an und versuchten es erneut mit verzweifelten Kräften.

Und endlich gelang es ihnen, den Wagen vom Baum loszubekommen, Tom spürte, dass das Auto plötzlich mit enormer Wucht in die Tiefe zog. René rief: »Pass auf!«, gab dem Wagen einen letzten Schwung, und endlich trudelte er an Tom vorbei in die Tiefe.

René und Tom sahen ihm hinterher.

»Benissimo«, meinte René. »Los, komm. Wir haben es fast geschafft.«

Lucia folgte in sicherem Abstand und sah, wie die beiden Männer den zertrümmerten Fiat erreichten und um ihn herumliefen. Dann gab es plötzlich eine gewaltige Explosion. Der Wagen ging in Flammen auf.

Lucia hielt erschrocken den Atem an.

In diesem Moment drehte sich Tom um und sah ihr direkt ins Gesicht. Ihre Blicke trafen sich, und beide erstarrten vor Entsetzen.

Lucia ließ ihren Schleier, den sie jetzt in der Dunkelheit zurückgeworfen hatte, hektisch wieder übers Gesicht fallen und floh zurück ins Dorf.

52

»Wir sind beobachtet worden«, sagte Tom, und er konnte sich kaum noch auf den Beinen halten, so schlecht war ihm.

»Wo? Von wem?«, fragte René und sah alarmiert die Böschung hinauf.

»Von Lucia. Einer ständig schwarz verhüllten Frau, die die Sonne nicht verträgt und nur nachts unterwegs ist.«

»Warum zum Teufel hast du mir das nicht gesagt?«, schrie René mit unterdrückter Wut.

»Was hätte es denn genützt?«

»Dann hätten wir was anderes machen müssen.«

»Was denn? Die Leiche liegen lassen, bis sie stinkt? Das geht schnell bei der Hitze. Und dann hätten wir einen Mord an der Hacke gehabt, der nichts bringt, weil jeder gesehen hätte, dass ich nicht der Tote bin.«

»Aber jetzt ist es passiert, verdammte Scheiße.«

»Ja, jetzt weiß Lucia, dass ich noch lebe.«

»Bist du sicher?«

»Sie stand nur wenige Meter von mir entfernt und hat mich direkt angesehen.«

»Oh Mann!« René war total entsetzt und kletterte den Berg hoch. »Komm!«

»Was hast du vor?«

»Wir müssen sie finden.«

Tom blieb stehen. »Das können wir nicht tun, René!«

»Doch, das müssen wir. Es ist unsere einzige Chance, wenn das heute Nacht nicht alles umsonst gewesen sein soll.«

Die Trattoria war abgeschlossen, unter der Kastanie saß sie nicht, und die beiden Dorfgassen waren menschenleer. Auch in Toms Haus war niemand.

Sie gingen zu dem Abbruchhaus.

»Lucia!« Tom flüsterte mehr, als dass er rief.

Die Tür war nicht verschlossen, und Tom schlich hinein.

»Lucia!« Er durchsuchte alle Räume, von Lucia keine Spur.

Verdammt!

»Wo kann sie noch sein?«, fragte René.

Tom zuckte die Achseln.

»Hat sie ein Auto?«

»Nein. Sie muss hier irgendwo sein, wenn sie sich nicht im Wald versteckt. Aber dann finden wir sie morgen Nacht.«

»Morgen ist es zu spät. Da sind wir längst über alle Berge. Du vergisst, dass du tot bist!«

Sie drückten sich in den Schatten der Kastanie. »Uns bleiben noch ungefähr zwei Stunden, dann wird es hell«, überlegte René.

Tom schwieg.

Plötzlich stand er auf und zeigte stumm aufs Kirchenfenster.

Auch René sah jetzt hinter der Scheibe ein flackerndes Licht.

»Eine Kerze«, flüsterte Tom.

René legte den Zeigefinger auf die Lippen. »Ja«, flüsterte er. »Vielleicht ist sie dort drin.«

»Das kannst du nicht tun!«, keuchte Tom mit schreckensweiten Augen. »Bitte, René, lass uns sofort abhauen!«

»Nein! Wir haben das nicht alles durchgezogen, damit du Weichei, nur weil du Schiss hast, alles kaputt machst. Los, komm!«

René öffnete leise die Kirchentür einen Spaltbreit und raunte Tom noch ein paar Worte zu, bevor er sich hindurchschob.

Tom folgte ihm. Er wusste, dass er keine andere Wahl hatte.

Lucia stand in Gedanken versunken am Opferstock und zündete Kerzen an. Als sie durch einen schwachen Luftzug wahrnahm, dass jemand in die Kirche gekommen war, hatte sie bereits keine Chance mehr.

René, der fast doppelt so schwer und fünfundzwanzig Zentimeter größer war als diese zarte, kleine Frau, packte sie, drehte ihr die Hände auf den Rücken, stopfte ihr ihre eigenen Tücher in den Mund, als sie anfangen wollte zu schreien, und seine Arme umfingen sie wie ein Schraubstock. Es war ihr nicht möglich, sich zu wehren oder diesem derben Griff zu entkommen.

Währenddessen huschte Tom in die Sakristei.

Rechts war ein Glasschrank mit wenigen schlichten Messgewändern, Messwein, ungeweihten Hostien, Kelchen, Kerzen, Weihwasser und vielem mehr, davor ein Tisch und ein Stuhl, und links führte eine Tür auf einen quadratischen kleinen Flur.

Dort hing das Glockenseil, mit dem der Kirchendiener sonntags zur Messe, zu Festtagen, Taufen, Beerdigungen oder Hochzeiten läutete.

Vom Segeln kannte er die Handgriffe in- und auswendig. Er nahm das Glockenseil, fuhr ziemlich weit oben, über seinem Kopf, mit dem losen Ende des Seils in das Auge, das er geschlagen hatte, und knüpfte mit schlafwandlerischer Sicherheit einen stabilen Knoten und eine Schlinge, die sich zuzog.

Es hatte nur Sekunden gedauert.

Wahnsinnige Stiche in der Brust zwangen ihn fast zum Hinsetzen. Aber er wusste, dass es nur die Angst war. Und das Entsetzen über das, was er hier tat.

Er kam zurück ins Kirchenschiff, wo René die in höchster Not strampelnde Lucia immer noch mit äußerster Kraft festhielt.

Die Männer sahen sich in die Augen, und Tom nickte.

René hob Lucia hoch, trug sie in die Sakristei und durch die Tür zum fertig präparierten Seil.

Sie begriff sofort, was ihr bevorstand, schloss die Augen und vermied es, Tom anzusehen.

Der, den sie verflucht hatte, würde sie nicht retten.

Im stillen Ort kläffte ein Hund. Er wollte sich gar nicht mehr beruhigen

Eine Frau schimpfte leise.

Ein letztes Mal bäumte sich Lucia auf, wehrte sich gegen den Tod, aber da streifte ihr Tom schon die Schlinge über.

René hielt mit der einen Hand ihre beiden winzigen Hände, die nicht größer als die eines Kindes waren, mit dem anderen Arm hob er ihre Beine zur Waagerechten.

Jetzt hing sie in der Schlinge, nur gehalten durch René.

Tom wusste, dass er es tun musste, dass es jetzt kein Zurück mehr gab, und er tat es.

Er sprang ihr mit seinem ganzen Gewicht in den Schoß, es gab einen gewaltigen Ruck, war wie ein Fall aus höchster Höhe, die Schlinge zog sich zu, und ihr Genick brach.

Dicht neben seinem Ohr hatte er das Brechen des Knochens gehört.

Die Glocke schlug dreimal, dann war es wieder still im Ort.

53

Um fünf Uhr morgens klingelte bei Neri das Telefon. Im ersten Moment wusste er nicht, wo er war, und fand seinen Nachttisch nicht, um die Lampe anzuschalten. Im zweiten Moment durchzuckte es ihn glühend heiß: Es ist etwas mit Oma, dachte er. Du lieber Himmel.

Als er Nachttisch und Lampe gefunden hatte, wurde ihm erst bei Licht allmählich klar, dass Oma tot war.

Das Telefon klingelte immer noch.

Um diese Zeit hatte dies ganz sicher nichts Gutes zu bedeuten.

»Ja?«, hauchte er ins Telefon.

»Donato, Alfonso hier. Mach dich auf die Socken und komm so schnell wie möglich nach Cimessa. Fahr durch den Ort und den Berg hoch in Richtung Rosalino. Da stehe ich. In der Schlucht ist ein ausgebranntes Auto mit einer verbrannten Leiche. Beeil dich.« Alfonso legte auf.

Neri zählte bis drei, dann erst glaubte er das, was er soeben gehört hatte. Er sprang aus dem Bett, rannte ins Bad, klatschte sich kurz eiskaltes Wasser ins Gesicht, zog sich in Windeseile die Uniform an, griff im Hinauslaufen noch eine halb volle Wasserflasche vom Küchentisch, ließ die Haustür einfach nur ins Schloss fallen und brauste los.

Als er Cimessa und die Schlucht erreichte, sah er im ersten fahlen Morgenlicht, dass tief unten der ausgebrannte Wagen noch qualmte.

Alfonso war mit seinem Privatwagen gekommen und hatte ihn quer auf der Straße geparkt, um Schaulustige abzuhalten.

Tiziano, Paolo und Antonia standen herum, und allmählich trudelten immer mehr Dorfbewohner ein.

»Bis zu meinem Auto, und dann ist Schluss«, brüllte Alfonso. »Niemand kommt näher, dass das klar ist, ja? Ich brauche hier nicht die Spuren und die DNA des ganzen Ortes!«

Alfonso hatte denkbar schlechte Laune, was immer der Fall war, wenn er nachts oder zu früh am Morgen aus dem Bett geworfen wurde. Heute war es Antonia gewesen, die nicht schlafen konnte und einen Spaziergang gemacht hatte, um im ersten Licht des Morgens nach grünem Spargel zu suchen. Besonders viel davon wuchs in der Schlucht, und so hatte sie das kokelnde Autowrack entdeckt. Als sie Alfonso angerufen hatte, hatte er zehnmal überlegt, ob er es ernst nehmen oder lieber weiterschlafen sollte.

Aber es klang wie ein echter Notruf, daher war er hingefahren.

Dass Neri jetzt am Unfallort eintraf, besserte seine Laune in keinster Weise.

»Guck dir das an«, sagte er, als Neri aus seinem Wagen stieg. »Kannst du mir mal sagen, was das soll?«

»Ich bin noch nicht wach, habe noch gar nicht gesehen, was passiert ist, habe deine Frage kaum verstanden, und da soll ich dir schon eine Antwort geben?« Neri schüttelte sich. Das Leben wäre so einfach, wenn Menschen wie Alfonso nicht geboren worden wären.

»Antonia hat gesagt, da unten liegt das Auto von diesem Deutschen, der hier im Ort seit einiger Zeit Urlaub macht und ziemlich oft bei Tiziano essen geht. Die Karre ist ausgebrannt und glühend heiß, die werden wir erst in ein paar Stunden untersuchen können. Ein Wunder, dass das brennende Auto nicht den gesamten Wald in Brand gesteckt hat.«

Neri nickte und kletterte hinunter in die Schlucht. Alfonso folgte ihm.

Als Neri am Wagen ankam, musste er schlucken. So etwas Furchtbares hatte er noch nie gesehen. Dass da ein Mensch am Steuer gesessen hatte, konnte er erkennen, aber er war bis zur Unkenntlichkeit verbrannt.

Neri seufzte.

»Ich hab die Spurensicherung aus Florenz schon angefordert«, sagte Alfonso.

»Sehr schön.« Neri begann den Berg wieder hinaufzusteigen und verzweifelte innerlich: Das würde ja ein grandioser Tag werden.

Zwei Stunden später traf die Spurensicherung ein.

Mittlerweile war die Sonne aufgegangen, und im Tageslicht erschien das ganze Ausmaß der Tragödie besonders deutlich.

Neri saß auf einem Stein und sehnte sich nach einem Espresso, als Alfonso zu ihm kam. »Der Wagen gehörte tatsächlich dem Deutschen, Thomas Simon. Tiziano kannte ihn. Er wohnte oben im Haus an der linken Weggabelung Richtung Rosalino. Es gehört einer deutschen Frau, die schon seit Monaten nicht mehr hier war. Seine Ausweispapiere haben wir im Haus gefunden. Thomas Simon aus Bönningstedt bei Hamburg.«

»Oh«, sagte Neri leise, »Tom … Ja, ich kenne ihn auch. Ich hab mal einen Wein mit ihm getrunken.«

»Der Tote hatte übrigens einen Ehering am Finger. Die Gravur ist noch zu erkennen: Charlotte, 27.3.2003.«

»Das wird seine Frau sein. Er hat mir erzählt, dass er verheiratet ist. Gib mir seine Papiere, dann kläre ich das mit den Deutschen.«

Alfonso hob die Hand, als wollte er Neri bremsen. »Nicht so schnell, Kollege. Solange ihn niemand eindeutig identifizieren kann, sollten wir eine DNA-Analyse machen und mit den Spuren im Haus und seinen Sachen abgleichen.«

»Alfonso, bitte!« Neri rang die Hände. »Du schießt mal wieder und wie immer komplett übers Ziel hinaus, mein Lieber. Wer soll denn der Tote sein, der mitten in der Nacht mit Toms Auto fährt, in die Schlucht stürzt und in Flammen aufgeht? Der Weihnachtsmann? Oder der Heilige Geist? Oder ein Nachtwanderer, der beschließt, einen Wagen zu klauen, um mal ein paar Kilometerchen zu fahren? Das ist totaler Blödsinn, amico. DNA-Analysen sind schön und gut und manchmal auch notwendig. Aber sie sind aufwendig, kosten Zeit und Geld und sind in unserem Fall absolut unnötig.«

»Das findest du, weil es dir nie darum geht, einen Fall aufzuklären, sondern nur darum, möglichst Arbeit zu vermeiden«, konterte Alfonso scharf. »Der italienische Staat bezahlt dich, Neri, vergiss das nicht, ob du nun Bleistifte anspitzt oder ermittelst. Und ist es da nicht interessanter, sich mit einem Todesfall zu beschäftigen, als nur dumm herumzusitzen?«

»Natürlich ist es interessanter, sich mit einem Todesfall zu beschäftigen, liebster Kollege, aber ich hasse es, eine Arbeit zu tun, die absolut sinnlos ist. Vielleicht überlege ich im Gegensatz zu dir, bevor ich mit einer Ermittlung beginne, ob sie überhaupt Aussicht auf Erfolg hat oder nicht.«

Alfonso brummte.

»War der Tote allein im Auto, als er den Unfall hatte?«, fragte Neri.

Einen Moment stockte Alfonso. Dann sagte er: »Ich denke schon, oder kannst du dir vorstellen, dass aus dem Wagen irgendjemand unbeschadet rauskommt, nachdem er in die Schlucht gestürzt und explodiert ist? Neri, bitte! Aber ich kann mich ja noch mal umhören.« Alfonso verdrehte die Augen.

»Komm«, sagte Neri versöhnlich, »lass uns mal das Haus angucken, in dem er gewohnt hat.«

54

Die Tür war offen, im Schloss steckte ein abgebrochener Schlüssel.

»Permesso«, sagte Neri wie gewohnt, als sie das Haus betraten. Das tat man einfach, ganz gleich ob jemand zu Hause war oder nicht, dieses Ritual war jedem Italiener in die Wiege gelegt worden und in Fleisch und Blut übergegangen.

Einen Augenblick standen beide schweigend in der Küche, und Neri bekreuzigte sich. Er hatte immer ein merkwürdiges Gefühl, wenn er einen Raum betrat, in dem vor wenigen Stunden noch ein Mensch gelebt hatte, der jetzt tot war.

Schweigend gingen sie durch das kleine Haus.

Als sie alles genau unter die Lupe genommen hatten, sagte Alfonso: »Auf jeden Fall sieht es nicht nach einer Abreise oder einer Flucht aus, sondern das Haus wirkt so, als würde derjenige, der hier gewohnt hat, jeden Moment wiederkommen. Er ist zwar nicht einer der Ordentlichsten – aber das ist ja kein Verbrechen.«

»Da bin ich völlig deiner Meinung«, bemerkte Neri und grinste.

Als sie wieder auf der Straße standen, sagte Neri: »Pass auf, Alfonso, ich glaube, wir können jetzt hier nichts mehr tun, ich hab auch die Faxen dicke. Ich fahre jetzt nach Hause, lege mich eine halbe Stunde aufs Ohr, dann nehme ich eine Dusche, trinke einen Espresso und bin wieder so fit wie ein Turnschuh. Und dann komme ich ins Büro und informiere die Deutschen über den Stand der Dinge. Damit kenne ich mich aus, das hab ich schon öfter gemacht, irgendwie scheint sich halb Deutschland immer wieder nach Ambra zu verlaufen und in Schwierigkeiten zu kommen. Was hältst du davon?«

»Penn dich aus, mach dich frisch, aber warte noch mit den Deutschen. Es ist peinlich, wenn wir alle fünf Minuten etwas revidieren müssen.«

»Lass mich mal machen«, meinte Neri. »Und weißt du, was mich fertigmacht, Alfonso?«

»Nein«, sagte Alfonso desinteressiert. »Und ich will es eigentlich auch gar nicht wissen.«

Neri überhörte den Satz. »Es macht mich fertig, dass ich hier noch vor ein paar Tagen so nett und beschaulich mit diesem freundlichen Menschen zusammengesessen habe, und jetzt soll er plötzlich tot sein? Das will einfach nicht in meinen Kopf!«

»Es will so manches nicht in deinen Kopf«, sagte Alfonso resigniert. »Aber das ist ja nichts Neues.«

In diesem Moment ertönte aus der Kirche der gellende Schrei eines Kindes.

Neri und Alfonso sahen sich nur an, dann rannten sie auf die Piazza und durch die offen stehende Kirchentür.

Im Eingang zur Sakristei stand leichenblass und weinend Pino, der zehnjährige Sohn des Kirchendieners, der einen Strauß Wiesenblumen in die große Vase auf dem Altar stecken sollte. Er zitterte wie Espenlaub, und seine dürren Knie schlugen aneinander.

»Was ist passiert?«, fragte Neri.

Pino konnte nicht reden, konnte das, was er gesehen hatte, nicht aussprechen. Er zeigte nur mit dem Finger in die Sakristei.

Neri und Alfonso gingen hinein. Im Halbdunkel des kleinen Glockenturms hing die tote Lucia, allerdings berührten ihre Füße den Boden.

Zum ersten Mal sah Neri ihr von Geschwüren übersätes Gesicht mit heraushängender Zunge. In ihren schwarzen Röcken, Blusen und Tüchern, die jetzt durch die Zugluft hin und her wehten, wirkte sie wie ein in der Schlinge gefangener, gerupfter Rabe.

»Oh mein Gott«, stöhnte Alfonso.

Neri wandte sich ab. »Kein Wunder, dass sie sich aufgehängt hat«, murmelte er. »So ein Schicksal kann ja kein Mensch ertragen.«

»Ja, aber wie hat sie sich denn aufgehängt?«, fragte Alfonso irritiert. »Sie steht ja quasi, sie hängt ja gar nicht, Neri. Das geht überhaupt nicht!«

»Das geht schon. Man muss springen und dabei die Beine anziehen. Wenn der Leidensdruck groß genug ist, geht alles, Kollege. Die Arme wusste wahrscheinlich weder ein noch aus.«

Alfonso sah Neri zweifelnd an, aber sagte nichts.

Immer mehr Dorfbewohner kamen in die Kirche. Die Schreckensnachrichten hatten sich in Windeseile herumgesprochen.

»Paolo«, sagte Alfonso, da er zufällig neben ihm stand, »bitte laufe zum verunfallten Fahrzeug und sag der Spurensicherung, sie sollen nicht nach Hause fahren, sondern hier gleich weitermachen. Und bitte sag auch Elio Bescheid, dass er seinen völlig verstörten Pino hier abholt. Und irgendjemand soll Tiziano herschicken, er muss erfahren, dass seine Tochter tot ist.«

Paolo nickte und lief davon.

»Sie hat sich aufgehängt, Alfonso«, sagte Neri leise. »Wer würde das nicht in ihrer Situation? Daran gibt es keinen Zweifel. Willst du ihre Fingerabdrücke in der neu zu gründenden Asservatenkammer Cimessas aufbewahren, oder was soll der Unsinn?«

»Sie hat sich aufgehängt. Kann sein. Oder sie ist aufgehängt worden. Kann auch sein«, bemerkte Alfonso stur. »Alles ist möglich. Und das werden wir herausfinden. Und wenn du nicht dazu bereit bist, werde ich eine Meldung machen und Lucias Tod allein untersuchen, Kollege Neri.«

Neri drehte sich kopfschüttelnd um. »Gott sei ihrer Seele gnädig«, murmelte er und bekreuzigte sich. »Ich hab sie immer gemocht und sie dafür bewundert, wie tapfer sie ihr Schicksal ertragen hat. Jetzt wurde es ihr offenbar zu viel. Ciao, Lucia!«

Damit verließ er die Kirche.

55

»Ja, ich hätte gern mit Signora Mercantelli gesprochen«, sagte Neri, kippelte mit seinem Stuhl gegen die gelbe Wand seines Büros und wippte mit dem Fuß. »Es geht darum, vom Deutschen ins Italienische und vom Italienischen ins Deutsche zu dolmetschen, heute um zehn Uhr dreißig, circa eine halbe Stunde.« Er wartete ungeduldig und kippelte immer waghalsiger.

»Oh!«, sagte er plötzlich. »Signora Mercantelli ist in Urlaub! Wie dumm. Haben Sie noch eine andere Dolmetscherin, die mir helfen könnte? – Ja, Signora Bospini wäre auch wundervoll. – Ach so, die ist leider krank. Das tut mir leid. Grazie.«

Neri legte auf. Das war ja wohl das Letzte! Weit und breit keine Dolmetscherin aufzutreiben für so ein blödes, läppisches Telefonat mit den deutschen Kollegen?

Neri hatte keine Lust, es auf Englisch zu probieren, es gab einfach jedes Mal zu viele Fehlerquellen und Missverständnisse. Denn sowohl er als auch die meisten deutschen Kollegen radebrechten auf Englisch, dass es ein wahrer Graus war, und Neri wollte kein Risiko eingehen.

Da fiel ihm sein Sohn Gianni ein. Gianni, na klar, warum denn nicht? Gianni hatte in Siena lange Zeit als Fremdenführer gearbeitet, hatte Deutsch gelernt und konnte die Sprache einigermaßen sprechen und verstehen.

Gianni war die Lösung.

Also rief er ihn in Siena an und wunderte sich, dass er ihn gleich an den Apparat bekam.

»Gianni, hast du ein bisschen Zeit für mich? Kannst du dolmetschen für die deutsche Polizei? Dauert keinesfalls länger als eine Stunde.«

»Wann?«, fragte Gianni.

»Am liebsten sofort.«

»Moment.«

Neri hörte, wie Gianni das Telefon zur Seite legte, und wartete.

Kurz darauf kam er zurück an den Apparat. »Ja, okay, ich komme.«

»Wann kannst du bei mir sein?«

»Ich bin um elf da.«

»Sehr gut. Grazie, Gianni.«

Als Gianni eingetroffen war, rief Neri die Hamburger Polizei an, wurde ein paarmal verbunden und hatte schließlich Ole Hansen am Apparat.

»Buongiorno, ich bin Carabiniere Donato Neri, es handelt sich um einen Deutschen aus Bönningstedt, der hier tot aufgefunden wurde«, sagte Neri auf Englisch. »Wir können uns jetzt auf Deutsch unterhalten, neben mir sitzt ein Kollege, der versuchen wird zu übersetzen.«

»Das ist wunderbar.« Ole Hansen bekam feuchte Hände vor Aufregung. Er hörte, wie der italienische Kollege redete, und dann sprach jemand eine etwas unbeholfen wirkende Übersetzung ins Telefon.

»Heute früh haben wir in Cimessa bei Ambra in der Toskana, Region Arezzo, Comune Bucine, ein ausgebranntes Auto gefunden. Die Person am Steuer ist verbrannt, aber es gibt seine Papiere: Es handelt sich um Thomas Simon aus Bönningstedt.«

»Was ist passiert?«

»Es war ein Unfall. Die Leiche wird gerade untersucht, äh … obduziert. Thomas Simon war betrunken, hat wohl die Kontrolle verloren, ist in eine Schlucht gestürzt, und der Wagen ist in Flammen aufgegangen. Thomas Simon hat sich nicht befreien können und ist verbrannt.«

Ole spürte, dass der Übersetzer kein professioneller Dolmetscher war, aber er hatte genug verstanden: Das war der Moment, auf den er seit Wochen gewartet hatte, denn er war überzeugt gewesen, dass Tom Simon irgendwann und irgendwo auftauchen würde. Tot oder lebendig.

»Sind Sie der richtige Mann, um den Todesfall zu melden?«, fragte Neri mit Giannis Hilfe.

»Ja, ja, ja«, beeilte sich Hansen zu sagen. »Aber ja. Wir fahnden seit Wochen nach Thomas Simon. Er wird wegen Mordes europaweit gesucht.«

Gianni sah seinen Vater überrascht und auch ein wenig vorwurfsvoll an. »Hast du das nicht gewusst?«, flüsterte er. »Hast du noch nicht mal in den Computer geguckt, bevor du die Deutschen anrufst?«

Neri spürte, dass er flammend rot wurde. Er zuckte hilflos die Achseln. »Ich kannte ihn schließlich«, flüsterte Neri ebenfalls, »er war echt nett, und ich kann doch nicht bei jedem Menschen, den ich kennenlerne, nachsehen, ob es ein international gesuchter Mörder ist!« Neri tippte sich an die Stirn.

»Entschuldigung, sind Sie noch da?«, rief Ole Hansen ins Telefon.

»Si, certo«, murmelte Neri.

»Wir schicken Ihnen noch einen schriftlichen Bericht, Tatort- und Leichenfotos und eine Kopie seiner Papiere«, sagte Gianni auf Neris Anweisung.

»In Ordnung. Sowie ich die Unterlagen bekommen habe, melde ich mich wieder bei Ihnen.«

Sie beendeten das Telefonat.

»Das ging ja schneller, als ich dachte«, meinte Neri.

»Ja, weil es auch irgendwie richtig peinlich ist, babbo. Jetzt musst du dich erst mal schlaumachen, um wen es sich bei diesem Thomas Simon überhaupt handelt und warum die Deutschen ihn wegen Mordes suchen. Und wenn du die Kollegen in Deutschland noch mal anrufen und vielleicht länger mit ihnen reden musst, dann komm ich wieder vorbei.«

»Das ist nett von dir.« Neri wirkte nachdenklich. »Wenn Gabriella bei mir gewesen wäre, wäre das alles nicht passiert, Gianni, das kannst du mir glauben. Weil wir uns immer über alles, was passiert ist, über jeden einzelnen Fall unterhalten haben. Und sie hätte ganz bestimmt gesagt, guck doch erst mal, ob du im Internet irgendetwas über den Toten erfahren kannst … Aber ich habe niemanden mehr, mit dem ich reden kann, Gianni, und ich bin völlig durch den Wind. Ich mache nicht nur meinen Job miserabel, ich vergesse auch zu essen und zu schlafen, ich putze mein Haus nicht mehr, habe keine Lust, die Waschmaschine reparieren zu lassen, ich vegetiere nur noch vor mich hin. Ich weiß, dass das alles überhaupt kein Zustand ist, Gianni, aber was soll ich denn tun?«

»Fahr zu ihr. Sie ist nicht mehr in Ambra, denn mit Samuele ist Schluss.«

»Was? Wo ist sie denn?«

»In Rom. Bei Laura. Sie will herausfinden, was sie wirklich will.«

In Rom, dachte Neri. Natürlich ist sie in Rom, wo sollte sie sonst sein. Und die Adresse von Laura hatte er zu Hause auch irgendwo.

»Meinst du wirklich, ich soll hinfahren?«

»Ja. Tu das. Es kann ja nicht schlimmer werden, nur besser. Und eventuell kannst du sie zurückgewinnen.«

Neri nickte und hörte gar nicht mehr auf zu nicken. »Ja, vielleicht hast du recht«, sagte er leise, »vielleicht hast du wirklich recht.«

56

Ohne Zwischenfälle erreichten René und Tom auf der Harley die Stadtgrenze von Rom.

In einer kleinen Bar in der historischen Altstadt tranken sie einen Kaffee.

»Jetzt kommt das Wichtigste«, sagte René, der den Eindruck machte, als hätte er es plötzlich furchtbar eilig, »das Testament! Der arme Henry und die arme Lucia mussten schließlich nur deswegen ins Gras beißen.« Er holte einen großen Schreibblock und einen Füller aus seiner Tasche, gab Tom den Stift und breitete das Papier vor ihm aus.

»Nimm und schreib. Ich diktier dir, was da stehen muss, damit es wasserdicht ist.«

Tom hielt die Arme vor der Brust verschränkt und rührte sich nicht.

René kniff die Augen zusammen. »Was ist?«

»Ich weiß nicht.«

»Was weißt du nicht?« René spürte, dass er sauer wurde. Fing dieses Weichei jetzt etwa schon wieder an Schwierigkeiten zu machen?

»Es kommt mir auf einmal so absurd vor«, murmelte Tom so leise, dass René ihn kaum verstand. »Ich kann dir doch nicht auf einmal mein ganzes, mein gesamtes Vermögen, alles, was ich besitze …«

»Nicht mir, Tom, Leslie!«

Tom verdrehte die Augen. »Gut. Leslie. Also aber doch irgendwie euch …«

»Wo ist das Problem? Wir haben doch wirklich alles hinlänglich besprochen …«

»Schon, aber …«

»Nun hör mal gut zu, mein Freund!« René sprang auf und konnte sich kaum noch beherrschen. Dann setzte er sich wieder, beugte sich vor und zischte Tom zu: »Ich habe die Sache mit Henry und Lucia nicht getan, damit du jetzt kneifst. Ich bin nicht dein Idiot! Ist das klar!?«

»Aber wer garantiert mir, dass ihr mit meinen Millionen nicht auf Nimmerwiedersehen verschwindet?«

René sah ihm klar und sehr ernst ins Gesicht. »Niemand, Tom. Niemand. Leslie und ich, wir sind deine Freunde. Das ist die einzige Sicherheit, die du hast. Du musst uns vertrauen oder du lässt es bleiben. Es geht nun mal nicht anders.« Er starrte auf den blanken Tisch in der Bar mit den eingetrockneten Kaffeerändern und rang um Fassung. Dann redete er weiter: »Das hättest du dir alles mal früher überlegen sollen, denn jetzt ist es zu spät. Mittlerweile ist zu viel passiert. Das mit Henry und Lucia können wir nicht mehr rückgängig machen.«

»Mein Leben ist zerstört, und nun verliere ich auch noch den letzten Rest, meine Existenz, mein Erspartes und Erarbeitetes, falls es noch irgendwann einmal eine Zukunft für mich geben sollte.«

René beugte sich vor. »Mein Lieber, obwohl ich mir allmählich vorkomme wie im Kindergarten, erkläre ich dir jetzt zum allerletzten Mal, worum es geht: Du sollst dein Geld nicht verschenken, und du verlierst es auch nicht. Du vererbst es Leslie, und Leslie ist absolut loyal. Dir gegenüber auf alle Fälle, denn du bist ihr bester Freund. Davon bin ich überzeugt, und das solltest du auch sein. Wenn sie irgendjemanden *nicht* verarscht – dann dich. Sie erbt dein Vermögen also, nun gut, sie muss die Erbschaftssteuer zahlen, das ist übel, und das ist dein Verlust. Aber dann wird sie es so an dich weiterleiten, dass du an dein Geld rankommst und nicht weiterleben musst wie ein armer Hund. So wird es sein, wenn du jetzt dieses verdammte Testament unterschreibst.«

Tom ließ den Kopf in den Nacken fallen und starrte an die Decke der Bar.

»Wenn nicht, läuft es ganz anders«, sagte René. »Dann vertrete ich dich nicht mehr als Anwalt, dann komme ich nicht mehr, um dich zu informieren und dir Geld zu bringen, und vielleicht gebe ich auch der Polizei einen klitzekleinen Tipp. Auf jeden Fall kannst du dann sehen, wie du fertigwirst.«

»Das ist Erpressung.«

»Nein, mein Lieber, das ist ein freundschaftliches Angebot, das du ausschlagen kannst, wenn du kein Vertrauen hast. Aber dann ist wegen mangelnden Vertrauens unsere Freundschaft natürlich auch zu Ende. Ist einfach nur logisch. Und dann musst du allein zurechtkommen. Ohne Geld, ohne Freunde, ohne Arbeit, ohne Wohnung, ohne irgendwas. So einfach ist das.«

»Beeindruckend einfach.«

»Ja.«

»Wobei das Kind ja eigentlich schon in den Brunnen gefallen ist.«

»Das siehst du richtig. Aber es gibt noch eine einzige Möglichkeit, es an den Haaren wieder herauszuziehen. Und die solltest du nutzen.«

»Gib mir eine Viertelstunde.«

René stand auf. »Tom, ich versteh dich nicht.« Er stand einen Moment kopfschüttelnd vor ihm, dann drehte er sich um und ging zur Tür. »Fünfzehn Minuten, Tom, und keine Sekunde länger!«

Damit verließ René die Bar.

Als René gegangen war, nahm Tom sein Handy und rief sofort Leslie an.

»Tom!«, hauchte sie, und an ihrem Atem hörte er, wie aufgeregt sie war, von ihm zu hören.

»Wie geht's dir?«

»Alles gut.«

»Ich habe solche Sehnsucht nach dir.«

Er ging nicht darauf ein. »Leslie, du erinnerst dich an unser Gespräch: Was würdest du tun, wenn du mich beerben würdest?«

»Das hab ich dir doch schon gesagt …«

»Ich möchte es nur noch einmal hören …«

Leslie machte eine Pause, die Tom ganz nervös machte. Dann sagte sie: »Liebling, wir suchen uns irgendwo, wo uns keiner findet, eine Traumvilla am Meer, lassen alles hinter uns und leben dort glücklich und zufrieden bis ans Ende unserer Tage. Und dann will ich dich mit niemandem mehr teilen und will keinen Tag mehr von dir getrennt sein. Wir werden nicht mehr arbeiten und uns nie streiten. Mit deinem Geld werden wir uns das Paradies erschaffen, und ich werde alles dafür tun, dass René nichts davon abbekommt.

Wir werden es ihnen allen zeigen, Tom, und dann können sie uns mal!«

Tom hatte sie nicht unterbrochen, aber jetzt machte er eine kleine Pause, bis er sagte: »Danke, Leslie, ich ruf dich wieder an …«

»Aber warum wolltest du das jetzt alles wissen?«, fragte sie schnell.

»Erklär ich dir später. Behalt mich lieb!«

»Aber sicher. Da darfst du nie dran zweifeln, Tom!«

»Ciao.« Tom legte auf.

Er sah auf die Uhr. Noch fünf Minuten.

An der Bar bestellte er sich einen doppelten Grappa.

Er hatte ihn gerade ausgetrunken und das leere Glas auf den Tresen gestellt, als René wieder hereinkam.

Sein Gesicht war ein einziges Fragezeichen.

»Fangen wir an«, sagte Tom, setzte sich zurück an den Tisch und schraubte den Füllfederhalter auf.

57

Drei Tage später meldete sich Ole Hansen bei René.

»Herr Bergmann, ich möchte Sie bitten, zu mir aufs Revier zu kommen!«

»Worum geht es?«

»Wir haben Tom Simon gefunden.«

René spielte den Überraschten: »Nein! Wo?«

»Herr Bergmann, Ihr Mandant ist tot. Es gibt eine Menge zu besprechen. Wann können Sie hier sein?«

»In einer halben Stunde. Ich fahre sofort los.«

»Danke.« Ole Hansen legte auf.

Eine Dreiviertelstunde später saßen sich Ole Hansen und René gegenüber.

»Also«, begann Ole, »Herr Simon hatte in Italien in der Toskana, auf einer Landstraße außerhalb des kleinen Ortes Cimessa, einen Unfall. Wir wurden von den ortsansässigen Carabinieri darüber informiert. Offensichtlich ist Herr Simon in der Nacht gegen drei Uhr morgens mit seinem Wagen betrunken unterwegs gewesen, hat die Kontrolle über das Fahrzeug verloren, ist von der Straße abgekommen und in eine Schlucht gestürzt. Der Wagen fing Feuer, Herr Simon konnte sich nicht befreien und ist bis zur Unkenntlichkeit verbrannt.« Ole schob René einige

Fotos von der grauenhaft zugerichteten Leiche über den Tisch.

René schlug die Hände vors Gesicht.

»Die italienischen Kollegen haben aufgrund von Zeugenaussagen, der Papiere und des Eherings des Toten Thomas Simon eindeutig identifiziert, der Arzt hat den Totenschein ausgestellt. Es handelt sich um einen Unfall, Fremdverschulden ist auszuschließen. Hier sind die Unterlagen und Papiere, die wir aus Italien erhalten haben.«

René zeigte sich schwer erschüttert. »Entschuldigen Sie bitte, das muss ich erst einmal verdauen. Ich kann es einfach nicht glauben. Schließlich war Tom mein Freund.«

»Ich weiß. Mein Beileid. Der Carabiniere Donato Neri aus dem Nachbarort Ambra kannte Tom Simon persönlich. Dieser wohnte seit einiger Zeit in Cimessa, und der Carabiniere hat mir gegenüber bestätigt, dass der im Auto verunfallte und verbrannte Tote Tom Simon ist.«

René tat, als müsste er sich einen Moment sammeln. »Wie kann ich Ihnen denn jetzt helfen?«

»Es geht nun vor allem um die Frage, ob die Leiche überführt und hier beerdigt werden soll oder ob die Beisetzung in Italien stattfindet. Die Italiener haben um eine schnelle Entscheidung gebeten, und da Herr Simon keine näheren Angehörigen mehr hat, müssten Sie, da Sie eine Vollmacht haben …«

René überlegte. Dann sagte er: »Ich denke, wir können uns die Überführung der Leiche ersparen. Soviel ich weiß, war es Herrn Simons Wunsch, eingeäschert zu werden. Ich werde gegebenenfalls veranlassen, dass die Urne überführt und hier beigesetzt wird. Das wäre sicher die beste und einfachste Lösung.«

»Da haben Sie recht.«

»In meiner Kanzlei ist Herrn Simons Testament hinterlegt. Wenn die Beisetzungsformalitäten erledigt sind, werde ich es eröffnen.«

»Ja, in Ordnung. Aber in Ermangelung von Angehörigen brauche ich Ihre schriftliche Einverständniserklärung, dass der Tote in Italien eingeäschert werden kann.«

»Selbstverständlich.«

Innerhalb der nächsten zwei Tage erledigte René alle notwendigen Formalitäten. Es war ihm ein Vergnügen, und er jubilierte innerlich.

Dass es so einfach war, hatte er sich in seinen kühnsten Träumen nicht vorstellen können.

»Ich muss mit dir reden«, sagte René am Abend zu Leslie. »Bitte, es ist wichtig.«

»Kein Problem, ich habe nichts vor.«

René holte Brot, Käse und Aufschnitt, stellte alles auf den Esstisch und öffnete eine Flasche Wein. »Komm, setz dich zu mir. Hast du Hunger?«

»Eigentlich nicht.«

»Du musst ja nichts essen.«

Leslie setzte sich. »Worum geht's denn?«

»Als ich am Wochenende weg war, war ich bei Tom«, begann René.

»Das hab ich mir schon gedacht«, erwiderte Leslie kühl. »Wir sollten mit dem Kasperletheater aufhören, René. Du warst bei Tom, ich war bei Tom, das ist eben so. Warum lügen wir uns was vor und reden um den heißen Brei herum? Es ist doch kein Verbrechen, zu Tom zu fahren. Du machst ein

Geheimnis daraus, also mache ich auch eins draus. Was soll das alles?«

»Ich weiß es auch nicht. Durch das, was mit Charlotte passiert ist, sind wir wohl alle ziemlich nervös und durcheinander.«

»Scheint so.« Leslie lächelte. »Okay. Du warst also bei Tom. Und?«

René überhörte die Frage, schenkte Wein ein und massierte seine Stirn. »Ich habe ihm ein bisschen Geld gebracht. Wir sind durch Siena gebummelt, haben gut gegessen, und da haben wir einen Straßenmusikanten kennengelernt. Ein netter Kerl. Unser Alter, ziemlich gut drauf. Hat die ganzen alten Songs von damals gespielt, die einem heute noch das Wasser in die Augen treiben. War echt toll. Der Typ hat gesungen und gebettelt, verstehst du, eine wirklich arme Socke. Wir haben ihn zum Essen eingeladen und ihm angeboten, bei uns zu pennen, damit er mal duschen kann.«

»Mir kommen die Tränen«, sagte Leslie vollkommen unbeeindruckt.

»Und dann hat der Typ gesoffen, das kannst du dir nicht vorstellen. Als wollte er in einer Nacht all das nachholen, was er in den vergangenen Jahren verpasst hat. Es war unheimlich, was der in sich reingeschüttet hat. Und dann ist er rausgegangen, wir dachten, er muss mal pinkeln, aber er hat sich in Toms Auto gesetzt und ist losgefahren. Sternhagelvoll, wie er war.«

»Ich ahne, was jetzt kommt.«

»Ich glaube nicht, dass du das ahnst«, meinte René und nahm ihre Hand. »Leslie, ich sag dir, es war die Hölle. Dieser Durchgeknallte ist in einem Wahnsinnstempo die Straße hochgesaust, ich hab keine Ahnung, was die ganze Aktion sollte und wo er in seinem besoffenen Kopf hinwollte, jedenfalls hat er oben an der Bergkuppe – du weißt, da wo die Olivenhaine von Sergio anfangen – die Kurve nicht gekriegt und ist in die Schlucht gestürzt. Bis fast hinunter zum Fluss. Es war mitten in der Nacht. Tom und ich sind hinterhergerannt, in die Schlucht runtergeklettert, noch hatte ja keiner aus dem Dorf was mitgekriegt, aber da war nichts mehr zu machen. Das Auto war Schrott und der Mann mausetot. Und dann haben wir seine Papiere an uns genommen, die Karre in Brand gesteckt und sind abgehauen. Offiziell ist jetzt also Thomas Simon verbrannt. Tom ist für die italienische und die deutsche Polizei tot, verstehst du, Leslie?«

Leslie brauchte zwanzig Sekunden, bis sie sagte: »Ich verstehe sehr gut. Was habt ihr doch für ein Glück gehabt, dass sich so ein Straßenmusikant vor euren Augen totfährt! Genial. Im passendsten Moment! Bitte, René, erzähl mir keine Opern!«

»Ich erzähl dir, wie's war, Leslie, ob du es mir nun glaubst oder nicht. Tom hat jetzt den Pass von diesem Typen, musste aber all seine Klamotten im Haus zurücklassen. Der Arme wird morgen eingeäschert, die offizielle Urnenbeisetzung für Tom findet hier in Hamburg in circa vier Wochen statt.«

Leslie stand auf und lachte bitter. »Das ist jetzt nicht wahr, René, oder? Ich kann das nicht glauben. Spinnt ihr denn total?«

René grinste. »Leslie, ganz ruhig jetzt. In meinem Beisein hat Tom ein Testament geschrieben. Du erbst alles, was er besitzt. Wir müssen nur warten, bis das Testament eröffnet und der Erbschein ausgestellt ist. Aber da mit dem

Totenschein alles okay ist und die Italiener zweifelsfrei von einem Unfall ausgehen, dürfte es keine Probleme geben.«

Leslie schwieg. Sie war völlig fassungslos.

»Ich erbe alles?«

»Du erbst alles. Weil Tom natürlich hofft, durch dich an sein Geld heranzukommen.«

Leslie nickte. »Verstehe.«

»Er vertraut dir.«

Leslie nickte wieder.

»Liebst du ihn?«

Sie zögerte. Dann sagte sie: »Ich weiß es nicht.«

»Du warst in der Nacht, als Charlotte erschossen wurde, bei ihm. Stimmt's?«

Leslie nickte, ohne René anzusehen. »Du hast es gewusst?«

»Ja. Ich habe deinen Ohrring in seinem Bett gefunden.«

Sie stutzte kurz. »Und darum hast du Charlotte die Kabelbinder angelegt?«

»Ja.«

»Ich hab's gewusst. Du bist ein Schwein. Du reitest deinen besten Freund in die Scheiße.«

»Und du bist eine Ehebrecherin und betrügst deinen Mann mit seinem besten Freund. Ich glaube, wir geben uns beide nicht viel. Aber jetzt sind wir an einem ganz schwierigen Punkt angekommen.«

»Das kannst du wohl sagen.«

»Bitte, bleib bei mir, Leslie!«

Statt einer Antwort stand sie auf und ging hinaus.

René blieb sitzen. Lief Leslie nicht hinterher, ließ sie in Ruhe und trank den Rotwein allein.

Ihm wurde klar, dass er der Einzige war, der alles wusste.

Er war der Mitwisser und Mittäter und gleichzeitig der Mann, der im Weg war, falls Leslie und Tom eine gemeinsame Zukunft mit Toms Millionen planten.

Er konnte Leslie nicht trauen.

Er konnte Tom nicht trauen.

Zum ersten Mal in seinem Leben hatte er Angst.

58

Neri war schon lange nicht mehr so eine lange Strecke mit dem Auto gefahren, aber er fühlte sich gut, sehr entspannt sogar, bis auf die Mautstelle bei Bettolle, wo die Lichtschranke nicht gepiept hatte, als er hindurchgefahren war. Leise fluchend fuhr er weiter und sah endlose Schwierigkeiten auf sich zukommen, wahrscheinlich forderten sie jetzt Autobahngebühren, als ob er von Bozen bis Sizilien gefahren wäre, ein monatelanger Papierkrieg würde auf ihn zukommen – aber eigentlich konnte nichts seine gute Laune bremsen, er freute sich unendlich auf Gabriella.

Sie würde ihm weinend in den Armen liegen, und er würde sie wieder mit nach Hause nehmen.

Es konnte gar nicht anders sein.

Alfonso hatte er gesagt, dass er eine kleine Auszeit brauche. Es sei alles erledigt, die Urne auf dem Weg nach Deutschland, aber er sei einfach fertig, die Trennung von Gabriella mache ihm zu schaffen.

Eine Woche, mehr brauche er nicht.

Alfonso hatte das Gesicht verzogen, aber nichts dagegen gesagt.

Bei der Autobahnausfahrt Rom piepte wieder nichts, und jetzt fluchte Neri lauter. Es funktionierte wirklich gar nichts.

Egal. Gabriella war jetzt wichtiger.

Mit seinem Navi fand er die Via Parma im Zentrum Roms problemlos. Ein Kollege, der auf Sardinien Urlaub machte, hatte ihm sein Appartement zur Verfügung gestellt: Eigene Handtücher und eigene Bettwäsche waren mitzubringen, dreißig Euro am Tag, Schlüssel bei Ankunft unter der Fußmatte, bei Abreise im Briefkasten.

Die Wohnung war klein, aber fein, und Neri war begeistert.

Lauras Wohnung, in der Gabriella wohnte, war gar nicht weit entfernt.

Gleich nach seiner Ankunft rief er bei ihr an.

»Cara, ich bin in Rom, in der Via Parma, ganz in deiner Nähe. Ich möchte dich sehen, mit dir reden, bitte, wann hast du Zeit? Wo können wir uns treffen?«

Gabriella seufzte, und Neri rutschte das Herz in die Hose.

»Va bene«, sagte sie leise. »Morgen Nachmittag um drei in der Via Sicilia in der Bar Pinocchio.«

»D'accordo. Ich freue mich, Gabriella.«

Ihm wurde ganz heiß. Er traf sich mit der Frau, mit der er seit dreißig Jahren verheiratet war, und freute sich wie auf das erste Rendezvous. Er konnte sich nicht erinnern, wann es schon einmal so einen aufregenden Moment in ihrer Ehe gegeben hatte.

Neri war eine Viertelstunde zu früh da. Er setzte sich an einen kleinen Tisch am Fenster, bestellte einen Kaffee und hypnotisierte die Straße. Vielleicht kam sie ja auch ein paar Minuten früher.

Als die Viertelstunde um war, zwang er sich zur Ruhe, als weitere zehn Minuten vergangen waren, wurde er nervös. Ließ sie ihn hängen? Versetzte sie ihn?

Ihm war heiß, seine Stirn glühte, er spürte, wie ihm der Schweiß den Rücken hinunterlief.

Bitte, Gabriella, komm!, flehte er in Gedanken. Lass mich jetzt nicht im Stich!

Er schloss einen Moment die Augen, schickte ein Stoßgebet zum Himmel, und als er die Augen wieder öffnete, stand sie vor ihm.

Abgehetzt, schwer atmend, mit wüstem Haar. »Tut mir leid, ich bin ein bisschen spät dran«, sprudelte sie sofort los, »aber ich war vorher noch mit Lauras Auto unterwegs, was besorgen, und hab einfach keinen Parkplatz gekriegt. Was meinst du, wie lange ich hier schon rumgurke, es ist zum Wahnsinnigwerden in Rom. Jetzt parke ich sonst wo, meilenweit entfernt, und bin den ganzen Weg hierher gerannt, weil ich dachte, du wartest nicht länger und gehst.«

Neri strahlte übers ganze Gesicht und umarmte sie. »Ich hätte noch Stunden gewartet«, flüsterte er. »Und ich bin ja so froh, dass du da bist!« Er hauchte ihr einen Kuss auf die Wange. »Komm, setz dich, was möchtest du trinken?«

»Einen Kaffee und ein Wasser.«

»Und dazu was Süßes?«

»Nein! Bloß nicht!« Gabriella setzte sich aufrecht hin und drückte ihre Hand auf den Magen. »Verführ mich nicht! Und wehe, du isst was Süßes!«

Neri hatte es eigentlich vorgehabt, aber jetzt schüttelte er den Kopf und musterte sie.

»Du siehst gut aus«, sagte er. »Ich habe das Gefühl, du bist dünner geworden! Steht dir gut!«

»Ja, vielleicht, ein bisschen«, meinte Gabriella geschmeichelt. »Aber ich weiß es nicht genau, Laura hat ihre Waage aus der Wohnung verbannt. Mit gutem Grund.«

»Hat sie zugelegt?«

»Enorm.«

Neri zog unwillkürlich den Bauch ein und bestellte für Gabriella.

»Du siehst auch gut aus«, meinte Gabriella, »das Leben ohne mich bekommt dir. War nicht viel los in letzter Zeit?«

»Doch! Ich bin fast umgekommen vor Arbeit und könnte dir stundenlang erzählen …«

Gabriella legte ihre Hand auf seinen Arm. »Heute nicht, ja?«

Neri nickte. »Va bene. Heute nicht.«

Beide schwiegen und sahen sich verlegen an. Keiner wusste, wie er anfangen sollte.

Dann sagte Neri leise: »Gabriella, ich bin überhaupt nicht klargekommen ohne dich. Ich war so kreuzunglücklich, jeder Tag war sinnlos. Ich wusste nicht mehr, warum ich aufstehen, arbeiten, essen oder schlafen sollte, alles war öde und trist.«

Gabriella hörte ihm aufmerksam zu.

»Ich habe kapiert, dass du zu meinem Leben dazugehörst, dass du ein Teil von mir bist. Es war, als ob man mir das Herz herausgerissen hätte, und ich hab gemerkt, dass ich dich immer noch liebe. Jetzt wahrscheinlich noch viel bewusster. Bitte, Gabriella, komm zu mir zurück. Lass uns einen Neuanfang machen. Wir renovieren unser Haus, kaufen ein paar schöne Möbel …«

»Neri, mit ein paar Eimern Farbe ist es nicht getan. Das weißt du auch.«

»Ja, na klar, es war auch nur ein Vorschlag.«

»So viel wie eben hast du an einem Stück schon Jahre nicht mehr geredet.«

»Kann sein.« Neri kratzte sich am Kinn. »Das lag aber auch an Oma. Ich wollte nicht, dass sie alles mitbekommt, was wir uns zu sagen haben, und ich hatte absolut keinen Bock auf ihre Kommentare.«

»Oma ist meist schon um zehn im Bett verschwunden. Du hast vor dem Fernseher gesessen und bis zum Schlafengehen keinen Ton mehr gesagt. Wann haben wir zwei uns denn mal unterhalten, Neri? Wann haben wir gemeinsam was besprochen oder über uns gesprochen? Ich kann mich nicht erinnern.«

»Das ist mir gar nicht aufgefallen.«

»Natürlich nicht. Ich konnte es dir ja auch nicht sagen! Wenn es ein Problem gab, hast du dir ein Bier aus dem Kühlschrank geholt und die Küche verlassen. Du wolltest nichts hören, du wolltest immer nur deine Ruhe haben! Prickelnd ist das nicht, und das ist auch kein Zusammenleben.«

Neri sah beschämt zu Boden. »Das tut mir leid. Ich werde mich ändern, das verspreche ich dir.«

»So ein alter Knochen wie du kann doch nicht mehr aus seiner Haut!«

»Das ist jetzt gemein!« Neri war verletzt. »Wenn man was kapiert hat, kann man es auch ändern. Egal, wie alt man ist. Gib mir eine Chance, und ich werde es dir beweisen.«

Gabriella schwieg und wirkte sehr nachdenklich.

»Was ist mit Samuele?«, fragte Neri leise.

Gabriella machte eine Handbewegung, als würde sie etwas nach hinten über die Schulter werfen. »Vergiss es. Er ist ein stronzo, das hab ich ja gar nicht gewusst. Ich hab mich total in ihm getäuscht. Und das ist furchtbar peinlich, finde ich.«

Neri nickte und musste sich Mühe geben, nicht zu grinsen. Dass der Gorilla ein falscher Hund war, hatte er ihm nach zwei Sekunden an der Nasenspitze angesehen.

»Ich weiß nicht, ob ich zu dir zurückkehren will«, sagte Gabriella leise. »Ich weiß es wirklich nicht. Ich will nicht wieder die ausgetretenen Pfade betreten und dann nach einem Monat genauso unglücklich sein wie vorher. Denn dass ich auf Samuele hereingefallen bin, lag ja nur daran, dass es zwischen uns nicht gestimmt hat. Sonst wäre das nie passiert.«

»Ja, aber wir werden keine alten ausgetretenen Pfade betreten, Gabriella. Wir fangen ganz von vorn an. Als würden wir uns gerade erst kennengelernt haben und zusammenziehen. Ich kann mich darum bemühen, vorzeitig pensioniert zu werden, Gabriella, und dann haben wir keinen Zwang, keine Verpflichtung, nichts mehr. Es gibt kein Kind mehr, das in die Schule muss, und keine Oma, die ihre geregelten Mahlzeiten braucht und den ganzen Tag Blödsinn erzählt. Wir können tun und lassen, was wir wollen. Wir können verreisen oder tagelang im Bett bleiben.«

»Das hört sich gut an.«

»Ja, und dann gibt es auch keinen Alfonso mehr, der mitten in der Nacht anruft und sagt, komm her, hier liegt eine Leiche!«

»Hat er das getan?«, fragte Gabriella mit großen Augen.

»Ja. Vor ein paar Tagen.«

»Erzähl!«

»Du hast gesagt, heute nicht.«

»Okay. Heute nicht.« Neri hatte den Eindruck, dass es ihr jetzt fast leidtat, dass sie die Story nicht hören würde, aber er sagte keinen Ton. Sollte sie sich mit ihrer Neugier ruhig ein bisschen quälen und sich bewusst machen, dass er doch einen ziemlich wichtigen und durchaus interessanten Job hatte.

»Gabriella«, nahm Neri den Faden wieder auf, »wir werden ein völlig anderes Leben führen. Ein Leben, das wir endlich rund um die Uhr genießen können. Das ist sozusagen die Ernte, die wir nach all den Jahren der harten Arbeit einfahren.«

»So kenne ich dich ja gar nicht.« Gabriella lächelte.

»Vielleicht lernen wir uns ja auch erst richtig kennen, wenn wir nichts mehr um die Ohren haben.«

»Vielleicht.«

»Ich bleibe noch bis Samstag in Rom, und dann fahre ich nach Hause. Kommst du mit?«

»Nein.«

Sie sah, wie er zusammenzuckte und blass wurde. »Jetzt nicht, amore. Vielleicht in einem Monat oder in zweien oder in einem halben Jahr oder gar nicht. Wenn auch ich weiß, ob ich dich noch liebe oder nicht. Wenn ich weiß, was ich will. Und wenn ich mir ganz klar darüber bin, ob ich allein oder mit dir den Rest meines Lebens verbringen will.«

Neri war so enttäuscht, dass er nicht mehr wusste, was er sagen sollte. Er hatte das Gefühl, jeden Moment in Tränen ausbrechen und dann tagelang heulen zu müssen.

»Verstehe«, presste er mit Mühe heraus.

»Es tut mir leid«, sagte sie und fuhr ihm zart über die Wange. »Aber im Moment kann ich nicht anders.«

Neri nickte. »Verstehe«, wiederholte er noch einmal.

Dann stand sie auf. »Ich gehe jetzt.« Sie sah Neri, der völlig in sich zusammengesunken dasaß, mitleidig an. »Es ist alles offen, tesoro, vielleicht fangen wir wirklich irgendwann noch mal von vorne an, aber lass mir ein bisschen Zeit. Bitte.«

Neri nickte unglücklich.

»Ciao.«

Sie beugte sich zu ihm, hauchte ihm einen Kuss auf die Wange und ging.

Er sah ihr nicht hinterher.

In seinen Augen schwammen Tränen.

Aber wenigstens hatte sie ihn »amore« und »tesoro« genannt. Wenigstens das.

59

Nachdem Gabriella gegangen war, war Neri in einer Osteria im Rotwein ertrunken, und als er kurz nach Mitternacht schwankend auf der Straße stand und nach Geld für eine Taxe suchte, fiel ihm die Straße nicht mehr ein, in der er wohnte.

Oh verdammt, dachte er, denn die Telefonnummer des Kollegen, der ihm das Appartement vermietet hatte, lag im Appartement auf dem Tisch.

Jetzt ist es so weit. Ihm wurde schlecht. Du bist kurz davor, dich zu übergeben, und musst die erste Nacht deines Lebens wie ein Obdachloser irgendwo in Rom im Freien zubringen.

Er wollte nur noch irgendwo auf eine Matratze fallen und schlafen, schlafen, schlafen.

Aber das ging ja nicht.

Während er sich an eine Hauswand lehnte und akribisch alle Taschen seiner Hose und seiner Jacke durchsuchte, ob sich vielleicht doch noch irgendein helfender Hinweis fand, versuchte er, den Wein, der in seinem Kopf kreiste, zur Ruhe zu bringen, um überlegen zu können. Irgendwas mit zweimal »A«. Via Prada, Via Cara, Via Carma, Via Balla, Via Palla, Via Rana, Via Sana … es war unmöglich.

Da fühlte er plötzlich in seiner Jackentasche ein zusammengeknülltes Papier, entfaltete es und las es im Licht einer Laterne. »Maurizio Bodoni, Via Parma, 165, Roma.«

Aha. Vor Erleichterung verlor er fast das Gleichgewicht und wäre beinah gestürzt, als er zum Straßenrand taumelte, um ein Taxi zu rufen.

Am nächsten Vormittag erwachte er erst um kurz vor zwölf.

Fast mezzogiorno, dachte er entsetzt und konnte sich nicht erinnern, wann er in den vergangenen dreißig Jahren jemals so lange geschlafen hatte. Aber es war ein richtig gutes Gefühl. Auch für ihn begann offensichtlich gerade ein neues Leben.

Er schwang sich aus dem Bett, ging ins Bad und bemerkte verwundert, dass er keinen dicken Kopf hatte. Erleichtert lächelte er seinem Spiegelbild über dem Waschbecken zu.

»Chianti«, murmelte er, »ich sag's ja.« Der beste Wein der Welt. Da bekam man keine Kopfschmerzen, auch wenn man drei Flaschen in sich hineinschüttete.

Er fühlte sich gut. Der Tag war gerettet. Er würde einen wunderschönen Spaziergang durch Rom unternehmen.

Und Gabriella würde schon zu sich kommen, da war er ganz sicher.

Was sollte sie auch sonst tun? In einer dunklen Gasse in einer römischen Einzimmerwohnung verschimmeln?

Er lachte laut auf und ging fröhlich pfeifend unter die Dusche.

Den ganzen Tag schlenderte Neri durch Rom, fühlte sich frei wie der Wind und wie ein Single, der auf das nächste schnelle Abenteuer zusteuert.

Er frühstückte spät, nahm am Nachmittag einen caffè corretto, aß gegen Abend eine halbe Pizza, konnte ein Viertel Wein schon wieder bestens vertragen und fühlte sich großartig.

Auf der Piazza Navona trank er eine Flasche Mineralwasser und konzentrierte sich auf die Touristen. Er beobachtete, ob sie beklaut wurden – Alfonso hatte schließlich behauptet, dass es in Rom von Taschendieben nur so wimmelte und man am Tag etliche festnehmen und dickes Lob dafür einheimsen konnte. So als würde man einen Kescher ins Wasser halten und nur noch durch einen Fischschwarm ziehen.

Aber er bemerkte keinen einzigen Taschendieb, obwohl er sich auf nichts anderes konzentrierte.

Alfonso war ein Angeber und ein Spinner.

Als die Schatten in Rom länger und das Licht wärmer wurden, stand Neri auf, um nach Hause zu gehen. Er sehnte sich danach, vor dem Fernseher einzuschlafen.

Diese Stadt erschien ihm plötzlich in einem anderen, wärmeren Licht.

Jede Sekunde dieses Tages hatte er genossen und nicht ein einziges Mal an Gabriella gedacht.

Obwohl sie ihm ja jahrelang mit ihrem Wunsch, nach Rom zurückzukehren, die Hölle heißgemacht und ihm die Stadt dadurch verleidet hatte.

Rom konnte einen umarmen, wenn man es nur in Ruhe ließ.

Allmählich gingen in der Stadt die Straßenlaternen an, obwohl die tief stehende Sonne noch vereinzelt durch einige Gassen schien.

Auch die Restaurants schalteten ihre Außenbeleuchtungen an.

Neri stand am Trevi-Brunnen und sah auf die im letzten Sonnenlicht blinkenden Münzen im flirrenden Wasser. Wie ein Tourist warf er eine Münze hinein. Vielleicht würde er wirklich in diese Stadt zurückkehren. Vielleicht gab es einen Neuanfang mit Gabriella nur hier in Rom.

Als er sich vom Brunnen abwandte, sah er ihm direkt ins Gesicht.

Tom. Tom Simon. Der Tote aus Cimessa starrte ihn genauso entsetzt an wie Neri ihn.

Neri spürte den Impuls, dass Tom sich umdrehen und in der Menge verschwinden wollte, und schrie: »Halt!«

Tom blieb stehen.

»Wir … wir kennen uns«, sagte Neri, und ihm blieb vor Aufregung die Stimme weg. »Wir haben zusammen in Cimessa in Tizianos Bar gesessen und Wein getrunken. Du bist Tom, der deutsche Maler! Forza Hamburgo!«

»Wovon reden Sie?«

»Tom! Erkennst du mich nicht? Ich bin der Carabiniere aus Ambra!«

»Ich kenne Sie nicht. Ich heiße auch nicht Tom, sondern Henry.«

Neri war einen Moment verblüfft.

»Sie verwechseln mich. Bitte, lassen Sie mich in Ruhe!« Tom drehte sich um und ging davon. So gelassen wie möglich.

In Neris Kopf hämmerte nur ein einziger Gedanke: Er war es! Er war es ganz sicher! Ich habe mich nicht getäuscht! Tom ist nicht in seinem Wagen verbrannt! Der Tote aus Cimessa ist nicht tot!

Und dann: Verdammt! Verdammt! Verdammt!

Neri folgte ihm. So unauffällig wie möglich und mit einer Engelsgeduld. Tom sah sich mehrmals um, aber Neri hatte den sechsten Sinn, ahnte es im Voraus und verschwand in der Menge, bevor Tom ihn entdecken konnte.

Tom bummelte durch Gassen und Läden, aß ein Pastagericht in einer kleinen Osteria – Neri war immer in seiner Nähe.

Er lehnte in einer Häusernische, beobachtete Tom, und weitere Gedankenfetzen schossen durch sein Hirn: Forza Juve – Forza Hamburgo – Alfonso am qualmenden Auto – noch einen halben Liter Rosso bei Tiziano – Tom im Auto bei der Straßenkontrolle und Neris Worte: »Mein Kollege beobachtet genau, was ich mache, verstehst du? Du könntest ja ein Verbrecher sein, und er muss eingreifen.« – Die verkohlte Leiche – das Zusammentreffen am Brunnen – ein einsamer Maler, allein, in einem verlassenen Bergdorf …

In Neris Kopf drehte sich alles und wirbelte wild durcheinander.

Gerade noch rechtzeitig bemerkte Neri, wie Tom in einem Haus verschwand.

Erleichtert sackte er gegen eine Hausmauer und folgte Tom vorsichtig zur Eingangstür. Dort stand auf einem Messingschild »Albergo San Lorenzo«. Darunter drei Sterne. Was Neri bezweifelte, wenn er die bröckelige Fassade, die maroden Fenster und den schwarzen Schimmel im Mauerwerk betrachtete.

Er stellte sich in einen Toreingang, von dem er die Eingangstür der armseligen Pension beobachten konnte, und wählte die Notrufnummer der Carabinieri.

»Commandante«, sagte er, als abgehoben wurde, »hier ist Neri, Donato Neri, Carabiniere aus Ambra, zurzeit außer Dienst, in Rom auf Urlaub. Habe gerade Tom Simon, einen in Deutschland wegen Mordes gesuchten Verbrecher, im Albergo San Lorenzo in der Via Teatro verschwinden sehen. Ich bitte um Zugriff, bitte kommen Sie, ich halte so lange die Stellung.«

Minuten später waren die Kollegen aus Rom da.

Neri bewunderte ihre exakt sitzenden und perfekt gebügelten Uniformen, das war doch etwas ganz anderes als die schlecht geschnittenen, völlig veralteten aus Ambra.

Der Chef ließ sich von Neri kurz den Sachverhalt erklären, dann gingen vier Carabinieri ins Haus und nahmen Tom fest.

Nur wenig später bat Cesare Bottacci, der Commandante des römischen Reviers VII, Neri in der Kommandantur zu einem Gespräch.

»Kollege«, begann er förmlich steif, aber dennoch höflich, »offensichtlich liegt hier ein Missverständnis oder eine Verwechslung vor. Bei dem von uns gerade auf Ihren Hinweis hin im Albergo San Lorenzo Festgenommenen handelt es sich nicht um Thomas Simon aus Bönningstedt, so wie Sie vermuteten, sondern um Heinrich Anger aus Hannover. Heinrich Anger macht zurzeit Urlaub in Italien, seine Papiere sind in Ordnung, er hat sich nichts zuschulden kommen lassen. Über die Festnahme war er sehr verstört, wir haben ihn nach eingehender Überprüfung vor wenigen Minuten wieder gehen lassen.«

Neri brach innerlich zusammen, aber sagte keinen Ton.

»Dennoch haben wir weiter recherchiert, was es mit Thomas Simon aus Bönningstedt auf sich hat, und, Kollege Neri, wir sind zu einem sehr befremdlichen Ergebnis gekommen.« Er nahm einige ausgedruckte Seiten zur Hand und setzte seine Lesebrille auf. »Thomas Simon ist in Ambra am achtundzwanzigsten Juli bei einem bedauerlichen Unfall ums Leben gekommen. Sein Wagen ging in Flammen auf, und der Tote wurde von Ihnen eindeutig als Thomas Simon identifiziert.«

Bottacci nahm seine Brille ab, beugte sich vor und sah Neri an. »Und da alarmieren Sie uns, Kollege Neri, um eben diesen Mann hier in Rom in einem kleinen Hotel festzunehmen? Können Sie mir das erklären?«

Neri atmete tief durch. In was für einen Horror war er hier hineingeraten? Er versuchte, so gelassen wie möglich zu antworten: »Ich kannte den Toten gut. Ich habe ihn ein paarmal gesehen und mit ihm gesprochen. Aber als ich dann plötzlich am Trevi-Brunnen vor ihm stand, war ich mir völlig sicher, dass es Tom Simon ist. Dann müsste die verkohlte Leiche, die wir gefunden haben, natürlich ein anderer sein.«

»Aha. Und Sie sind sich völlig sicher?«

»Nun ja ... schon ...«

»Sie haben Urlaub, Kollege. Hatten Sie vielleicht schon einen Wein zum Essen und einen zweiten am Nachmittag?«

»Ja, aber ...«

»Könnte es nicht sein, dass Sie sich getäuscht haben? Es gibt viele Menschen auf der Welt, die sich ähnlich sehen, aber es gibt wenige, die von den Toten auferstehen.«

Neri antwortete nicht.

Cesare Bottacci stand auf und lächelte. »Sie sollten wirklich einmal ausspannen, Kollege. Ihren Urlaub eventuell noch um eine Woche verlängern. Und mal an alle schönen Dinge des Lebens, aber um Gottes willen nicht an Ihre Arbeit denken. Und wenn Sie dann wieder nach Ambra zurückkehren, geht es Ihnen sicher besser, Sie sind entspannt und gelassen, haben einen freien Kopf und sehen nicht überall Gespenster.«

»Vielleicht haben Sie recht«, sagte Neri kleinlaut und wollte nur noch weg. Nur noch raus hier, dieser hochnäsige römische Commandante ging ihm fürchterlich auf die Nerven. »Vielleicht sollte ich wirklich einmal ausspannen«, sagte er brav, »ich habe seit ungefähr zehn Jahren keinen Urlaub mehr gemacht, irgendetwas war immer los in Ambra, ständig wurde ich zurückbeordert, Sie verstehen …«

»Sie sind ein guter Mann, es geht nicht ohne Sie, ich verstehe.«

Neri fühlte sich total verarscht und hätte dem Commandante am liebsten seine geschmeidige, distinguierte Gleitsichtbrille zu Brei verarbeitet.

Er stand auf und reichte dem Commandante die Hand.

»Grazie per tutto«, sagte er und wandte sich zum Gehen. »Und viel Erfolg bei Ihrer Arbeit!«

»Werden wir haben«, konterte Cesare Bottacci lächelnd. »Werden wir haben.«

Langsam verließ Neri das Polizeigebäude.

Als er auf die Straße trat, klingelten Cesare Bottaccis Worte in seinem Kopf.

»Und sehen Sie nicht überall Gespenster …«

DRITTER TEIL

DER FLUCH

60

Es war Mitte November, und der erste nasse Schnee in diesem Jahr wirbelte durch die Luft. Einige Flocken blieben sogar liegen und bildeten eine dünne weiße Decke über dem Pflaster.

René saß im Auto und las den Brief von diesem verfluchten Schiffsfonds immer und immer wieder. Er musste achtzigtausend bis spätestens Mitte Januar in den maroden Fonds nachschießen, um nicht alles zu verlieren, sonst war er geliefert.

Ihm war übel.

Er startete das Auto, wischte die beschlagene Scheibe trocken und fuhr langsam durch die Stadt.

Vor einem Blumengeschäft hielt er, ließ den Wagen im absoluten Halteverbot stehen, sprang aus dem Auto und ging hinein.

Die Blumenhändlerin grüßte ihn, und René deutete nur auf langstielige, rote Rosen.

»Die da, bitte.«

»Wie viele?«

»Alle.«

Nur Minuten später war er mit dem riesigen Strauß wieder im Auto und fuhr nach Hause.

Leslie saß mit warmen Socken und in eine dicke Decke gewickelt am Kamin und las.

Sie sah auf die Uhr. Schon nach acht. René war noch nicht zu Hause, und sie fragte sich, wo er blieb. Sie konnte sich nicht vorstellen, dass er so lange in der Kanzlei noch arbeitete, es stand nichts wirklich Dringendes an.

In diesem Moment hörte sie, dass er die Tür im Flur aufschloss.

Nur Sekunden später kam er herein, in der Hand einen riesigen Strauß roter Rosen. Fünfzig Stück waren es bestimmt, schätzte Leslie. Das letzte Mal, dass er ihr einen derartig schönen, bombastischen Strauß geschenkt hatte, war, als er sie gebeten hatte, seine Frau zu werden.

Leslie legte das Buch zur Seite, richtete sich auf und sah ihn an.

Er lächelte, legte ihr den Strauß in den Schoß, hauchte ihr einen Kuss auf die Wange, setzte sich ihr gegenüber und nahm ihre Hand.

»Ich hab nicht Geburtstag, und Hochzeitstag haben wir auch nicht«, meinte sie und grinste ein wenig verlegen.

»Ich weiß.«

»Wie komme ich dann zu so einem tollen Strauß? Sind es fünfzig?«

René nickte. »Für dich kann kein Strauß toll genug sein.«

Leslie verstummte überrascht.

»Leslie«, meinte René leise, »es kann so nicht weitergehen mit uns.«

»Das finde ich auch«, flüsterte sie.

»Wir leben nebeneinanderher, wir gehen uns aus dem Weg, wir reden nicht mehr miteinander. Das ertrage ich nicht länger.«

Das stimmt, dachte sie. Die Situation und die Stimmung zwischen ihnen waren fürchterlich, aber dass er offensichtlich auch darunter litt und es so deutlich aussprach, wunderte sie.

»Ich weiß, dass du glaubst, Tom steht zwischen uns, aber das ist nicht der Fall, Leslie, ich hab dir die Affäre längst verziehen.«

Leslie wusste nicht, wie sie reagieren sollte, daher stand sie auf und sagte: »Ich stell nur mal kurz die Rosen ins Wasser.«

René saß still da und starrte ins Feuer, bis sie wiederkam und sich setzte.

»Tom rief mich in jener Nacht an«, fuhr René fort. »Er war fix und fertig, sagte, er hätte Charlotte erschossen, und flehte mich an zu kommen. Also bin ich hingefahren. Wir haben überlegt, dass er abhauen muss, ich gab ihm den Schlüssel zu meiner Hütte in Italien, versprach ihm, sein Haus zu verwüsten, sodass es wie nach einem Einbruch aussieht, und er fuhr los. Aber dann sah ich, dass er zuvor offensichtlich Damenbesuch hatte, und über den Ohrring führte die Spur zu dir.« Er schluckte. »Es war wie ein Stich ins Herz. Und dann ist das Ganze eskaliert, ich hab emotional total überreagiert und den Plan geändert. Hab das Haus nicht verwüstet, sondern Charlotte Kabelbinder angelegt. Ich bin in diesem Moment fast umgekommen vor Eifersucht, Leslie. Diese Sau betrügt mich mit meiner Frau, mit meiner Traumfrau, mit dir, dachte ich. Und zieht mich auch noch in so eine Sache mit rein! Da hab ich nur noch überlegt, wie ich ihm schaden, wie ich mich rächen kann. Verstehst du das?«

Leslie nickte stumm.

»Ich musste ihn wie den flüchtigen Mörder aussehen lassen, weil ich dich nicht verlieren wollte. Ich stand in Toms

Haus mitten in der Nacht zwischen all den Trümmern, ich konnte dich förmlich riechen, ich wollte mir die Szenen zwischen euch nicht vorstellen, und obwohl ich so sehr verletzt war, hab ich dich in dieser Nacht über alles geliebt. Und darum hab ich getan, was ich getan hab. Ich hab mir gedacht, Tom hat sein Leben ganz allein versaut, jetzt will ich zumindest meines retten und versuchen, dich zu behalten, weil ich ohne dich nicht leben kann.«

Leslie streckte den Arm aus und strich ihm sanft über die Wange.

»Ich wollte ihn reinreißen, wollte, dass er in Italien verschimmelt und nie mehr wiederkommt. Nie mehr. Damit wir beide von vorn anfangen können. Damit wir unser Leben wieder in Ordnung bringen können.«

»Oh mein Gott«, murmelte Leslie leise.

»Vielleicht hätte ich ihn auch mit der Harpune umbringen sollen, das wäre die sicherste und eleganteste Lösung gewesen. Dann hätte es ausgesehen, als hätten Einbrecher alle beide erschossen. Aber solange Tom im Haus war, wusste ich ja auch noch nicht, dass du in der Nacht bei ihm gewesen warst.«

»Das hättest du fertiggebracht?«

»Ich weiß nicht, vielleicht. Wenn mir jemand meine Frau wegnimmt, kenne ich kein Pardon. Außerdem hatte ich nichts mehr zu verlieren. Wenn du mich wegen ihm verlassen hättest, wäre mein Leben sowieso beendet gewesen.«

Das war die ausführlichste und heftigste Liebeserklärung, die ich je in meinem Leben bekommen habe, dachte Leslie.

»Ich hab ja nicht geahnt, dass der Schuss so nach hinten losgeht«, redete René weiter. »Es tut mir unendlich leid, ich habe einen riesigen Fehler gemacht.«

Er sah zu Boden. Beide schwiegen.

Dann fragte er: »Hattest du wirklich keine Ahnung, dass du den Ohrring bei Tom verloren hast?«

Leslie schüttelte den Kopf.

»Ich hab ihn nicht der Polizei gegeben, weil ich panische Angst davor hatte, dass du eventuell mit Tom wegen gemeinsamen Mordes angeklagt wirst. Das musste ich in jedem Fall verhindern, und darum hab ich die ganze Zeit, all die Monate befürchtet, dass du zur Polizei gehst, sagst, dass du in der Nacht bei Tom warst, und seine Entlastungszeugin wirst. Das war das Allerschlimmste. Dass ich nicht wusste, was du tust.«

»Ich bin nicht zur Polizei gegangen, weil ich auch Angst hatte, dich zu verlieren«, hauchte Leslie. »Ich wusste ja nicht, dass du alles weißt.«

Es war still im Zimmer. Nur das Feuer knisterte leise.

Nach einer langen Pause fragte René: »Kannst du mir verzeihen?«, und streichelte ihre Hand.

Leslie antwortete nicht, aber in ihren Augen schwammen Tränen.

Jetzt sah René sie offen an. »Leslie, ich liebe dich, und ich will mit dir leben. So wie bisher. Oder noch besser als bisher. Falls mit dem Geld alles klappt, werde ich versuchen, weniger zu arbeiten, damit wir Zeit füreinander haben, damit wir reisen können, wie auch immer. Aber jetzt sag mir, was du willst. Bitte!«

Leslie ahnte, dass dies wahrscheinlich die wichtigste Antwort ihres Lebens sein würde. Daher ließ sie sich Zeit und sagte schließlich: »Ich hab eine Affäre mit Tom begonnen, René, weil ich nicht ausgefüllt war. Ich wollte leben, wollte etwas erleben! Und wenn es nur ein heimliches Verhältnis war. Mein Leben wurde plötzlich spannender, interessanter, und Tom hatte für mich den Geruch der großen weiten Welt.«

René stöhnte auf.

»Aber Tom war niemals der Mann, mit dem ich den Rest meines Lebens verbringen möchte, das ist mir jetzt klar geworden. Und auf gar keinen Fall will ich mit ihm ständig auf der Flucht sein und befürchten, dass jemand Tom erkennen könnte. Und daher wurde mir immer klarer, dass ich mit dir zusammenbleiben will, René. Vielleicht mit mehr Zeit füreinander ... Ja, ich will, René, ich will dich auch nicht verlieren. Kannst du mir auch verzeihen?«

René stand auf, nahm sie in den Arm und küsste die Tränen weg, die ihr über die Wangen liefen.

»Ich bin so glücklich, das kann ich dir gar nicht beschreiben«, flüsterte er, nahm ihre Hand und zog sie sanft mit sich ins Schlafzimmer.

61

Tom stand am Hafen, sah den Schiffen hinterher, die aufs Meer hinausfuhren, und wünschte sich, an Bord zu sein. Mitzufahren als Fremder unter Fremden, einer ungewissen Zukunft entgegen.

Es war zwar erst Mitte November, aber er spürte, dass der Winter kam. Die Stürme wurden heftiger, die Kälte schneidender.

Er war so fertig, dass er noch nicht mal mehr heulen konnte.

Seit zwei Tagen war er in Hamburg und in einer billigen Spelunke untergekommen. Ein verlaustes Bett, das Klo auf halber Treppe und dann fünfzehn Euro die Nacht für dieses Drecksloch.

Bis gestern Abend hatte er noch dreihundertsiebzehn Euro besessen. Sein kleines Vermögen. Gegen zwanzig Uhr hatte er siebzehn Euro davon genommen, den Rest in den stockigen Kissenbezug gesteckt und war einkaufen gegangen. Bier, Brot und Käse. Am Wochenende gönnte er sich zusätzlich eine Gurke und ein Pfund Karotten.

Als er eine halbe Stunde später in das Drecksloch zurückkehrte, war seine Bude durchwühlt, und das Geld war weg.

Bis auf ein paar Cent besaß er nun nichts mehr. Gar nichts mehr.

Tiefer konnte er nicht mehr fallen. Ab morgen würde er im Obdachlosenasyl pennen müssen.

Diese Schweine. Beklauten die Ärmsten der Armen.

Er hatte keine Ahnung, was er jetzt machen sollte.

Nachdem Neri ihn in Rom erkannt hatte, war Tom per Anhalter aus Italien abgehauen, dort fühlte er sich nicht mehr sicher. Meist waren es Lkw-Fahrer, die er auf Rastplätzen ansprach und die ihn mitnahmen. Er hatte in Jugendherbergen, möblierten Zimmern oder billigen Hotels gehaust. Er hatte die Zeit totgeschlagen und dabei immer nur den einen Gedanken im Kopf gehabt: Wann erbt Leslie endlich, wann kommt sie an mein Geld ran, wann hat dieses fürchterliche Warten ein Ende?

Langsam und stetig hatte er sich in Richtung Norden durchgeschlagen, um zur Stelle zu sein, wenn Leslie endlich den Geldsegen in Empfang nahm. Und wenn sie vielleicht doch noch mit ihm ein neues Leben beginnen wollte.

Er hatte einfach zu viel heruminterpretiert, hatte jedes Wort, das sie am Telefon gesagt hatte, auf die Goldwaage gelegt, hatte hineingeheimnist, vermutet und befürchtet. Vielleicht war das alles falsch, vielleicht hielt sie ja doch zu ihm, vielleicht sah er einfach zu schwarz.

Er musste ihr gegenüberstehen und in die Augen sehen. Das war die einzige Möglichkeit.

Dann würde er wissen, woran er war.

Er fror, der Wind heulte, und der Regen klatschte ihm ins Gesicht. Er brauchte jetzt dringend eine Bar, in der er sich aufwärmen und betrinken konnte, auch wenn er die Zeche prellen musste.

Eine Dreiviertelstunde später saß er in einer kleinen Seemannskneipe, der *Barkasse*, am Tresen und bestellte ein Bier. Und einen Korn.

Er trank langsam und stetig, ohne zu registrieren, was um ihn herum geschah, und als sein Glas leer war, orderte er neu.

»Für mich auch«, sagte eine Frauenstimme neben ihm. »Alleine saufen macht Koppschmerzen.«

Neben ihm saß eine Mittvierzigerin, die ihn schief angrinste. Der rechte Eckzahn fehlte. Ihre fettigen Haare waren grellblond gefärbt, aber seit einem halben Jahr hatte sie es schleifen lassen, denn vom Scheitel aus wuchs ein sechs Zentimeter breiter Streifen tiefschwarz, bis es fast übergangslos ins Blond überging. Sie hatte lange, gebogene Fingernagelkrallen, der grellrote Nagellack war abgeplatzt, drei Fingernägel waren abgebrochen.

Warum tust du das, dachte er. Warum gestattest du dir, dass du so scheiße aussiehst?

»Für sie auch. Das Gleiche!«, sagte er zum Barmann.

Die Schlampe grinste. Ihr üppiges Dekolleté war von schwarzen unappetitlichen Leberflecken gesprenkelt, als wäre sie hinter einem Güllelaster hergelaufen.

»Wie heißt 'n du?«, fragte sie.

»Henry. Und du?«

»Lilly. Wat machst 'n hier?«

»Nichts. Und du?«

»Auch nichts.«

Er nickte. »Super. Da können wir ja nichts falsch machen.«

Lilly kicherte.

Der Barmann stellte Bier und Korn vor sie auf den Tresen. Sie nahm das Bier und schüttete es fast in einem Zug hinunter, rülpste und sagte: »Wenn man so einen Scheißdurst hat wie ich, dann kommt das gut.«

»Noch eins für sie!«, sagte Tom zum Barmann.

Beide schwiegen.

Der Barmann stellte wortlos ein weiteres Bier auf den Tresen.

»Hab dich hier noch nie gesehn«, sagte Lilly.

»Stimmt. War auch noch nie da.«

»Haste 'ne Schnalle zu Hause?«

Tom schüttelte den Kopf. »Hab kein Zuhause.«

Lilly nickte und zündete sich eine Zigarette an. »Is' schon wieder leer, das Scheiß-Glas.«

Tom orderte erneut. Zwei Bier, zwei Korn.

Der Barmann stellte die Getränke auf den Tresen, und Lilly begann, ausgiebig an ihren abgebrochenen Fingernägeln zu knabbern. Ab und zu begutachtete sie sie schielend.

»Hast du Kinder?«, fragte er, nur um überhaupt irgendetwas zu sagen.

»Sieben. Von sieben Männern. Sind alle weg, weiß der Teufel, wo. Nur einer von den Gören taugt was, der wird wahrscheinlich Bundeskanzler werden.«

»Wahrscheinlich.« Jetzt grinste er, aber die Ironie verstand sie nicht.

»Ich sag's dir. Wirste sehn. Er heißt Lars. Lars for President.« Sie kicherte. »Warum biste überhaupt hier?«, fragte sie. »So einer wie du.«

»Keine Ahnung.«

»Komm mit zu mir. Ich hab ein warmes Bett, warmes Bier und 'ne warme Möse.«

Tom dachte an die kalte Nacht da draußen, an den Regen und den Wind und sagte: »Okay. Wie heißt du noch mal?«

»Lilly.«

»Danke, Lilly.«

Beide stierten sich in die Augen.

Nach einer Pause sagte Tom: »Ich hab kein Geld, Lilly. Nichts. Nicht einen Cent.«

Lilly seufzte entnervt, zahlte aber. Dann hakte sie sich bei Tom ein und zwinkerte dem Barmann zu, als sie zur Tür gingen.

Lillys Wohnung war ein einziger Witz. Ein Witz von einer Küche, ein Witz von einem Bad und ein Witz von einer Wohn-Schlafzimmer-Kombination. Sämtliche Lampen waren mit Tüchern verhüllt und tauchten das Zimmer in eine schwüle, düstere Atmosphäre.

Lilly zündete eine Räucherkerze an, Tom musste husten.

»Komm, lass uns nicht so lange rummachen«, sagte Lilly und zog sich ihren etwas zu engen Synthetik-Glitzer-Pullover über den Kopf. »Ich hab noch einen Rest Kirschlikör im Haus, den sollten wir hinterher trinken, damit wir schlafen können.«

Tom nickte ergeben und wusste nicht, ob er überhaupt schaffen würde, was Lilly jetzt von ihm erwartete.

Lilly zog sich schnell komplett aus, legte sich aufs Bett und machte die Beine breit.

»Nun komm«, sagte sie, »wir sind beide schon aus dem Gröbsten raus, wissen, worum's geht, nu' stell dich nicht so an.«

Tom schluckte, zog sich ebenfalls aus und legte sich neben sie.

Sie wartete, dann sah sie auf seinen schlappen Schwanz und sagte: »Du lieber Himmel, was ist denn los mit dir?«

Es waren nicht nur ihre hängenden Brüste. Ihre weiße, schwammige, von dunklen Adern durchzogene Haut oder ihr fehlender Zahn. Es war vor allem der säuerliche Geruch, der von ihr ausging, sodass er einfach nicht konnte.

Er schloss die Augen, konzentrierte sich, aber da kamen keine Fantasien, die ihn Lilly vergessen ließen – es ging nicht.

»Sorry«, sagte er leise. »Kann ich trotzdem bleiben?«

Lilly schnaufte, stand auf und zündete sich eine Zigarette an. »Was ist bloß heutzutage mit den Kerlen los?«, röchelte sie und hustete ein paarmal keuchend. »Alles Schlappschwänze. Nichts mehr dahinter. Früher reichte schon ein Nylonstrumpf mit Naht, und bei denen ging die Post ab. Und heute? Da kannst du dich nackt hinlegen, und nichts passiert.«

Ja, dachte er, ja, ja, ja. Ein Nylonstrumpf mit Naht, das war ja auch etwas ganz anderes.

»Ich trink jetzt den Likör«, sagte sie. »Du auch?«

»Nee, trink mal allein. Muss ich jetzt nicht haben. Ich will eigentlich einfach nur 'ne Runde pennen.« Er zog sich die Decke über die Schultern und versuchte, die Flecken auszublenden, die ihm plötzlich überall auffielen. Auf der Bettdecke, auf dem Laken, sogar auf dem Kopfkissen.

Lilly hatte mit dieser Aktion sicher schon einige Male Erfolg gehabt, die Flecken waren Beweis genug.

Egal, dachte Tom, besser als draußen in der Kälte ist es allemal.

Dass sie sich neben ihn legte, merkte er schon nicht mehr.

62

Marlene saß aufrecht im Bett, als Leslie hereinkam. Ein Lächeln zog über ihr Gesicht, und sie streckte die Hand nach Leslie aus. »Komm herein!«, rief sie. »Setz dich, wie schön, dass du da bist!«

Im Hospiz, in dem Marlene seit drei Wochen lebte, hatte sie ein geräumiges, helles und sehr liebevoll eingerichtetes Zimmer.

Leslie küsste Marlene auf beide Wangen und zog sich einen Stuhl ans Bett.

»Entschuldige, dass ich dir nichts mitgebracht habe, aber ich war unterwegs, und es war ein ganz spontaner Entschluss hierherzukommen.«

»Es ist nur wichtig, dass du da bist«, flüsterte Marlene und streichelte unaufhörlich Leslies Hand. »Ich hab alles. Ich brauch doch nichts mehr. Die Schwestern hier lesen mir jeden Wunsch von den Augen ab, und Wolfgang sowieso.« Marlene kämpfte mit den Tränen. »Er ist ein Schatz, Leslie, das kannst du dir nicht vorstellen. Er ist nicht mehr der Wolfgang, den wir alle kennen, sondern so liebevoll, so fürsorglich, so gut.« Jetzt weinte sie. »Da musste ich erst so krank werden, um zu begreifen, was ich da für einen wundervollen Mann geheiratet habe. Das ist im Lauf der Jahre alles verschüttet worden, wir haben uns noch nie so geliebt wie in den letzten Monaten.«

»Aber das ist doch wundervoll, Marlene …« Leslie fühlte sich ziemlich hilflos, sie wusste weder, wie sie sich verhalten, noch, was sie sagen sollte.

Auch Marlene war nicht mehr die Frau, die sie einmal gekannt hatten. Sie war nur mehr ein Schatten ihrer selbst, wog vielleicht noch ein Drittel ihres früheren Gewichts, und ihre ungefärbten Haare hingen glatt um ihr schmales, klares, ungeschminktes Gesicht.

Sie war durchschaubar geworden, trug ihre Seele jetzt offen zutage, und Leslie fand sie wunderschön.

»Ja, das ist wundervoll«, sagte Marlene leise. »Es ist nur schade, dass wir nicht mehr viel Zeit haben. Jetzt würde ich mit ihm gern noch einmal von vorn anfangen. Es wäre so schön, wenn wir noch ein paar gemeinsame Jahre hätten, ich hab das ja nicht gewusst, dass er auch so sein kann … Wir haben so viel falsch gemacht, haben so viel gemeinsame Zeit vergeudet, es war uns nicht bewusst, was wir da Kostbares hatten. Jahrelang haben wir nebeneinanderher gelebt, haben uns teilweise das Leben zur Hölle gemacht, weil wir Idioten einfach nicht begriffen haben, was für ein Geschenk die Zeit ist, die man zu zweit miteinander verbringen kann. Wenn man liebevoll mit dem anderen umgeht, dann kommt die Liebe, und dann bleibt sie auch. Wenn man sich ärgert, verschwindet sie, zieht sich verschämt zurück, und manchmal kommt sie nie wieder.«

»Doch bei euch ist sie wiedergekommen.«

»Ja. Das ist sie. Aber leider erst jetzt.« Sie weinte schon wieder.

Leslie reichte ihr ein Taschentuch. »Nicht weinen, Marlenchen. Sei glücklich, dass es so ist.«

»Das Leben ist nicht fair«, schnaubte sie in ihr Taschentuch. »Warum begreift man immer erst, wenn es zu spät ist?«

»Ich weiß es nicht. Vielleicht ist es nicht immer so. Vielleicht begreife ich etwas dadurch, dass du es mir jetzt sagst. Vielleicht mache ich mir durch dich ein bisschen mehr bewusst, was ich habe.«

»Das wäre schön. Wie geht es mit René?«

»Gut. Sehr gut.«

»Oh, das freut mich. Ich weiß noch, wie sehr es ihn getroffen hatte, als Tom ihm Charlotte wegschnappte, denn vor deiner Zeit war er immer in sie verliebt gewesen, schon seit Menschengedenken. Und dann heirateten die beiden von jetzt auf gleich. Weil es die ganz große Liebe war. Für sie und für Tom. Beide wussten, dass es so etwas kein zweites Mal in diesem Leben gibt. Und dann lernte René dich kennen. Und war auf der Stelle geheilt, war so glücklich, das habe ich bei einem Mann überhaupt noch nie gesehen. Der wusste ja gar nicht mehr, wo er wohnt und wie er heißt. Und Charlotte war von diesem Moment an vergessen. Du bist auch für René etwas ganz Großes, Einmaliges. Er weiß das. Und hoffentlich weißt du das auch.«

Leslie nickte betroffen.

»Lass ihn nicht gehen.«

Leslie nickte erneut. »Nein, das tu ich nicht. Es ist wirklich wunderschön im Moment.«

Marlene wirkte plötzlich so, als hätte sie die letzten Sätze von Leslie gar nicht gehört. »Bitte, gib mir ein Glas Wein«, bat sie. »Er steht da unten in dem kleinen Kühlschrank. Und nimm dir auch ein Glas.«

»Darfst du das denn?«

Marlene lächelte. »Ich kann hier machen, was ich will. Ich bin nicht im Krankenhaus, sondern zu Hause. Nur dass man hier ziemlich gut auf mich aufpasst und mir sofort hilft, wenn was ist. Wahrscheinlich bin ich in einer oder in zwei Wochen tot. Den Frühling erlebe ich mit neunundneunzigprozentiger Sicherheit nicht mehr. Worauf soll ich aufpassen? Auf meine Leber?« Sie lachte. »Meine Leber ist schon fertig, total, wegen der ganzen Medikamente, da ist das Glas Wein völlig egal. Vielleicht sterbe ich zwei Stunden früher, das kann schon sein, aber das ist mir wurscht.«

Leslie holte Weißwein aus dem Kühlschrank, goss sich und Marlene ein und prostete ihr zu. »Auf dich, Marlene, du bist eine tolle Frau!« Jetzt musste auch Leslie weinen.

Marlene lächelte und setzte ihr Glas auf dem Nachttisch ab. Sie hatte kaum etwas getrunken, sondern nur genippt. »Ich erzähl dir jetzt mal was, was ich noch keinem erzählt habe, und es muss auch unter uns bleiben, ja?«

»Na klar. Mach dir keine Sorgen.«

»Einmal habe ich Wolfgang betrogen. Da waren wir erst ein paar Jahre verheiratet. Ich wusste, dass der Typ wahllos alle Frauen vernascht, die nicht Nein sagen, aber es war mir egal. Ich wollte es in dieser Nacht, mir war jede Konsequenz vollkommen schnurz.«

So ging es mir mit Tom auch, dachte Leslie. Genau so.

»Ich fuhr mit zu ihm, er lebte allein, es war also alles kein Problem, und wir vögelten wie die Kaninchen. Stundenlang. Es war fürchterlich. Das Schrecklichste, was ich je erlebt habe. Gegen drei Uhr morgens schleppte ich mich nach Hause, und mir tat alles weh. Kennst du das? Grauenvoll. Es gibt nichts

Schlimmeres als einen Mann, der es schafft, die ganze Nacht zu rammeln.«

Leslie musste lachen.

»Noch nie in meinem Leben hatte ich so eine Sehnsucht nach Wolfgang gehabt. Ich fühlte mich so scheiße, es tat mir alles so unendlich leid, und ich sag dir, er hat keine Ahnung, aber ich schleppe es seitdem mit mir herum. Am liebsten würde ich es ihm erzählen, aber ich will ihm nicht wehtun. Nicht jetzt. Nicht so kurz vor Schluss. Da nehme ich es lieber mit ins Grab.«

»Warum erzählst du mir das?«

»Tu das alles nicht, Liebe. Ich habe keinen so reichen Erfahrungsschatz, denn ich war nie eine Frau, bei der die Männer reihenweise in Ohnmacht fielen, wenn ich hereinkam, aber diese Durch-die-Gegend-Vögelei bringt nur Unglück. Und Leid. Und Angst. Und schlechtes Gewissen. Glücklich macht es nicht. Ich werde Wolfgang sagen, dass ich ihn immer geliebt habe und ihm immer eine treue Frau gewesen bin, und ich glaube, das stimmt auch.«

Leslie hatte Hochachtung vor Marlene. »Das glaube ich auch.«

»Alles in Ordnung zwischen dir und René?«, fragte Marlene schon wieder.

»Ja, es ist alles gut. Wirklich. Warum fragst du?«

»Passt auf euch auf. Denn plötzlich macht es peng, du bekommst eine Diagnose, und alles ist zu spät. Und die paar Monate, die du dann noch hast, sind ein einziger beschissener, sinnloser Kampf gegen den Krebs und Abschied. Da ist ein Autounfall oder ein Flugzeugabsturz gnädiger.«

Leslie beugte sich vor und strich Marlene sanft über die Wange.

»Marlene, hast du Angst?«

»Nein. Denn ich bin Gott sei Dank nicht allein. Ich habe Freunde, und ich habe Wolfgang, der bei mir sein wird. Zig Mal habe ich ihn zum Teufel gewünscht, zig Mal wollte ich mich von ihm trennen – ich bin froh, dass ich es nicht getan habe. Ich werde in Frieden und in Liebe gehen, und die Menschen hier im Haus sorgen dafür, dass ich keine Schmerzen habe. Wovor sollte ich Angst haben? Vielleicht verpasse ich etwas, vielleicht auch nicht. Wie auch immer, ich werde es nicht mitbekommen und kann mich nicht darüber ärgern. Was man nicht weiß, macht einen nicht heiß.« Sie lächelte.

»Es ist alles nicht mehr wie früher. Tom fehlt, Charlotte fehlt, du wirst fehlen«, sagte Leslie.

»Vor einem guten halben Jahr haben wir noch zusammengesessen und gedacht, es bleibt immer so. Bis wir achtzig oder neunzig sind. So kann man sich täuschen.«

»Ja, Scheiße. Jetzt ist alles aus den Fugen. Alles kaputt.«

»Wieso? Ihr seid doch noch fünf! Macht was draus!«

»Wir werden es versuchen.« Leslie grinste und drückte Marlenes Hand.

»Sei mir nicht böse, aber ich möchte noch ein bisschen schlafen«, sagte Marlene. »In einer Stunde kommt Wolfgang.«

»Natürlich.« Leslie beugte sich vor und küsste Marlene.

»Ich komme wieder, Marlenchen.«

»Ja, bitte, tu das.«

Marlene lächelte, und bevor Leslie das Zimmer verlassen hatte, war sie bereits eingeschlafen.

63

Leslie konnte es nicht erwarten, dass René nach Hause kam.

Als sie endlich das Türschloss hörte, stürzte sie in den Flur, fiel ihm quietschend um den Hals und küsste ihn stürmisch.

»Was ist los?«, fragte René. Er ahnte den Grund für ihre Euphorie und bekämpfte zugleich seine Hoffnung, um nicht enttäuscht zu werden.

»Komm rein! Bitte, komm rein und mach eine Flasche Schampus auf. Bitte!«

René fragte nicht. Er tat, was sie wollte, füllte zwei Gläser und setzte sich.

»Was ist los?«, wiederholte er.

Leslie konnte kaum sprechen, so aufgeregt war sie.

»Also, der Erbschein ist gekommen. René, stell dir das vor! Wir haben den Erbschein! Es ist alles gelaufen!«

René hörte nur, dass sie »wir« gesagt hatte, und das erfüllte ihn mit einer unendlichen Ruhe und Gelassenheit.

»Und?«, fragte er so vorsichtig wie möglich.

»Ich bin mit dem Ding zur Bank, und alle Türen haben sich für mich geöffnet. Ich komme jetzt an alle Konten Toms, ich kann mir seine Fonds auszahlen lassen, seine Aktien verkaufen und und und. Ist das nicht ein Wahnsinn? Ich habe dann direkt eine Million auf mein Konto überwiesen. Fürs Erste. Was sagst du dazu?«

René war sprachlos.

Er brauchte ein paar Sekunden. Dann nahm er Leslie, hob sie hoch und drehte sie durch die Luft.

Leslie jauchzte wie ein Kind, das noch stundenlang Karussell fahren will. »Wir sind reich, Liebster, wir sind reich! Und deine ganze Schiffsfonds-Pleite kann uns mal! Wir sind aus dem ganzen Schlamassel raus!«

René reagierte verhaltener, weil er es noch nicht ganz fassen konnte.

»Ja«, sagte er schließlich leise und setzte sie vorsichtig auf dem Boden ab, »vielleicht hast du recht. Vielleicht sind wir wirklich reich.«

Und all das, was in den letzten Monaten geschehen war, schien sich eventuell doch noch zu einem guten Ende zu fügen.

Für ihn und für Leslie. Was aus Tom wurde, wusste er nicht, das würde sich zeigen.

Das Telefon klingelte.

Leslie sah aufs Display. »Er ist es schon wieder. Tom. Er nervt. Was soll ich machen?«

»Wimmle ihn ab. Und dann werden wir überlegen.«

René verschwand in der Toilette und wählte auf seinem Smartphone hektisch eine Nummer.

»Hallo, Bernhard?«, sagte er leise. »Ja, hier René. Du, es ist alles gut, alles geregelt, wir sind gerettet, ich kann die Summe zahlen, das mit dem Nachschießen in den Fonds ist kein Problem. Ja, genau, morgen reden wir ausführlich, alles klar, danke, tschüss.«

René legte auf. Erst jetzt verließ ihn die Kraft, und er lehnte schweißgebadet an den kalten Fliesen, bis er sich wieder einigermaßen gefangen hatte.

Leslie hatte unterdessen das Gespräch angenommen.

»Hallo, Tom!«, sagte sie betont fröhlich.

»Wie geht es dir?«, fragte Tom.

»Alles gut. Und dir?«

Tom atmete tief durch. »Leslie, pass auf, ich bin vollkommen blank. Du kannst mich nicht mehr vertrösten, ich bin am Ende. Hast du den Erbschein?«

»Nein, Tom, leider noch nicht. Ich weiß auch nicht, warum es so verdammt lange dauert. Die prüfen das wahrscheinlich tausendmal hin und her. Du kannst dir sicher vorstellen, dass ich da genauso sehnsüchtig drauf warte wie du!«

»Ach …«

»Es macht mich auch ganz nervös, aber es ist noch nichts da. Ich habe mir vorgenommen, nächste Woche wieder nachzufragen. Das kann ja wohl alles nicht wahr sein!«

Tom verstummte, so enttäuscht war er.

»Bitte«, sagte er nach einer Pause. »Gib mir was. Nicht viel, was du entbehren kannst, ich habe echt nichts mehr. Keinen Cent.«

»Das kann ich nicht, Liebster, so gern ich es wollte, aber du weißt, René hat Pleite gemacht, er muss Zigtausende an Rückzahlungen leisten, die er nicht hat. Es ist verdammt eng im Moment.«

»Wie sieht es aus? Lässt du dich scheiden?«

»Sicher, die Scheidung läuft, aber auch die kostet Geld. Wir laufen zurzeit echt auf dem Zahnfleisch, leben zwar in einem Haus, aber dennoch getrennt. Es ist der Wahnsinn, sag ich dir. Sowie ich Land sehe und etwas entbehren kann, rufe ich dich an. Dann überweise ich dir etwas. Ganz bestimmt. Aber im Moment schlafe ich keine Nacht mehr, so viele Sorgen mach ich mir.«

»Bitte, Leslie, gib mir was.«

»Du, ich krieg selbst kein Gehalt mehr«, zischte sie.

»Bitte, Leslie.«

»Im Moment geht es nicht«, sagte Leslie entschieden. »Aber ich tu's, sobald ich kann, das verspreche ich dir.«

»Okay«, röchelte Tom resigniert.

»Pass auf dich auf und vergiss nicht: Alles wird gut«, sagte Leslie und legte auf.

Tom war vollkommen desillusioniert. Er wusste nicht mehr, was er davon halten sollte. Das vererbte Geld musste längst da sein, und in ihm wurden Angst und Befürchtungen immer stärker, dass Leslie ihm auch nichts überweisen würde, wenn sie seine Millionen hatte. Dass sie ihn kaltstellte, das Geld selbst einsackte und ihn am ausgestreckten Arm verhungern ließ.

Und er fragte sich, warum.

Sie hatte ihm geschworen, mit ihm ein neues Leben anzufangen.

Mit ihm. Und nicht mit René.

Leslie sah René an.

»So geht das nicht weiter«, sagte sie. »Auch wenn wir jetzt das Geld haben – wir können ihn nicht ewig vertrösten. Was sollen wir bloß tun?«

René ging im Zimmer auf und ab und hatte nicht mehr seinen besorgt-mitfühlenden, sondern seinen geschäftsmäßigen Blick. »Wir müssen ihn loswerden, Leslie. Wir können ihn nicht mit einer monatlichen Apanage oder mit unregelmäßigen Zahlungen füttern. Das ist wie bei einem Erpresser, das hört nie auf und treibt einen irgendwann in den Ruin. Wenn wir zahlen, hat er uns in der Hand. Oder willst du ihm die gesamten Millionen überlassen?«

Leslie sah völlig verängstigt aus und schüttelte den Kopf. »Auf keinen Fall«, hauchte sie.

»Na also. Dann gibt es keine andere Lösung: Wir müssen ihn loswerden.«

64

Kurz vor Feierabend rief Marcello an.

»Neri, ich hab einen Kunden für dich. Für dein Haus. Ich hab es ihm ziemlich ausführlich beschrieben, er hat sich die Bilder angesehen, und es ist ihm egal, wie es aussieht. Er will sowieso umbauen. Passt es, wenn wir in einer halben Stunde bei dir sind?«

Neri brach der Schweiß aus. »Ich bin im Büro«, stotterte er. »Eine Stunde brauche ich auf alle Fälle noch, bis ich zu Hause bin.«

»Gut. Dann sind wir in einer Stunde bei dir.«

Neri legte auf. Um Himmels willen, was sollte er bloß machen? Von Gabriella hatte er bestimmt schon einen Monat lang nichts mehr gehört. Ab und zu hatten sie telefoniert, Nettigkeiten ausgetauscht, und jedes Mal hatte Gabriella das Gespräch mit: »Lass mir Zeit, Donato, bitte!« beendet.

Und jetzt kam irgend so ein dahergelaufener Hansel und wollte das Haus kaufen?

Wenn er ablehnte, würde Marcello ausflippen und nie wieder einen Interessenten bringen.

Er musste dringend mit Gabriella reden. »Lass mir Zeit« war so eine liebe Sache, wenn der Karren schon ins Rollen gekommen und kurz davor war, im Dreck stecken zu bleiben.

Schließlich hatte sie ihn verlassen und konnte sich jetzt nicht entscheiden, ob sie als Ehefrau oder als Nonne enden wollte. Da brauchte sie sich nicht zu wundern, wenn die Hütte weg war. Ein ganzes gemeinsames Leben einfach so verkauft, an einen Schwachsinnigen, der alles umbauen wollte.

Neri spürte, wie die Wut in ihm hochstieg. Auf alles und jeden. Auf Gabriella, auf Marcello und diesen windigen Käufer.

Er wählte Gabriellas Nummer.

Sie ging nicht ran. Natürlich nicht. Wie immer, wenn man sie brauchte. Sie musste ja zu sich kommen! Sie war ja jenseits von Gut und Böse, nur er, Neri, war das dumme Schwein, das auf die Schnelle irgendwelche Entscheidungen fällen musste, weil Gabriella nicht zu erreichen war, und hinterher bekam er dafür die Prügel.

Nichts hatte sich geändert. Gar nichts. Sie war die Lady und er der Sklave, der immer an allem schuld war.

Vor Wut zerbrach er einen Bleistift, schmiss ihn an die Wand und verließ das Büro.

Zu Hause drehte er völlig durch. Stopfte seine herumliegende Wäsche unters Bett, warf die Überdecke darüber und versuchte sie glatt zu ziehen, was ihm aber nicht gelang. Bei Gabriella hatte das Bett immer ausgesehen, als ob darin niemals ein Mensch gelegen hätte. Er hatte das immer bewundert. Nun sah das Bett aus wie eine Berg- und Talbahn mit geheimnisvollen Beulen und Kurven unter der Decke.

Seine Schuhe schoss er unter die Kommode und riss das Fenster auf, in der Küche räumte er das schmutzige Geschirr, das in der Spüle stand, in den Schrank, rannte durchs Haus, wischte über Tische, Bänke, Stühle und Schränke, zog die

Vorhänge auf, fuhr mit einem Handtuch über Toilette, Waschbecken, durch die Duschwanne und flüchtig über den Boden, knallte das nasse Handtuch in den Korb, versteckte die leeren Flaschen im Magazin, sprühte den Herd mit Glasreiniger ein, wischte schnell mit einem Papier darüber und sah sich gehetzt um.

Für ihn war alles sauber. Hausputz in zehn Minuten. Super.

Aber dann fragte er sich, warum er das alles veranstaltet hatte, obwohl er sich doch überhaupt nicht sicher war, ob er überhaupt verkaufen wollte oder nicht.

Noch einmal wählte er Gabriellas Nummer.

Keine Chance. Nur die segretaria bat um eine Nachricht.

Neri knipste wütend das Handy aus und hatte Lust, es durch die geschlossene Scheibe zu schmeißen, als er Marcellos Jeep mit einem bärtigen Mann auf dem Beifahrersitz die Auffahrt heraufkommen sah.

Verdammt. Jetzt wurde es ernst.

Der Bärtige, der für Neris Geschmack nicht »bärtig«, sondern vollkommen zugewuchert war, stellte sich als Dario Castellucci aus Bologna vor. Er trug einen dezent gestreiften Anzug, der den Eindruck machte, neu zu sein, eine Weste und ein hellblaues Hemd und verbeugte sich leicht, als er Neri die Hand gab.

»Entschuldigen Sie die Störung«, sagte er dialektfrei, »aber ich war gerade in der Gegend und wollte die Gelegenheit nutzen, Ihr wunderschönes Haus zu besichtigen.«

Neri fühlte sich auf den Arm genommen und presste die Lippen zusammen.

»Na, dann wollen wir mal«, zischte er.

Marcello warf ihm einen warnenden Blick zu, der so viel hieß wie: Halt dich zurück, das ist mein Job!, und Neri schwieg genervt.

Als Eigentümer war man offenbar nur der Hampelmann im Hintergrund, der den hohen Herrschaften den Kaffee kochen und ein paar Kekse reichen durfte. Den Teufel würde er tun.

Während Marcello Signor Castellucci das Haus zeigte und lauter Vorzüge erwähnte, von denen Neri bis zum heutigen Tag nichts gewusst hatte, ging Neri auf die Terrasse und setzte sich. Dieses verlogene Gelaber war ja kaum auszuhalten. Nur damit dieser reiche Pinkel aus Bologna sich in eine Bruchbude verliebte.

Jahre, ein gefühltes halbes Leben, hatte er in diesem Haus verbracht, hier war er glücklich und unglücklich gewesen, hier war Gianni aufgewachsen, und hier hatten sie Oma bis zu ihrem Tod gefüttert, ertragen und gepflegt. Hier war geliebt und gestritten worden, hier hatten sie abends auf der Terrasse gesessen, Rotwein getrunken, von Rom geträumt und über den aktuellsten Fall im Dorf diskutiert. Hier hatte sich sein Leben abgespielt, und wenn er ehrlich war, waren diese Jahre keine schlechten gewesen.

Und aus diesem Haus sollte er jetzt raus, um sich irgendwo anders für die lausigen Piepen eine armselige Bleibe einzurichten, die nichts, aber auch gar nichts mit ihm zu tun hatte?

Hier wusste er, wie das Haus ächzte und stöhnte, er kannte das Knacken der Heizung, wenn sie im Winter morgens um sechs zu rattern begann, er wusste, welche Stufe knarrte, welcher Schrank klemmte, welcher Hahn tropfte und welcher Abfluss am ehesten verstopfte. Er kannte den Weg der Ameisenstraßen im April, er ertrug die Mücken und die jährliche

Maikäferplage im Juni und Juli und war nicht überrascht von der Spinneninvasion im August.

Er grüßte die Nachbarn und trank gern mal mit ihnen einen Feierabendschluck, wenn sie im Sommer alle ihre Stühle auf die Straße rückten.

Hier war er zu Hause, verdammt noch mal.

Irgendwann saß er ganz still und dachte gar nichts mehr.

Eine halbe Stunde später steckte Marcello seinen Kopf durch die Terrassentür. »Kommst du mal?«, sagte er so leise und geheimnisvoll, als wäre der Papst gestorben.

Neri erhob sich. Seine Knie waren steif, so bewegungslos hatte er dagesessen.

In der Küche stand Dario Castellucci, der Küchentisch war übersät mit den Bauzeichnungen, Grundrissen, Fotos, Beschreibungen, Energiepässen, Katasterplänen und Genehmigungen von Neris Haus. Einen weiteren zehn Zentimeter hohen Berg von Papieren hatte er noch gar nicht angerührt.

»Sehr, sehr schön«, sagte Castellucci. »Wirklich bellissimissimo. Das Haus gefällt mir! Natürlich gibt es eine Menge daran zu tun. Aber: complimenti. Sie haben Geschmack, Signor Neri. Es trifft ungefähr das, was ich mir vorgestellt habe.« Er lächelte breit.

Komm zur Sache, dachte Neri.

»Es ist allerdings sehr speziell«, fuhr Castellucci fort. »Die Dorfrandlage muss man mögen, auch Ambra muss man mögen, und den Blick auf die Wiese des Nachbarn, der dort seine Gartengeräte und Traktoren abgestellt und diverse Schuppen gebaut hat, muss man auch mögen. Aber vielleicht kann man mit dem Herrn reden, dass er sein Gerümpel zumindest ein wenig reduziert.«

In diesem Ton sicher nicht, dachte Neri amüsiert. Wenn du den Großkotz raushängen lässt, leiht man dir nicht mal eine Gartenschere, und Giovanni baut noch drei weitere Schuppen, so wie ich ihn kenne. Komisch, mich hat dieser ganze Krempel da draußen nie gestört. Aber wenn man auf so etwas achtet – tja, dann wird es schwierig. Doch dann wurde es überall schwierig in Ambra, und Castellucci sollte sich besser einen einsamen Palazzo auf dem Land kaufen und dabei das Fünffache für den Quadratmeter bezahlen. Warum er sich für dieses Haus hier in Ambra interessierte, war Neri sowieso schleierhaft.

»Was wollen Sie denn mit dem Haus anfangen, wenn Sie doch in Bologna wohnen?«, fragte er.

»Ich suche etwas für meine Nichte«, meinte Castellucci. »Sie ist verlobt, wird im Sommer heiraten und eine Praxis für Physiotherapie in Bucine eröffnen. Ich werde es umbauen, renovieren, herrichten – ja, ich glaube, für sie wäre es genau das Richtige.«

Das sollte doch wohl besser die Nichte entscheiden, dachte Neri, aber er sagte es nicht, und im Grunde seiner Seele glaubte er Castellucci ohnehin kein Wort.

»Kurz und gut, das Haus hat Potenzial«, kam Castellucci wieder zur Sache. »Ich bin ein Mensch von schnellen Entschlüssen und würde es gern kaufen. Ich biete Ihnen fünfunddreißigtausend.«

Neri musste dreimal überlegen, ob er sich nicht verhört hatte. Als er sicher war, dass er richtig verstanden hatte, stand er mit dem Anflug eines Lächelns auf, sagte: »Buonasera, Signor Castellucci«, und verließ die Küche.

Er war unglaublich stolz auf sich.

Kurz darauf hörte er, wie Marcello mit dem Bärtigen davonfuhr.

Eine gute Stunde später war Neri gerade dabei, das dreckige Geschirr wieder aus dem Schrank zu holen, als Marcello in die Küche stürzte.

»Bist du wahnsinnig?«, schrie er. »Das war ein faires Angebot von Castellucci, und noch ist ja nicht aller Tage Abend. Bis auf vierzig- oder sogar fünfzigtausend hätte ich ihn schon noch hochgekitzelt, wenn du mich nur hättest machen lassen. Aber nein, der Herr verlässt den Raum wie Seine Majestät persönlich und schmeißt den Kunden auch noch mit einem lapidaren Buonasera hinaus. Ich fasse es nicht, Donato! Ich hab mich die ganze Zeit gewundert, was dieser Typ mit der Bruchbude hier vorhat, aber das ist ja egal. So jemanden tritt man doch nicht vors Schienbein, den hegt und pflegt und umgarnt man, bis er unterschreibt! Ich finde nie wieder jemanden, der sich ernsthaft für diese heruntergekommene Hütte interessiert, Neri, weißt du das?«

»Das macht nichts«, sagte Neri leise. »Ich verkaufe nicht. Ich hab es mir überlegt. Ich bleibe hier. Egal, ob Gabriella zu mir zurückkommt oder nicht – ich will hier nicht weg.«

»Na, vielen Dank«, meinte Marcello grimmig, »hättest du dir das nicht auch früher überlegen können?«

»Nein. Das habe ich vorhin erst begriffen, als dieser Lackaffe hier aufgetaucht ist. Sei mir nicht böse, Marcello, aber so geht's im Leben. Wenn ich dir mal einen Gefallen tun kann – du hast bei mir was gut und einen Schuss frei.«

Marcello stand wortlos auf und nickte. »Ciao, Donato«, sagte er schlapp, »und schöne Grüße an Gabriella.«

Damit ging er. Die Fotos, Papiere und Unterlagen auf dem Küchentisch ließ er liegen.

65

Gabriella hatte die ganze Wohnung ihrer Freundin geputzt, eines ihrer berühmten Pastagerichte gekocht, eine Flasche Wein geöffnet und einen Blumenstrauß auf den Tisch gestellt.

Laura hielt überrascht inne, als sie nach der Arbeit zur Tür hereinkam. »Was ist los?«, fragte sie. »Haben wir was zu feiern? Oder ist heute einfach mein Glückstag?«

»Wir haben was zu feiern«, sagte Gabriella. »Nimm Platz, ich hole die Pasta.«

Laura setzte sich. Es war unübersehbar, wie sauber die Wohnung war. Gabriella musste den ganzen Tag geschuftet haben. Das war fantastisch, denn Laura hatte nach der Arbeit nie Lust, noch den Staubsauger oder den Scheuerlappen zu schwingen, und am Wochenende erst recht nicht. Und dementsprechend hatte es in ihrer Wohnung immer ausgesehen – jetzt war alles wie neu.

Die Tagliatelle, die Gabriella hereinbrachte, dufteten verlockend nach Knoblauch und Kräutern.

»Buon appetito«, sagte Gabriella und setzte sich ihrer Freundin gegenüber.

Sie stießen mit Rotwein an.

»Was haben wir zu feiern?«, fragte Laura.

»Abschied, cara. Ich habe mich entschlossen, zu Neri nach Ambra zurückzukehren. Und mit diesem Abend möchte ich mich bei dir bedanken, dass ich hier so lange untertauchen konnte. Es war super bei dir. Danke!«

Laura stockte der Atem. »Das meinst du jetzt nicht ernst?«

»Doch. Ich meine es ganz ernst, denn ich kann nicht ohne ihn. Ich bin nicht vollständig, mir fehlt etwas ganz Entscheidendes, von dem ich nicht genau weiß, was es ist, aber ich renne hier in Rom rum wie Falschgeld. Das habe ich begriffen. Ich bin umgeben von schönen Dingen und kann nichts genießen. Mir fehlt Neri, um mich an allem zu erfreuen. Allein bedeutet mir nichts wirklich etwas. Ohne Neri kann mir Rom – die Stadt meiner Träume – gestohlen bleiben.«

»Echt?« Laura konnte nicht glauben, was Gabriella da sagte.

»Ja, echt. Da sitze ich lieber in Ambra gemeinsam mit Neri auf der Terrasse beim Duft von Rosmarin und Jasmin. Das ist zu Hause. Hier gehe ich verloren, Laura. Ich weiß nicht wohin, ich bin eine Verirrte.«

»Das hätte ich nie gedacht«, sagte Laura leise. »Gerade du, die du nichts anderes im Kopf hattest als Rom. Rom, Rom, Rom. Schon völlig durchgeknallt und irreal. Ich dachte immer, man könnte dich vor dem Colosseum zwanzigmal überfahren, du würdest es immer noch toll finden.«

»Das dachte ich auch. Aber ich hab mich getäuscht. Ich bin da zu Hause, wo Neri ist. Wenn wir zusammen nach Rom gehen, wunderbar, aber wenn wir in Ambra bleiben, ist das auch gut.«

»Madonnina«, sagte Laura und grinste breit. »Das ist Liebe.«

»Das sag ich dir.« Gabriella lächelte. »Man ist erfüllt davon und kriegt es nicht mit. Aber ich freue mich wie ein kleines Kind, morgen in den Zug zu steigen und ihn zu überraschen, wenn er nach Hause kommt. Das wird ein Fest! Ich kann es gar nicht erwarten!«

»Willst du ihn nicht doch vorher lieber anrufen?«

»Nein.«

»Aber wenn er zum Beispiel etwas vorhat und bis spät in die Nacht mit Freunden feiert? Oder wenn er in einer saumäßigen Stimmung ist, weil er sich über irgendjemand geärgert hat? Dann geht deine Überraschung in die Hose, Gabriella. Ruf ihn lieber vorher an, dann freut er sich den ganzen Tag, richtet sich auf dich ein, und alles wird gut.«

»Nein«, sagte Gabriella.

»Männer mögen keine Überraschungen«, erwiderte Laura hartnäckig.

»Egal, ich mach das so.«

Laura nickte.

»Weißt du, dass du meine allerbeste Freundin bist?«, sagte Gabriella.

Laura nickte wieder, und die beiden drückten sich die Hand.

»Danke für alles, Laura.«

»Per niente, cara, aber ruf mich an und erzähl mir, wie die Überraschung gelaufen ist!«

66

René und Leslie trafen um zwei Minuten vor zehn am Objekt ein.

Der Makler war schon da. In einem Anzug, in dem er hätte heiraten können, mit perfekt geschnittener Frisur, blank geputzten Schuhen und einer scheinbar ungeheuer wichtigen Dokumentenmappe unter dem Arm.

Er begrüßte die beiden beflissen, höflich und charmant, machte Leslie dezente Komplimente und geleitete sie vor die Tür des Anwesens: eine Villa mit Alsterblick, Baujahr 1902, 600 Quadratmeter Wohnfläche verteilt auf zehn Zimmer, Küche und Bäder, komplett renoviert, Stuck, Parkett, diverse Kamine, Balkone, Terrassen, komplette Rundum-Video-Überwachung und knapp tausend Quadratmeter parkähnlich gepflegtes Grundstück. Hamburgs Top-Lage!

Ein Traum für 4,8 Millionen.

Leslie war vom ersten Moment an überwältigt, René hielt sich abwartend zurück.

Sie lief durch die hellen, lichtdurchfluteten Räume mit Stuck und frisch abgeschliffenem Parkett, René und der Makler folgten in gewissem Abstand, was signalisieren sollte: Es könnte dir gehören. Wenn du es willst, bekommst du es. Es muss dir nur gefallen.

Die Villa ließ keine Wünsche offen. Die riesigen Fensterflächen faszinierten Leslie, ebenso die geräumigen Bäder, die drei fantastischen Kamine, die Rundbögen in der Beletage und vieles mehr. Hier war sie mitten in der City, aber auch am Wasser, hatte einen eigenen Garten und konnte alle Wassersport- und Freizeitangebote an der Alster nutzen.

Vielleicht gab es in Hamburg keinen schöneren Platz.

»Es ist traumhaft«, sagte sie leise zu René. »Was meinst du?«

»Ich finde es auch traumhaft«, flüsterte René, »aber du musst entscheiden, du musst es kaufen, ich werde überall auf dieser Welt mit dir glücklich werden.«

Leslie atmete tief durch.

»Ich muss darüber nachdenken«, sagte sie laut zum Makler, der sich augenblicklich verbeugte, »ich gebe Ihnen in den nächsten Tagen Bescheid. Bitte lassen Sie mir die Unterlagen da, damit ich mich zu Hause weiter informieren kann.«

»Aber natürlich.«

Leslie nahm eine Mappe mit einem Stapel Papiere in Empfang und verließ zusammen mit René die Villa.

»Gefällt es dir wirklich?«, fragte sie René am Abend. »Oder bleiben wir lieber hier in unserem Penthouse und blicken über die Lichter der Stadt?«

»Du kannst beides nicht miteinander vergleichen«, sagte René. »Diese Villa ist eine ganz andere Nummer, das ist ein Unterschied wie zwischen einer Laube und einem luxuriösen Einfamilienhaus. Die Villa ist der Wahnsinn, Leslie, etwas Geileres gibt es in ganz Hamburg nicht.«

Leslie schwieg nachdenklich.

»Und mach dir keine Sorgen über den Umzug, das erledigen Firmen für dich, da hast du nichts mit zu tun. Wir mieten uns zwei Tage im Atlantic ein, und wenn wir in die Villa kommen, ist alles perfekt. Mit Geld geht alles.«

»Und Tom?«

»Tom erfährt niemals unsere neue Adresse. Und wenn er sie doch rauskriegen sollte: Du glaubst doch wohl nicht, dass sich Tom nach Hamburg traut! Mach dir keine Sorgen. Außerdem ist die Villa Fort Knox. Hundertprozent videoüberwacht. Was willst du mehr? Wir werden dort so sicher sein wie in Abrahams Schoß.«

»Du hast recht. Also du meinst, wir kriegen das hin?«

»Was sollten wir daran nicht hinkriegen? Das ist die tollste Villa, die ich in meinem ganzen Leben gesehen habe. Und sie liegt uns zu Füßen. Sie wartet auf uns. Wir müssen nur noch zuschlagen.«

»Ja?«

»Du hast geerbt, Leslie! Tom ist tot, und er hat dir alles vermacht. Soll er von den Toten auferstehen? Niemand kann dir etwas vorwerfen, niemand kann dir das Geld wieder wegnehmen. Es ist alles okay. Glaub mir.«

»Dann kaufen wir die Villa.«

»Ja, Liebste. Wir kaufen die Villa.«

René nahm Leslies Hand und drückte sie an seine Wange.

Am Abend rief Tom schon wieder an. »Na, hast du was erfahren oder erreicht?«, fragte er Leslie.

»Nein, nichts. Es ist zum Verrücktwerden. Die Dame am Telefon war sehr freundlich, sie hat den ganzen Vorgang rausgesucht und meinte, es könne leider noch etwas dauern, bis der Erbschein kommt. Noch sei nämlich der Totenschein aus

Italien nicht da. Die Papiere seien zwar sonst vollständig, aber der Fall sei ja wohl mehr als kompliziert. Genaueres ließe sich im Moment nicht sagen.«

Tom seufzte.

»Mein Gott, Tom, wir müssen nur noch ein bisschen Geduld haben, und dann kannst du wieder über dein ganzes Vermögen verfügen, dann bist du, dann sind wir reich!«

»Bitte, überweis mir was, Leslie, bitte!«

Leslie schwieg, als müsste sie überlegen. »Wie viel brauchst du?«

»So viel, wie du hast! Bitte, Leslie, es ist doch nicht geschenkt, nur geliehen! Es dauert auch gar nicht mehr lange, dann müssen wir uns über Geld keine Gedanken mehr machen. Aber jetzt brauche ich es dringend. Ich hause in einem Loch, hab nichts mehr zu fressen, kann die Miete nicht zahlen. Ich bin zu einem Asozialen geworden, Leslie, und wenn ich meine Unterkunft verliere, bin ich obdachlos.«

»Ich überweise dir gleich morgen zweitausend. Okay? Wenn ich kann, kommt mehr. Mach dir keine Sorgen, das kriegen wir alles hin.«

»Danke, Leslie. Ich liebe dich.«

»Ich dich auch.« Sie klickte das Gespräch weg und verdrehte die Augen.

67

Gabriella fuhr mit dem Taxi vor und war sich bewusst, dass sämtliche Nachbarn hinter den Fenstern standen. Ein Taxi war in dieser Siedlung bestimmt schon zwanzig Jahre nicht mehr vorgefahren, und sie genoss es, unter allgemeiner Beobachtung den steinernen Weg zum Haus hinaufzugehen und die Tür aufzuschließen.

Was für ein Auftritt! Sie war froh, dass sie ihren schmalen Rock und die Pumps mit den halbhohen Absätzen trug, die sie in Ambra schon jahrelang nicht mehr angehabt hatte. Sie wusste, dass ihre Nachbarin Marina hinter ihrem Fenster stand und neiderfüllt registrieren musste, dass Gabriella in Rom ein paar Kilo leichter geworden war.

Das Haus war dunkel und leer.

Neri war nicht zu Hause.

Dennoch rief sie, aber wie erwartet kam keine Antwort.

Gabriella brachte ihr Gepäck ins Schlafzimmer, das würde sie später auspacken, holte sich aus der Küche ein Stück Weißbrot, etwas Käse und ein Glas Wein, setzte sich ins Wohnzimmer und wartete.

Je länger sie wartete, desto mehr nahm die Vorfreude auf das Wiedersehen ab.

Laura hatte also doch recht gehabt.

Irgendwann war sie so müde, dass sie das Licht löschte, sich auf dem Sessel zusammenrollte und einschlief.

Als sie ein Geräusch hörte, schreckte sie hoch, stand auf und war sich nicht bewusst, wo und in welcher Situation sie war.

Nur Sekunden später sprang die Tür auf, und Neri kam herein. Er schwankte leicht und hielt sich am Sideboard fest.

Gabriellas überraschtes Stöhnen klang wie ein dumpfer, tiefer Schrei.

Neri zuckte zusammen, fuhr herum und zog seine Dienstwaffe.

»Neri!«, rief sie, und in diesem Moment ließ er die Waffe sinken und schaltete das Licht an.

»Neri«, sagte sie noch einmal und lächelte.

Er war völlig fassungslos und nicht in der Lage, sie in den Arm zu nehmen.

»Regel Nummer eins«, sagte er blass, »erschrecke nie einen Carabiniere, es könnte tödlich enden.« Er steckte die Waffe ein.

»Donato.«

Jetzt erst schien er sie wirklich zu registrieren. Er ging langsam auf sie zu und zog sie an sich.

»Gabriella.«

Bestimmt eine Minute lang standen sie eng umschlungen und sagten kein Wort.

Dann löste sich Neri von ihr, sah sie an und sagte: »Du bist zurückgekommen?«

Gabriella nickte, und Neri wischte ihr die Träne weg, die über ihre Wange lief.

Nur eine Stunde später saßen sie am Tisch und aßen eines von Gabriellas berühmten Pastagerichten, farfalle con tonno, pomodori, olivi, aglio, olio e prezzemolo.

Neri war fast gehemmt seiner Frau gegenüber. Er wollte nichts falsch machen, daher schwieg er lieber.

»Frag mich nicht, warum ich wiedergekommen bin, ich kann es nicht erklären, aber dieses verdammte spießige, kleine Ambra und du, ihr fehlt mir einfach.«

Das machte Neris Befangenheit nicht besser, und er überlegte, ob dieser Satz nun positiv oder negativ gewesen war. Er war spießig. Genau wie Ambra. Das war negativ. Aber er und Ambra fehlten ihr. Das war positiv. Hieß das, dass die Sehnsucht nach dem unerreichbaren Rom erloschen war?

Das wäre ja fantastisch.

»Es schmeckt toll«, sagte Neri.

»Das freut mich.«

»Sag mir, was sich ändern soll, ich werde alles tun, was du willst.«

Gabriella sah ihn an, und dann legte sie los.

»Va bene. Als Erstes sollten wir unser Haus renovieren, neu einrichten und aufpeppen. Hier muss ein frischer Wind durch die Räume wehen, das gibt einem ein ganz neues Lebensgefühl. Oder aber wir verkaufen und suchen uns etwas Neues. Etwas komplett anderes. Das wäre auch eine Veränderung, ein Neubeginn, und es wäre einfach spannend. Irgendetwas müssen wir machen. Variante eins oder zwei.«

Bevor er etwas erwidern konnte, fuhr sie fort: »Und ganz wichtig: Neri, bitte, rede mit mir! Ich möchte keinen Mann haben, der schweigend neben mir her vegetiert, dessen Gesicht ich interpretieren muss, weil ich mehr von ihm nicht erfahre. Das Leben ist so aufregend, aber nur, wenn wir darüber reden! Von einem schweigenden Grottenolm werde ich mich endgültig trennen, das schwöre ich dir.

Das ist das, was sich vor allem zwischen uns ändern muss. Oma ist nicht mehr da – du kannst mir alles sagen.«

»Versprochen«, sagte Neri und grinste. »Und was das Haus betrifft, gefällt mir Variante eins ganz besonders.«

»Darauf trinken wir.« Neri und Gabriella stießen an, und Neri überlegte sich, wie er es anstellen würde, mit ihr zu schlafen.

»Erzähl mir von dem Fall, der dich beschäftigt, Neri«, sagte Gabriella. »Das, was ich nicht hören wollte, als wir uns das letzte Mal begegnet sind. Jetzt will ich es wissen. Bitte, und zwar in allen Einzelheiten!«

Neri begann zu erzählen. Und er bemühte sich, nichts, aber auch gar nichts, nicht das kleinste Detail auszulassen.

68

Leslie schob sich eine schweißnasse Strähne aus der Stirn und setzte sich mit hochrotem Gesicht auf einen der Umzugskartons.

»Schon allein unsere privaten Papiere, den Finanzkram und all dieses Zeugs einzupacken ist anstrengend. Stell dir vor, wir müssten *alles* selbst einpacken.«

René lehnte im Türrahmen und grinste. »Warum soll ich mir so was vorstellen? Das sind Relikte aus einem anderen Leben. Heute geht anders.«

Leslie stand auf und gab ihm einen Kuss. »Das ist alles so wunderbar.«

Das Telefon klingelte.

Leslie hob ab. »Bergmann? – Ach ja, hallo! Wie geht's? – Nein!« Leslie wurde blass und sagte eine Weile gar nichts. Dann: »Ja, ist klar. – Oh Mann. – Danke, ja. – Kein Problem. – Wir hören voneinander.« Sie legte auf.

René sah sie abwartend an. »Was ist?«

»Marlene ist tot«, sagte Leslie leise, und es fiel ihr sichtlich schwer. »Das war Britta. Wolfgang hat sie eben angerufen und sie gebeten, es allen zu erzählen, er ist am Boden zerstört und nicht in der Lage, mit irgendjemand zu telefonieren. Er will auch nicht, dass wir ihn anrufen oder vorbeikommen. Britta wird uns noch sagen, wann die Beerdigung stattfindet.«

Leslie und René sahen sich stumm an.

»Verfluchte Scheiße«, sagte René.

Leslie nickte nur.

»Ich hab sie immer gemocht«, erinnerte sich René, »wenn sie in ihrem Suff irgendwelche blödsinnigen Fragen gestellt hat, die so blödsinnig gar nicht waren, sondern uns, die ganze Bande, in unserer Selbstgerechtigkeit kritisiert haben. Sie war in unserer Gruppe wirklich das Salz in der Suppe. Immer wieder hat sie von ihrem Tod und von ihren Todesfantasien geredet, aber das haben wir alle gar nicht so richtig registriert.«

»Aber ich weiß von Marlene, dass Wolfgang sie am Schluss sehr ernst genommen hat, dass sie wirklich ihren Frieden miteinander gefunden haben, und das ist richtig toll.«

»Sie wird mir verdammt fehlen«, sagte René leise.

Leslie war überrascht. Sie hatte immer gedacht, Marlene wäre René ziemlich egal.

»Mir auch«, sagte sie. »Unsere Gruppe ist sowieso keine Gruppe mehr. Charlotte weg, Marlene weg, Tom weg.«

»Obwohl Tom ja noch nicht ganz weg ist.« René grinste genervt. »Hast du eigentlich was an ihn überwiesen?«

»Nein, hab ich nicht. Wann sollte ich denn? Ich bin einfach nicht dazu gekommen während des ganzen Irrsinns mit dem Kauf der Villa, dem Notar, dem ganzen Papierkram, der erledigt werden musste, dann jetzt in dem ganzen Umzugschaos … Ich hab's einfach nicht geschafft. Ab und zu hab ich dran gedacht, aber dann auch wieder vergessen.«

René nickte. »Schon gut. Ich wollt's ja nur wissen.«

»Ich mach's, sobald ich kann.«

»Okay. Wir sollten ihn wirklich nicht auf der Stelle, sondern ganz langsam verhungern lassen, verstehst du? Jedenfalls bis wir umgezogen sind. Damit er nicht durchdreht.«

Leslie ging zum Computer, der noch nicht abgebaut war, und überwies auf Toms Konto zweitausend Euro.

Ihr Handy klingelte. Sie sah auf das Display. »Es ist Tom!«, sagte sie zu René. »Wenn man vom Teufel spricht … Was soll ich tun?«

»Geh ran und sag ihm, dass du das Geld gerade überwiesen hast.«

»Hallo, Tom!«, zwitscherte Leslie betont fröhlich. »Wie geht es dir?«

»Hör auf, mich diese Scheiße zu fragen. Wo ist das Geld?«

»Es tut mir leid, dass es sich etwas verzögert hat, aber ich hatte Probleme mit meinem Online-Banking. Ich musste erst einen Techniker kommen lassen, weil mein Computer verrücktgespielt hat. Der ist vor einer Stunde gegangen, und vor zehn Minuten hab ich an dich überwiesen.«

»Wie viel?«

»Zweitausend. Wie besprochen.«

»Mehr war nicht drin?«

»Nein, tut mir leid, aber sobald wir das Erbe ausgezahlt bekommen, überweise ich dir alles, was du willst.«

Sie hatte »wir« gesagt.

»Sobald *wir* das Erbe ausgezahlt bekommen …«

In diesem Moment wusste Tom, dass Leslie mit René gemeinsame Sache machte.

Er würde von seinem Vermögen nichts mehr, nicht einen Cent auf seinem Konto sehen.

Seine Brust zog sich zusammen, seine Arme wurden steif, seine Hände waren bewegungsunfähig. Und ein nie gekannter, undefinierbarer Schmerz zog durch seinen ganzen Körper.

Tom blieb bewegungslos sitzen, aber war ohne Angst.

Er wusste, dass er nicht sterben würde.

Er wusste auch, dass er nicht krank war.

Denn das, was ihn lähmte und was schmerzte, war etwas, das er beherrschen konnte.

Der Hass.

69

Tom saß vor dem Fernseher und sah sich die *Rosenheim-Cops* an, als Lilly nach Hause kam. Normalerweise war sie vormittags noch nicht unterwegs, aber wenn Jasmin anrief, war das etwas anderes. Jasmin hatte einen Kiosk, verkaufte Zeitungen, Zigaretten, Süßigkeiten, Alkohol und Würstchen mit Kartoffelsalat. Der Laden lief gut, aber manchmal hatte Jasmin was übrig, und dann war Lilly sofort zur Stelle.

Heute knallte sie einen Eimer Kartoffelsalat und eine angebrochene Großpackung Würstchen auf den Küchentisch.

»Na«, fragte sie, »wie findste das? Da können wir 'ne Weile von satt werden, auch wenn der Kartoffelsalat schon fast 'ne Woche überfällig ist. Das werden wir überleben.«

»Na klar«, sagte Tom, dem sich allein vom Anblick fast der Magen umdrehte. Früher wäre bei Charlotte und ihm niemals ein fertiger, fettiger Kartoffelsalat aus dem Eimer auf den Teller gekommen. Dann hätten sie eher gar nichts gegessen. Aber in seiner jetzigen Situation ging es nicht anders, da musste er dankbar sein.

»Sei froh, dass Jasmin ihn schon abgegeben hat. Normalerweise verkauft sie ihn auch noch, wenn er zwei Wochen drüber ist. Aber nächste Woche kommt die Kontrolle, da muss er raus sein. Wir haben echt Schwein gehabt.«

»Ja, super«, sagte Tom müde und drehte den Ton am Fernseher leiser. »Hast du schon Hunger? Is' erst halb zwölf.«

»Ja, mach mal die Würste heiß. Nachher geh ich in die *Barkasse* und guck mal, was los ist. Wenn ich einen abschleppe, ruf ich dich an. Dann musste verschwunden sein.«

Tom nickte. Natürlich. Alles war okay. Er stellte keine Ansprüche mehr. Irgendwo musste die Knete ja herkommen.

Er wusch die Würste und setzte Wasser auf. Lilly hätte sie nicht gewaschen, das wusste er. »Was soll der Blödsinn?«, hatte sie schon ein paarmal gesagt. »Die kommen in heißes Wasser, die kochen fast, da sind alle Bakterien oder Bazillen oder Viren oder was weiß ich was für Viecher oder Zeugs oder so mausetot. Also hab dich nicht so.«

Aber Tom tat es weiterhin. Er konnte nicht heraus aus seiner Haut.

Lilly war im Bad verschwunden, wusch sich im Schritt, zog eine viel zu enge Korsage an, in der sie kaum atmen konnte, schminkte sich und klebte sich gewaltige falsche Wimpern auf die Augenlider. Ihre Haare schob sie mit einem Krönchenreif, den sie heiß und innig liebte, nach hinten.

»Warum machst du dich jetzt schon fertig, wenn du erst nachher in die *Barkasse* gehst?«, fragte er.

»Ich will schön sein für dich«, schnurrte sie und wischte ihm mit der Zunge wie mit einem groben, ausgeleierten Toilettenlappen übers Gesicht. Jedenfalls roch es so.

Tom machte es nichts aus, dass er immer wieder den Platz räumen und verschwinden musste, wenn sie ihre Freier bediente, und erst nach Hause kommen durfte, wenn sie ihn anrief und der Spuk vorbei war. Aber es störte ihn, dass sie hinterher das Bett nicht neu bezog, weil sie nicht genügend Bettzeug hatte und einfach zu faul dazu war. »Himmel«, hatte sie einmal gesagt, als er sie darauf ansprach, »ihr seid doch alles Männer, is' doch alles dieselbe Soße. Nu werd man hier nich' albern.«

Er hatte kapituliert, er brauchte Lilly und ihr versifftes Bett in der heruntergekommenen Wohnung. Und so sammelte er, wenn er nach Hause kam, schweigend die herumliegenden benutzten Taschentücher, Kleenex, Haushaltstücher und Kondome ein, spülte die Gläser und dachte sich nichts mehr dabei. Schaltete seinen Verstand aus.

Das konnte er mittlerweile ganz gut.

Um Viertel vor zwei stand er auf der Straße. Ihm war ganz übel von dem Kartoffelsalat, und er wusste nicht, ob es daran lag, dass er ihn ohne jeden Appetit gegessen hatte, oder ob er wirklich bereits schlecht gewesen war.

Er trug diejenige seiner beiden Jeans, die noch ganz passabel aussah. Dazu Henrys alte Lederjacke.

Gut genug, um René gegenüberzutreten.

»Herr Bergmann, ein Herr Anger möchte Sie sprechen. Es ist dringend«, sagte Renés neue Sekretärin Maria Schubert mit hochrotem Kopf. Sie war durch Renés undurchschaubare, herablassende Art schwer verunsichert und hatte ständig das Gefühl, irgendetwas falsch zu machen.

Seit der Erbschein gekommen war, arbeitete Leslie nicht mehr im Sekretariat.

»Warum hast du die Tussi eingestellt?«, fragte sie René entsetzt, als sie die aufgetakelte Blondine zum ersten Mal sah.

»Weil sie Beine bis zum Himmel hat, die den Klienten gefallen, weil sie wider Erwarten bis drei zählen kann, ›Privatinsolvenz‹ nicht für eine sonnige Insel in Schweden hält und das Wort auch noch unfallfrei buchstabieren kann.«

Leslie hatte nur die Augen verdreht und geschwiegen.

»Hat er einen Termin?«, fragte René, ohne von der Akte, die er gerade las, aufzusehen.

»Nein, aber …«

»Dann geben Sie ihm einen.«

»Das habe ich schon versucht, aber er lässt sich nicht abwimmeln. Sagt, er könne nicht warten, es gehe um Leben und Tod.«

René seufzte. »Lassen Sie sich bloß nicht durch so einen Unfug um den Finger wickeln, Frau Schubert. Für jeden Klienten ist sein Fall natürlich der allerwichtigste überhaupt, und immer geht es gleich um Leben und Tod. In Wahrheit ist alles unwichtiges Zeugs und hat noch monatelang Zeit.«

»Aber wenn es doch stimmt …? Ich glaube dem Mann irgendwie. Und wenn Sie ihn nicht empfangen, dann müssen wir die Polizei rufen. Von allein geht der nicht.«

René stöhnte laut auf. »Gut, dann lassen Sie ihn in Herrgottsnamen herein. Aber erst in einer Viertelstunde. So lange muss er sich noch gedulden, ich habe zu tun.«

Maria nickte, verschwand und zog die Tür leise hinter sich zu. Sie wusste wirklich nicht, ob das hier der richtige Job für sie war.

Lächelnd wandte sie sich an den Klienten. »Einen ganz kleinen Moment noch«, säuselte sie. »Herr Bergmann hat gleich Zeit für Sie.«

»Danke«, sagte Tom. »Das haben Sie großartig hingekriegt. Ganz herzlichen Dank.«

Maria wurde schon wieder rot. Aber diesmal, weil ihr der Mann mit seinem ziemlich langen, grauen Haar, dem Fünftagebart und den blitzenden Augen irgendwie sympathisch war.

Sie hockte an ihrem Schreibtisch und beobachtete ihn.

Er saß vollkommen unbeweglich und kerzengerade auf seinem Stuhl und schaute geradeaus. Wirkte irgendwie verzweifelt. Sie spürte, dass er sie gar nicht wahrnahm.

Er war in einer ganz anderen Welt.

Sie tat, als würde sie am Computer arbeiten, konnte sich aber nicht mehr konzentrieren.

Nicht ein einziges Mal sah er zu ihr hinüber.

Beneidenswert, dachte sie, er sitzt einfach nur da, tut nichts, bewegt sich nicht, aber scheint sich in keinster Weise zu langweilen. Wahrscheinlich explodiert in seinem Kopf gerade ein Feuerwerk von Gedanken.

Wie recht sie hatte.

Nach vierzehn Minuten erhob sie sich. »Herr Bergmann hat jetzt Zeit für Sie«, sagte sie.

Tom reagierte kaum, zuckte nicht zusammen, sondern stand langsam und ruhig auf.

»Wie schön. Danke.«

René war erschrocken, als Tom vor ihm stand, so elend und fertig sah er aus. Er schien um Jahre gealtert. Im Grunde seiner Seele hatte er schon geahnt, dass es nur Tom sein konnte, der ein so dringendes Problem hatte und bei dem es um Leben und Tod ging.

»Hi, Tom!«, sagte er, bemühte sich zu lächeln und kam hinter dem Schreibtisch hervor, um ihn in den Arm zu nehmen. »Wie schön, dich zu sehen! Gut siehst du aus!«, log er, obwohl Tom noch nie so furchtbar ausgesehen hatte.

Die beiden Männer umarmten sich zur Begrüßung kurz, obwohl beide in ihren Bewegungen etwas gehemmt waren.

»Setz dich! Möchtest du etwas trinken?«

»Ja. Grappa, Whisky, Cognac – ganz egal. Etwas Hartes, wenn du hast.«

»Aber sicher.« René stand auf, öffnete ein Fach in der großen Schrank- und Bücherwand hinter ihm, und darin offenbarte sich eine üppig bestückte Bar. Er nahm eine Grappaflasche und zwei Gläser heraus und schenkte ein.

»Was gibt's?«

»Ich hatte doch erzählt, dass mich der Carabiniere aus Ambra, mit dem ich in Cimessa Wein getrunken habe, zufällig in Rom getroffen und erkannt hat.«

»Ja. Das war echt Pech.«

»Ermittelt die Polizei in dieser Richtung irgendwie? Weißt du da was von?«

»Ich habe nichts mehr gehört. Wenn der zuständige Kommissar der Meinung wäre, dass du lebst, hätte er mir das bestimmt mitgeteilt.«

Tom nickte. »Das beruhigt mich. Vielleicht haben die Italiener die Klappe gehalten, weil es ihnen zu peinlich ist.«

René zuckte die Achseln. »Kann sein. Aber warum bist du hier?«

»Seit Tagen versuche ich dich und Leslie anzurufen. Auf dem Festnetz, auf dem Handy, überall. Hier im Büro wird man nicht durchgestellt, und an alle anderen Apparate geht keiner ran. Was ist los?«

»Du musst abhauen, mein Lieber. Und zwar sofort! Hamburg ist der allerletzte Ort, an dem du dich aufhalten solltest. Wochenlang war dein Bild im Fernsehen, standen Artikel über dich in den Zeitungen. Irgendein Dösbaddel erinnert sich an dich, das schwör ich dir. Wenn du hier rumspazierst, ist das ein Tanz auf dem Vulkan. Also sieh zu, dass du wegkommst, verdammt!«

Tom reagierte nicht. »Lenk nicht ab! Ich will wissen, warum du nicht mehr ans Telefon gehst!«

René schob die Unterlippe vor. »Zufall. Ich war in den letzten Tagen viel unterwegs, und du kennst mich, mit dem Handy ist das bei mir so eine liebe Sache. Das lasse ich gern mal zu Hause oder im Auto liegen. Ich bin eine echte Handyschlampe.«

»Ist das Geld da, René?«

René riss die Augen auf. »Keine Ahnung, wieso fragst du *mich* das?«

»Wieso weißt du es nicht?«

»Du hast es Leslie vererbt. Nicht mir. Schon vergessen?«

»Na und?«

René sprang auf und ging zum Gegenangriff über: »Ich hatte es dir ja schon in Italien erzählt: Leslie und ich, wir haben uns getrennt. Die Scheidung läuft. Also: Was fragst du mich nach Leslie?« Seine Stimme war laut geworden. »Wir sehen uns zurzeit nicht, wir telefonieren nicht, absolute Funkstille. Wenn wir uns sehen würden, würden wir uns wahrscheinlich gegenseitig büschelweise die Haare ausreißen, so sehr haben wir uns gestritten. Sie hat mir gestanden, dass ihr was miteinander hattet, dass sie in der besagten Nacht bei dir war, und deswegen hast du ja auch den ganzen Deal mit ihr gemacht!« Er stützte sich mit beiden Händen auf dem Schreibtisch auf und brüllte Tom direkt ins Gesicht »Frag mich bitte nicht nach Leslie! Und frag mich nicht, wo das Geld ist, ja?«

Tom saß da und reagierte gar nicht. War völlig verschreckt von Renés Ausbruch.

»Und jetzt verschwinde! Verpiss dich! Und zwar nicht nur aus Hamburg, sondern auch aus meinem Leben! Mach, dass du rauskommst, aber sofort!«

Tom stand auf, machte aber keine Anstalten zu gehen.

René wischte sich den Schweiß von der Stirn.

Schließlich sagte Tom ungerührt: »Wo wohnt sie jetzt?«

René kam runter und wurde ruhig. »Sie ist noch im Penthouse, bis sie etwas Angemessenes für sich gefunden hat. Klär diese ganze Scheiße bitte mit ihr. Ich bin da raus.«

»Ich kann nicht mehr, René«, sagte Tom leise. »Ich habe nichts mehr. Bin obdachlos. Penne bei einer abgefuckten Nutte. Kannst du dir so was vorstellen?«

»Schwer. Ich bin aus dem Penthouse ausgezogen und penne bei einem Freund oder im Hotel. Vielleicht tröstet es dich zu wissen, dass wir beide von Leslie beschissen worden sind.«

»Nein, das tröstet mich nicht.« Tom hatte Mühe, sich aufrecht auf den Beinen zu halten. Ständig wurde ihm schwarz vor Augen.

»Tom, hau ab und warte ab«, warnte René. »Hier brennt die Luft, treib dich irgendwo rum, wo dich keiner kennt, aber nicht hier!«

Tom schwieg.

René atmete tief durch und lockerte seinen Schlips. »Hast du schon gehört, dass Marlene tot ist?«

Jetzt war Tom wirklich erschrocken. »Nein! Wie denn das?«

»Brustkrebs. Als er entdeckt wurde, tobten die Metastasen schon durch den ganzen Körper.«

»Au, Scheiße. Das tut mir leid.«

»Das tut uns allen leid. Aber ich würde dir nicht raten, zur Beerdigung zu kommen, da gibt es zu viele, die dich kennen.«

»Keine Angst, ich bin ja nicht blöd. – Hast du Geld für mich?«

René zog seine Brieftasche aus seiner Jacketttasche und leerte sie vor Toms Augen.

»Hier. Nimm alles.« Er zählte. »Fünfhundertzweiundfünfzig Euro. Mehr hab ich nicht dabei.« Er schob es Tom über den Tisch, und der stopfte das Geld in seine Hosentaschen.

»Danke.«

»Kein Problem.«

Tom wandte sich zum Gehen. »Melde dich bei mir, ja? Ich kann echt nicht mehr. Du und Leslie, ihr seid doch meine einzigen Freunde.«

»Ich melde mich. Versprochen.«

Kaum hatte Tom die Kanzlei verlassen, rief René bei Leslie an.

»Pass auf«, sagte er, »Tom wird vorbeikommen. Er war bei mir und ist total merkwürdig drauf. Du musst auf alles gefasst sein. Heute, morgen, übermorgen, irgendwann wird er auftauchen, keine Ahnung. Und er ist verzweifelt. Scheiß-Situation, aber du schaffst das.«

»Na sicher«, sagte Leslie.

70

Am nächsten Morgen war Tom schon früh wach, weil er an nichts anderes denken konnte als an seine bevorstehende Begegnung mit Leslie. Wie würde sie reagieren? Wie würde er reagieren? Liebte sie ihn wirklich noch? Stand sie zu ihrem Wort?

Die Fragen, die er sich nicht beantworten konnte und die in seinem Kopf kreisten, machten ihn völlig fertig und hinderten ihn daran, noch mal einzuschlafen.

Lilly schnarchte in ihren Kissen, hatte sich am vergangenen Abend nicht mehr abgeschminkt. Wimperntusche, Make-up und Lippenstift waren grotesk verschmiert, eine falsche Wimper hing schief über ihrem rechten Lid, die andere war verschwunden.

Sie gab gurgelnde und pfeifende Geräusche von sich, hatte die Bettdecke zwischen ihre Beine geklemmt, und ihre Haare hingen fettig auf dem Kissen.

Ciao, Lilly, dachte er, wir sehen uns heute Abend, mach das Licht aus, damit ich nicht das Kotzen kriege.

Dann verließ er das Haus.

Um elf Uhr kam er zum Penthouse. Vor der Tür stand ein riesiger Umzugslaster, und fünf Typen luden im Laufschritt

Möbel und Kisten ein. Der Laster war schon halb voll, offensichtlich hatten sie auch am Tag zuvor schon Möbel und Kisten hineingeschleppt.

Tom klingelte gar nicht, sondern marschierte geradewegs durch die sperrangelweit offen stehende Haustür und fuhr im Aufzug nach oben. Auch ihre Wohnungstür stand offen.

Er fand sie im Wohnzimmer. Sie hatte eine Liste in der Hand und wanderte prüfend hin und her. Natürlich, sie war ein Kontrollfreak.

Aber so schön hatte er sie nicht in Erinnerung gehabt. In Turnschuhen, Jeans und einem viel zu langen Männerhemd stand sie Sekunden später vor ihm.

»Hi«, sagte er und spürte, dass sie leicht zusammenzuckte, als sie ihn sah.

Im Flur standen zwei Reihen Umzugskisten, im Wohnzimmer war die gesamte Ecke neben der Balkontür mit Kisten vollgestapelt. Zeitungspapier lag herum, Taschen, abgeschraubte Lampen.

»Was geht hier ab?«, fragte er irritiert.

Sie sah ihn mit großen Augen an, dann trat sie zu ihm, legte die Arme um ihn und küsste ihn.

»Tom! Oh mein Gott!« Sie tat, als würde sie gleich in Tränen ausbrechen.

Er drückte sie an sich, und einen Moment glaubte er, die Welt wäre in Ordnung.

»Leslie, wir müssen reden«, flüsterte er.

»Das glaub ich dir«, meinte sie lächelnd, »aber es ist ein denkbar schlechter Zeitpunkt. Ich hab es dir ja erzählt, René und ich, wir trennen uns, ich ziehe aus, René auch, wir packen, der eine bekommt dies, der andere bekommt das, es ist Chaos pur.«

»Wohin ziehst du?«

»In ein kleines Haus im Alten Land. Nur übergangsweise. Bis ich weiß, was ich will. Bis mit uns, mit dir und mir, alles klar ist. Bis wir wissen, wo wir hingehen. Nur weg von René. Nur Ruhe finden und dann ganz langsam sondieren.«

Das hörte sich sensationell an.

»Du verarschst mich nicht?«

Leslies Augen blitzten ertappt und wütend. »Nein! Wieso? So war es doch besprochen! Es fehlt nur noch das verdammte Geld. Nun müssen endlich diese dämlichen Behörden in die Puschen kommen!«

»Okay.« Tom sah zu Boden. »Alles klar. Ein paar Tage halte ich es noch aus. Aber irgendwann ist Schluss. Irgendwann kann ich nicht mehr. Gibst du mir deine neue Adresse?«

Leslie nickte und fantasierte eine Anschrift aufs Papier: »Buxtehude, Am Teich 5. Die Postleitzahl weiß ich jetzt nicht, musst du nachgucken.«

Tom wartete ab. Sah sie nur an.

»Können wir uns treffen?«, fragte er. »Ich meine, unabhängig vom Geld. In einem Hotel, in diesem Haus in Buxtehude, hier, wo immer du willst. Es wird doch wohl irgendwo eine Möglichkeit geben …?«

»Nicht jetzt«, stöhnte Leslie, »nicht in diesem Umzugschaos, das schaffe ich nicht, außerdem wäre es zu gefährlich.«

»Wie viel kannst du mir geben?«

Leslie sah ihn kurz an. Dann explodierte sie. »Sag mal, spinnst du? Ich hab dir doch gerade was überwiesen! Das wird ja wohl 'ne Weile reichen. Was willst du denn noch? Ich bin genauso im Arsch wie du und hänge im Moment in den Seilen, also lass mich in Ruhe mit diesem Gejammer. Wenn das Geld da ist, sag ich dir Bescheid, okay?«

»Ja, gut.« Tom stand mit hängenden Armen da wie ein geprügelter Hund. Sie nahm ihn noch mal in den Arm. »Vertrau mir, es wird alles gut und dauert bestimmt nicht mehr lange. Aber bitte renne hier nicht in Hamburg rum und riskiere noch alles auf den letzten Metern, ja? Es ist einfach zu gefährlich. Jeder Polizist hat dein Gesicht vor Augen. Verkriech dich irgendwo, bis ich dich anrufe. Okay?«

»Okay. Und deine Handynummer bleibt?«

»Aber sicher.«

»Pass auf dich auf.« Tom hauchte Leslie einen kaum merklichen Kuss auf die Wange.

»Du auch auf dich.«

Sie öffnete ihm die Tür, und er ging hinaus.

71

Mittlerweile war es dunkel. Der Umzugslaster war fast voll. Seit sechs Stunden stand Tom versteckt hinter einer Hausecke und beobachtete den Eingang.

Leslie hatte keine Ahnung, dass er noch da war.

Es war jetzt halb sechs Uhr abends und bitterkalt. Total vermummte Menschen mit dicken Schals um Hals und Kopf, Handschuhen, warmen Stiefeln und wattierten Jacken hasteten an ihm vorbei.

In der Nacht sollte das Thermometer bis auf minus zwölf Grad fallen, jetzt, schätzte Tom, waren es bestimmt schon minus neun. Er hüpfte fast unentwegt, seine Zähne klapperten aufeinander, er konnte nichts dagegen tun. Seine halb erfrorenen Zehen bissen in den ungefütterten Halbschuhen, und sein ganzer Körper zitterte in der dünnen Jacke. Er fror, wie er noch nie in seinem Leben gefroren hatte.

Aber es blieb ihm nichts anderes übrig. Er traute Leslie nicht und wollte einfach wissen, was sie tat. Wohin der Umzugslaster fuhr. Vielleicht hatte sie ihn doch nicht angelogen, obwohl er es irgendwie nicht mehr glauben konnte.

Es erschien ihm alles absurd, und darum stand er Stunde für Stunde in der eisigen Kälte. Er wollte die Abfahrt des Lasters nicht verpassen.

Um kurz vor sechs waren die Möbelpacker fertig. Sie verabschiedeten Leslie vor der Haustür mit Handschlag, sie unterschrieb ein Papier, und währenddessen wurde der Laster verschlossen.

Tom hatte rechtzeitig ein Taxi gerufen.

Beinah gleichzeitig fuhren Laster, Leslie im Privatwagen und das Taxi los. Tom bat den Taxifahrer, dem Laster zu folgen, und war gespannt, ob die Reise hinaus bis ins Alte Land ging.

Aber das war nicht der Fall. Schon nach einer kurzen Tour sagte der Taxifahrer: »Sehen Sie, der Laster hält vor dem Tor zu dieser Villa. Was soll ich tun?«

»Moment!« Tom sah, dass das automatische Tor sich langsam öffnete. Leslies Audi und der Laster fuhren hinein.

Tom sagte: »Fahren Sie noch hundert Meter weiter und halten Sie dann bitte.«

Der Taxifahrer nickte.

Tom bezahlte, stieg aus und lief zurück.

Eine riesige Villa an der Alster. Hamburgs allererste Adresse. Zweistöckig, Garten, Terrasse, zwei Balkone, Blick aufs Wasser.

Leslie lud gerade ihr Auto aus und ging mit zwei Taschen die Treppe hinauf. Sie schloss die Haustür auf und wurde von einem strahlenden René, der sie küsste und ihr die Taschen abnahm, ins Haus gezogen.

Tom hatte genug gesehen.

Ihm kam die Galle hoch: die heilige Familie, die in ein Prunkschloss an der Alster eingezogen war. Das konnten sie nur von seinem Geld gekauft haben! Also war die Knete seit Langem da, und sie hatten ihn ständig belogen und Überweisungen verweigert, die Schweine. Während er mit vergammeltem Kartoffelsalat vor sich hin vegetierte.

Das Straßenpflaster begann zu schwanken, die Lichter der Straßenlaternen drehten sich flirrend und verschmolzen zu Kreisen und Ellipsen, er spürte kein Oben und Unten mehr, verlor den Halt, schloss die Augen und fiel.

Schlug hart auf den Boden.

Die eisige Kälte klärte nach einigen Sekunden seinen Kopf, er konnte wieder geradeaus sehen und drückte sich mühsam hoch, bis er zum Stehen kam.

Aber seine erfrorenen Knochen schienen wie aus Eis. Langsam schob er sich vorwärts, befürchtete bei jedem Schritt zu stürzen und zu zerbrechen.

Von wegen, Leslie ist weg, Leslie lässt sich scheiden …

Nichts da. Leslie und René hatten ein neues Leben begonnen. Ohne ihn, aber mit seinem Geld.

René konnte lügen. Booocchh, konnte dieser Mann fantastisch lügen.

Und Leslie nicht minder.

Diese falsche Schlange hatte er einmal geliebt.

72

Die Nacht war kalt und dunkel. Dunkler, als er Nächte überhaupt in Erinnerung hatte. Vielleicht lag es an der Toskana, wo das Laub der Olivenbäume immer im Mondlicht glitzerte und er nie das Gefühl gehabt hatte, wirklich im Schwarz zu versinken.

St. Pauli. Eine Seitengasse, ein Hof und der Hinterausgang eines Nachtclubs.

Eine Nutte lehnte an der Hauswand und kotzte. Hatte sich noch so weit in der Gewalt, dass sie sich nicht bekleckerte. Aber sie torkelte und schwankte und knickte fürchterlich um, als sie die schwere Glastür aufzog und sich auf ihren High Heels wieder hineinschob.

Ansonsten von Dreck überquellende Mülltonnen und einige teure Limousinen vor der Hintertür. Wahrscheinlich von denen, die hier das Sagen hatten. Privilegierte Stellplätze in einer der finstersten Ecken Hamburgs.

Tom hatte keine Ahnung, ob er hier richtig war, aber er musste es probieren.

Er ging dort hinein, wo die Nutte verschwunden war, lief einen langen Gang entlang, an stinkenden Toiletten und dem Zugang zu einem Treppenhaus vorbei, und erreichte schließlich den Gastraum.

Stickige Luft, rotes Licht, schwüle Atmosphäre, gedämpfte Musik und nichts los.

Zwanzig Leute vielleicht oder dreißig, die auf die Bühne starrten.

Die Atmosphäre war beängstigend ruhig, was Tom nervös machte. Er sah auf die Uhr. Halb eins. Wahrscheinlich noch zu früh. Das war offensichtlich ein Club für Auserwählte. Durch den Haupteingang hätten sie ihn wohl nie hereingelassen, aber nun war er ja drin. Nun würde er mal sehen.

Er ging vor, setzte sich in eine Ecke, hatte keinen guten Blick auf die Bühne, aber genug, um zu sehen, dass hier nicht einfach nur an der Stange getanzt wurde. Hier ging es ans Eingemachte. Hier fand auf der Bühne alles statt, was sich Otto Normalverbraucher auch in seinen kühnsten Träumen nicht vorstellen konnte. Hier sah man die perfekte Inszenierung einer Penetration, eine Frau, die hemmungslos die Beine spreizte und die gierenden Männer bis Paris blicken ließ, einen Mann, der sein Bestes gab, fickte und leckte, was das Zeug hielt.

Das alles konnte er im Moment überhaupt nicht vertragen.

Er ging zur Bar.

Jetzt, während der Liveshow, war der Barmann fast arbeitslos.

Tom schob sich auf einen der hohen Hocker und war froh, dass sich der Barmann auf ihn konzentrieren konnte. »Einen doppelten Whisky«, sagte Tom, weil ihm nichts Besseres einfiel.

Nur Sekunden später schob ihm der Barmann das Glas über den Tresen, und Tom hätte wetten mögen, dass es nur ein einfacher war, aber er sagte nichts.

»Toller Laden«, sagte er, nahm einen Schluck und dachte gleichzeitig, dass er langsamer trinken musste, sonst war der

Whisky nach weiteren drei Schlucken zu Ende. »Kannte ich noch gar nicht.«

»Hm«, sagte der Barmann und begutachtete Tom mehr als skeptisch. »Bist du fremd hier?«

Tom nickte, und der Barmann trocknete Gläser.

Eine Weile nippte Tom weiter an seinem Glas. »Darf ich dich was fragen?«

»Sicher.«

»Ich brauch was.«

»Mädels? Kein Problem. Kannst du haben, gleich nach der Show.«

»Nein, keine Mädels.«

»Was denn? Drogen?«

»Nein.«

»Dann weiß ich nicht. Lass mich in Ruhe. Nerv mich nicht. Biste bei mir falsch.«

»Ich brauch 'ne Waffe«, sagte Tom leise. »Muss nicht sauber sein. Kannst du mir helfen?«

Der Barmann sah ihn eine Weile an. »Was bist du denn für einer?«

Tom trank seinen Whisky in einem Zug aus und bestellte sich noch einen.

»Ich bin hier fremd und brauch 'ne Knarre, was soll ich tun?«, fragte Tom.

Von der Bühne hörte er die Lustschreie der Frau und wurde geil, aber er versuchte, sich weiter auf den Barmann zu konzentrieren, und hoffte, dass jetzt nicht Heerscharen die Bar stürmen würden.

»Tja«, sagte der Barmann und kraulte sich das Kinn, »da musst du mit Carlo reden, der kommt gleich, der kann dir bestimmt helfen.«

Tom nickte und überlegte, ob er irgendetwas falsch gemacht hatte, aber im Grunde kam es nicht mehr darauf an.

Die Frau, die auf der Bühne die Beine breit gemacht hatte, huschte in diesem Moment an ihm vorbei. Sie war verschwitzt und sah aus, als wäre sie beim Schwarzfahren erwischt worden.

Arme Sau, dachte Tom.

Carlo kam um halb vier, als Tom sich bereits am Tresen festklammerte, um nicht vom Barhocker zu fallen. Er hatte viel zu viel getrunken und vergaß ab und zu, was er wollte, warum er überhaupt hier war. Mittlerweile hatte er noch zwei weitere Liveshows gesehen und fühlte sich immer elender. In seinen schlimmsten Träumen hatte er sich nicht vorstellen können, jemals so einen Schuppen zu betreten.

Er stützte seinen Kopf auf seinen Arm und schlief fast, als der Barmann ihm gegen den Ellenbogen schlug, sodass sein Kopf auf den Tresen knallte.

»Da hinten ist Carlo.« Er deutete auf einen großen, muskulösen Mann mit glattrasiertem tätowierten Schädel, Sonnenbrille und einem erstklassig sitzenden Anzug, der sich mit einer Frau unterhielt, die offensichtlich auch in diesem Laden arbeitete.

Tom schluckte und rieb sich die Stirn.

»Warte«, sagte der Barmann, »er wird gleich kommen.«

Fünf Minuten später trat Carlo hinter den Tresen. Der Barmann raunte ihm etwas zu und deutete auf Tom. Carlo sah ihn an.

»Buonasera«, murmelte Tom, weil er nicht wusste, was er sonst sagen sollte.

»Wozu?«, fragte Carlo mit eisiger Miene.

»Bin in Schwierigkeiten.«

»Verstehe. Warum kommst du zu mir?«

»Zufall.«

»Verstehe.«

Tom wartete ab.

»Komm mit«, sagte Carlo, und Tom folgte ihm schwankend in ein Hinterzimmer.

Carlo schloss die Tür.

»Was genau brauchst du?«

»Eine Pistole, neun Millimeter, zwei Magazine, muss nicht sauber sein.«

Carlo sah Tom überrascht an. »Muss nicht sauber sein?«

»Sprech ich chinesisch?«, rutschte es Tom heraus, und während er sprach, wusste er bereits, dass es ein Fehler gewesen war.

Carlo rammte ihm mit einer beinah eleganten, geübten Bewegung die Faust in den Magen, sodass Tom zusammenknickte und nach Luft schnappte.

»Morgen Nacht, zweiundzwanzig Grüne«, sagte Carlo und zündete sich gelangweilt ein Zigarillo an.

»Okay.«

»Und jetzt verpiss dich.«

Tom drehte sich um und schleppte sich langsam aus dem Zimmer.

Er wollte nur noch nach Hause, ins Bett.

73

Tom hatte für die Waffe und den Whiskey alles hingeblättert, was Leslie ihm überwiesen hatte, und beinahe alles, was René ihm gegeben hatte. Jetzt war er wieder fast blank, hing Lilly auf der Tasche und war von ihrer Laune abhängig.

Lilly arbeitete viel, daher lungerte er ständig in der Stadt herum und beobachtete die Villa. Sie packten Kisten aus, die Garage füllte sich mit zusammengefalteten Kartons.

In der Kanzlei lief nur noch ein Anrufbeantworter.

»Morgen habe ich frei«, sagte Lilly am Sonntagabend zu Tom, als sie betrunken den letzten Gast verabschiedet hatte. »Der Montag ist mein Sonntag, da müssen die Papis zu Hause bleiben, da haben sie kein Geld mehr, weil sie am Sonntag über die Stränge geschlagen haben. Montag gehen sie wieder brav ins Büro, und kein Schwein kommt in die *Barkasse*. Zum Kotzen. Aber was soll's. Machen wir uns halt einen schönen Feiertag!«

Tom hatte am Nachmittag zwei halbe Hähnchen gekauft und mit nach Hause gebracht. Jetzt saßen sie am Küchentisch und fraßen die Hühner direkt aus der Tüte, der Küchentisch triefte vor Fett. Lilly warf die abgenagten Knochen in die Spüle, lachte, wenn sie traf, und grunzte, wenn die Knochen auf der Erde landeten.

Tom wusste, dass er das alles sauber machen musste, denn sie verdiente das Geld, sie war die Chefin, er war der Hausmann und wurde von ihr ausgehalten.

»Ja, das ist prima«, meinte er bemüht fröhlich, und ihm grauste davor. Am liebsten war es ihm, wenn sie betrunken ins Koma fiel und kreischte, wenn er sich nur über sie beugte, um ihr gute Nacht zu sagen. »Lass mich in Ruhe, ich kann keine dreckigen Schwänze mehr sehen!« Dann konnte er in Ruhe schlafen und musste sich mit dieser Schabracke nicht abmühen.

Was ihm da morgen Abend blühte, war ja ganz fürchterlich.

Plötzlich stand Lilly auf. »Das Huhn stinkt nach Hammel!«, verkündete sie, und Tom fragte sich, was jetzt wieder los war. »Pfui, Teufel.« Sie fuhr sich mit ihren fettigen Händen durchs Gesicht und verschmierte die Schminke. »Gehen wir ins Bett, Schätzchen, komm, ich brauche noch ein bisschen Liebe.«

Sie packte ihn und zog ihn vom Stuhl hoch. »Komm!«

Im Schlafzimmer zog sie sich die Schuhe aus, pfefferte sie durch die Gegend und riss sich die Kleider vom Leib. Dazu pfiff sie schief und falsch »La Paloma«.

Tom sah ihr fassungslos zu und überlegte, wie er flüchten konnte, ohne dass Lilly ihn aus der Wohnung schmiss.

Sie legte sich hin. Ihr breiiger Hintern floss übers Bett und schien sich aufzulösen.

Tom wusste, dass sie heute drei Freier gehabt und nicht geduscht hatte.

Er ekelte sich zu Tode.

»Komm!«, schrie sie erneut. »Wir müssen ja nicht bis morgen warten! Wer zum Teufel sagt uns, dass wir bis morgen warten müssen. Ich bin in der Stimmung, also mach endlich!«

Tom zog sich aus und legte sich hin. Das Bett roch nach Schweiß, Urin, süßlichem Sperma und nach Lilly, wenn sie dringend eine Dusche brauchte.

Ihm wurde schlecht.

»Ich kann jetzt nicht«, säuselte er leise, kitzelte ihre Nase und fuhr ihr mit dem Zeigefinger über die Lippen. »Ich bin so kaputt, so müde, aber ich freu mich auf morgen. Lass uns morgen ein kleines Fest feiern, ja? Nur du und ich. Nur ich und du. Ich bin heute den ganzen Tag in der Kälte rumgerannt, ich bin fix und fertig, Lilly, sorry.«

Diese kleine Ansprache war eigentlich richtig klasse, dachte er, das müsste sie verstehen. Aber Lilly sagte gar nichts, starrte zur Decke und fuhr sich selbst mit der Hand in den Schritt.

Er versuchte es zu ignorieren und drückte ihr einen Kuss auf die Wange. »Gute Nacht.«

Lilly reagierte nicht.

Ihre Finger bewegten sich, aber ihr Körper regte sich nicht, und ihr Atem blieb flach.

Tom drehte sich um und versuchte einzuschlafen.

Lilly war kein Mensch, mit dem man diskutieren konnte, morgen früh würde alles wie immer sein, und vielleicht war sie dann geduscht, und er konnte die Augen schließen …

Aber als sie kurz vor zwei aufstand, wurde er wach und horchte angestrengt. Machte sie sich etwa an seinen Sachen zu schaffen?

Er merkte, dass sie in die Küche schlich, und bewegte sich nicht. Wollte nicht, dass sie merkte, dass er wach war.

Eine Weile war alles still, dann hörte er sie in der Küche leise wimmern. Es klang wie das Weinen eines kleinen Kindes.

Leise stand er auf. Die Tür zur Küche war nur angelehnt, er sah durch den Türspalt.

Sie saß hinter dem Tisch. Vor sich eine Flasche mit Kirschlikör. Ihr Gesicht war tränenüberströmt. In der Hand hielt sie seine Pistole, deren Lauf gut fünf Zentimeter in ihrem Mund verschwunden war. Und sie wimmerte.

Er riss die Tür auf. »Lass das!«, schrie er. »Lass den Scheiß!«

Sie sah ihn mit weit aufgerissenen, entsetzten Augen an.

Was für schöne Augen, dachte er im Bruchteil einer Sekunde.

Er wollte auf sie zustürzen und ihr die Pistole aus der Hand hauen, aber in diesem Moment schoss sie.

Er schrie gleichzeitig.

Sie fiel vom Stuhl.

Tom stand fassungs- und bewegungslos da. Die Küche war ein Meer von Blutspritzern und Dreck. Gehirnreste. Irgendetwas aus Lillys Kopf, das er sich nicht genauer ansehen wollte.

In Windeseile stürzte er ins Schlafzimmer und zog sich an. Er musste hier weg, bevor Nachbarn, Polizei oder sonst wer herkamen, weil sie den Schuss und seinen Schrei gehört hatten.

Aber noch war im Treppenhaus alles still. Die Leute hier waren wohl Kummer gewohnt.

Er griff seine Sachen. Viel war es nicht. Dann ging er zu Lilly, nahm die Pistole, säuberte sie unter dem Wasserhahn, trocknete sie ab und steckte sie in die Tasche. Er brauchte sie noch. Ob sie hier seine DNA fanden und davon ausgingen, dass er Lilly erschossen hatte, war ihm scheißegal.

Er würde schneller sein als dieser verdammte Polizeiapparat.

»Ciao, bella«, flüsterte er, und dann machte er, dass er wegkam.

Im Hinterhof war es still.

Und auch auf der Straße torkelte nur ein betrunkener Penner.

Tom verschwand in der Nacht.

74

Es war genug. Er konnte nicht mehr.

Er hatte sie beobachtet und wusste, dass sie bereits jede Nacht in der Villa schliefen.

Er atmete tief ein, genoss die kalte, klare Luft, und es war gut zu wissen, dass es nichts und niemanden gab, von dem er sich verabschieden musste.

Hier auf dieser Welt hatte er nichts mehr verloren. Es war vorbei.

Die Stadt war ruhig. Ab und zu fuhr ein Auto vorbei, und er überlegte, wo derjenige, der darin saß, herkam und wohin er fuhr. Da gab es Familien, Feste, Freunde, Kollegen. Man fuhr von A nach B und war zu Hause. Das hatte er alles einmal gehabt.

Schnee von gestern. Das Tauwetter kommt schneller, als man denkt. Manchmal ist nach einer Stunde bereits die ganze Pracht vorbei.

Er lachte leise auf.

Jetzt musste es nur noch vollbracht werden, dann war alles gut.

Um halb vier Uhr früh kam er bei der Villa an. Es gab keinen Hund, aber eine Alarmanlage und Videoüberwachung.

Aber das war ihm alles scheißegal.

Am Eingang des Grundstücks hatte er einen Haufen sorgfältig aufgeschichteter Ziegelsteine entdeckt.

Zwei nahm er mit.

Dann horchte er. Alles war still. Hamburg schlief, und René und Leslie wahrscheinlich auch.

Tom positionierte sich in den Büschen, die um die Terrasse gepflanzt waren, wog den ersten Ziegelstein in seiner Hand, stellte sich breitbeinig auf, atmete tief durch und schmiss ihn mit voller Wucht.

Es gab einen Knall, die Terrassentür zerbarst in zigtausend Stücke, die aber noch zusammenhielten. Die Scheibe sah aus wie ein chaotisches Spinnennetz.

Er wusste, dass er die Scheibe nur andrücken musste, damit sie komplett herausfiel.

Tom floh. Verschwand zwischen den dicht bewachsenen angrenzenden Grundstücken.

Alarmiert von dem Lärm schreckte René auf.

Er sprang aus dem Bett, machte eine beruhigende Handbewegung zu Leslie und lief nach unten. Die kaputte Terrassentür im Wohnzimmer sah er sofort. Er sah sich um, aktivierte mit zitternden Händen die Taschenlampe in seinem iPhone und leuchtete den Raum ab.

Erleichtert stellte er fest, dass wohl niemand ins Haus eingedrungen war, rief aber augenblicklich die Polizei.

»Bitte, kommen Sie schnell, man hat meine Terrassentür eingeworfen, um einzubrechen. Ich weiß nicht, ob jemand im Haus ist. Bitte beeilen Sie sich!«

Dann gab er seine Adresse durch.

Leslie saß zitternd im Bett.

»Keine Angst«, meinte René, als er nach oben kam. »Es hat jemand versucht einzubrechen, aber ich glaube, es ist niemand im Haus. Die Polizei ist unterwegs. Mach dir keine Sorgen.«

Nur sieben Minuten später war die Polizei da.

Der Beamte stellte den Ziegelstein, der die Terrassentür zerstört hatte und noch auf der Terrasse lag, sicher, ließ sich den Sachverhalt schildern, nahm alles schriftlich auf, überzeugte sich davon, dass kein Eindringling mehr im Haus oder Garten war, beruhigte Leslie und René und empfahl ihnen, die Terrassentür gleich morgen reparieren zu lassen, da sie jetzt natürlich ein Sicherheitsrisiko darstellen würde.

René und Leslie nickten und dachten mit Entsetzen an den Rest der Nacht.

Die Polizei verabschiedete sich wieder, und die Beamten fuhren davon.

René und Leslie saßen wie erstarrt in ihrem Wohnzimmer.

»Wir können jetzt nicht nach oben gehen und schlafen«, sagte Leslie. »Da bringe ich kein Auge zu. Vielleicht kommt der Irre zurück und hier herein, ich hab solche Angst, René!«

»Ich glaube nicht an einen Einbrecher.«

»Sondern?« Leslie klapperte vor Angst.

»Das war Tom. Da bin ich ganz sicher. Wir gehen jetzt ins Bett, aber wir schließen die Wohnzimmertür ab. Dann kann gar nichts passieren. Wenn er die aufbrechen sollte, höre ich das.«

»Und dann? Was machst du dann?«

René schwieg, holte ein großes Messer und eine Stablampe aus der Küche, nahm Leslie an der Hand und zog sie aus dem

Wohnzimmer. »Keine Angst, Liebste, heute Nacht kommt er nicht mehr wieder. Ganz bestimmt nicht. Nicht, nachdem die Polizei hier war.«

»Was ist mit der Alarmanlage?«, hauchte Leslie.

»Der Techniker kommt Montag. Bis dahin haben wir keine.«

René schloss die Wohnzimmertür ab, und gemeinsam gingen sie nach oben ins Schlafzimmer.

»Wir können nicht unser ganzes Leben vor ihm Angst haben«, sagte Leslie leise, als sie sich ins Bett legte. »Das halten wir nicht aus.«

»Nein. Und das werde ich auch verhindern. Ich lasse nicht zu, dass er unser Leben zerstört.«

Leslie fing an zu weinen. »Ich habe noch nie so eine Angst gehabt, René. Ich habe das Gefühl, jeden Moment passiert etwas Schreckliches!«

»Psssscht«, sagte René und nahm sie in den Arm. »Wir müssen jetzt die Nerven behalten.«

Tom beobachtete, wie die Polizei wieder wegfuhr.

Die Luft war rein. Alles bestens. Genau so hatte er es geplant.

Er kam zurück zur Terrasse.

Er musste die Tür nur noch antippen, damit sie in sich zusammenfiel und zerbröselte.

Es gab ein knirschendes Geräusch.

René hörte auf zu atmen und horchte in die Stille. Noch waren ihm die Geräusche des Hauses nicht vertraut.

Er wartete ab.

»Da war was, oder?«, sagte Leslie und setzte sich auf.

»Psssst! Ich glaub, ich hab eine Art Klirren gehört.«

»Oh, mein Gott!«

Sie hielten den Atem an, wagten nicht, sich zu bewegen.

»Nein! Bitte nicht!«, stöhnte Leslie. »Nicht schon wieder.«

Vor den Fenstern waren noch keine Gardinen, das fahle Mondlicht schien ins Zimmer und beleuchtete es ein wenig.

René stand auf.

»Bleib hier!«, flüsterte sie voller Angst. »Da war nichts. Es ist alles okay.«

»Wahrscheinlich. Aber ich seh mal nach«, sagte René leise und fühlte sich wie in einem Albtraum. »Sei ganz still, ja?«

Leslie zog sich die Bettdecke über die Ohren. Sie steckte mitten in einem schrecklichen Déjà-vu.

René zog sich den Bademantel über und schlich die Treppe hinunter. Das Herz schlug ihm vor Aufregung bis zum Hals. Außer Messer und Stablampe hatte er keine Waffe. Er horchte in die Dunkelheit.

Nichts. Kein Laut, kein Schritt.

Leise schloss er die Wohnzimmertür auf.

Alles still. Niemand war zu sehen.

René leuchtete den Raum mit der Taschenlampe ab und bemerkte, dass die Terrassentür in sich zusammengefallen war.

Du lieber Himmel, dachte er und hörte auf zu atmen. Sein Herz zog sich in Panik schmerzhaft zusammen.

»Hi«, sagte Tom in diesem Moment.

René fuhr wie elektrisiert herum.

Tom stand am Kamin.

René überlegte, dass er wahrscheinlich hinter dem Sessel gekauert und ihn erwartet hatte. Aber das war jetzt auch völlig gleichgültig.

»Sorry, dass ich euch so spät und mitten in der Nacht noch störe«, sagte Tom tonlos und hob seine Waffe. »Aber das, was ich euch mitteilen möchte, kann nicht warten.«

Er sah René an. »Ich habe dich immer für meinen Freund gehalten. Ich habe dich geliebt wie einen Freund und dir vertraut. Aber du hast mich nur belogen und betrogen, weil du ein geldgieriger Egoist bist. Ein fieses Schwein. Das hab ich leider zu spät erkannt. Aber jetzt ist Schluss.«

»Lass mich dazu was sagen«, bat René in Todesangst.

»Nein«, sagte Tom, »deine Zeit ist vorbei. Du hast genug Chancen gehabt. Ciao, amico.«

Er schoss.

René brach zusammen.

Tom würdigte ihn keines Blickes und ging leise die Treppe hinauf.

Als er das Schlafzimmer betrat, sah Leslie unter der Bettdecke hervor und schrie laut auf.

Tom richtete die Taschenlampe auf sie.

»Liebste, es tut mir leid«, sagte er. »Wir hätten ein geiles Leben haben können. Aber du hast es nicht gewollt. Im Grunde bist du genauso verlogen und durchtrieben wie der liebe René. Sorry, ich hatte gehofft, es nicht tun zu müssen. Aber es geht nicht anders. Ciao, cara, ich habe dich sehr geliebt.«

Er schoss.

Leslie sank tödlich getroffen ins Kissen.

Zwei Schüsse. Mehr hatte er nicht gebraucht, um alles zu ordnen und zu klären.

Er jubilierte innerlich.

Das Leben war so einfach und so kurz. Man musste nur im richtigen Moment das Richtige tun.

Fast liebevoll strich er über den Lauf der Pistole. Sie war das Beste, was er sich je angeschafft hatte.

Er legte sich neben Leslie, nahm die Tote in den Arm und küsste sie ein letztes Mal auf die noch warmen Lippen. Dann strich er ihr sanft übers Haar und steckte sich behutsam die Waffe in den Mund.

Er atmete tief ein und aus, schloss die Augen und drückte ab.

So wie er es bei Lilly gesehen hatte.

Lust auf mehr von Sabine Thiesler?

Dann lesen Sie weiter in

ZECKENBISS

THRILLER

»Wie eine Zecke bohrte sich der Gedanke an blutige Rache in sein Hirn und ließ ihn nicht mehr los.«

ISBN 978-3-453-42328-2
Oder als E-Book 978-3-641-21557-6

Das Buch

Lara Sennen ist eine schöne Frau, erfolgreich im Beruf, glücklich verheiratet. An einem warmen Sommertag fährt sie in der Toskana mit einem Makler durch die Gegend, um sich ein Anwesen anzusehen. Was sie nicht weiß: Das Haus steht gar nicht zum Verkauf. Aber es ist verlassen und bietet damit den idealen Ort für ein Verbrechen …

Bernd Gernersheim findet kurz nach seiner Pensionierung noch einmal eine späte Liebe mit einer jungen Frau. Am Tag seiner Hochzeit trifft er, während seine Gäste feiern, im Park auf einen Unbekannten, der ihm unangenehme Fragen stellt. Gernersheim bekommt Angst – aber es ist bereits zu spät.

Der unheimliche Mörder schlägt danach immer wieder und scheinbar wahllos an den unterschiedlichsten Orten zu …

Faruk, ein jugendlicher Intensivtäter, stand schon zigfach vor Gericht und kam jedes Mal mit geringen Strafen davon. Während die Morde geschehen, sitzt er im Knast. Hat er dennoch etwas mit diesen Verbrechen zu tun?

1

Toskana, 2017

Die Hitze schlug ihm geradezu ins Gesicht, als er aus dem Flugzeug trat. Einen Moment nahm ihm die heiße Luft den Atem.

Florenz, zwölf Uhr 25, 33 Grad. Keine Wolke am Himmel.

Er war groß und schlank, Anfang fünfzig, volles Haar. Trug einen fantastisch sitzenden, schmal geschnittenen, teuren grauen Anzug, eine geschmackvolle seidene Krawatte, italienische Designerschuhe. Setzte seine Sonnenbrille auf und ging mit leichten, lockeren Schritten die Gangway hinunter.

Im engen Shuttlebus, der die Passagiere zum Flughafengebäude brachte und in dem ihm eine eiskalte Klimaanlage um die Ohren pfiff, versuchte er nichts anzufassen, möglichst wenig zu atmen, niemanden zu berühren und die schwitzenden Touristen mit ihren Rucksäcken, den kurzen Hosen, Sandalen und ausgewaschenen T-Shirts zu ignorieren.

Sein Mietwagen, ein Porsche Cayenne, stand nicht am Flughafen, da es am Aeroporto Amerigo Vespucci nicht genügend Parkplätze gab, sondern auf einem Parkplatz mitten in Florenz.

Er hasste es, wenn ihm der Schweiß ausbrach, weil er wütend war. Jetzt stand er kurz vor der Explosion, wollte endlich seine Ruhe haben, nicht mehr behelligt werden von diesen ganzen Menschen, diesen grässlichen Touristen, diesen Unwägbarkeiten, die die Italiener als gegeben hinnahmen.

Zwanzig Minuten später saß er endlich im Auto, hatte das Navi auf Englisch programmiert und rollte aus der Stadt.

Die Klimaanlage summte leise. Kaum wahrnehmbar, aber sein Gehör war schärfer als das der meisten Menschen.

Er glitt dahin, als würde er lautlos fliegen. Spürte weder die Straße noch den Lärm um ihn herum. Wegen ständiger Tempolimits musste er langsam fahren, aber es war ihm egal, in diesem Wagen hatte er sowieso kein Gefühl für Geschwindigkeit. Wenn er beschleunigte, merkte er es kaum.

Die toskanischen Hügel vor den Toren von Florenz flogen an ihm vorbei. An ihren Hängen und auf ihren höchsten Punkten überall beeindruckende Paläste reicher Florentiner.

Er lächelte.

Lara Sennen. Ihretwegen war er nach Italien geflogen.

Er hatte sie gegoogelt, war auf Interessantes gestoßen. Seit Langem verfolgte er sie im Netz. Ihr Mann, Bastian Sennen, war ein reicher Unternehmer, Chef einer Parfümeriekette und leidenschaftlicher Polospieler.

Er wusste, dass an diesem Wochenende Sennen mit seiner Gattin in Ambra erwartet wurde, wo regelmäßig einige der renommiertesten Poloturniere Europas ausgetragen wurden.

Er drückte aufs Gas. War auf dem Weg.

Auch sein Pulsschlag beschleunigte sich.

Die Gelegenheit.

Ambra.

2

Unter Tausenden konnte sie seine Schritte heraushören, und ihr Herz begann zu rasen.

Während er im Restaurant des Poloclubs auf seinen Sieg anstieß, hatte sie im Stall in Melodies Box gestanden und sich um die Stute gekümmert, die schwächelte. Sie hatte das Pferd gestreichelt, gestriegelt und beruhigt, hatte ihm zärtliche Worte ins Ohr geflüstert, ihm die Stirn gekrault und gewartet.

Jetzt endlich klackten die Absätze derber Stiefel durch den Reitstall.

Sein Gang war kraftvoll wie ein Aufgalopp.

Sie sah ihn aus dem Augenwinkel mit seinen weißen Jeans und seinen braunen Stiefeln, die sie so sehr an ihm liebte. Sein streichholzkurzes, ergrautes Haar stand in reizvollem Kontrast zu seiner gebräunten Haut, und er wirkte ernst. Wie immer. Überhaupt lächelte er selten.

Das gefiel ihr an ihm. Grinsende Männer waren ihr zutiefst zuwider, sie wirkten, als bäten sie pausenlos um Entschuldigung, um Lob oder um gutes Wetter.

Noch waren die anderen Pferde, die am Turnier teilgenommen hatten, draußen, noch feierten alle, niemand war im Stall.

Sie waren allein, wahrscheinlich nur für wenige Minuten.

Er begrüßte sie nicht, er sah sie nicht an, sondern öffnete die Box, kam herein und schloss sie wieder. Auch die Stute begrüßte er nicht, benahm sich wie ein Fremder.

Langsam näherte er sich Lara und schob sie gegen das schwitzende und zitternde Pferd, das leise schnaufte. Er packte sie und drehte sie derb um. Laras Gesicht war jetzt ins Pferdefell gedrückt, sie bekam kaum Luft, aber roch den dampfenden, scharfen Schweiß des Tieres und atmete ihn tief ein. Nach diesem erdig süßlichen Geruch, stark und warm, wie Moschus mit Heu und einer Prise Zimt, war sie süchtig wie nach einer Droge.

Die Situation erregte sie maßlos, sie hatte sich kaum noch unter Kontrolle.

Er stand dicht hinter ihr, umschlang sie mit beiden Armen, öffnete ihre Hose mit geübtem Griff und zog sie herunter.

»Bleib!«, sagte er scharf, als würde er einem Hund einen Befehl erteilen.

Lara rührte sich nicht. Sie war verrückt nach ihm und hatte gar nicht bemerkt, dass er zurückgetreten war und ihr mit der Reitgerte in diesem Moment eins überzog.

Es gab ein zischendes Geräusch, bevor der Lederriemen ihr nacktes Fleisch traf.

Lara stöhnte laut auf. Vor Schmerz. Und vor Lust.

»Ja«, sagte sie, und es klang wie ein letzter Atemzug, »ja … tu es.«

Und dann vögelte ihr Mann sie von hinten, gewalttätig und rigoros, und drückte sie rhythmisch und brutal gegen den massigen, pulsierenden Leib des Tieres.

Lara krallte sich in die Mähne des Pferdes, spürte das nervöse Zucken seiner Muskeln, und es verschmolz mit dem, was mit ihrem Unterleib geschah, zu einem überwältigenden Gefühl.

Er spreizte ihre Arme, drückte sie mit Kraft gegen das Pferd, denn sie konnte sich kaum noch auf den Beinen halten.

Melodie schnaubte erneut, sie achteten gar nicht darauf.

Beide waren in einem ekstatischen Rausch und bemerkten daher nicht, dass die Stalltür leise geöffnet wurde.

Ein großer, schlanker Mann in einem grauen, gut sitzenden Anzug kam herein und blieb stehen. Er beobachtete die Szene, verharrte einen Moment, lächelte und fuhr sich mit der Zunge über die Lippen, wahrscheinlich ohne es selbst zu merken.

Dann drehte er sich um und verließ den Stall ebenso lautlos, wie er gekommen war.

Es blieb still, als alles vorbei war. Weder Bastian noch Lara hatten geschrien.

Aber als Lara erschöpft und von ihm abgewandt gegen die Bretterwand der Box gelehnt mit geschlossenen Augen dastand, zog Bastian ihr erneut eins mit der Reitgerte über.

Sie schluchzte auf, drehte sich um und fiel ihm um den Hals.

»Ich hab dich so vermisst«, flüsterte sie.

»Zieh dich an«, erwiderte er knapp. »Sehen wir uns nachher bei der kleinen Feier im Club oder heute Abend auf Olivello?«

»Heute Abend auf Olivello«, sagte sie lächelnd und wischte sich mit dem Unterarm die Tränen aus dem schmalen, schönen Gesicht, zog sich die Hose hoch und sah ihm voller Stolz hinterher, als er den Stall verließ.

Er kam erst kurz vor Mitternacht, wie immer öffnete er so leise die Tür, dass sie ihn nicht kommen hörte, und wie immer zuckte sie zusammen, als er so plötzlich vor ihr stand.

»Es hat ein bisschen länger gedauert«, sagte er. »Tut mir leid.«

Sie nickte nur und fragte sich, ob er es während der Siegesfeier draußen zwischen den Olivenbäumen, in der Toilette oder wo auch immer noch mit einer anderen Frau getrieben hatte. Das hatte sie sich schon oft gefragt. Aber im Stall mit einer anderen – das würde wehtun.

Seit fünfzehn Jahren war Lara mit Bastian verheiratet. Er war nicht treu, natürlich nicht, davon war sie schon vor der Hochzeit ausgegangen, aber es waren aufregende fünfzehn Jahre gewesen, von denen sie keinen Tag missen wollte. Wenn Bastian fremdging, tat er es so elegant und unauffällig, dass sie nie etwas davon mitbekommen hatte. Und dafür war sie dankbar.

Sie entdeckte keine Restaurantquittungen über ein Dinner zu zweit, keine Utensilien fremder Frauen zwischen seiner Wäsche, keine Lippenstiftreste an seinem Kragen. All die Dinge, die betrogene Ehefrauen in Filmen fanden.

Es gab nichts, das auf Affären hindeutete, und daher war sie glücklich und vollauf zufrieden.

Ihr Leben war perfekt. Sie liebten sich und hatten tollen Sex. Besser konnte es nicht sein.

Bastian leitete eine Parfümeriekette, die gerade nach Frankreich, Italien und Spanien expandierte; sie war eine erfolgreiche und gefragte Anwältin, spezialisiert auf Strafrecht. Die Arbeit machte ihr Spaß, erfüllte sie, und sie hatte das Gefühl, etwas Sinnvolles zu tun und gleichzeitig etwas bewegen und verändern zu können.

Sie mussten nicht auf jeden Cent gucken und konnten sich leisten, was sie sich leisten wollten. Ihr Palais in Potsdam war ein Traum aus Stuck, Parkett und lichtdurchfluteten

Räumen, in denen man fast Proviant brauchte, um alle Zimmer zu durchwandern.

Polo war das extravagante Hobby Bastians, und wenn es zeitlich irgendwie möglich war, reiste er um die Welt, um an den wichtigsten Turnieren teilzunehmen. England, Frankreich, Italien, Argentinien, USA. Er war mit seinen einundfünfzig Jahren nicht mehr der Jüngste, aber einer der anerkanntesten Spieler weltweit.

Hier in Italien, nahe Ambra, gab es einen der renommiertesten Poloclubs Europas, und hier spielte Bastian ganz besonders gern, sodass sie oft in den toskanischen Bergen eine Ferienwohnung mieteten, wenn Bastian auf seinen Pferden den Stick schwang.

»Wie war es?«, fragte sie ihn lächelnd.

»Was?«

»Die Feier.«

»Wunderbar, aber nicht außergewöhnlich. Ich habe mit den Stalljungen und dem Team zusammengesessen, wir haben ein paar Bierchen getrunken – das war's. Du hast nichts verpasst.«

3

»Mir geht das Ferienhaus auf die Nerven«, sagte Lara am nächsten Morgen beim Frühstück. »Alles ist abgezählt: vier Löffel, vier Messer, vier Gabeln, vier Gläser, vier Teller, vier Tassen und so weiter. Aber nur drei Eierbecher. Kein Toaster, keine Brotschneidemaschine, aber dafür zwei Käseraspeln und drei Pfannen ohne Deckel. Im Bad ein lumpiger Föhn und noch nicht mal ein Schminkspiegel ... Ich mag nicht mehr, Bastian. Wir sind so oft hier, du spielst andauernd in Ambra. Lass uns in einem Hotel wohnen oder ein Haus kaufen.«

»Liebling, in einem Hotel sind wir nie ungestört, weder am Pool noch im Zimmer. Die Wände haben Ohren, das ist entsetzlich. Aber das hast du doch auch nicht ernst gemeint, oder?«

Lara grinste. »Nein, das hab ich nicht. Außerdem sind italienische Hotels ja auch gewöhnungsbedürftig. Weißt du noch, das Hotel in Rom? Fünf Sterne und dann diese Bruchbude? Seinem ärgsten Feind würde man nicht wünschen, dort eine Nacht verbringen zu müssen.«

Jetzt grinste auch Bastian. »Dann sag doch gleich, dass du ein Haus kaufen möchtest.«

»Ja. Stimmt. Das würde ich gern.«

»Wie kommst du denn auf die Idee?«

»Ich finde es wunderschön hier. Diese einsamen Landhäuser, der tolle Blick über die toskanischen Hügel, Weinberge und Olivenhaine – das ist einfach traumhaft. Und wie oft waren wir in den letzten Jahren hier?«

Bastian überlegte. »Wie viele Turniere hab ich hier gespielt? Keine Ahnung. Sechs pro Jahr, also vierundzwanzig bestimmt schon. Oder dreißig?«

»Egal. Auf jeden Fall oft genug. Und du merkst es ja gar nicht. Du bist den ganzen Tag im Stall und auf dem Poloplatz, aber ich hänge hier im Urlaub in so einem blöden, unpersönlichen Ferienhaus rum. Das nervt, Schatz. Echt. Und außerdem ist so ein Haus auch eine wunderbare Geldanlage. Und wenn wir nicht mehr hierherkommen wollen, verkaufen wir es eben wieder.«

Sie tunkte ihren Zeigefinger in den Honig und fuhr ihm damit über die Lippen. »Und wir hätten immer unsere Ruhe. Immer.«

Unwillkürlich begann er an ihrem Finger zu saugen. Dabei sah er ihr fest in die Augen. »Du brauchst mich nicht zu überzeugen, ich bin schon überredet. Die Idee ist nicht schlecht. Ja, warum eigentlich nicht? Wenn du dir so etwas wünschst? Ich dachte nur immer, Ferienhäuser sind dir ein Graus?«

»Fremde ja, eigene nicht. Das ist ein gewaltiger Unterschied.«

Bastian ging mit seinem Kaffee in der Hand hinaus auf die Terrasse. Lara folgte ihm.

»Warum lässt du nicht sowieso endlich deinen Job sausen, setzt dich auf eine toskanische Terrasse, guckst über die Welt und schreibst dein Buch über kriminelle Kinder?«, fragte er.

»Ob mir das mit dem Buch gelingt, weiß ich nicht, aber ich werde es mir überlegen. Reizvoll ist die Idee auf alle Fälle. Meinen Job gebe ich deswegen aber nicht auf.«

Bastian nickte zustimmend. »Na gut, dann sieh dich um, engagiere einen Makler und sondiere vor. Aber ich habe echt keine Lust, hier bei der Hitze in der Gegend rumzugurken und mir Immobilien anzugucken, die letztendlich dann doch nicht infrage kommen.«

Lara war begeistert. »Super. Ich bin sicher, dass ich für uns was Schönes finde.«

»Wenn du ein Haus gefunden hast, das dir gefällt, dann sehe ich es mir auch an. Einverstanden?«

»Va bene. Ich werd mal im Poloclub fragen, ob jemand was weiß.«

Lara war überrascht, wie einfach es gewesen war, Bastian von der Idee zu begeistern. Sie hatte gedacht, ihn viel länger überreden zu müssen.

Sie drückte ihm einen Kuss auf den Hals, ließ ihre Zunge kurz in seinem Ohr kreisen und ging zurück ins Haus.

4

Zwei Tage später, als sich Bastian nach dem Mittagsimbiss mit einer Zeitung in den Schatten einer Eiche am Pool zurückgezogen hatte und eingenickt war, fuhr Lara wie fast jeden Tag hinunter zum Clubhaus. Dort war eigentlich immer jemand, mit dem man reden und einen Kaffee trinken konnte.

»Ciao, Lara, wie geht's dir?«, fragte Cinzia, die hinter dem Tresen in der Bar Gläser abtrocknete.

»Alles prima, danke. Und dir?«

»Auch gut. Aber du kennst mich ja, mir geht's immer gut. Ich hab gehört, ihr sucht in der Gegend ein Haus?«, fragte Cinzia.

»Ja, stimmt.« Lara hatte es gleich nach dem Gespräch mit Bastian Marzia erzählt, die auch Polo spielte, und was Marzia wusste, wusste offenbar nach einer halben Stunde der gesamte Club. Aber das war ja auch nicht das Schlechteste. »Weißt du, wir sind so oft hier, ich möchte nicht immer in anonymen Ferienhäusern rumhängen.«

»Ich hör mich mal um«, sagte Cinzia. »Es gibt ja so einiges, was zum Verkauf steht. Hast du schon einen Makler engagiert?«

»Ja, gestern. So ein Jüngelchen aus Florenz. Alberne Frisur, Lackschühchen, zu kurze Hose und fällt vor lauter Höflichkeit beim Gutentagsagen fast über seine eigenen Füße.

Ob dieser Softie was zustande bringt, weiß ich nicht, aber mal sehen. Es ist ja auch nicht eilig.«

Cinzia nickte. »Ich erkundige mich mal. Gequatscht wird ja viel. Hier besonders. Was sucht ihr denn genau?«

»Was Kleines. Nicht so 'nen Palazzo für drei Großfamilien. Maximal fünf Zimmer, Küche, zwei Bäder. Terrasse und Pool. Mehr nicht. Das Grundstück muss nicht groß sein, aber eine einsame Lage mit tollem Blick sollte es haben. Die Aussicht ist mir das Wichtigste.«

»Verstehe. Aber das wird nicht einfach, meine Liebe, so was Kleines gibt's kaum. Hier findest du ja überall nur diese riesigen Anwesen – vierzig Zimmer für sechs Millionen sind wahrscheinlich kein Problem. Oder du kaufst eine Ruine für 'ne halbe Million und musst noch mal eine Million reinstecken, um das Ganze auszubauen und hübsch zu kriegen. So ist das gerade in der Toskana. Schlechte Zeiten für Käufer.«

»Woher weißt du das?«

»Meine Schwester sucht schon seit drei Jahren hier in meiner Nähe etwas Erschwingliches. Ohne Erfolg.«

Lara atmete tief aus und schwieg.

An einem kleinen Tisch am Fenster saß ein Mann im grauen Anzug, vor sich ein Viertel Chianti, und beobachtete Cinzia und Lara aufmerksam. Es war nicht schwer für ihn zu verstehen, was sie sagten.

Lara bemerkte ihn nicht.

Als sie zwanzig Minuten später die Bar verließ, sah der Fremde gedankenverloren aus dem Fenster, offenbar vollkommen versunken in die Schönheit der Landschaft.

5

Stundenlang fuhr er durch die Gegend. Das graue Jackett lag auf der Rückbank, die Hemdsärmel hatte er hochgekrempelt, die Klimaanlage summte leise.

Er suchte einsame Häuser. Es war leicht zu erkennen, welche bewohnt waren und welche nicht. Stand kein Auto vor der Tür, merkte er es sich und kam am späten Abend noch einmal wieder. Wenn der Parkplatz wieder verwaist war, fühlte er sich schon fast sicher.

Er kontrollierte Mülltonnen, sah durch Fenster, ob Blumen oder verderbliche Lebensmittel herumstanden, hielt Ausschau nach Katzen und Hunden, nach Gartenmöbeln und Sonnenschirmen. Und wenn er überzeugt war, dass das Haus zurzeit unbewohnt war, notierte er sich die Adresse.

Nur ein einziges Mal hatte sich eine Tür geöffnet, als er gerade in ein Fenster sah und die flache Hand gegen die Stirn hielt, um die Spiegelung zu unterdrücken.

»Buongiorno!«, hatte eine weibliche Stimme scharf gesagt. »Cerca qualcuno? Suchen Sie jemanden?«

»Ja!«, sagte er, richtete sich auf und lächelte die Frau an. »Oh, wie schön, dass Sie zu Hause sind, und Sie sprechen auch noch Deutsch! Ich habe es schon bei mehreren Häusern in der Umgebung probiert, aber da war überall niemand.

Ich habe mich verfahren. Können Sie mir sagen, wie ich nach Monte San Savino komme?«

»Haben Sie denn kein Navi?«, fragte sie misstrauisch und blickte demonstrativ zu dem Wagen in der Auffahrt.

»Doch«, sagte er und lächelte immer noch, »aber das ist ein Mietwagen, und ich komme mit dem Gerät nicht klar. Es spricht nur Italienisch mit mir und weigert sich, mich dahin zu bringen, wohin ich möchte.«

Jetzt lächelte die Frau auch und erklärte ihm den Weg nach Monte San Savino.

Er bedankte sich, setzte sich ins Auto und fuhr davon.

Offensichtlich musste er noch vorsichtiger sein.

Ende der Leseprobe